Chin Shunshin

陳舜臣

# パミールを越えて

新篇

西域シルクロード物語

小説集

たちばな出版

新篇　西域シルクロード物語〈小説集〉

# パミールを越えて　ほか

パミールを越えて　目次


紅い蘭泉路――5
天山に消える――57
ウルムチに消えた火――93
カーブルへの道――127
崑崙の河――172
笑天の昇天――219
金魚群泳図――245
パミールを越えて――277
挙げよ夜光杯――308

花咲く月琴——343
四十二年目のクルバーン——371
弓月城記——390
四人目の香妃——408



装丁　川上成夫
写真　寺田周明

# 紅い蘭泉路

## 1

一九三〇年の秋、Ｐ大学の研究室にいた私は、北京《ペキン》から甘粛省《かんしゅく》の臨康《りんこう》へ行くことになった。当時、私は二十七歳だった。

省都蘭州《らんしゅう》に着いた日の夜、旅館の亭主に臨康のことをきくと、

「蘭泉路《らんせんろ》のトラックに便乗して行くこってすな。成原《せいげん》ちゅうところで降りて、あと三十キロほどですわい」

と教えてくれた。

「三十キロをてくてく歩いて行くのかい?」

「馬でもやとって行きなされ」

亭主は、この旅館の二階に臨康へ行く人が泊っているから、同行の相談をしてみたら、とすすめてくれた。

私は早速二階へあがった。

臨康へ行くのは孫継明《そんけいめい》という三十四、五のすらりとした背広を着た都会風の男だった。名刺には「交通銀行調査員」とあった。

臨康は戸数約千というから、私は田畑や山林に囲まれた田舎町《いなか》を想像していた。そして、銀行というものがその町に関係があるなど、ゆめにも思ったことはなかった。

「お仕事ですか?」ときくと、彼は簡単に「そうです」と答えた。

「ほほう、臨康のような奥地の田舎町に銀行の用事があるんですか?」

「いまはありません」と彼は答えた。「しかし将来は有望です。立地条件がいいわけですね。我々は現在、将来重点的に開発さるべき土地を物色しております。そんな選ばれた土地を中心にして、近代国家の礎石が力強く積み重ねられるでしょう。その計画の一環として、私が実地検分に派遣されたのですよ」

もし詩人から国家建設の未来図などを説かれても、私は決して信用しないであろう。醜悪きわまる軍閥混戦の現実が、そんな夢物語をきけばきくほど、一層どぎつい色彩で私の目に映るのだから。

——しかし、銀行マンの話は、傾聴に値するものである。

長途の旅の艱難《かんなん》を冒して、国家建設の青写真の一点を調査しようとする熱意、これには私も敬意以上のものをおぼえた。

孫継明は私に臨康行きの目的をたずねた。

私は出された茶をすすりながら、自分は歴史学者の卵で、最近臨康で発見された古文書を調べに行くところだ、と答えた。

「その古文書の件ですが、むこうには連絡してあるんでしょうね？」

魔法瓶の湯をコップについでのみながら、孫継明はたずねた。学者というのはとかく迂愚《うぐ》な人種だから、肝心のことを忘れてはいまいかと、心配してくれたのであろう。

「ええ、大学の先輩が臨康におりまして、万事世話をしてくれることになっています」

私はポケットから梁《りょう》博士が張挙《ちょうきょ》にあてた、開封の紹介状をとり出した。

それをのぞきこんで孫継明は、

「張挙……たしか張振旦《ちょうしんたん》の息子でしたね？」

「そうです」と私は答えた。

「それなら心配ありませんよ」

一両日中に同行で蘭州を出発する約束をして、私は彼の部屋を辞した。

甘粛は馮玉祥《ふうぎょくしょう》の地盤である。しかし張振旦は馮の部下ではなく、小さいながらもれっきとした独立地方軍閥の主なのだ。むろん大勢力である馮の行動に追随することは多い。馮がどこかに兵を進めるときは、張振旦も手兵を率いて参加するのが従来の例だった。けだし馮が出兵してもその空巣ねらいをしないという、一種の忠誠表示の行動と思われる。

馮軍に参加するとき、張振旦は当然派兵費を請求するのだが、たいてい四割はごまかすそうだ。

兵五千と公称しても、そのじつ三千ぐらいしか出動させない。要するに、保身の術に長《た》け、しかも商売上手な軍閥、そして小規模ながら臨康一帯の独裁者――これが張振旦将軍である。

私の先輩の張挙が、ほかならぬこの張将軍の息子なのだ。彼は学問から遠ざかっていたが、最近郷里の寺院で夥《おびただ》しい古文書が発見されたときは、大学にそのことを報告して寄越した。

そこで私が臨康くんだりまで出掛けることになったのである。閻錫山《えんしゃくざん》と馮玉祥の西北連合軍が反蔣《はんしょう》軍事運動をおこしていたが、道中は思ったより平穏であった。

とにかく私は蘭州まで辿《たど》りついた。動乱の時代に若い者が研究室でじっとしているのはつらいものだ。旅行をすると、なにがしかの行動感が味わえた。そして、まやかしの自己満足がしのびよった。

ベッドのなかで、私はこんどの旅行について反省してみた。……車窓に見える景色がうしろへうしろへと飛び去っただけではないか。――この反省は、しかしそんなにきびしいところまでは行かなかった。ほどなく目蓋《まぶた》が重くなったからである。

いや目蓋ばかりではない。頭も、うえから抑えつけられるように重い。

翌朝目がさめても、こめかみのへんにまだ妙な痛みが残っていた。だから、朝食をすませると、再びベッドのなかにもぐりこんだ。

しばらくすると、旅館の亭主が自ら茶盆をもってきて、

「五泉山《ごせんざん》へ行きなさるかね?」ときいた。

「おれは今日一日じゅう寝ることにする。とにかく疲れてるんだ」

頭の痛みで、私は不機嫌だった。

「蘭州へ来て五泉山を見ないのはばかだよ」

客にこんな口をきく男が亭主だから、この旅館はそのうちにつぶれるだろう。私は毛布を頭のうえにひきあげて、どなった。

「五泉山なんか糞《くそ》くらえだ！」

「公園は？　蘭州公園はきれいですぜ」

「蘭州公園も糞くらえだ！」

「なんでもかでも糞くらえ、かね」

そう言って、亭主は出て行った。

私はまどろんだが、窓があかるいので、ねむりは中途半端だった。どれほどたったか、夢うつつに自分の名を呼ぶ声をきいた。

——沈《しん》先生、沈先生。

目をあけると、旅館の亭主がベッドのそばに、ぬっとつっ立っているのだった。

「またお前さんか。頼むから起こさんでくれ」と私は言った。

「あんた、臨康へ行くつもりなら、今日じゅうに出発したほうがいいね」

と、亭主はおちついた口調で言った。

「どうしてだ？　おれはばかになりたくないから、明日あたり五泉山に遊びに行くつもりだ。蘭州公園もぶらついてみたいしな」

「明日になったら、兵隊がどっとここへやって来ますぜ。山西《さんせい》からのひき揚げの兵隊が」

「するとどういうことになるんだ？」

「自動車はぜんぶ徴発されちまうね。馬もラクダも……。この町から出て行こうたって、乗物がないでしょうな。どうです、ひとつ歩いて行きますかね？」

「ちょっと待ってくれ。いったいいつまでかかるんだ、その騒ぎは？」

「軍隊輸送がすんで乗物が空くまで、少なくともまず半月ですかな」

「そいつは困った」

私はベッドのうえに起きあがって、髪の毛をかきむしった。

「どうするかはあんたの勝手でな。わしは一応お知らせしとくだけじゃよ」

綿入れの長衫《ちょうさん》を着た亭主がそう見得を切ったときは、じつに堂々と見えた。

「わかったよ、亭主」と私は言った。

半月を棒にふるかふらないかの瀬戸際である。私はいそいで着換え、二階へ駆けあがった。

## 2

孫継明《そんけんめい》の部屋へはいると、私はいきなり、

「話をききましたか、兵隊がやってきて車を徴発するという話を？」とたずねた。

「さっき聞いたところです。それでこうして出発の準備をしているんですよ」

私は彼の部屋を見まわした。トランクが一つと行李《こうり》が一つであった。彼は跼《かが》んで行李をアンペラで包んでいるところであった。

「こいつは商売道具でして」彼は器用に結び目をつくって、アンペラ包みを紐《ひも》で締めあげながら言った。「とても重いんですよ」

「商売道具？」と私はきき返した。

彼はやおら立ちあがり、アンペラ包みを指さして、

「簡単な測量機械を入れてあるんですよ」

「測量までなさるんですか？」

「用意するに越したことはありません。臨康《りんこう》にこんなものがあるとは思えませんものね」

「なにかお手伝いできることは？」

「ありがとう。もうこれでおしまいです」

「じゃ、私は公路局へ行って、車の時間でもしらべてきましょう」

孫継明はゆっくり首を横に振って、

「だめです。政府の車はぜんぶ足どめです。私は知り合いの業者のトラックに便乗を頼んでありま す。依頼状をボーイにもたせてやりました。まだ帰ってこないので首尾はわかりませんが、二人分ぐらいは……」

そのとき、旅館の亭主がドアをあけて、なかをのぞきこみ、

「段取りはつきましたかね？」ときいた。

「まあね……」と孫継明は答えた。

手伝うことがないとすれば、手持ち無沙汰《ぶさた》である。私はテーブルのうえの薄汚い地方新聞をとりあげて読んだ。

——頼みの綱であった奉天《ほうてん》の張学良《ちょうがくりょう》が、蔣介石《しょうかいせき》支持を宣言したので、西北連合軍は意気沮喪《そそう》し、

閻錫山《えんしやくざん》は下野を通電、汪精衛《おうせいえい》は石家荘《せつかそう》に去り、馮玉祥《ふうぎよくしよう》は鄭州《ていしゆう》に兵を収めた。

新聞には山西《さんせい》南部の馮軍が陝西《せんせい》に移動しつつあると伝えていた。だが事実は新聞よりも早い。その先頭部隊が明日にも蘭州《らんしゆう》に着こうとしているのである。

旅館の亭主は部屋のなかにはいって、のんびりと孫継明の荷物をながめていた。

やがてボーイが封筒を手にして戻ってきた。孫継明はそれを受取って、なかの手紙を黙読してから、

「三時のトラックをこの旅館の裏にまわしてくれるそうです」

「三時というとまだ時間はたっぷりありますな。蘭州公園でも見学したらどうです？」

と亭主はすすめた。

「こんなときに行く気はしません」

孫継明は一言のもとに断わった。

亭主は昼食を階下で一しょに食べようと誘ったが、これも孫継明ににべもなく断わられた。

「自分のパンをもっておりますから」

テーブルに大きな紙包みと魔法瓶が置いてあった。それが彼の昼食なのだろう。

私は自分の部屋に戻って、旅行着にしていた紺の中山服《ちゆうざんふく》に着換えた。荷物はトランク一つだけだから、いつでも出発できる。

三時まえになると、やはりなにかの手づるを頼って便乗の権利を取得した乗客が、ぽつぽつ旅館の裏にあつまってきた。

一ばん最初に来たのは、六十すぎの陰気くさい老人だった。ものも言わず、いつもじっと一と所

を見つめている。

つぎに、肺病患者とおぼしい、やせた男が来た。頬《ほお》がこけて蒼白《あおじろ》く、疲れ切ったその表情から年齢を推測するのは困難だ。四十ぐらいにみえるが、もしかすると非常に若いのかもしれない。着ている中山服はよれよれだが、頭だけは油で丹念にかためてある。それがいかにも不均衡にみえた。この男が古トランクをさげて旅館裏まで辿《たど》りついたときは、いまにも倒れんばかりであった。

トランクの腹に、墨で大きく「李福光《りふくこう》」と書いてあった。この男の名前であろうが、およそ福の光とは縁遠い人物と思われる。

李福光も黙りこくっていた。

だが、つぎに来た四十年輩の男は騒々しい性格の人物だった。ずんぐりしたからだに、兵隊服のようなものをつけている。自分は荘徳善《そうとくぜん》といって綿布の行商人であると、相乗り客一人ひとりに自己紹介をしてまわった。その目はたえずきょろきょろきょろうごいた。

「あんた安い布地を買わんかね？」荘徳善は私のそばへ寄って、なれなれしく話しかけた。

「いまが一ばん安い。しかもわたしゃ原価を切って売るんですぜ」

「旅行中には買物をしない主義なんだ」

と、私は逃げた。

「旅行中だろうと、安い買物をしといたほうが得ですぜ。見本の生地はここに……」

荘徳善は肩にかけた包みをはずしかけた。

「買うつもりはぜんぜんないぜ」私はきっぱりと拒絶して、そっぽをむいた。

行商人は性懲りもなく、こんどは孫継明を口説きにかかった。これは相手がわるかった。孫継明は返事もせずに、天の一角をにらんだままだった。

一ばんあとに来たのは、小柄な中年の婦人である。若くはないし美しいともいえなかったが、どこかに魅力が感じられた。

彼女はたえずほほえんでいた。みんなに相手にされないので、荘徳善のおしゃべりはもっぱら彼女にむけられた。彼女はいやな顔もせずに、行商人の饒舌《じょうぜつ》に耳をかし、ときどき親切にも相槌《あいづち》をうってやるのだった。

名前をきかれても、彼女はにこやかに「あたし阿妍《あけん》というの」と答えた。

とはいえ、彼女も荘徳善の綿布は買わなかった。その断わり方が私の気に入った。

「あら、おかしいわ。だって、あたしの家が綿布屋なんですもの」

と彼女は言ったのだ。

彼女の魅力はどうやらこうした機智《きち》と関係があるらしい。ほかにどことといって人目を惹《ひ》くところもない。が、愛嬌《あいきょう》だけが彼女の魅力の源泉であるとは思えないのだ。機智——いやむしろ、そんな機智を生み出すなにかが、彼女の裡《うち》に光っているのだという気がした。

乗客は六人だが、乗客の手荷物のほかに、商売用の托送品《たくそうひん》がかなりあった。荷主たちは苦力《クーリー》に曳《ひ》かせて托送貨物を旅館の裏にはこんできた。

「かためておくんだぜ。ばらばらに置いちゃいけないぞ」旅館の亭主は苦力たちを指図した。

「空模様がよくない。雨が降ったら防水シートをかぶせにゃならんからな」

呑気《のんき》なようにみえても、この亭主には活動的な半面もあるらしい。荷物のあいだを往《ゆ》き来して、なにやら世話を焼いていた。

「李さんのこの荷物まちがいだぜ。蘭泉路だから昌順《しょうじゅん》行きの荷物はのせられないぞ」

赤い毛布を無造作にかぶせた行李大の荷物のうえに、亭主はかがみこんで言った。毛布に縫いつけた布に送り先が書いてあるらしい。

やがて亭主は空を仰いで呟《つぶや》いた。

「あやしい雲が出てきたぜ。とにかくさきにシートをかぶせたほうがいいなあ」

怪しい雲は専門家にしかわからない。私は陽光を浴びながら、壁にもたれて車を待った。

三時出発というトラックが旅館裏に着いたのは、四時をすぎてからだった。予定していた運転手が都合で来てくれなくなり、代りをさがしていたので遅れたそうだ。代りの運転手は革ジャンパーを着た威勢のいい青年である。

亭主の見立てにもかかわらず、雨は降らなかった。トラックがきたとき、亭主は未練がましく、降りそうもない空をにらんでから、大きな防水シートのなかにもぐりこんで、それをはずした。

乗客も荷物もトラックに積み込まれた。ただし迷いこんできた荷物三個だけは、旅館の裏にとり残された。

こうしてわれわれ六人――いや、運転手を含めて七人の一行は、蘭州を出発した。蘭州と金泉《きんせん》を結ぶ道路が蘭泉路である。このトラックは蘭泉路通いの定期便なのだ。

まる一日のあと、私を除いた全員が死んでしまったわけだが、出発の際にはそんな不祥事を予兆するものはまったくなかった。

## 3

荷物のあいだに私たちは席を占めた。もともと旅客をはこぶ車ではないのだから、快適というわけにはいかない。しかし、便乗料金を平時の二倍もとった運送屋は、さすがに気がとがめたのか、乗客用に特別な設備をほどこしていた。つまり、X字型に縄《なわ》を車上に張ったのだ。動揺のはげしいときはこの縄につかまれ、という配慮らしい。

「さて、まんざら乗心地もわるくはありませんな」

車上の人となると、荘徳善《そうとくぜん》はあたりを見まわして言った。

彼はおしゃべりをはじめようと構えたのだが、みんなそ知らぬ顔をしていた。相乗りの客のつめたい態度を見て鼻じろんだのか、彼はそれきり口をとざしてしまった。

荘徳善が唯一の頼りにしていた相手の阿妍《あけん》女史は、婦人として特別待遇をうけて運転台の助手席をあてがわれていた。だから、荷台のうえにはいなかったのである。

トラックはいかめしい蘭州《らんしゅう》の城門を出た。

孫継明《そんけいめい》はアンペラ包みのうえにどっかと腰をおろし、口を真一文字にしめていた。私は道路に沿って流れている河を、ずっとながめつづけた。

黄河《こうが》である。赤く濁って、水という感じはすこしもない。このあたりでは洮河《とうが》と呼ばれている。

道路はこの洮河にぴったりくっついて、新沙《しんさ》という集落まで続いているのだ。

新沙でトラックは河を渡らねばならない。

日暮れに近くなってから、新沙についた。

乗客はみんな降りた。舟をやとい、トラックをその舟に追いあげるまで、だいぶ時間はかかる。そのあいだ夕食をたべようということになった。

渡し場のある新沙は、すぐうしろに山がせまっている小さな集落だった。河岸に汚ならしい飯屋があって、乗客たちはそこで夕食をとった。あまりにもまずいので、私は大きなナイフ兼用の缶切りで缶詰を一つあけた。そばにいた孫継明にわけてやろうとしたが、彼は要らないと言った。彼は例のパンを持参しているので、飯屋の椅子《いす》を借りただけである。

食事がすむと、乗客たちは思い思いに、そのあたりを散歩した。契約した舟がなかなかやって来ないらしい。

私は洮河の岸に立って、ながいあいだ眼下の濁流をながめた。

いつまで待たされるかと心配していたが、そのうちやっと舟が廻送《かいそう》されてきた。

苦力たちが岸と舟のあいだにがんじょうな板を渡し、トラックを舟に押しこもうとしはじめた。そのあいだに、運転手は大声で乗客を呼んだ。

「おおい、舟が出るぞお！」

これぐらいの声を出せば、新沙のようなちっぽけな所なら、端から端まできこえるはずだ。また、そんなに声をはりあげなくても、乗客たちはみんな出発を気にしているのだから、渡し場の近くにいたのである。

ぞろぞろと乗客たちは集合した。

「みんなそろったかな？」乗客の数をかぞえた運転手はたちまち不機嫌な顔になって、「五人しかいねえぞ。一人足りねえや。いったい誰《だれ》なんだ？」

「じいさんだわ」阿妍《あけん》がすぐに言った。

「ちょっ！」と運転手は舌打ちをして、「耄碌《もうろく》じじいめ、どこをうろついてやがるのかな？　早くしねえと暗くなっちまうぞ」

ただでさえ出発がおくれているのである。傭舟《ようしゅう》でまたおくれた。宿泊地の定夏《ていか》には、この調子では夜中につくことになりかねない。

運転手はもういちど声をはりあげて呼んだ。そしてしばらく待ったが、老人は姿をあらわさない。

「畜生！　耳が遠いのかな？」

運転手は両手で口を囲って、やけくそな声を出して呼んだ。三度、四度、――しかし、老人はあらわれない。応答もない。

「こんな集落なら、一とまわりするのに十分とかかりませんや。さがしに行ったほうが早うがすぜ」

行商人の荘徳善《そうとくぜん》はそう言って、歩きだした。みんなもなんとなく彼のあとを追った。

運転手が大声を出しても、老人は渡し場にやって来ないはずである。なぜなら、彼は死んでいたのだから。

ちょうど山際のところに、こんな集落には勿体《もったい》ないほどの見事な石塔が建っていた。そのうしろは一部が石垣ふうになっていた。石垣は四、五メートルうえの山道を支えているのである。老人は石垣と石塔のあいだに倒れていた。頭蓋骨《ずがいこつ》がむざんにくだけ、そばに大きな石がころがっていた。一と目でそれが石垣の石だと知れた。

石垣の一ばんうえ、山道に沿っている段の石が一つもぎとられていた。

荘徳善は唸《うな》った。

「かわいそうになあ。あそこの石がゆるんでいたんだ……」

「そうかな？」運転手はいぶかしそうに石垣を仰いだ。「がっちりした石垣のように見えるがなあ」

老人は石垣を背にして、石塔をながめていたにちがいない。そのとき石が落下したのだ。地盤がゆるんでいたのか、それとも子供がいたずらに石を揺りうごかして、そのため最初からぐらぐらしていたのだろうか。とにかく、選《よ》りに選って石が落ちようというときその下にいたとは、残酷な偶然というほかはない。

新沙のような集落にも役場らしいものがあった。奇禍に遭った老人のために、私たちは役場にひきとめられて、事情を説明させられた。この哀《あわ》れな老人は名前さえわからなかった。

「蘭州の店できいてもらえばわかるさ」

運転手はおこったような口調で答えた。出発がまたおくれたので、彼は腹を立てているのだった。役場から解放されて渡し場へ戻る途中、運転手はなん遍も唾《つば》をはきちらして、

「合計三時間もおくれた！」とぼやいた。

最初の予定は、午後八時定夏に到着となっていた。三時間おくれると、十一時になるではないか！　私はうんざりしたが、腹は立たなかった。怒るよりは哀れな老人の死を悼む気もちのほうが、むろん遙《はる》かに強かったのである。

舟のうえでも向う岸に上陸して再び車にのりこんでからも、私はたえず、名も知らぬ老人の家族や友人の嘆きを思いやった。

風景というものは、見る人の心を反映するのだろうか。あたりの眺めはなにか物悲しかった。洮《とう》河《が》の濁流も、それにうかぶ皮袋の筏《いかだ》も、それを漕《こ》ぐ小さな人間の姿も、いかにもあわれっぽい。蘭泉路は主幹公路ではなく、いわばローカル道路である。しかし道幅はわりに広かった。トラックは洮河から離れてはやがてまた近づきながら、山あいの道を進んだ。

荒涼たる灰色のなかを進んでいても、いつのまにか、左右の崖《がけ》に意外な緑が見えてきたりする。山あいの道から、不意に広い高原のようなところへとび出すこともあった。灰色と緑色のまじったそんな高原では、ものものしい角を生やした犛牛《ヤク》や、のんびり歩く駱駝《らくだ》の群れが見えた。

やがて日が暮れた。あたりがすっかり暗くなり、心をまぎらす景色も見えなくなった。ねむるほかにすることがあろうか。

私もまどろんだ。

九時をすぎると、みんな居眠りをはじめた――と思う。暗いのではっきり見えたわけではないが、荘徳善の頭がときどき私の肩にぶつかったし、闇《やみ》のなかに鼾《いびき》の音がきこえたりした。

ふと目をさますと、トラックの横腹になにやら物のあたる音がきこえた。鈍い音である。何の音だろうかと耳をすましたが、その後しばらくはきこえなかった。うとうとしかけると、またさっきと同じ音で目がさめた。

運転手はスピードをあげて、おくれた時間をとり戻そうとしていた。しかしボロ車なので、そうやすやすと運転手の思いどおりにならないらしい。それがよけい運転手の癇《かん》にさわるのか手荒なまがり方をする。……音がするのは、きまってそんなときだった。

車の揺れは眠気を誘った。私は姿勢をかえてねむりなおそうと、からだをうごかした。そのとき、ひと揺れ大きいのがきたので、手をのばして前にあるはずの縄をつかもうとした。が、手は縄に触れなかった。私は自力で坐《すわ》りなおし、再びまどろんだ。

運転手の努力にもかかわらず、スピードをあげてとり戻した時間はしれたものである。その証拠に、定夏に着いたのが十一時にわずか十分まえだった。

4

定夏《ていか》は蘭泉路でもかなり大きな町である。宿屋が二、三軒あるということだった。まともな寝床が欲しければ、どうしてもここまで来なければならない。到着したとき、街はむろん灯を消してまっ暗だった。

車は一軒の宿屋のまえにとまった。運転手はとび降りて、その門をたたいた。やがて宿屋から一人の男がランプをさげて出てきたので、あたりがすこしあかるくなった。

「やれやれ、やっと着いたか!」

荘徳善《そうとくぜん》は大きな声で言って、思い切り手をのばしながら欠伸《あくび》をした。

孫継明《そんけいめい》は例の行李《こうり》のうえに坐ったまま、手を口にあてた。ひかえめな欠伸をしたのだろう。

その様子からみると、二人はまだねぼけているらしい。

私は彼らの目がさめるように、大きな声で、

「さあ、荷物をおろしましょうや。あんた方はさきに降りて下さい。私が上から荷物を渡してあげるから」

二人は目をこすったり、欠伸をかみ殺したりしながらトラックから降りた。

「もう一人いたじゃないか」

下に降りた孫継明が言った。

そうだ、李福光《りふくこう》という男がいたはずである。

宿屋の人が門のまえでさしあげているランプのひかりだけでは、トラックの荷台のなかはよく見えない。

「どこにいるのかな？　暗くてみえないが」

と私は呟《つぶや》いた。

「旦那《だんな》」と、まっさきに降りていた運転手が声をかけた。「暗けりゃこれを貸しますぜ」

運転手がさしだしたのは懐中電燈だった。

私はそれを受取って、荷台を隈《くま》なく照らしてみた。——李福光はどこにもいなかった。

そして、X字型に張ってあったはずの縄が、一本しか見あたらない。さっき摑《つか》もうとしてもつかめなかったのも道理である。

「あの男はいないぞ」と私は言った。

「どこか荷物と荷物のあいだにねころんでるんじゃないかな」

下から孫継明が助言した。

私はもういちど、丹念に懐中電燈で荷台を照らした。荷物と荷物のあいだは、とくに気をつけて。

「こんなにみんなが大声で話してるのに起きないなんて、よっぽどぐっすりねてらっしゃるのね」

阿妍《あけん》女史がそう言っているのがきこえた。

しかし、李福光という不景気そうな男はねているのではない。荷台のうえにいないのである。

「やっぱりいない！」と私はどなった。

このとき私は、不吉な予感に襲われたのである。あとから考えてみると、X字型の縄が一本なくなっているのを見たとき、私はすでに或《あ》る疑念を心に抱いたともいえる。それは、夢うつつにきいた、あのトラックの横腹にぶつかる鈍い音と関連があるのだ。

音がきこえたのは、進行方向にむかって右側だった。いまトラックは、左の腹を宿屋の門に横づけている。

私は右側の枠のそばに寄って、懐中電燈を下にさしむけた。失われた縄はそとがわに張られてあった。そのまんなかに丸い黒いものがひっかかって、縄はたるんでいる。

丸い黒いものは、人間の頭なのだ。

李福光の頭でなくてなんだろう。

懐中電燈のあかりはおぼつかなく、上から見ればそのてっぺんがぼんやり見えるだけだ。しかし、その男がどうなっているか、私にはすぐにわかった。縄の工合《ぐあい》からみて、それが首にかかっているのはまちがいない。

「そとがわにいたよ」

と、私はふりかえって言った。声がかすれているのが自分でもわかった。ひょっとすると、ふるえていたかもしれない。

「そとがわって、どういうことかね？」

と、荘徳善が問い返した。

「トラックのそとがわに、ぶらさがってるんだよ」

と私は言った。喉《のど》はからからだった。

「なに、ぶらさがってた？　よくも落ちなかったこった……」

荘徳善はそう言いながら、トラックのうしろから反対がわへまわった。孫継明が彼のあとにつづいた。運転手は自動車のさきからまわった。阿妍女史がそのあとを追った。

私はみんながよく見えるように、懐中電燈を上から照らしてやった。みんなは、さぞはっきりと見たことだろう。

一瞬、彼らはそろって息をのんだ。その気配が、夜のしじまを通して私の肌に伝わった。

しばらくしてから、阿妍女史の短い悲鳴が、夜空にひびいた。

李福光はくたびれた恰好《かっこう》をしていたが、頭髪だけはきちんと手入れしていた。そのアンバランスの理由がはじめてわかった。トラックの横腹に吊《つ》るされ、髪を風に吹き散らされたいま、頭のてっぺんに大きな禿《はげ》がむき出されているのである。

こんな緊迫したときに、人間はよく奇妙なことを考えるものだ。

……禿をかくすよりも、服装にもっと気をつかったらよさそうなものを。……

李福光の頭の禿を懐中電燈で照らしながら、私はそんなことを考えていた。

定夏には警官が常駐している。

やって来たのは敏腕の警官だった。敏腕というのは、彼が最初から一つの結論をつくりあげ、すべてをこれにむすびつけるという見事な手腕を発揮したからである。

「肺病やみじゃな、この男は」と警官は言った。「しかも相当ひどい肺病じゃよ、この痩《や》せ方からみるちゅうと……」

　重患の肺病やみの苦しみはひどいもので、しまいには絶望的になりがちだ。——そして、われとわが手で己れの命を断って永劫《えいごう》の平安を得ようとしたがる。

……こうした整然と筋道の通った推論によって、警官は〝自殺説〟をとり、あくまでそれを固守した。

　同じ荷台にいた三人の男が一人残らず、

「私はその男の首に縄をかけたおぼえはありません」

と証言するに及んで、警官はもはや審査の必要なしといった顔つきで、訊問《じんもん》をうち切ってしまった。

　名も知らぬ陰気な老人と、痩せさらばえた李福光、この二人が同じ日に死んだのである。もし一人だけであれば、〝事故〟でも〝自殺〟でも、私は納得したかもしれない。しかし重なった二つの死は、私ばかりでなく、ほかの人たちの心にも、なにがしかの疑惑を芽生えさせずにはおかなかった。

「考えてみると、あの石垣だってあやしかったがなあ……」

　運転手がそう呟いているのを、げんに私は耳にしたのである。

## 5

　初秋とはいえ、西北の秋はよく冷える。

宿屋の土間で、私たちは僅《わず》かな火を囲んで、ぶるぶるふるえていた。むろん、寒さのためばかりではない。

「一日のうちに二人も死んだ。同じトラックに乗っていた男がなあ」

さきほどから考えこんでいた孫継明《そんけいめい》が呟くように言った。

私たちは椅子に腰かけていたが、孫継明だけはアンペラ包みのうえに坐っている。

「戦争じゃ一日に何千人も死にますぜ。あんまり気にせんこってすな」

と荘徳善《そうとくぜん》が言った。

一座のなかで寒気をおぼえていないのは、おそらくこの荘徳善だけではないだろうか。

警察の調べがすんで、もう一時に近くなっていた。それでもトラックで来た一行は、寝に行こうとしないで、土間にかたまっている。かと言って、話がはずんでいたわけではない。同行者の二人が死んだのだから、しめっぽい空気が漂っていた。荘徳善だけはおしゃべりをしたかったらしいが、なにか話題を提供しても、そのたびに無言の壁にぶつかってしまう。仕方なしに、彼も口を噤《つぐ》んでしまった。

宿屋の番頭らしい男が見かねて、

「明日は出発が早いんでしょう? もう床につかれたらどうです?」

と勧めに来た。

すぐに立ちあがったのは運転手だけだった。

「あっしゃあすこの物置にねかせてもらうぜ。托送の荷物はみんなあすこに入れといたから、番をせにゃならんもんなあ……」

と言って、彼は出て行った。

すこししてから孫継明が、まだそこにいた番頭にむかって、

「この荷物をはこぶのを手伝ってくれないか。私も寝に行くから」

彼らは二人がかりで、その荷物を重そうにはこんで行った。

阿妍《あけん》女史だけは別の小部屋をあてがわれたが、われわれ男の乗客三人は、大きな一つの部屋におしこまれることになっていた。その部屋にはちょうど寝台が三つ置かれてあるのだ。

「ほんとに早くねておかなくちゃ……」

阿妍女史も立ちあがって、膝《ひざ》にかけていた毛布をとって肩にかけた。

荘徳善と私の二人が残された。

「死ちゅうやつは」と、行商人は話のきっかけをつくろうとして言った。「どうやら伝染するらしいなあ……」

彼はこれから長談義をはじめるつもりらしかった。相手になるのはご免だ。私は椅子から腰をあげて、

「とにかく早くねて、そんなことは明日の朝に考えましょうや」

彼は話相手が逃げ出そうとしているのをみて、ちょっぴり淋《さび》しそうな目つきをした。それはほんとうにちょっぴりだけだった。おしゃべりの楽天家というものは、体質的にながく淋しがることはできないとみえる。

「いやまったくそのとおり。やっぱり横になったほうがいいですな」

と、彼も立ちあがった。

部屋へはいるまえに、私は大きなくしゃみを一つした。さむい土間にながくいたので、風邪をひきかけたようだ。

孫継明は寝床のうえに坐っていた。

「魔法瓶のお湯を一杯もらえませんか？」と私は彼に頼んだ。「こんなところで風邪をひいちゃ事ですから、用心のために薬をのみたいと思いましてね」

「どうぞ」

と言って、孫継明は茶碗《ちゃわん》に魔法瓶の湯をついてくれた。

私はそれで用意の風邪薬をのんだ。

「お茶ならこっちにありますぜ」

と、うしろから荘徳善が声をかけた。

部屋の隅に小さなテーブルがあって、そのうえに薬缶《やかん》と茶碗がのせてある。荘徳善はそのお茶をのんでいるところだった。

「ありがとう」と、私は一応礼をのべた。「でも、いまは薬をのんでるんですよ」

二人の同宿者が両端の寝台をさきに占領したので、残されたまん中の一台が私のものとなった。寝るまえにお茶をのもうと薬缶をとりあげたが、思いとどまった。薬と一しょに湯をのんだあとだから、喉の渇きはある程度いやされていた。それに薬缶の重みから判断すると、なかにお茶はあまり残っていないようだった。私は朝目がさめるとかならずお茶をのむ習慣がある。そのときにとっておきたいと思ったのだ。

ガタガタと音をたてて、私は薬缶を机のうえに戻した。そして寝床のなかにもぐりこんだ。

奥地の宿屋だから、カーテンのような気の利いたものはない。朝になると、むきだしの窓から、遠慮会釈もなしに陽光が部屋のなかへ流れこんでくる。

朝日の溢《あふ》れる光が私の目をこじあけたようなものだ。目がさめて左右を見ると、同室の二人はまだぐっすりねむっているようだった。

私はいつもの習慣で、お茶を口に含むべく寝床を抜け出した。まだ力のこもらぬ手で、重い薬缶をもちあげてお茶をついだ。お茶はむろん冷え切っていたが、朝のこの冷えたお茶というのが、また格別おいしいのである。

まだ睡眠が足りないような気がした。時計を見ると、七時半だった。たしか一時半ごろにねたのだから、もう少し眠れるはずだ。出発は九時の予定である。だからお茶をのんだあと、再び寝床にはいった。

うとうとしかけたとき、なにかおかしいぞ、という考えが頭の隅にふとうかんだ。なにがおかしいかは思いつかない。とにかく、どこか妙なところがあるのだ。——ちぐはぐなものといっていいかもしれない……。

半分ねむっている頭には、そんなことを追究する機能はなかった。……で、私はそのまままどろんでしまった。

どれほどねむったかわからない。とにかく二度目に目がさめたのは、光線が目を射たせいではなかった。やかましい人声が私をおこしたのだ。いや、私は揺り起こされたのだ。……目をさますと、大ぜいの人声がワッと耳にとびこんできた。つぎに、私はからだが揺れているのに気がついた。私を揺すぶっていたのは阿妍女史だった。

「あ、起きたわ、やっぱり！」

私が目をあけたことが、よほどうれしいとみえる口ぶりと表情だった。へんだぞ、と私は思った。

……運転手や孫継明の顔が見えた。それから、宿屋の番頭らしい顔も。

「そうかい、そりゃよかった！」と運転手は言った。「てっきり四人目かと思ったぜ」

私ははね起きて、

「どうしたんだ、これは？」

と、あたりを見まわしてたずねた。

孫継明は私の顔をじっとみつめながら、ゆっくりと口をひらいた。

「行商人が寝床でつめたくなっちまったんですよ」

「つめたく？」ねぼけた頭は反応がにぶかった。

「死んじまったのよ」と、阿妍女史がそばから口をはさんだ。「それで、あんたもかと思って、みんなが……」

私は声が出せなかった。唾《つば》をのみこんだが、それがなかなか喉をとおらないのだ。

6

「出発が早いもんだから、みんな起こしておこうと思って来たんだよ」と、運転手は言った。

「まずそこの行商人を起こそうとしたら、硬くなって、呼吸《いき》もしていねえ。びっくりして大きな声を出したら……」

「その声で私はとび起きたんですよ」

と孫継明《そんけいめい》は言った。

阿妍《あけん》女史も自分がここにいる理由を説明しなければならぬと思ったのか、

「あたしはとっくに起きてましたけど、こちらで大きな声がしたもんですから、なにかあったのかと思って、駆けつけてきたのよ」

と言った。

「殺されたんですか？」と私はたずねた。

〝殺人〟という言葉は、昨日の連続死で私の脳裡《のうり》に深く彫りこまれているのだった。——おそらく、私の脳裡だけではあるまい。

しかし阿妍女史は首を横に振って、

「わからないの。いまお医者を呼びにやったところよ」

定夏《ていか》の町には西洋医術の心得がある医者は一人しかいないということであった。その医者がやがてあらわれて、仔細《しさい》に荘徳善《そうとくぜん》の死体をしらべた。

「心臓麻痺《まひ》らしいですな」と、その医者は勿体《もったい》ぶって言った。「いや、ひょっとすると、卒中……いや、卒中の症状でもないな。狭心症かな？……それとも……」

藪医者《やぶいしゃ》であることはあきらかだった。

医者の関心事は、この平和な定夏の町に風波を立てないことだけにあるようだった。それは、李《り》福光《ふくこう》の死を自殺と断定したここの警官とまったく同じ心理である。もしかすると、本物の藪医者ではないかもしれない。

いきなりトラックで乗りつけた他所者《よそもの》どもが、辺境でささやかな平和をたのしんでいるこの町に、余計な騒動をもたらす権利がどこにあるだろう。

私はそれを了承しようとした。

荘徳善は心臓麻痺、もしくはそれに類する急病によって、不幸にも宿屋の寝台で死亡したのである。

荘徳善の死によって、新沙《しんさ》における老人の奇禍が、偶然でないことがはっきり立証されたも同然なのだから。

そして、李福光の死に至っては、自殺でないことはすでに議論の余地があろうはずもなかった。

「毒殺の疑いはないのですか？」

孫継明がきびしい顔つきで医者にそうたずねたとき、私たちは彼がわれわれぜんぶの疑念を代表して質問した、と感じた。

医者は大きな目玉をぎょろりと光らせて、

「ばかばかしい！」と言った。

「一応おしらべになったらいかが？」

と、阿妍女史が言った。

医者は鼻をならして、

「ばかばかしい！」と繰返した。

「われわれはこの宿屋では食事をとりませんでしたよ」と孫継明は言った。「口にしたのはお茶だけですな。土間のところに置いてあったお茶は、みんながのんでなんともありませんでしたよ。

……この部屋にも、あそこに薬缶を置いてありますが……」

孫継明が私の顔をのぞきこむようにしているのに気がついたので、反射的に私は口をひらいた。

「私はのまなかったです」

今朝起きたときにはのんだのだが、私は〝昨晩は〟という意味を含めたつもりだった。

「私ものみませんでしたよ」と孫継明は言った。「すると、この部屋でお茶をのんだのは、この行商人だけらしいですね。どうです、薬缶の中身をおしらべになっては？」

医者はあからさまに不愉快な表情をたたえた。しかし、彼はしぶしぶながら薬缶をさげて部屋を出た。私たちはそのあとについて、表通りへ出た。

医者の採用した検査法は、最も原始的なものであった。

彼は宿屋から汚れた皿を一枚借りうけ、それに例の薬缶の茶をついだ。それからヒューッと口笛を吹くと、一匹の野良犬があらわれ、おそるおそる皿の液体をなめた。……犬は皿の茶をぜんぶ啜《すす》ってしまったが、けろりとした顔つきで人間どもをながめ、悠々とそのへんをうろつきまわった。

居ならぶ人たちの視線は、その野良犬に集中された。しかしいくらたっても、犬に異変は認められなかった。

「毒だなんて、ばかばかしい！」と、医者は吐きすてるように言った。「とにかく、私がみたところでは、死んでから五時間は経過しておりますな。それだけはたしかです」

私はさきほどから阿妍がさかんに目で合図を送っているのに気がついた。〈お話があるの……〉

彼女の目はそう言っているようだった。

私はみんなのところから離れて、宿屋の裏のほうへぶらぶら歩いて行った。

宿屋の裏は原っぱだった。

立ちどまってふりむくと、はたして阿妍女史がこちらへ近づいてくるのが見えた。

彼女はさりげない歩き方で、私のそばへ寄ると、小声で囁《ささや》いた。

「あの行商人が殺されたってことはおわかりでしょうね？」

「ええ、殺されたのですよ。まちがいありません。しかも毒で……」

と私は答えた。

「毒で？……でもあの薬缶のお茶を犬がのんでも……」

私は阿妍女史の顔をみた。額に二本の皺《しわ》ができていた。

或《あ》る大切なことを、私はさきほど思い出したのだ。それは秘密にしなければならないのかもしれない。しかし彼女の顔を見ているうちに、この女は信用してもいい、という気もちになった。なぜなら、彼女も私になにかの秘密を打ち明けようとしている、と感じたからである。

「薬缶の中身はすり換えられていたんですよ」と私は説明した。「今朝、私はいちど起きてお茶をのみましたが、なんともありませんでした。昨夜——いや、一時すぎでしたから今朝はやくですかな——ねるまえ私はお茶をのもうと薬缶をとりあげましたよ。が、結局のまずに寝床にはいりました。そのとき、薬缶は大そう軽かったんです。つぎに起きて薬缶を手にしたとき、ずっと重い感じがしましたよ。いいですか、あの行商人は軽い薬缶からのみ、私は重いやつからのんだ。そして彼は死に、私は生きている……」

「誰が犯人だと思いますか」

と彼女はたずねた。

「そんなこと、私にわかるわけがないじゃありませんか」

だが、阿妍は、その目のなかにさぐるような、そして物問いたげな表情をうかべた。

「あなたはＱＫＫをご存知《ぞんじ》ですか？」

彼女はそう言って、じっと私の顔をみつめた。その鋭い凝視に、私は刺されるような痛みをおぼえたほどである。あきらかに彼女は、どんなかすかな反応でも見のがすまいと、真剣に私を観察しているのだった。

「ＱＫＫ？　なんですか、それは？」

私がそう答えても、彼女の凝視はつづいた。

やがて彼女は一と息ついて、

「ほんとうにご存知ないの？　今はもうかくしている場合じゃありませんのよ」

「なにがなんだかわかりませんが……」

「そうでしたの」と彼女は呟いて歩きだした。「立っていると怪しまれますわ。仲よく歩きましょう、恋人みたいに」

私たちは仲のいい恋人のように、肩をならべて、ゆっくり歩いた。

「ＱＫＫは政治工作の秘密機関なんですのよ」彼女はほほえみながら言ったが、表情の硬《こわ》ばりはおしかくせなかった。「西北軍を再び蠢動《しゅんどう》させないように、四川《しせん》の軍閥をつかって彼らを牽制《けんせい》するのがＱＫＫの方針です。そのため張振旦《ちょうしんたん》と四川軍閥の連合を画策しております。張将軍はあんな人ですから、その代償が要るわけなんです。下交渉はほぼ成立して、あとは金塊を渡すだけになっています」

# 7

しばらく間を置いてから、彼女はつづけた。

「その金塊を運搬するのが、孫継明《そんけいめい》の役目なんです」

「孫君はＱＫＫのメンバーなんですか？」

「そうです」と阿妍《あけん》女史はうなずいた。「ＱＫＫのやり方は、こんなとき三人の同志をつけます。お互いに顔を知らない三人を、ね。運搬人を護衛する意味もありますし、また持ち逃げされないように監視するという任務も帯びているんですの」

「あなたがそのうちの一人なんですか？」

「そうです。こうなれば、もう白状してもいいでしょう」と彼女は答えた。

「あと二人の監視人は、あなたにもわからないわけですな？」

「ええわかりません。でも孫継明には三人ともわかりませんわ。それで彼は、でたらめに人を殺しているわけです」

「でたらめに殺す？」と私はきき返した。

「孫継明はあの行李に入れた金塊を横領しようと思っているのです。きっとそうにちがいありません。それには監視の三人を殺してしまうことが必要なんです。ね、そうでしょう？　でも誰が監視人だかわかりません。とにかく相乗りの五人のうちの三人です。で、手あたり次第に……」

「もうすでに三人死にましたよ」と私は言った。

「あなたがQKKでないとしますと、殺された三人のうち、二人がQKKですわ。あとの一人はあたしですもの」

「一人まちがって殺されたんですね」

「ひとごとじゃありませんよ」と彼女は言った。「あなただってすんでのことに殺されかけたんですよ、あのお茶で」

たしかにそうである。間一髪のところであった。もし薬と一しょに湯をのんでいなければ、あのときぎっと喉をしめらすために、薬缶の茶をのんだことであろう。

「なるほど」と私は言った。「孫継明が犯人だったのか。薬缶の茶をあとで入れかえて……だから、医者にむかって、茶を試験してみよ、とすすめたんですね」

「問題はこれからのことですわ。いちど助かったからといって、つぎもそんなに運がいいとは限りませんからね。これからは、とにかくご用心なさいね」

「あなたも、ね」と私は言った。

「あたしは助手席に坐ってますから、車に乗っているあいだは、まず安心ですわ。けど、あなたは一刻も油断できませんよ。あの人殺しがいつもそばにいるんですから」

手あたり次第に人を殺すような人間と、二人きりで荷台に乗るなど、考えてみれば大そう気味のわるいことだ。

いかにも実直な銀行マンらしい顔つきで物を言った、あの初対面のときの孫継明を、私は思い出した。そのとき私は彼が好きになったのだ。それがなんと、金塊横領を企《たくら》んでいる男とわかった。なにもかも信じられないという思いで、私は気が沈んできた。

と同時に、そんな憂鬱《ゆううつ》さをおしつぶすようなもっと強いもの、大いなる憤激とでも言おうか、煮えたぎるものが私の心に湧《わ》きあがってくるのをおぼえた。

ＱＫＫなるものがどんな性質のものであるか、その任務が崇高であるか卑劣であるか、そんなことは私にはわからない。ただ三人も監視人がいるのに、むざむざ一人の男に殺されて行ったのはあきらかな事実だ。殺人は一対一でおこなわれたのである。もし三人の同志が力をあわせてあたれば、いくら孫継明でも手も足も出なかったにちがいないのに。

ところが、三人の同志は力を合わせることができなかったのだ。各人はあとの二人が誰であるかすら知らされていなかった。これでは団結しようにも出来っこはない。

「お互いに気をつけましょうね」と阿妍女史は言った。「休憩のときなんかも、あたしはあなたにたえず気を配ってあげるわ。そしてあなたも、あたしを見ていて下さいね」

こんなふうに互いに護衛しあっておれば、どんな殺人魔でもつけこむスキはなかったはずだ。それを妨げたのは何であろう？　団結すれば……彼ら三人は共謀して金塊を横領してしまうかもしれない。おそらくＱＫＫの首脳部はそう考えたのであろう。

人間にたいするこの不信！　そして、この不信のゆえに、人が殺されたのではないか。しかも、すくなくとも一人は局外の人物をまきこんでいるのだ。

噴きあげてくる怒りが頭にのぼって、私は自分の顔が紅潮してくるのを感じた。

怒りの対象は、会ったこともなければ、名前すらきいたこともない人間である。……ひょっとすると、人間ではないかもしれない。ＱＫＫという一つの特殊な機構、血の通っていないつめたい組織が、こんなことをさせているのではなかろうか？

行商人荘徳善《そうとくぜん》の死は、とうとう心臓麻痺にされてしまい、われわれは放免された。だいぶ人数の減った一行は、再びトラックの旅をつづけた。

荷台には、孫継明と私だけである。

## 8

むろん私は神経をとがらして、孫継明《そんけいめい》の一挙一動に気をつけた。いちど彼が立ちあがって、ポケットに手をつっ込んだときなど、私はすばやくあとしざりして身構えた。……彼がポケットからとり出したのはハンカチだった。

そんなことがあったので、二度目に彼が立ちあがってポケットに手を入れたとき、私は思わぬ油断をしてしまったのだ。

彼がとり出したのはハンカチではなく、ピストルであった。

「手をあげろ！」

と、孫継明は言った。

手をあげようがあげまいが、相手はお構いなしにピストルをうつだろう。それはわかりきったことなのだ。しかし少しでも時間をかせぐためと、そして立ちあがる動作をぼかすために、私は手をあげた。

私は荷物のうえに坐っていた。だがいつでも立てる用意はしてあった。手をあげながら、そっと立ちあがった。荷物のうえに立ったのだから、目のまえの孫継明より高い場所を占めたことになる。

それが私にとって有利なような気がした。

私の武器はポケットにあった。缶切り兼用のナイフである。だが、もうそこへ手をやるすべはなかった。折角高いところにいるのだから、イチかバチか身をおどらせてぶつかってやろう。——ほかに良い方法も思いうかばないまま、私はとっさにそうすることにきめた。

しかしながら相手のほうでも、私を早く片づけようとしていたのだ。私が跳躍の構えに移ったとき、ピストルが鳴った。

と、私は左腕に激痛を感じた。

とびかかろうとしてからだを少し歪《ゆが》めたので、弾丸が左腕をかすったらしい。もしまともな姿勢でおれば、胸板を撃ち貫かれていたであろう。

こんなときにとっさになにかひらめくものがあるのだ。本来なら、私は右手で負傷した左腕をおさえるのが自然の動作であろう。しかし私は、両手で胸をおさえた。……胸をやられて致命傷をうけたとわかれば、相手はもしかすると第二発目をうたないかもしれない。そんな空頼みからである。

ちょうどカーヴを切るところだったので、車体が大きく揺れた。荷物のうえに立ってからだをねじっていた私は、そのはずみにふりおとされた。大へんな幸運である。

さらに幸いなことに、車がスピードをおとしていたので、私はもんどりうっただけで、怪我《けが》はしなかった。私の空頼みにもかかわらず、孫継明は二発目を発射した。が、そのとき私はすでに、トラックのそとに抛《ほう》り出されていたわけである。

トラックが停《とま》った。

運転手がピストルの音をきいたのであろう。

車が停ると、運転台のドアがあいて、助手席から阿妍《あけん》女史がそとへとび出した。

なんという無謀な行動！

孫継明は荷台に立ってピストルを構えていたのだ。とび出した彼女にむかって、彼は引き金をひいた。

両手が胸のほうへうごきかけたが、そのまま彼女は地面に崩折れてしまった。そのうえに、孫継明はさらに二発ぶちこんだ。

孫継明は荷台からとびおりて、ドアのあいている運転台にむかって、

「さあいいか、おれの言うとおりに運転するんだ！」

と言って、ピストルを擬した。

だがつぎの瞬間、彼はのけぞった。

運転台から小さな黒いものがとんできて、彼の額のあたりをしたたかうったとみえる。思わぬ飛道具の出現だった。

その飛道具につづいて、運転手自身がとび出してきた。立ち直りかけた孫継明めがけて、彼は体あたりをくらわせた。

それから二人は、組んずほぐれつの格闘をはじめた。

この格闘は運転手のほうが優秀であった。ひょろ高い都会風の孫継明よりは、ずんぐりしたがんじょうな若い運転手のほうが、体力的にすぐれていた。それに、孫継明は右手に握ったピストルが邪魔になった。それを離すまい、相手に奪われまいと気にしているので、それだけに行動が制約されるわけだ。

孫継明はなるべく相手をつきはなして、決定的な飛道具を使う機会をつかみたいとねらっていた。反対に、運転手は相手がピストルをうてないように、あくまでくっついて、肉迫戦で勝負をつけようとした。

運転手の逞《たくま》しい拳骨《げんこつ》は、連続的に孫継明の顔面と頤《あご》に炸裂《さくれつ》した。

そのあいだ、私は阿妍女史のところへ匍《は》い寄った。

……駄目だった。

どうしてこの女がこんなところで死なねばならなかったのか?

私は彼女の経歴を知らない。そんなに親しく話をしたこともない。しかし、彼女を殺した者へのいきどおりは、はげしく私の胸を衝《つ》いた。

阿妍女史を殺したのは、ひとり孫継明のピストルだけではないのだ。QKKという組織の怪物にたいしても、私は憎しみを感じた。

目を転じて格闘のほうを見ると、ちょうど運転手が取りかえしのつかぬ大失策を演じたところであった。

運転手は調子に乗りすぎて、あまりにも見事なパンチを相手の頤《おとがい》に加えたのだ。そのため孫継明はうしろへとばされた。おそらくそのパンチは、孫継明のからだをせいぜい一メートルとばすほどの力しかもっていなかったであろう。

しかし、孫継明が自分でとびのく力をそれに加えたとみえ、二人の距離は二メートルもあいてしまった。

運転手はあわてて肉迫しようと身構えたが、孫継明のピストルはそれより早く鋭い音を発した。

弾丸が運転手のからだのどこかにあたったにちがいない。だが彼はそのまま、一直線に孫継明めがけてぶつかった。

体力の優位という、運転手にとっては唯一の頼みだったものは、すでに失われてしまった。彼は手負いの獣であった。孫継明は落着いて、相手をあしらった。やすやすともういちど敵をつきはなして、二発目を発射した。

これは一瞬の出来事であった。

私が阿妍女史をあきらめて身を起こそうとしたとき、二発の弾丸をからだにうけた運転手は、けなげにも最後の力をふりしぼって、再び孫継明に組みついていた。

額の汗が目のすぐうえまで垂れてきたので、私は手の甲でそれを拭《ぬぐ》いあげた。そしてもういちど彼らのほうを見たとき、運転手はすでにあっけなく組み敷かれていた。

相手のうえに馬乗りになっていた孫継明は、ピストルを犠牲者の胸につきつけた。引き金をひいたらしいが、弾丸は出ない。カチッという音がしただけである。

孫継明の横顔に、私は奇妙な薄笑いを認めた。蘭州《らんしゅう》の宿で私の心に素描されたあの銀行マンの面影は、その薄笑いによって完全にかき消されてしまった。

ＱＫＫがはたして正義の機関であるかどうか、私は知らない。そのＱＫＫの側に立って、裏切者に手向う義理は、私にはない。だが孫継明が横領犯人であり、何人も人を殺して、愛すべき阿妍女史までその魔手にかけたことは、はっきりわかっている。

目のまえの地面に、一本のスパナーがころがっていた。それは、運転手が運転台から孫継明に投げつけたあの飛道具であろう。私はそれをひろって、手に握りしめた。

殺人魔は私に気づかなかった。私は彼のうしろにまわった。彼はピストルに弾丸をこめようとしているところだった。

渾身《こんしん》の力――というより、〝怒り〟をこめて、私はスパナーを孫継明の脳天へうちおろした。頭から血が噴きだし、彼は運転手のうえに折り重なって倒れた。

一撃で彼は息絶えてしまったかもしれない。私がつづいて、二度ならず三度もスパナーを揮《ふる》ったのは、怒りのなせるわざであった。そればかりか私は、もはや死んだと思われる孫継明のからだを足蹴《あしげ》にした。運転手をらくにさせてやるためである。

運転手は瀕死《ひんし》の状態だった。口をひらくのもよほど苦しかったようだ。それでも彼は喘《あえ》ぎながら言った。

「あんたはＱＫＫか」

「そうだ」と私は答えた。

死に際の人を安心させるためには、嘘《うそ》も功徳だと私は考えたのである。

ほんとうにいいことを言ってやった。運転手は安堵《あんど》の笑みをうかべて、

「あの行李、頼む……」と言った。

私はうなずいてみせた。

私が新しくわかったのは、運転手がＱＫＫだったという事実だ。ＱＫＫの監視人は阿妍女史と運転手の二人が最後まで残った。さきに殺された三人のうち、本物のＱＫＫはたった一人だということになる。

私は運転手のからだを抱いてやった。やがて、彼の頭は私の胸のなかで、がっくりと垂れた。

運転手の死体を丁寧に地上に横たえてから、私は空を仰いだ。真昼の太陽はまぶしかった。これは白昼の出来事なのだ。

時間にして、孫継明が私にピストルをつきつけてから、ものの十五分と経っていないであろう。離ればなれに横たわっている三個の死体を眺めているうちに、私は嘔《は》きけを催してきた。

死体はこればかりではない。別にもう三個あったのだ。

蘭州を出発したとき、運転手を含めて七人の一行が、いまは私ただ一人となってしまった。……あまりのことに私は胸がからっぽになってしまって、感慨めいたものは一向に湧いてこないのである。

車の運転が出来ないから、通りがかりの車を呼びとめて、乗せてもらうしかない。そのとき、この場の情景をどんなふうに説明したものだろうか？……私はしばらくそんなことを漠然と考えていた。

しかしいつまでもぼんやりしているわけにはいかない。せめてこんどの事件のこと、その原因を考えてみようとつとめた。

――結局、物欲なのだ。……

## 9

左腕に止血の処理をしてから、私は荷台にとびあがった。

孫継明《そんけいめい》の――いや、ＱＫＫの例のアンペラ包みの行李《こうり》が最初に目にはいった。それが六人の生命を奪った元兇《げんきょう》なのだ。

私は缶切り兼用のナイフでその行李の紐を切った。手に表情があるとすれば、そのときの私の手つきは、きっと憎しみに満ちているように見えただろう。

行李をあけると、ぼろ切れがつまっていた。私はそれをかきわけて、なかをさがした。なかには金塊がかくされているはずなのだ。孫継明は測量機械だと言ったが、それが嘘っぱちであることはもうわかっている。

手をつっこんでさがすと、堅いものが指に触れた。私はそれをつかみ出した。金塊の感触と早合点したが、そうではなかった。とり出してみると、赤煉瓦《あかれんが》であった。

私は重い行李をひっくりかえした。

赤煉瓦が十個ばかりころげだした。

念のため、私は孫継明のトランクをしらべてみた。身のまわりの品物しかはいっていなかった。

やれやれ……。

私は溜息《ためいき》をついた。

一時間ばかり、私は荷台のうえに坐っていた。ぐったりして、うごけなかったのである。左腕の傷も痛んだ。

定夏《ていか》の宿を出て以来、私には景色を見るゆとりもなかった。たえず眼前の殺人魔に気をつけねばならなかったからだ。やっといま、あたりの景色をしみじみとながめることができた。ながいあいだ風景などには接したことがなかったような、まばゆい気もちだった。

緑はほとんど見あたらない。右側の谷はゆるやかな傾斜だが、底は深いとみえる。しかしのぞいても、どこで終っているかわからない。左側の崖も、まずおだやかな角度と高さだが、よくみるとそのうしろに、目もくらむばかりの巨大な奇岩がそびえている。たいていの人は、それを画面のバックと思って、そのまえのささやかな崖しか見ないのだ。

いつから吹きはじめたのか、風が強くなったようだ。もしかすると、だいぶまえから吹いていたのかもしれない。とにかく、私ははじめて風を肌に感じた。

三個の死体そのものはうごかない。しかし風は、運転手の房々した頭髪をとばし、孫継明のはずれかかった黒っぽいネクタイをひるがえらせた。

風はさらに、うつぶせた阿妍《あけん》女史の青い旗袍《チーパオ》の裾《すそ》のすきまをくぐり、それをふくらませたり、まくりあげたりした。そのたびに、一対の白いこむらがむき出された。その白さがやるせない。私は目をそむけた。

やがて蘭州の方向から車の音がきこえてきた。私は道路にとび降りて、手を振った。

トラックは私のまえで停った。

「おやおや、沈先生じゃありませんか……」

運転台のドアをあけてこちらをのぞいた男を見ると、それは蘭州の宿屋の亭主だった。

「やあ、亭主か」

と私は言った。意外な人物の出現にも、私はすこしも驚かなかった。六個の死体を見た目を、これ以上おどろかせるものがいったいありうるだろうか。

「どうしたんですかい、こんなところで？」

亭主は運転台から降りてきて、たずねた。

私は運転台のなかを見たが、誰もいなかった。

「亭主が運転してきたのかい？」

「宿屋の亭主、時によっちゃ運転手にもなりますぜ。なあに、急用が出来たんでちょっと車を借りましてな」

「どうしたんですかい？」と亭主はきいた。

「じゃ、こっちのトラックの托送品を預かってくれないか？　ついでにおれも乗せてくれ」

三個の死体がころがっているのは、とまっているトラックのむこうがわで、亭主には見えないのである。

「まあ見てやってくれ」

私は亭主を導いて、現場を見せてやった。

「やあ、こいつはひどい！　いったいなにごとがおこったんですかい？」

「まあ坐れよ」と言って、私は道ばたに腰をおろした。からだは芯《しん》から疲れていた。

亭主も私の横に坐った。

私はすべてを話してやった。この場の説明をするには、正直にみんな言ってしまうほかに方法はない。最後の、行李から煉瓦が出てきた件《くだり》は、特に強調して話した。金塊があれば、この亭主だって私を殺しかねないではないか。孫継明に裏切られた私は、もう誰も信用できない気もちになっていた。

「まあ一ぺん見てもらおうじゃないか」

私はそう言って、亭主を荷台のうえまで連れて行き、煉瓦を見せてやった。

「わかったよ、ぜんぶわかった」

と亭主はうなずいた。

「わかったらおれと托送の荷物を乗せてくれ」と、私はあらためて頼んだ。

「あんたは乗せて行ってやる」と亭主は言った。「が、荷物はだめだな。わしは成原《せいげん》までしか行かんのですわい。あんたの乗ったトラックは益隆号《えきりゅうごう》ちゅう運送屋のもので、托送品はみんな金泉行《きんせん》きですよ。このつぎの村にたしか益隆号の連絡所があったはずじゃから、荷物のあと始末はそこへ頼めばいいさね」

「そうか、じゃおれだけ乗せてもらおうか」

「ところで、あの死骸《しがい》はどうするね？」

と亭主はたずねた。

「やっぱりつぎの村の役場に知らせよう」と私は答えた。「どうせおまえさんは死体をトラックに乗せたくないんだろうからな」

「まあね」と亭主は言った。「役場にはうまく説明するこってすな。いまわたしに言ったようなことじゃ、相手は納得するまいね。ゴタゴタにまきこまれるのは厭《いや》でしょうが？」

「いやだよ」と私は答えた。

「こういうことにしちゃどうです？」亭主はしばらく考えてから、「あんたは蘭州からずっとわたしのトラックに乗ってきた……ここで三人の死体を発見した。おそらく運転手と男の客が、女のとりあいをして、みんな死んじまったらしい、と。ね、それでいいじゃありませんかな？」

それで結構だった。

私は自分のトランクだけをさげて、亭主のトラックに乗った。このトラックは荷物は少ししか積んでいない。

つぎの村で予定通り、役場と益隆号の連絡所に事の次第を報告した。

成原はちょうど臨康《りんこう》へ折れる支道のある場所である。そこへ着いたとき、亭主はにやりと笑って、

「じつは、わたしもね、これから臨康へ行くんでしてな」と言った。

## 10

成原《せいげん》は数軒の人家が疎《まば》らに並んでいる小集落である。かなりひろい川が道に沿って流れていた。ここからさきは車では行けない。馬をやとって行くのである。

亭主が運転してきたトラックは、ここで乗りすてることになる。あらかじめ打ち合わせていたとみえて、一人の運転手が待ちうけていた。きいてみると、このトラックを運転して金泉《きんせん》へ行くということだった。

亭主は上機嫌で、トラックの荷物を地面へおろした。私も手伝おうと思ったが、左腕が痛むので、それはできなかった。

「あと三十キロ。なあに、大したことたあないですぜ」と亭主は言った。

荷物は五個だけだった。これぐらいの荷物を、わざわざトラックを借り切ってはこんだのは、解せないことである。

だがそんなことよりも、荷物のなかに孫継明《そんけいめい》の例の呪《のろ》われた行李《こうり》と寸分たがわぬアンペラ包みが

あったのに、私は目をみはった。

「ハ、ハ、ハ……」亭主は、私がその包みを不審な顔つきで見つめているのにきづいて、愉快そうに笑った。

「この荷物は？」と私はたずねた。

「お目にとまったのなら、仕様がない」と亭主は言った。「種あかしをするか」

「種あかしとは？」

「こいつはあの孫継明という男が、はるばる上海《シャンハイ》からはこんできたもので、なかには金塊がはいっておりますんじゃ」

「それがどうして……？」

「さっきあんたも言ったように、ＱＫＫの連中は張振旦《ちょうしんたん》を四川軍閥に結びつけて、西北軍のうしろで騒ぎ立てようってことを考えよりましたわい。……が、そんなこたあ、させちゃいかんですよ。張振旦だって西北の人間じゃから、やっぱり馮《ふう》将軍と行を共にしてもらわにゃ……。しかし張さんはお金に弱い。ＱＫＫから金塊をもらっちゃ、事は面倒ですよ。で、わしらはそんなことをさせたくないと思って、金塊をとりあげたわけさ、ね」

「ほう、どうやって？」

「最初はね、あの男をねむらせて、そのスキに金塊を抜きとろうとしましたわい。あいつが蘭州《らんしゅう》へ来たんで、わしは臨時に宿屋の亭主に化けましたよ。そして、お茶に睡眠薬をまぜてみたが、奴《やっこ》さん、用心深くて飲みやしませんや。どうやら夜もろくろくねていないらしい、……それに、こっちだって、ＱＫＫが三人の秘密監視人をつけてるってことを知ってるんで、うかつに手が出せなかったね」

「睡眠薬？」私は蘭州の宿で朝起きたとき妙な痛みが頭に残っていたことを思い出した。「おれは孫継明のところで、お茶をご馳走《ちそう》になったが、あれが……？」

「よくねむれましたじゃろ？」

「おかげさまでね」と私は言った。「そういえば、あのとき孫継明は魔法瓶の湯をのんだだけだな」

「見物に誘っても戸外《そと》へ出ない。……まるで金塊の番人でしたな、あの男は」亭主は話の本筋に戻って、「そうこうしているうちに、孫継明閣下のご出発ということになった。最後の手段で、私は一計を案じたよ。つまり、あの荷造りした行李の荷姿をよくよく観察してね、それとそっくりな荷物を一つこしらえたわけですな。重さはわかっていたから、煉瓦をつめて……いやはや、出発間際というところで間に合ったが……」

「すりかえたわけだな。しかし、いったいどこでどうやったんだ？」

「手品ですな、こいつは」亭主は言った。「手品師は帽子から鳩《はと》を出すときでも、帽子にハンカチをかぶせますな。その要領ですよ。わたしゃこちらで造った荷物に赤毛布をかけといた。縛っちゃいずに、くるんであるだけでしたわい。それをＱＫの金塊入りの荷物のそばに置いた。それから雨が降りそうだなんて口実をつくって、大きな防水シートを荷物のうえにかけた――ね、そうでしたろう？」

「なるほど、あのでっかい防水シートがつまり手品師のハンカチだったというわけだな？」

「そうそう」と、亭主はうれしそうに言った。「出発間際に、結局雨は降らなかったちゅうわけで、わたしゃ防水シートをはずしたが、そのときなかへもぐりこんでね」

「そう言えばそうだったなあ」

「なかで手練《てだれ》の早業てやつをやったんですよ。いやなあに、赤い毛布を孫継明の行李のほうにかぶせただけでさ。あの男は、毛布をはがれた煉瓦入りのほうを持って行った。つまりね、あいつはわたしの造った荷物を持ち逃げして、自分のやつを勝手に残して行きよったんですな、いやはや」

「ところで、このなかの金塊はどうするんだね？」

私はアンペラ包みを指してたずねた。

「やっぱり張将軍に献上しちまいますよ」と亭主は言った。「しかし四川のやつらと連合させるためじゃなく、もういちど西北軍に力を貸すちゅう約束でね。いや、まったく気もちがいいよ。分捕った敵の大砲で敵の兵隊をやっつけるなんて！」

亭主は愉快でたまらないらしく、大声で笑った。

その笑いの一と区切りごとに、一つずつ死体がばらまかれたのである。

亭主の笑い声はながくつづいた。

私は彼が笑っているあいだに、エンジンの調子をしらべている運転手のそばへ寄って、

「おれは金泉へ行きたいんだが、ひとつ便乗させてくれないか？」

と、小声で頼んだ。

「ようがす」と彼は承諾した。

「エンジンをかけて待っていてくれ」

そう言い残して、私は亭主のところへ戻った。

亭主はもう笑い声をおさめていたが、顔はまだ笑っていた。気もちよさそうに、濁った川にむかって深呼吸している。

「なあ亭主」と私は話しかけた。「あそこに置いてある行李のために、大ぜいの人間が殺されたなあ。金塊があるなんて、ゆめにも知らない連中までがね」

「そうですな。運搬人の孫継明と監視の三人のQKK、都合四人は知ってたわけですな。なんにもわけがわからずに殺されたのが二人いたことになりますよ」

「いや三人だよ」と私は言った。「わけがわからずに殺されたのは」

「三人？　どうして？」

「殺されたのは六人だね。孫継明と二人のQKK、この三人をのぞいてあとの三人が、つまり盲鉄砲にあたったわけだ」

「QKKが二人とは？」と亭主がきいた。

私は亭主のうしろにまわった。

ポケットから缶切りナイフをとりだし、そのまるい柄を亭主の背中につきつけた。

「手をあげろ！」と私は言った。

亭主がふりむきかけたので、私は、

「うごくとぶっ放すぞ！」とおどかした。

亭主はおとなしく手をあげた。

トラックのエンジンの音がきこえてきた。

あと数秒間無為にすごすと、私は危い目に遭わなければならない。亭主はなにか行動をおこすであろう。背中につきつけられたものがピストルの銃口でないことは、すぐにわかるにちがいない。

亭主はちょっと首をかしげていた。熟考中なのであろう。

「ＱＫＫの最後の一人はおれなんだ！」

そう言うが早いか、私は力まかせに亭主の腰のあたりを蹴とばした。

大きな水音をたてて、亭主はまえのどぶ川のなかに落ちこんだ。

私はいそいでトラックのところへ走って行った。

さっきおろした亭主の荷物が、まだ地面に置いたままである。私はそのうち、例のアンペラ包みの行李だけをもちあげた。しかし私は、このとき腕の痛みなどはすこしも感じなかった。荷台へそれを抛りこむと、私は助手席へおどりこんだ。

「早くやれ！」

と、私は運転手に命じた。

トラックはうごき出した。

助手席の窓から見ると、亭主は川に腹のあたりまでつかっていた。

両手を大きく振って岸へ近づこうともがいている。

「さ、もっと早く！」と、私は運転手を促した。「のろのろしてると、タイヤに穴をあけられるぞ」

亭主が浅いところまで辿りついて、ポケットに手をつっこんでいるのが見えた。が、つぎの瞬間、トラックは崖の角をまがった。

もう成原《せいげん》の集落は見えなくなった。

ＱＫＫの名を騙《かた》ったのは、なんだかあと味がわるい気がした。あんな嘘は言わなければよかった、と思う。あの金塊は、なにもQKKがうんだものではあるまい。現在の錬金術《れんきんじゅつ》は、人民の膏血《こうけつ》以外の材料では、金塊をつくり出せないはずだ。

どこか大きな町に着いたら、私は一枚の金塊を札束にかえて、思い切り酒をのんでやろうと考えた。

酒ぐらいはのんでもいいだろう。拾得物だって謝礼というものがある。

私はねむくなってきた。疲れがいちどに出てきたのだ。

臨康《りんこう》の古文書のことをふと思い出した。

まあ、あとでもいいだろう。――私はそう自分に言いきかせたが、じつは、音楽会に行きそびれたほどの悔みもなかった。

初出　「講談倶楽部」一九六二年九月号　講談社
初刊　「崑崙の河」所収一九七一年八月　三笠書房

# 天山に消える

1

　陳開明《ちんかいめい》はガラス窓越しに、街路を眺めていた。ウルムチの町は雪である。風がつよく、雪は水平に払われたり、逆にまきあげられたりした。

　ときどき、急ぎ足で通る人のすがたが見られた。みんな顔を伏せ、背を丸めている。彼らの背にあたる雪が、にぶい音でも立てているのではないか、という気がする。横なぐりの雪は、氷点下の空中を舞い狂って、地上に落ちるまでに凍りついてしまうように思えた。

「見るからに、寒気がする」

ストーヴに手をかざしながら、陳開明は言った。

「きみは南方人だから、われわれより寒さが骨身に沁《し》みるだろう」

新疆《しんきょう》法政学堂の教師呉良章《ごりょうしょう》が、慰めるように、言った。

「いつもより人通りが多い」

「いろいろと忙しいんだろう」

「避難の準備かな？」

清朝《しんちょう》が倒れ、共和国政府が樹立されたが、中国全土ではまだ軍閥《ぐんばつ》が割拠《かっきょ》して、混戦をつづけていた。しかし、西北の辺地新疆省だけは、十七年間奇跡的な平和を謳歌してきたのである。省主席楊増新《ようぞうしん》の哲人政府によるものであった。が、一九二八年に彼が兇弾に斃《たお》れるとともに、平和は去った。楊増新在世中は怖れて近づかなかった武装集団が、甘粛《かんしゅく》から侵入しはじめたのだ。

「楊主席が死んで、まだ五年にもならない」

呉良章はそう言って、ため息をもらした。

梟雄《きょうゆう》馬雲昇《ばうんしょう》の軍団五千が、いま省都ウルムチの東北百マイルの五台《ごだい》を占領している。南京《ナンキン》の中央政府から派遣された省政府顧問陳開明は、これから平和交渉に五台へ赴くことになった。彼は着任して、やっと一と月になったばかりである。新疆の事情はまだよくわからない。そこで、北京の大学で同級だった呉良章から、いろんな話をきいて、参考にしようとしたのだ。呉良章は新疆生まれだった。

「馬雲昇が五台を占領したのは五月まえだ。おそらく彼は、しばらく五台に滞在し、兵を按じてうごかんだろう」

呉良章は自分の予想をそう述べた。

「それは、兵士を休養させるためだろうか？」と、陳開明はたずねた。

「そうじゃない」呉良章は答えた。「五台は馬雲昇の育った土地だ。あばれん坊で爪はじきされていた男が、いま大軍団の大将となって、故郷へ戻った。錦を飾って凱旋したことになる。むかし自分に後指をさした連中のまえで、彼は得意だよ。当分は、いい気持をしていたいじゃないか」

「すると、われわれ使節団が到着するまえに進撃するなんて、ありえないわけだな？」

「まずないだろう。みんなのまえで、ウルムチからの使節団を引見する、きっと彼はそれをたのしみにしているよ。使節団のなかに、易念光《えきねんこう》がいるんだし……」

「易念光がなにか？」

「易念光も五台出身だよ。しかも馬雲昇とは同《おな》い年で、五台では秀才ともてはやされていた。郷党の期待にたがわず、易君は省政府で早くも科長に昇進したので、五台の人たちは彼を自慢の種にしている。馬雲昇はそれを知ってるんだ。さあ、どうだろう、当時の劣等生馬雲昇にとっちゃ、こいつはたのしみじゃあるまいか？」

陳開明は呉良章の説明をきいて、およその見当はついた。――省主席の使節団がやってくる。かつて鼻つまみされていた乱暴者は、省主席と同格で交渉するつもりでいる。使節団の随員のなかに、むかしの秀才がいるのだ。町じゅうのほめ者だったその男は、一段低い身分で自分に会いにくる。馬雲昇の得意や、思い知るべしではないか。

「なるほどね」と陳開明は言った。

「それだけじゃなく、易君にとっちゃ、もっとつらいだろう……」

呉良章は言葉を濁すような言い方をして、友人の顔を意味ありげに見た。

ほかにも事情があることを、その表情は物語っている。ただし、それはおいそれとうち明けるわけにはいかない、と言わんばかりなのだ。陳開明はそれを察した。その事情を教えてもらうには、それ相応の熱意を示さねばならぬこともわかった。

「ほほう、易君はなにかほかに、馬雲昇とつながりがあるのかね？」

「それだよ」呉良章はすぐに応じた。「五台の名家莫《ばく》一族に秀蘭《しゅうらん》という娘がいた。易念光はその娘にほれていたんだ。ところが、あばれ者の馬雲昇が五台に居たたまれなくなってとび出すとき、その娘をさらって行った。……秀蘭は馬雲昇の妻になった。やつはこんど、奥方を連れて御帰還というわけさ」

「それは、つらいな」

陳開明は、易念光の青白い顔を想い出した。そういえば、三十をすぎてまだ独身でいる易念光は、どことなく憂鬱そうな男である。たしかに頭はよく、仕事も正確だった。能吏《のうり》というべき男であるが、いつも人から離れて、自分の殻《から》にとじこもるようなところがあったのだ。

五台への平和使節団の随員として易念光が指名され、そのため団長の陳開明は、昨日彼とゆっくり話し合った。易念光はそのとき、新疆の平和をみだす馬雲昇の軍事行動を、口をきわめて非難した。表面はおだやかで、自分の仕事以外には冷淡にみえるこの男が、意外に熱を帯びて論じるので、見直したものだった。そして、その熱意の源泉は愛郷心であろう、と陳開明は思いこんだ。……それは、まちがっていたかもしれない。愛する人を奪った男にたいする私怨が、あの激越な口調を生んだのではあるまいか？

「噂をすればなんとやらで、易念光がやって来たらしいぜ」

呉良章は窓のそとを指さした。

吹雪を冒して、身をかがめながら、こちらへ歩いて来る男がいる。防寒帽をかぶった顔は伏せてあるので見えないが、歩き方でそれが易念光だと知れた。

戸がひらかれ、一陣の風と雪とともに、その易念光がはいってきた。

「陳顧問」易念光はかすれた声で呼びかけた。「あと一時間で車が出るそうです。そろそろ出発の用意をしてください」

2

車というのはオープンのトラックである。

出発のときには、雪はやんでいたが、風はまだかなり強かった。使節団は五人から成っている。団長の陳開明《ちんかいめい》は、みんなから運転手の横に坐るようにすすめられた。屋根があるのは運転台だけなのだ。が、彼は一行のうちで一ばん年の多い者がそこに坐るべきだと主張した。六十を越した老人が一人いたのである。その老人をむりやり運転台におしこめて、陳開明はほかの三人と荷台に坐った。

風を避けるため、運転台に背をくっつけ、ぐるりに荷物を積みあげ、そのうえに用意の帆布《キャンバス》をかぶせた。めいめいが持参の毛布でからだを包んだのは言うまでもない。

彼らは省主席から命じられた平和交渉の要領を、車上でもういちど復習してみた。陳開明は団長だが、平和交渉の筋書は、すべて省主席が作成してあったのだ。

省主席の考えは、馬雲昇《ぼうんしょう》の軍団が省都ウルムチを攻撃しないなら、彼が南方へ迂回するのを見て見ぬふりをしよう、というのである。

——新疆省《しんきょう》はひろい。しかし省都を中心とする北部は、土地がやせて住民は貧しい。そんなところを攻略しても、あとが大へんで、人民を養うのに苦労するばかりだろう。それにくらべて、ゆたかなのは南部である。天山の南路こそ、若い支配者が新しい勢力をうちたてるにふさわしい土地である。——

陳開明は省主席の意をうけて、馬雲昇にそのように進言しなければならないのだ。

馬雲昇の軍隊は、緑林の集団であった。そんな狼から、省都近辺を守りさえすればいいというのである。彼らを南に行かせるというが、南部の住民たちは、狼の牙にかかってもいいのだろうか？

省都が失陥《しっかん》すれば、大問題である。むろん省主席はその地位を保てないだろう。そのかわり、省都から遠く離れた地区がいくら乱れても、彼は責任を問われない。どの省でも、省域に戦乱地区のないところはないのだ。

「馬雲昇はつけあがりますよ」

易念光《えきねんこう》が、はきすてるように言った。

陳開明は隣りに坐っている易念光のほうに目をやった。帆布に覆われてうす暗いうえ、易念光は頭から毛布をかぶっている。顔は見えなかったが、陳開明はその表情を想像してみた。はたして、郷土のためを思い、侵入者に公憤を感じているのだろうか？　あるいは、もっと陰湿な私的憎悪が、その面上にあらわれているかもしれない。

「馬雲昇は疾風のように進撃してきた。省主席にしても、当面をしのぐ方策しかたてられなかったのだろう。そのうちに、つぎにうつ手を考えてくれるにちがいない」

陳開明はそう言ったが、自分の言葉が希望的観測にすぎないことを知っていた。

「楊《よう》主席だったら……」

易念光は小声で言った。

それは、誰もが考えていることだった。もし前主席の楊増新《ようぞうしん》が生きておれば、むろん匪賊《ひぞく》たちは新疆を襲おうとはするまいが。

「馬雲昇は第二の楊増新になりたがっているらしい。このごろは行ないすましているという噂がある」と陳開明は言った。

楊増新の死後、新疆の住民はいまさらのように、かけがえのない人物を失ったと痛感した。彼亡きあとの新疆の現状を見れば、誰しもそう思わざるをえない。ことあるたびに、「楊主席ありせば」と人びとは歎息したものだ。いま第二の楊増新があらわれたなら、住民は涙を流してその男を祭りあげるだろう。馬雲昇はそうした人心の動向を知っていたのだ。しきりに楊増新の名を口にし、そしてその言動を模倣していると伝えられた。

「いくら行ないすましても、所詮《しょせん》、狼は狼ですよ」いまいましそうに易念光は言った。

「しかし乱暴者の馬雲昇が、楊増新の真似をするのは、いいことじゃないか。これまで、彼はジンギス汗を気取っていたんだから」

「サル真似です！」易念光の声は低かったが、その語調はおだやかではなかった。

ウルムチの南には、雪を頂いた天山山脈の連峰がならんでいる。町のすぐ背後に、三つの頂をもつ聖山ボグド・ウラがそびえている。使節団をのせたトラックは、大平原を北へ向かった。陳開明はときどき、帆布をかかげて、ボグド・ウラを見た。いつまでたっても、その山の姿は小さくならないようだった。トラックは走りつづけた。うっかり休憩しようものなら、ガソリンが凍って、それを溶かすのに難儀をするのである。

そとは平原といっても、沙漠に近い。覆いから出て、荒涼たる景観を鑑賞しようなどと思う者は、一人もいなかった。

常勝将軍の馬雲昇が、平和などを望むだろうか？　もし交渉が妥結したとしても、それは使節団の成功ではなく、彼の作戦の筋書と、たまたま一致したからにすぎないだろう。

揺れるトラックのうえで、陳開明はそんなことを考えて、気が沈んだ。

一行はその夜、五台《ごだい》の手前の小さな町に宿泊した。馬雲昇側から出迎えの人がきていて、そんな段取りをきめたのだ。

その町で、馬雲昇軍の動静をくわしくきくことができた。道中の掠奪《りやくだつ》で養われた士気は、すこぶる旺盛だという。馬雲昇の司令部が、自分の生家に設けられているときいたとき、易念光は唇をかんだ。

翌朝、使節団は五台の町にはいった。

五台は灰色の城壁に囲まれた町である。その城壁は、みるからに岩乗《がんじよう》そうで、堂々としていた。が、一歩町のなかにはいると、五台は城壁を除くと、ほとんどなにもない町だということがわかる。

貧弱な木造の家屋が、匍《は》いつくばったように散らばっていた。見ばえがするといえる家は、三軒だけである。城門をくぐると、その三軒の家はすぐに見えた。町が小さいばかりでなく、あたりの民家がみんな低いので、いやでも目につくのである。

「あれが、私の生まれた家です」

易念光が、町の東隅に民家の屋根からぬきん出て見える家を指さした。彼の一家はウルムチへ移って、いまでは五台の家には、薬種商をやっている遠縁の叔父が住んでいるだけだという。その家が、われわれのめざす馬雲昇の司令部なのだ。

そこへ行くまでに、一行は五台の名家という莫《ばく》家のまえを通った。

「馬雲昇はどうして、ここを司令部にしなかったのだろう？」

莫家のりっぱな門構えを見て、陳開明はそう言った。馬雲昇はこの莫家の娘をさらって妻にしたのである。なぜ妻の実家に司令部を設けなかったのか、当然の疑問といえよう。

「わざと私の家を占領したのですよ」易念光はなにかを抑えるように、言った。「これ見よがしにね」

事あるごとに比較された昔の秀才を、いまこそ見かえすときがきたのだ。――易念光は、馬雲昇の気持をそう解釈したらしい。しかし、易念光の生家に着いたあと、かならずしもそうではあるまい、と陳開明は思った。なぜなら、敷地は莫家よりも易家のほうがはるかにひろい。軍隊を率いているのだから、場所のひろいほうが、なにかと都合がよいだろう。

馬雲昇はただちに使節団を『引見』した。

易家の門前には衛兵が立っていたが、町の人たちが邸内にはいるのを制しなかった。引見の場所は、母屋《おもや》の一ばん端の部屋で、大きなガラス窓が庭にむかってついている。町の弥次馬が大ぜい、そこからのぞきこんだ。

あきらかに、馬雲昇の芝居である。

むかしの腕白坊主が、いまや省主席の使節団を引見するのだ。しかも、使節団のなかには、町じゅうのほめ者だった易念光がいる。

易念光は、つとめて己れを抑制しようとしたにちがいない。それでも、眉がたえず上下し、頬のあたりの筋肉がけいれんした。なんども喉仏《のどぼとけ》がうごく。彼が喉から体内におしこめたのは、唾液ばかりではなく、無念の想いもまじっていたにちがいない。

馬雲昇は大きな目をもっていた。大きいばかりでなく、よく光り、よくうごいた。下顎《したあご》はとがって、まえへつき出ている。乱暴者にしては色が白すぎた。それがかえって、特異な精悍さをあらわしているように見えた。ひろい額に、一房の髪が垂れている。陳開明はナポレオンの肖像を連想した。

馬雲昇の態度や言葉づかいには、わざとらしさがあった。ガラス窓のむこうにいる観衆を意識しているのであろう。

「主席はご壮健ですか？」

馬雲昇は胸をはって、使節団にたずねた。

「しごくお元気です」陳開明は答えた。

「お年だから、くれぐれも自重なさるように。この馬雲昇が、増衣加餐《ぞういかさん》を切に望んでいたと、そう主席閣下にお伝え願いたい」

これが、新疆全省を制圧してみせると豪語している匪賊《ひぞく》の頭目のあいさつである。

「感謝致します。帰りましたら、主席にかならずお伝え致しましょう」

馬雲昇は使節団を部屋の隅にみちびいた。そこに、長いテーブルが据えられてあった。片方に、黒檀の豪華な肱かけ椅子が置いてあり、馬雲昇はそこにどっかと坐った。使節団の五人は、むかいのベンチにならんだ。

テーブルは窓に近い。そとから見物するには、もってこいの場所だった。

陳開明は一行を代表して、平和交渉の条件を説明した。馬雲昇は大きな目をみひらいたまま、いちいち仔細らしくうなずいた。そして、さし出された平和協定の草稿を手にとって、しばらく黙読している様子だった。

ここへ来る途中、易念光がこの平和協定の草稿について、

「馬雲昇は、ここに書いてある字の半分も読めんでしょう」

と言ったのを、陳開明は思い出した。

だが、いま目のまえにいる馬雲昇は、それを読んでいるふうだった。あるいは、そんなポーズをみせているだけかもしれない。

読み終えたのか、馬雲昇は草稿をテーブルのうえに戻して、口をひらいた。

「ご承知のことと思うが、私は大そう忙しい。午前は兵士の調練、昼食後は将校たちに戦術講義、精神訓話をする。それがすんで、午後三時から二時間、一室にこもって聖典を読み、黙想することにしております。この草稿は、その黙想の時間に、検討してみましょう。数日逗留していただけば、そのあいだに、私の意向をお伝えできると思います」

馬雲昇の言葉をきいている途中、陳開明は右隣りに坐っている易念光の様子がおかしいのに気づいた。べつにもぞもぞとうごいたわけではないが、妙な気配がしたのである。おそらく、なにかを

抑えて、からだがこわばったのではないかと思われた。陳開明は、なにが易念光にそんな変化を与えたのかを知ろうと思って、あたりを見まわした。

ドアのところに、一人の女性が立っていたのである。いつのまにはいったのか、陳開明は気がつかなかった。乗馬服を着た、すらりとした長身の若い女なのだ。革長靴をはいた脚をひろげ、両手に鞭を水平に握っている。新疆の田舎町でこんな女を見かけるのは、意外であった。何年かまえに、陳開明は上海《シャンハイ》で乗馬服の婦人をみたことがある。上海さえ、その姿は特異であった。

ドアを背に立っている件《くだん》の女性は、サングラスをかけているので、顔の半ばはかくされていた。しかし、鼻や口もとの恰好で、美貌であろうと察しられた。

重大な会談の席に、ノックもせずにはいってきたのは、いったいどんな身分の女であろうか？軍閥の将軍は、よく妻妾《さいしょう》を戦場へ同道するときいた。陳開明は、馬雲昇が莫家の娘をさらって妻にした話を思いだした。……易念光に異様な気配が感じられたことも、それで説明がつくではないか？

やがて、その女はこちらにむかって歩きだした。乗馬靴についている拍車が、歩くたびに鳴った。馬雲昇がふりかえったとき、彼女はすでに彼のそばまで来ていた。

それまでの馬雲昇は演技用の顔をしていた。その女を見たとたんに、彼の顔から、つくりものの要素が剝《は》げおちたように思えた。

「おお、秀蘭《しゅうらん》か」と馬雲昇は言った。

彼の表情は、懸命になにかをしていた幼児が、ふと母親の姿を見て、気をゆるめたときのそれに似ていた。

女は、かつて易念光が想いを寄せていた莫家の娘にちがいない。彼女は、緊張して演技をしていた西北の驕児《きょうじ》馬雲昇をして、その一瞥《いちべつ》で生地《きじ》をあらわにさせたものである。サングラスにかくれて、目の表情は見えない。しかし、その口もとには、まぎれもない微笑がうかんでいた。

彼女は五人の客を、一人ずつ見まわした。易念光の姿も、彼女は認めたにちがいない。が、彼のうえに、彼女の視線がとくにながくとどまったとは思えなかった。

## 3

馬雲昇《ばうんしょう》は使節団に、彼が兵士をきたえるのを見学するようにすすめた。勧誘というより、命令といったほうがあたっているだろう。

易《えき》家の庭はひろかった。赤煉瓦の母屋から離れて、庭の隅に木造の小さな建物がある。そのまえを通ったとき、易念光《えきせんねん》は陳開明《ちんかいめい》に、

「ここが私の勉強部屋だったのです」

と囁《ささや》いた。

しかし彼は、建物に真新しい木札がかかっているのを見て、眉をひそめた。

《默想庵》

と書かれてあった。

馬雲昇は鹿爪らしい顔をして、その建物を指さした。

「私はこの建物のなかで、毎にち二時間、いろんなことを静かに考えるのです。今日は、あなた方

のもってこられた平和協定の草稿を検討することになるでしょう」

やがて、馬雲昇の練兵がはじまった。それはじつにはげしいものだった。その日だけ、とくにそうだったのかもしれない。省都から来た使節団に、自分の軍隊がおそるべき精兵であることを、わからせようとしたのにちがいない。馬雲昇はこの寒空に、シャツ一枚になって、兵士たちの先頭に立って走りまわった。

「デモンストレーションだね、こいつは」

陳開明は苦笑しながら、隣りにいた易念光に小声で話しかけた。だが、易念光は返事をしなかった。なにかほかのことに気をとられていたのだろう。

練兵が終って、使節団一行は昼食に招かれた。主人の馬雲昇夫婦は、易念光を知っているはずである。しかし、食事の最中、彼らはとくに易念光に話しかけることもなかった。考えようによっては、わざと無視したともうけとれた。

午後は将校を集めて戦術講義と精神訓話がある。

「機密にかんする事項もありますので、失礼ですが、傍聴はかんべん願います。そのあいだ、邸内でゆっくり休んでいただきたい」

と馬雲昇は言った。

どうやら練兵は得意だが、講義や訓話は、他人にきかせるほどの自信はないらしい。

「どんな講義をするのか、いちどきいてみたいものだな」使節団の連中は、そんなことを言いあった。

講義とやらは、母屋の二階でおこなわれる。陳開明は易念光と連れ立って、邸内を散歩した。ここで生まれ、ここで育ったのだから、彼にはなつかしい場所のはずである。黙想庵のまえで、彼は足をとめた。戸はひらかれていた。彼はなかをのぞきこんで、

「むかしのままだ」と言った。

「なかにはいってみよう」陳開明は気をきかせたつもりで言った。「戸があいているんだから、かまわないだろう」

二人はなかにはいった。表戸ばかりでなく、窓もあいていたから、建物のなかは、戸外とおなじ寒さだった。

外套《がいとう》の襟を立てて、易念光はなつかしそうに、部屋じゅうを見まわした、このこぢんまりした建物は、一と部屋しかない。隅に机が置いてあって、壁に棚がとりつけてある。そのうえに、まばらに書籍がならんでいた。易念光の蔵書であろう。必要なものはウルムチへ持って行ったとみえ、棚の本は学生むきの教科書のたぐいばかりである。机のすぐうえの棚には、学生辞典と地図帖のようなものが数冊立てかけてあった。

部屋の中央に、石炭ストーヴがあった。火の気のないストーヴは、部屋をよけい寒くさせているように思えた。

「黙想庵なんて!」

はきすてるように言って、易念光は出て行こうとした。陳開明も彼のうしろにつづいた。

その黙想庵を出たとき、一人の老人が石炭をいれたバケツをさげてくるのに出会った。

「やあ、爺や、元気かい?」

易念光はその老人を見ると、うれしそうに声をかけた。彼が子供のときからこの家にいる召使い

にちがいない。

「あ、若旦那。さっき、ちらとお見かけはしたんですが、へい。……お元気でなによりです。あっしもおかげさまで」

老人はそう言って、頭を下げた。

「それはよかった。……その石炭は？」

「これですかい？　おひるの三時から将軍さまがこの部屋におこもりになるんで、さきに石炭だけはこびこんでおくわけでがす。あの方は、ここでストーヴをガンガンたいて、シャツ一枚で本をお読みになるのが好きだそうで。……ところで、若旦那、叔父さまにはお会いなすったのですかい？」

「いや、まだだよ」と易念光は言った。「とにかく公用で来たんだから」

老人は石炭バケツを重そうに両手でさげて、よろよろと建物のなかにはいった。

「公用といっても、もうお目みえはすんだし、練兵見学も終ったから、叔父さんに会いに行ったらどうです？」

陳開明はそうすすめた。

「これから行ってこようと思ってたのです」

この家には、彼の叔父がまだ残っていたのである。しかし主だった部屋は高級将校に占領されているので、叔父がいま建物のどこに住んでいるのかわからない。易念光は老人が石炭を置いて出てくるのを待って、

「爺や、叔父のところへ案内してくれ」と言った。

夕食までは、これといった用はない。陳開明はあてがわれた部屋で、雑誌を読んだ。易念光は叔父のところへ挨拶に行き、ほかの連中も町へ散歩に出払っている。

三時まえに、庭がすこしさわがしくなった。講義がすんだので、将校たちが兵隊を連れて、これから外へ訓練に出かけるのである。

馬雲昇が一人で「黙想庵」にはいるのがみえた。平和協定の草稿を検討するつもりであろう。新疆《しんきょう》住民の偶像である楊増新《ようぞうしん》は、生前、衙門《ヤーメン》（役所）で、一定の時間、奥まった部屋にこもって、聖賢の書を読む習慣があった。たいていは『老子《ろうし》』であり、音吐朗々《おんとろうろう》と読みあげる。事務室で執務している職員たちにも、それがきこえた。

馬雲昇は楊増新の真似をしたのである。ただし、彼はあまり文字を知らないから、どんな本でも声高らかに読むことはできない。ひとにきかれると、恥をかくだけであろう。そこで、黙想庵にはいると、戸や窓を内がわから閉め切ってしまう。その時間に、ほかの者がそこに近づくことも嫌うらしい。

この『神聖な内省の時間』は、たいてい五時で終る。しかし、その日は五時になっても、馬雲昇は黙想庵から出てこなかった。一人の従卒がガラス窓からそっとのぞいてみると、シャツ姿の将軍は机のうえに顔を伏せていた。

「居眠りなすっておられる」

従卒はそう報告した。が、将軍夫人莫秀蘭《ばくしゅうらん》は、そんなことはありえない、と言った。将軍は居眠りなどするような男ではないそうだ。

彼女は黙想庵まで行って、しばらくガラス窓越しに、なかを見ていたが、

「殺されているわ」

と呟いた。

「殺されているとは？」同道の将校が彼女をおしのけるようにして、のぞいた。——「居眠りのように見えますがね」

「肩をごらんなさい」莫秀蘭は言った。

うつぶせた肩に、細い針のようなものがつき立っているのが見えた。

「ああ、針のようなものが……でも、あんな針で？」と将校は言った。

針が肩にささっただけで、殺されたと判断するのはどうだろう？　馬雲昇のような頑健な男が、そんなもので殺されるだろうか。

それよりも、誰がその針を馬雲昇の肩に刺したか、不思議である。戸はなかから閂《かんぬき》をかけられて、いくら押しても、ビクともしない。窓ガラスも、内がわから鍵をかけてある。すきま風がはいらないように、戸や窓はがっちりと造られていた。誰もそのなかにはいれなかったはずだ。

結局、その将校が窓ガラスを破って、庵のなかにはいり、馬雲昇がはたして息絶えている事実を確認した。針の長さは十五センチほどあって、先端に毒薬を塗ってあった。そんなに深くささっていないが、毒が馬雲昇の命を奪ったのである。

全軍が動揺したのは、いうまでもあるまい。将軍夫人の莫秀蘭は、ただちに幹部を召集して、一室で密議をこらした。善後策を協議したのであろう。

ウルムチから派遣された使節団五人も、部屋にあつまって、意見を交換した。

「馬雲昇がいなくなれば、この五千の軍団は烏合《うごう》の衆となる。おそらく解体するほかはないだろう」――こうした見通しが、支配的であった。

馬雲昇は、字さえろくに読めないような男であった。しかし、戦争にかけては、天稟《てんぴん》といってよい才能をもっていた。甘粛省《かんしゅく》で、小兵力を率いての神出鬼没の活躍は、小気味《ひ》よいほどであった。彼は決定的な敗戦を経験したことがない。不利とみれば、さっと兵を退き、相手が息をついたところで、別の弱所を衝く。その呼吸は心憎いばかりで、彼の敵でさえ舌をまいたものだ。彼の作戦は、科学的な計算にもとづいたものではない。ほとんど動物的といえる本能によって、軍隊を指揮したのである。

手中に五千の兵があれば、彼はそれを三倍の効果をあげる動かし方をした。馬雲昇がいなくなれば、五千はゼロに等しいのである。

平和交渉は、続行すべきか？

統率者を失った五千の軍団は、もはやおそろしい存在ではない。かなり譲歩した条件を提出したのは、軍事的天才馬雲昇ただ一人を念頭に置いたがためである。いまは、南方へ迂回すれば見て見ぬふりをするなどといった、屈辱的な交渉を継続すべきではない。いさぎよく、交渉をきりあげて、ウルムチへ帰るほうが賢明である。――使節団の意見は、そう傾いた。

しかしながら、使節団のほうから交渉のうちきりを口にする必要はなかった。なぜなら、彼らがまだ協議をしていたときに、一人の将校が、団長の陳開明を呼びに来たのである。

「将軍夫人が、陳先生にお話があるそうです」

将軍夫人の莫秀蘭は、やはりサングラスをかけたまま、陳開明にむかって言った。――

「馬将軍は死にました。平和交渉は、一応白紙に返ったものと思ってください。使節団には、ただちに五台《ごだい》を去ってもらいます。私たちの今後の行動は、なにものにも縛られません」

サングラスさえはずしておれば、莫秀蘭の本心がわかるのに、と陳開明は思った。相手の目の表情が見えないのは、なんとも不気味であった。その声で判断したかぎりでは、将軍夫人は、毅然としていた。夫の死後、残された軍団を、彼女自身が指揮するつもりではあるまいか、――そんなふうにさえ思えたのである。

「馬将軍が亡くなって、話しあいを続ける責任者がいなくなったから、と解してもよろしいか?」

と陳開明はたずねた。

莫秀蘭は立ちあがって、首を横に振った。

「そうではありません。彼の後継者は、こんどの平和交渉に、はっきりと反対の意見をもっているのです」

「その後継者というのは、貴女ご自身なんですね?」

陳開明の問いに、彼女は答えず、くるりとふりむくと、足早に部屋から出て行った。拍車の音が廊下を遠ざかっていくのを、陳開明は、蕭条《しょうじょう》たる気持できいた。

4

送還された平和使節団が省都ウルムチに着くと、彼らは自分たちの出たすぐあとで、馬雲昇《ばうんしょう》の軍団が五台《ごだい》を進発したことを知らされた。もはや馬雲昇の軍団ではなく、匪賊の女頭目莫秀蘭《ばくしゅうらん》の率いる軍団というべきだったろう。

しかも彼女の軍団は、南へ迂回するどころか、無謀にもウルムチを衝《つ》くコースをとっているという。

「莫秀蘭という女は血迷ったのか？」

省主席は陳開明《ちんかいめい》に、莫秀蘭とはいかなる女性であるか、とたずねた。だが、それに答えることはできなかった。陳開明は、彼女がサングラスをはずして、『心の窓』である目をあらわにしたのを見たことがないのだ。サングラスは、仮面の役をつとめていた。陳開明にとっては、莫秀蘭は心に仮面をつけた女であった。

宿舎に戻って、彼は易念光《えきねんこう》にたずねた。易念光なら、彼女をよく知っているはずなのだ。

「私の知っているのは、五年まえの莫秀蘭です。気のつよい女でした。……気がつよすぎるといってよいでしょう」

易念光はそう言っただけで、多くを語らなかった。彼は莫秀蘭のことを早く忘れたいのであろう。彼女のことを易念光にたずねるのは、むごいような気がした。

「そうか、気のつよい女か……。しかし、思い切ったことをするじゃないか」

陳開明は、五台の易邸できいた、廊下を遠ざかる拍車の音を思い出した。あれは、決断を一歩一歩にきざみつけた足音だったような気がする。

それにしても、省都ウルムチの正面を衝くなど、狂気の沙汰であった。二万のよく訓練され、しかも実戦の経験をもつ軍隊と、ソビエトから追われた白系ロシヤ人騎兵隊を含む強力な民兵によって、ウルムチは防衛されている。近辺にも、すぐ救援にかけつける政府軍が散在していた。火器にしても、政府軍は、莫秀蘭の軍団よりもはるかに強力なものを備えているのだ。

「亡夫のとむらい合戦のつもりだな。必死になっている」——

莫秀蘭のむこうみずな挑戦は、そうとしか考えられなかった。ついで、五台からはいった情報によって、それが裏づけされた。

五台の莫一族が、一家をあげて、東に移ったという。どうせ勝てない戦さだから、彼女は敗戦後自分の実家に累を及ぼすのをおそれ、その対策を講じたものと想像された。

易念光はいつも自分を抑制して、あまり表面に感情をあらわさない男である。しかし、こんどばかりは、あきらかに煩悶の色がみられた。その煩悶のなかには、屈辱感もすくなからずまじっていただろう。

——莫秀蘭が、どうして馬雲昇ずれのために、とむらい合戦などをするのだろう？　戦争しか知らない乱暴者の馬雲昇と、彼女はそれほど強く結ばれていたのか？

易念光は、おもに羞恥心のために、誰にも言わなかったが、かつて彼は莫秀蘭と、現実に恋を語ったこともあったのだ。

——ほんとに、それほど、あたしを想ってくれてるの？

そう言って、秀蘭は彼の手を握った。

たった一回きりだったが、その想い出は、易念光の心底に焼きつけられたように、いまもあざやかに残っている。

莫秀蘭軍の主力が、ウルムチ正面の阜昌《ふしょう》をめざして進んでいるという情報がはいった。政府軍はただちに、包囲の陣を敷いた。ほとんど全軍を投じて、待ち構えていたのである。陳開明や易念光は、省政府軍務科の役人たちと一しょに、慈泉《じせん》という後方の集落で、莫秀蘭軍全滅のニュースを待っていた。

　指揮者が女性だというので、甘く見すぎたのかもしれない。政府軍は、まんまと莫秀蘭に一杯くわされることになった。というのは阜昌に進んだ部隊は、莫秀蘭軍の主力ではなかった。せいぜい五百の兵力という『おとり部隊』だったのだ。五台を出発してしばらくしてから、主力はひそかに別のコースにむきをかえていたのである。

　こともあろうに、その莫軍の主力は、慈泉の側面に、突如として出現したのである。

　慈泉には政府軍が二個小隊しか駐屯していなかった。政府軍の大部隊が、阜昌から救援にかけつけるとしても、距離からいって、どうしても半日はかかると思われた。

　二個小隊で五千の部隊に抵抗するのは、無益である。しかも、慈泉駐屯軍は、新疆土着の部隊であった。そのころの新疆での最強部隊は、東北（満洲《まんしゅう》）から移駐してきた旧東北軍である。彼らは最近まで東北で日本軍と戦っており、実戦の経験も豊富なうえ、戦闘意欲も旺盛であった。もし旧東北軍の部隊であれば、あるいは救援が来るまで、死力を尽して、敵をひきとめようとしたかもしれない。だが、新疆部隊にはそんな根性はなかった。指揮官はすぐに降伏にふみ切った。

　慈泉にいた政府の役人もまきぞえをくった。彼らも捕虜となったのである。

　文官は村役場の一室にとじこめられた。そこへやってきた将校は五台でも顔を見たことのある男だったが、文官たちのなかに陳開明と易念光がいるのを見て、ニヤリと笑った。彼は一旦出て行った。おそらく、莫秀蘭に報告するためだろう。

　やがて、その将校が再びあらわれて、

「陳開明先生と易念光先生は、こちらへお出で下さい。総司令がお会いになるそうですから」と言った。

銃剣をかまえた四人の兵士に囲まれて、二人はその部屋を出た。彼らは村長室とおぼしい部屋にいれられた。将校は去ったが、四人の武装兵は残留して、二人の捕虜を見張った。

そのうちに、総司令の莫秀蘭があらわれるだろうと思っていたが、なかなか出てこない。陳開明と易念光は、そこで一時間ほど待たされた。

やっと、ドアがひらいた。

やはりサングラスをかけ、乗馬服に身をかためた莫秀蘭だった。

「またお会いしましたね、陳先生」

莫秀蘭はそう陳開明に話しかけた。

「将軍夫人、あなたはむちゃだ」陳開明は言った。「まともに政府軍と戦おうとするつもりですか？」

「そうです」莫秀蘭はひややかに答えた。

「狂気の沙汰です！」陳開明は叫んだ。「なぜ早く部隊をまとめて逃げないのです？　あなたは、政府軍の実力がわからないのですか？　東北軍の戦歴を知らないのですか？」

「知っています」

「知っているなら、どうして？」

莫秀蘭は答えなかった。さきほどから、彼女はいちども、易念光のほうを見なかった。易念光はずっと顔を伏せていた。

「この二人に、縄をかけなさい」

莫秀蘭は兵士に命じた。

「縄を？」

陳開明は大声でどなった。しかし、二人の兵士が左右からおどりかかって、彼の手をとらえた。

「そちらの男は、外套と上衣を剥いでから、縄をかけるんだよ」

莫秀蘭は易念光を指さして、言った。

易念光は外套と上衣を剝がれたうえ、うしろ手にしばられた。陳開明は外套を着たまま、両手を前に、手錠をはめたような恰好に縄をかけられた。

「将軍夫人、なにを血迷われたのです？」

陳開明は莫秀蘭をにらんで、言った。サングラスにかくされた目が、どんな表情をみせていたかわからない。しかし、すくなくとも、目のほかの部分は、陳開明の言葉に、なんの反応も示さなかった。

「二人をあちらへ連れて行くのです」

莫秀蘭は兵士に命令を下した。

「この男をこんな恰好で、凍死させるつもりですか？」

戸外へ連れ出されたとき、陳開明は莫秀蘭にむかって、抗議した。易念光は外套どころか、上衣さえ着けていない。戸外は身を切るような酷寒である。

「すぐ、あの建物にはいります」

莫秀蘭はこともなげに、言った。

役場の裏に、一軒の物置場のような建物があった。

易念光は、はじめから顔を伏せたまま、いちどもあげようとしなかった。

建物のなかに連れこまれたが、戸外とあまりかわらない寒さである。それもそのはずで、窓が開け放たれていた。部屋のなかは、隅のほうに一つの机と椅子が三脚置いてあり、中央に小さなストーヴがあるだけだ。そのストーヴも旧式で、羊糞《ようふん》を乾したのを燃料とするものである。そばに羊糞は積まれていたが、火ははいっていなかった。

「二人を椅子に縛りつけなさい。上衣のない男は机のまえの椅子ですよ」

兵士に命じる莫秀蘭の声は、まったく抑揚がなかった。

二人を椅子に縛りつけると、兵士たちをそとへ出し、莫秀蘭は残った椅子に腰をおろした。易念光は机にむかった椅子に、そして、すこし離れたところに、莫秀蘭と陳開明がむかい合って坐ったのである。

「なにをなさるつもりなんです?」

と陳開明はたずねた。

「復讐です」と彼女は答えた。

「とんでもない」陳開明は言った。「馬雲昇将軍を殺したのは、われわれではない。彼は内がわから鍵のかかった建物のなかで、――窓だって内がわから鍵をかけていた、あの默想庵で死んでいたのです。われわれはけっして……」

「馬雲昇が殺されたことにたいする復讐じゃありません」莫秀蘭は、陳開明の言葉をさえぎるように、言った。「馬雲昇将軍を殺害したのは、ほかならぬ、この私なんですからね」

# 5

手が自由であれば、陳開明《ちんかいめい》はむかいに坐っている莫秀蘭《ばくしゅうらん》のサングラスをたたきおとすところであった。彼はどうしても、彼女の目を見たかったのだ。

彼女は言葉をついだ。

「馬雲昇《ばうんしょう》を殺したのも、私の復讐です。彼は私をさらって、自分の意思に従わせようとしました。それを、私はけっして許すことはできません。で、私は彼を殺しました。いまそこにいるのは、むかし私を愛していると言った男です。それなのに馬雲昇が私をさらって行ったとき、その男はなにもしませんでした。あとさえ追おうとしなかったのです。そのとき彼は、省政府の事務室で、公文書を書いていたときききました。……筆に墨をふくませて、黄色い公文用紙に、ゆっくりと字を書いていたそうです。それにたいして、私は復讐をしなければならぬと決心しました。……陳先生、あなたにはすこしも怨みはないのです。ただ、私の復讐の立会人になっていただくだけです。縛らなければ、あなたはその男を助けるでしょう。復讐がすむまで、ご辛抱ください」

言い終えて、彼女は椅子から立ちあがった。それからポケットをさぐり、油紙につつんだものをとり出した。そのなかから、一本の長い針が出てきた。彼女はそれを手にとって、

「私はこれで馬雲昇を殺したのです」

たしかにそれは、長さといい、恰好といい、馬雲昇の肩につき立っていた針に似ている。

莫秀蘭は窓のところへ行って、からだをのり出した。そのあたりに積もっている雪を手に掬《すく》った

のである。彼女はなんども雪を掬って、針の一端に塗りつけた。十五センチほどの針は、ほとんど同じ太さだが、雪の塊で、一方に柄をつぎ足した形になったのである。

それがすむと、彼女は靴のまま、机のうえにとびあがった。そこの壁に棚があった。

陳開明は、その棚を見あげた。机の上部に、棚がとりつけてあるのは、五台《ごだい》の黙想庵とおなじである。だが、棚の木材は真新しいものだった。使ってある釘も新しく、銹《さ》びたのは一本もなかった。それは、その棚が、たったいま急造されたばかりであることを、物語っていた。

莫秀蘭は、机のうえに顔を伏せている易念光《えきねんこう》を見おろした。そして、雪の柄のついた針を、机のまうえの棚にのせた。柄のほうを内がわに、別の端を棚から十センチほどのぞかせたのである。

十五センチの針を十センチも棚から出しているのだから、本来なら、うまくのるはずがない。しかし、反対がわに雪でかためた柄のようなものがあって、その重みで、針が棚にのっているのだ。

莫秀蘭は机からとびおりた。机のうえに、彼女の靴の泥が残った。それは、易念光の伏せた顔のすぐ近くであった。

「寒いでしょうから、窓をしめますわ」

と彼女は言った。

シャツ姿の易念光は、さきほどから顫《ふる》えていた。寒さのためか、あるいは、莫秀蘭の復讐におびえてか、わからない。

彼女は窓をしめた。それから、ストーブに火をつけ、羊糞をそのなかに投げこんだ。

「だんだん暖かくなりますわ」

莫秀蘭は、これから馬雲昇殺害の種あかしをしようとしたのである。

部屋の温度があがれば、棚のうえにのせた針の、雪の柄は溶けはじめるにちがいない。それは棚にのっている部分の重量が減ることを意味する。ある程度溶けると、棚からはみ出た部分のほうが重くなり、針が落下するはずなのだ。その真下は、椅子にしばられた易念光の肩のへんにあたる。針は深く刺さらないにせよ、毒を塗ってあれば、それで人を殺せるのである。

五台の易邸内の黙想庵でおこった、密室殺人事件の謎が、いまあきらかにされた。莫秀蘭は、黙想庵の棚に、雪の柄のついた毒針を仕掛けたのだろう。馬雲昇殺害の謎はとけたが、げんにいま自分の目のまえで、もう一つの殺人がおこなわれようとしている。陳開明の縛られているところからは、易念光の背後しか見えない。窓をしめてストーヴを焚いたのだから、狭い部屋はかなりぬくもってきた。それなのに、易念光の肩はふるえつづけている。部屋が暖かくなるのは、それだけ死が近づくことなのだ。

一人の人間が、いま殺される寸前にある。それは彼の同僚であり、なんとかして救わねばならない。だが、陳開明は縛りつけられている。彼が使えるのは、口だけだった。

「将軍夫人！　すぐあの針をのけなさい」陳開明はあらん限りの声をふりしぼって、言った。

「そして、一刻も早く逃げるんです。援軍が到着したら、あなたの軍隊など、一とたまりもない！」

「望むところですわ」莫秀蘭はしずかに言った。「これも私の復讐のうちにはいっているのですから」

「復讐のうちとは？」

「私は馬雲昇を殺しましたが、それだけでは、復讐は終らないのです。彼はいつも軍隊と一しょにいました。軍隊は彼の手であり足でもあったのです。馬雲昇将軍が死んでも、彼の手足である軍隊は、彼の息吹きを伝え下等動物のようにピクピクうごいております。その軍隊を消滅させないと、私の復讐は完全とはいえないじゃありませんか。私はこの軍団の息の根をとめて、馬雲昇を完全に消そうと思うのです」

「この五千の軍団を……」あまりのことに、陳開明は絶句した。

「そうです。この五千の軍団を、天山山脈の麓で消すのです。雪のように……」

雪といえば、毒針の柄になった雪は、そろそろ溶けかけているはずだった。

陳開明は全身に冷汗をかいていた。額の汗が流れて、目のなかにはいろうとする。彼はしきりにまばたきをした。そして、棚からはみ出ている銀色の針と、小刻みにふるえている易念光の肩を、かわるがわるに見た。

そのとき、かなり遠いと思われたが、砲弾の炸裂《さくれつ》する音が、つづいて三発きこえた。

「皐昌《ぎしょう》の軍隊が、おっとり刀でかけつけたようですね」

同じ口調で、莫秀蘭は言った。

「それにしても……」陳開明は息をついてから、言葉をつづけた。「五千の軍隊が、よくもあなたについてきましたね」

「ついてきますわ、どこまでも」莫秀蘭は答えた。「この軍隊は、いままで馬雲昇将軍の言いなりになってきましたのよ。それで、いちども敗けたことがないので、みんな馬将軍を信じ切っています。参謀や軍事顧問などは、必要としませんでした。……馬将軍が死んだあと、私は全軍の将兵をあつめて、言いましたわ。――これまでの作戦は、じつはみんな私が馬将軍に建議して、それをそのまま実行しただけだ、私は今まで馬将軍のうしろにいたが、これからは堂々と表に出る、――と。五千の軍団はみんな、こんども勝つものと、今でも思いこんでいますわ」

莫秀蘭は五千の将兵を、催眠術にかけたのである。……

大砲の落下する音が、だんだん近くなってきた。やがて、救援軍は着弾距離に火器を運んでくるだろう。だが、それよりも、易念光の命が危ういのである。

「あの針をのけて下さい」

陳開明は莫秀蘭にむかって、哀願するように言った。しかし彼女はなんの反応も示さなかった。で、彼は易念光にむかって、どなった。

「易君、椅子ごと倒れてしまえ！　体を揺するんだ」

ところが、易念光はからだに力を入れようともしなかった。

陳開明はじっと針をみつめた。いまに落ちるか、いまに落ちるかと、息をのんで……。

針のさきがキラと光って、揺らいだように見えた。と、陳開明は思わず目をとじた。再び目をひらいたとき、棚にはもう針はなかった。彼はおそるおそる視線をさげた。

易念光の肩に、針がつき立っていた。

陳開明は、莫秀蘭に目を移した。彼女は立ちあがっていた。そしてサングラスをはずした。

西北の女は目が澄んでいるといわれる。沙漠や平原に住んで、いつも遠いところをみつめるからだろう。はじめて見る莫秀蘭の目はやはり澄んでいたが、それよりもその深さが印象的であった。底知れぬ深淵が彼女の瞳のなかにあると思えた。

彼女はポケットからナイフを取り出して、まず、陳開明の両手をしばっている縄を切った。そのとき、きわめて近いところで、砲弾が炸裂した。建物が爆風で揺れた。

「さあ、兵士たちは指揮官を待っています。急ぎますから、易先生の縄は、あなたに切ってもらいましょう」

莫秀蘭はナイフを陳開明に渡した。

「易君の縄を?」彼は問い返した。

「易先生の肩にささった針には、毒は塗ってありません。かすり傷だけなのです」

そう言い捨てると、莫秀蘭は急ぎ足で出て行った。

はたして、易念光は死んでいなかった。毒を塗っていなければ、針が刺しただけではすこし血がにじむ程度にすぎない。

陳開明は易念光を縛りつけている縄を、いそいで切った。そのあいだにも、砲弾が近くに落下した。建物がたえず震動する。縄を切ってもらっているあいだじゅう、易念光はずっと顔をそむけて、陳開明のほうを見なかった。

「さあ、ここから脱出しよう」陳開明は易念光を促した。「建物は目標になる。広場へ逃げ出すんだ」

易念光は彼のうしろについて、そとへ出た。寒風が身を切るようである。陳開明は、易念光がシャツしか着ていないことを思い出した。彼は自分の外套をぬいで、易念光の肩にかけてやった。

「私は上衣を着ている。外套を貸してあげよう。……さ、急ぐんだ」

前方に、白楊樹が数本ならんでいる。二人はそのうちの一本の根もとまで走って、身を伏せた。

莫秀蘭部隊の兵士たちが右往左往している。

斥候兵らしいのが、

「二里さきに装甲自動車が来ている！」

と、わめきながら走りすぎた。しばらくすると、その兵士のすぐ前に、轟音とともに土煙があがった。土煙はやがてうすれたが、あたりに人影はなかった。地上に黒く横たわっているものが見える――。

莫軍の砲も応戦の火ぶたを切った。だが、陣地内に落下する敵弾のほうが、はるかに多かった。あきらかに苦戦である。

――三方を囲まれたらしい……

砲弾の落下状態で陳開明はそう判断した。

完全に包囲されると、兵士たちもあきらめて、死力を尽して応戦する。だが、退路を残しておくと、士気はいちじるしく低下する。誰もが助かろうと、逃げることを考えるからだ。

しかし、残された退路の何里かさきにはかならず有力な伏兵がいて、退却軍を殲滅《せんめつ》しようと、待ちかまえているものである。

半時間ほど白楊樹の根もとで観戦していた陳開明は、莫軍の運命を、あらかた予想することができた。まもなく総くずれになるだろう。――

彼の隣りでは、易念光がぼんやりと、空を見あげていた。

やがて、「退却！」という叫び声がきこえた。こだまするように、違った声が、つぎつぎに、「退却！」と伝えた。

莫軍は退くことに決定したのである。

そのとき、陳開明は莫秀蘭の姿を認めた。彼女は馬にまたがり、数人の幹部とおぼしい将校たちと、なにやら相談でもしているようだった。

「莫秀蘭がいる」と陳開明は言った。

その声に、易念光はやっと空から目を下界に移した。彼の目にも、莫秀蘭の姿がはいったにちがいない。

軍の移動がはじまった。政府軍の砲撃は、やや小やみになったようだ。ときどき思い出したように、雪のまじった土煙があがる。

陳開明は、ふと自分の肩になにかがかかったのに気づいた。手をやってみると、それは外套であった。思わず見あげた彼の目に、シャツ一枚の易念光の姿がうつった。

「どうした？」と陳開明はたずねた。

「外套はお返しする」

そう答えて、易念光はふらふらと歩きだした。彼の足は、退却準備中の莫軍のほうにむかっているのである。

「待て、友軍がすぐにやって来るんだぞ」

陳開明はそう声をかけたが、易念光は何かに憑《つ》かれたように、歩きつづけた。

易念光は広場を横切った。一発の砲弾が土煙をまきあげて近くに落下したが、彼は同じ歩調であるいた。陳開明は、あえて追おうとはしなかった。

やがて易念光の姿は、軍団のなかに吸いこまれて見えなくなった。

易念光の姿を見失うと、陳開明はあたりを見まわした。なにかが欠け落ちたような感じである。

暗雲がたれこめているのに、聖山ボグドド・ウラはその輪郭がはっきりと見えた。ただ、ウルムチからは三つの頂が見えるが、慈泉《じせん》からは、そのうちの一つが重なって、二つしか見えない。

莫秀蘭の軍隊が退却して一時間後、友軍の先頭部隊が慈泉に到着した。

退却した莫軍は、はたして途中で挾撃されて、死傷千五百、投降者二千の損害を出した。さらに南方のクルラで千名近くが投降した。

莫秀蘭は残兵を率いて、天山南路を西へ遁走していると伝えられた。クチャル、アクスなどの近辺で、百名五十名と、小集団の脱落者があいついで政府軍に投降してきた。だから、莫秀蘭のまわりには、ほとんど手兵がいなくなっただろう、と想像された。

そのころ、カシュガル附近に、ドイツの学術調査隊が来ていた。彼らは小銃と機銃をかまえた匪賊に襲われて、食糧を掠奪されたという。賊は五名で、そのうち一名はサングラスをかけた女性だったそうだ。それがきっと莫秀蘭のなれの果てだろう。

まもなく、カシュガル街道で、三人の男が死んでいるのが発見された。三人とも、何発も銃弾を身にうけていた。同士討ちだろうと推定された。

「すると、女一人と男一人が残ったわけか」

しらせをうけて、陳開明はそう呟いた。

彼は莫軍の投降者や死傷者を、できるだけくわしくしらべてもらったが、易念光はそのなかにいなかった。カシュガル街道の三人の死体も、念のために写真をとって送ってもらったが、易念光らしい男はいなかった。

このようにして、馬雲昇の軍団は、莫秀蘭の希望したとおり、天山に消滅したのである。

豪華な復讐は終りを告げた。その後、誰も莫秀蘭の消息をきいた者はない。ソ連領に逃げこんだとか、ヒマラヤを越えてインドにはいったなどと言われているが、すべてたんなる臆測にすぎない。

二年のち、陳開明は北京へ転任となった。ある日、東安市場の雑踏のなかで、彼は莫秀蘭によく似た女を遠くから見かけた。瀬戸物屋の店さきで、そこの主人となにやらかけ合っている。値切っているようだった。陳開明が人なみをかきわけて、瀬戸物屋の店頭へ出たときには、もうその女の姿はあたりに見えなかった。

「しつこく値切りよったな、あの女は。しかし、あの女の言う値段じゃ、どこも売ってくれるもんか。ほんとにみみっちい……」

瀬戸物屋のおやじは、ぶつぶつ言いながら店頭の商品にはたきをかけていた。

初出　「オール讀物」一九六三年三月号　文藝春秋
初刊　「桃源遙かなり」所収一九六五年二月　講談社

# ウルムチに消えた火

## 1

神戸《こうべ》でも一流の中華料理店『万花園《ばんかえん》』の主人王功器《おうこうき》が、心臓麻痺《まひ》で死んだ。年は六十二だった。

告別式で江学清《こうがくせい》が友人代表として、弔辞《ちようじ》を読んだ。終りのほうになると、彼のひろい肩がはげしく揺れた。声には出さないが、彼の心が慟哭《どうこく》していることは、みんなにわかった。

「無理もない。それこそほんとうの竹馬の友だったのだから」

と、人びとは囁《ささや》きあった。

初七日の晩、江学清は王家を訪ね、油紙につつんだ長さ二十センチ以上もある、ふとい蠟燭《ろうそく》をとり出した。ずいぶん古いものらしく、根もとのほうがぼろぼろになっていた。

王功器の息子が、

「小父《おじ》さん、なんですか、そのおんぼろ蠟燭は？」

ときいた。

「これを仏前にともしてほしい。むかし、故郷《くに》の私の家で造っていたものだ。動物性油脂をぜんぜん使っていない、神仏用の精進《しょうじん》蠟燭だよ。四十年まえのものだが、まだ使える」

「ほう、精進料理というのはよくきくけど、精進蠟燭なんて初耳ですね」

大学で応用化学を専攻している王の息子は、ナイフの刃を焼いて、ぼろぼろになった根もとを五センチほど切りとった。それでやっと、燭台に立てることができたのである。

江学清はその蠟燭に火をともし、おだやかな丸みを帯びた黄色い焔《ほのお》を、じっとみつめた。亡友とともにすごした青春の日の形見を、彼はいま燃やしているのだ。

江学清が線香をあげたあと、王功器の息子は彼を応接間に案内して、

「父はどうしたわけか、若いころの思い出話などしたことがありません。亡くなられてみますと、むしょうに父のことを知りたくなりました。いったい、父の生まれたウルムチというのはどんな町だったのですか？」

ときいた。

ウルムチは新疆省《しんきょう》の省都である。左宗棠《さそうとう》将軍がかつて新疆でヤクブ・ベグの叛乱《はんらん》を鎮定したあと、麾下《きか》の将兵でその地に留った者が相当いた。江学清と王功器も、現地除隊軍人の三代目である。新疆と天津《てんしん》を結ぶ交易ルートの繁栄によって、彼らが生まれたころ、両家はウルムチでも指折りの

豪商となっていた。

店は隣合せだったので、同い年の二人は、物心のつくころからの友人である。

清朝が崩壊して、中華民国となったのは、二人が七つのときだった。しかし、西域の町ウルムチはしごく平穏だった。

「らくだの糞《ふん》と羊肉のにおいのする、おだやかな町だったよ」と江学清は言った。「わしらがちいさかったころ、中国は内戦時代だったが、新疆省だけに平和があった。神様がいたからなんだ。わしらはおやじたちから、こんなに平和に暮せるのも、省主席楊増新《ようぞうしん》のおかげだと、いつも言いきかされた。子どものころ、わしらは楊主席を神様だと教えこまれたのだ」

「ずいぶんえらい人だったのですね？」

「そう、たしかに傑物だった。スウェン・ヘディンという探検家が、楊増新を地上最高の専制政治家だと書いているが、誇張ではない。ただし、けっして前向きの政治ではなかったね。近代化を抑える、新疆をそのままの状態にしておいて、なにも手をつけない、よけいなことをすると、かえって世の中がみだれる、――これが楊主席の考え方なのだ。そして、彼は独裁者だった」

「小父さんや父は、それに抵抗をかんじなかったのですか？」

「わしときみのお父さんは、十三のときから六年間、隣の甘粛省《かんしゆく》の蘭州《らんしゆう》の中学に入れられた。きみのお父さんは、いつもわしよりすこしだけ成績がよかった。……そこで新しい教育を受けたんで、ウルムチに帰ってから、楊主席のやり方に疑問をもつようになった。それもきみのお父さんのほうが先だったよ」

「やはり、いろんな悩みがあったのでしょう？」

「それはあった。……そんなことは、いずれあとで、ゆっくり話してあげよう」

そう言って、江学清は立ちあがった。しかし彼はドアのところでふりかえって言った。

「きみのお父さんのことを、わしはなんでも知り尽しているように、世間では思っているらしい。が、じつは、わしにもわからないことがすこしある。なまじ双生児《ふたご》のような間柄だったから、そのちょっとわからない点が、気になるんだよ」


家に帰ってから、江学清は楊増新を思い出した。彼の青春は、この特異な政治家のまわりを、けんめいに駆けめぐっていたようなものだった。

蘭州の中学を卒業してウルムチに帰ったのは、彼が十九歳のときである。彼と王功器は、そろって、省政府の吏員となった。そのときの採用試験の場面を、彼はいまも忘れることができない。

新疆省政府の採用試験では、志願者は一字も書かず、一とこともしゃべらない。カーテンをおろした薄暗い部屋で、楊首席自ら志願者と対座する。黙ったまま、納得のゆくまで彼は相手を見すえた。重要な地位に就《つ》くべき人物の場合、このだんまり面接が一時間を越えることもある。

楊主席の眼は、鷲《わし》のようだといわれていた。面接のとき、江学清は背中にびっしょり汗をかき、歯はカタカタと鳴りつづけた。からだぜんたいを、鷲の眼に隈《くま》なく射られ、肉体的な痛みさえおぼえた。

その息苦しい時間は、ながくかんじられた。あとできいてみると、ほんの十五分ぐらいにすぎなかったそうだ。

江学清のあとで王功器がおなじテストを受けた。彼は役所の前庭で待っていたが、出てきたときの王功器は、顔面蒼白《そうはく》だった。

## 2

吏員採用にあたっては、やはりいろんな質問をし、論文でも書かせたほうが、その人の能力や性格がよくわかるはずである。それなのに、楊増新《ようぞうしん》はそんなことをしなかった。理屈よりも、とぎすました自分のカンに、絶対の信頼を置いていたのだ。

彼は毎日、一定の時間、役所の一室にとじこもり、音吐朗々と『老子《ろうし》』を読んだ。それは彼の政治の教科書である。人民を太古の民とするのが、彼の理想だった。近代化は人間の不幸だと彼は信じていた。

省政府の門に、楊主席が自ら筆をとって、

紛争問う勿れ中《なか》原の事
辺庭に桃源勝境有り

と大書してある。

新疆さえ平和であればよかったのだ。政体が帝制であろうと共和制であろうと、あるいは総統が袁世凱《えんせいがい》であろうと孫文《そんぶん》であろうと、そんなことには、彼はまるで無関心だった。

中央政府から視察官が派遣されてきても、楊増新は相手にしなかった。発電所、近代的工場、自動車道路建設など、盛り沢山な要求に、彼は仏頂面《ぶっちょうづら》で、

「いずれそのうちに」

と答えるだけだった。

——いまの中国に、はたして戦乱のない省がほかにあるのか？　もしあったらお目にかかろう。そのときに、あらためて中央のおえら方の高説を拝聴しようではないか。

内心そうせせら笑っていたのだろう。

新教育は、こんなボスの下ではなんの役にも立たない。役人は命令された仕事を、そのとおりにするだけである。文書はかならず毛筆で、楷書《かいしょ》で書かねばならない。受けた手紙は、その日のうちに返事を出すべし。語法はまちがえてはならぬ。……

新教育を受けた役人たちは、自分たちの習得したものが侮蔑《ぶべつ》されている体制のなかで、仕事をしなければならなかった。

江学清は屈辱感をおぼえた。そのことを王功器に言うと、

「いちど胡嶺遠《これいえん》先生のところへ連れて行ってやろう」

と言った。

当時、胡嶺遠という視察員が、中央から派遣されていた。彼は従来の視察員のように、一刻も早く中央へ帰ることばかりを考えるような人物ではなかった。

平和だが、新疆《しんきょう》は他所者《よそもの》に住みにくい土地だ。ウルムチは夏になると、道路の上さえいまにも煙をあげそうな暑さだった。冬には零下三十度の酷寒が容赦なく襲いかかる。春と秋は、うっかりしていると気がつかないほど短い。春は雪どけで、町ぜんたいが泥《どろ》の海となる。あるヨーロッパの探検家は、春のウルムチを『らくだの溺《おぼ》れる町』と表現した。

だが、胡嶺遠は帰りをいそがない。それどころか、楊主席に相手にされなくても、しばらく腰を

おち着けようとしていたらしい。

王功器の紹介で胡嶺遠の仮寓《かぐう》を訪ねたとき、江学清はそこに役所の若手官僚が出入りしているのを知った。新教育を受けた、楊主席に批判的な連中である。

彼らは自ら『新官僚派』と称していた。

あとから考えると、胡嶺遠はどことなく楊増新に似たところがあったようだ。新旧対照していたようだが、江学清はいまでは、彼ら二人をおなじ種類の人間だと思っている。

どちらも教祖的ムードをもった人物なのだ。

楊主席はきまった時間、人を遠ざけて老子を読むが、胡嶺遠も夜になると、一切人に会わず、窓をしめきって読書にふける。ただし、老子ではなく、横文字の本である。十か国語に精通しているとか、ヨーロッパの大学で首席だったといった『伝説』が多いことも、楊増新に似ていた。

江学清も彼に魅せられて、いつのまにか新官僚派の一員となってしまった。

胡嶺遠はむろん楊主席の前近代的な政治に反対であったが、露骨な煽動《せんどう》をするようなことはなかった。

「楊主席亡きあと、新疆はどうなるか？」

と、問題の提起をする。

新疆の平和は、楊主席が一人で支えていた。彼がいなくなれば、内戦がおこりかねない。

「戦争は、はたしてどんな犠牲を払っても、避けねばならぬものだろうか？」

これが、第二の問題の提起である。

新官僚派の面々は、口角泡《あわ》をとばして論じあう。そして、新しい時代を生む陣痛としての戦争なら、かえって必要ではないか、という結論に到達する。非合理精神の権化である楊増新の存在が、新疆の近代化をさまたげていることは、誰《だれ》の眼にもあきらかだった。

近代化。——それは、当時の中国青年の夢であった。それを思っただけで、身もだえするほどの憧《あこが》れだった。

楊増新を除くべし。——新官僚派は、しだいにクーデターへの方向にむかいつつあった。

楊増新は実績があるので、自信過剰だった。したがって、大胆である。独裁者だから、遠慮するところがなかった。新思想にはまったく同情をもたなかったし、もっているようなポーズもしなかった。

それにくらべて、胡嶺遠は慎重だった。進歩的政治家の姿勢をとると同時に、ふるい事物にたいしても、大いに理解のあるところをみせた。

彼が読書三昧《ざんまい》の時間に、当時流行の『保険ランプ』を使わずに、燭台に蠟燭をともしたのも、それを考えてのことであろう。

彼が周囲にあつめた連中は、新しい教育を受けたとはいえ、幼年時代には古めかしい四書五経をたたきこまれていたのだ。どこかに古い澱《おり》がのこっている。胡嶺遠は、新官僚のそうした部分まで、つかまえようとしたのだ。彼は部下から全幅の信頼をかちとらねばならない。心の隅のものも一つあまさず、洗いざらいひっさらってしまう必要があった。

なにしろ相手は楊増新である。数年まえ、楊主席は公式の宴会の席上で、二人の反対者の首を刎《は》ねたことがある。処刑の終ったあと、彼はなにごともなかったように、杯をあげて来客に乾杯を促したのだ。そんな危険な人物を敵にまわすのだから油断はできない。

胡嶺遠は、ウルムチの豪商李淳《りじゅん》の別宅の離れに住んでいた。李淳の末娘は玉霞《ぎょくか》といって、年は十八、ふっくらした顔はすっきりと色が白く、清楚《せいそ》なかんじの娘だった。

江学清は玉霞に惹《ひ》かれていた。

一卵性双生児同士は、お互いに自分のなかに相手の気もちや、健康状態までかんじるという。江学清の王功器にたいする場合も、それに似たところがあった。

——功器も玉霞が好きなんだろう。

と、江学清は思った。

ある日、彼は李家の裏の雑木林で、玉霞が胡嶺遠と散歩しているのをみかけた。そのとき彼は、自分の胸のざわめきをきいた。

胡嶺遠は四十に近く、年のわりには白髪が目立った。だが、すらりと背が高く、物腰は優雅だった。学者ふうの白皙《はくせき》のマスクに一種独特の魅力があって、それが新官僚を惹きつける一つの要素であった。女性にもおなじ作用を及ぼすのであろうか。

翌日、王功器に会って、彼は言った。

「玉霞が嶺遠先生と散歩しているのを見た」

すると、王功器は顔をそむけて、

「ぼくも見た。……二度も見たよ」

と呟《つぶや》いた。

それ以来、江学清はなんとなく胡嶺遠およびその一派を、うとましく思うようになった。

楊増新は雲南《うんなん》省出身なので、省政府の官吏にも雲南人が多かった。新官僚派の大半がそうであった。

江学清と新官僚派のあいだには、もとからちょっとした距離があった。それがしだいにひろがりはじめた。彼は新疆の人間である。幼年時代から、楊主席は神様だと教えこまれてきた。玉霞のことがあってから、彼の心の隅に縮んでまだのこっていた楊主席の神性が、再び膨脹しはじめたのである。

彼の心は振子のように、楊主席と新官僚のあいだを往復していた。新官僚グループの議論をきくと、楊主席の存在が、新疆の近代化を阻害していることが、よく理解できた。しかし役所に出て、主席の顔を見、老子の朗読をきいていると、考え方がかわってくる。

――やはり、楊主席はえらい。電信柱が林立している地方の住民が、戦火に追われ、おびえている。それにくらべて、楊主席治下の新疆は、なんと平和なことだろう。自動車が三台しかないのが、どうしてわるいのか……。近代化をそんなに急ぐ必要があるのか？

平和は貴重であった。

ウルムチの市場《バザール》には、色とりどりの日本製綿布、重慶《じゅうけい》の絹、ロシアの酒、天津《てんしん》の漢方薬、上海《しゃんはい》製琺瑯《ほうろう》器具、石油ランプ、毛皮、羊肉、バター、メロン……なんでも店頭にならんでいた。らくだが、のんびりと通りを歩いている。町角では白系ロシア人がソビエト領事館の職員とすれちがい、英人の郵便局長が、アメリカの若い探検家夫婦を案内して、買物をしている。

この町は、江学清の生まれ故郷なのだ。そこには、平和を謳歌《おうか》して暮している肉親がいる。親しい人たちが住んでいる。

——戦場にされてたまるか！

と、江学清は思った。

尖鋭化《せんえいか》した新官僚たちは、まっしぐらに前進する。そして、江学清はいつのまにか彼らに背をむけて、逆戻りしていたのである。

役所の昼休みの時間、江学清は王功器を呼び出して、言った。

「新疆にとって、嶺遠先生は危険な人物じゃないだろうか？　ここは、ぼくたちの生まれた町だぜ。家族がいるし、友人がいる。こんなに平穏に暮しているのに、あの一党は、ここを戦場にしてもいいという気だぞ……ぼくは、それがいいことだとは思わなくなった。きみの意見をきかせてくれ」

王功器は彼のことばにうなずいて、

「きみを、嶺遠先生に紹介したのはぼくだ。そのとき、ぼくは、先生に傾倒していた。……しかし、いまはそうじゃない。とっくにぼくの心は彼らから離れたよ。……だけど学清、しばらくのあいだは、彼らにぼくたちがまだ同志であると思わせておこう」

「で、どうなるんだろう？」

と、江学清はため息をついた。

「心配するな」王功器は足もとの小石を蹴《け》って、言った。——「相手は一人だけだ。嶺遠先生さえいなくなれば、あの連中、なにもできやしない。楊主席という、そびえたつ目標をつぶすには、それに対抗できる高さが必要なのだ。嶺遠先生を中心に置かなければ、百人寄ったたって、その高さに届くものか」

# 3

新官僚派の有力メンバーである呉義成《ごぎせい》という男の誕生日は、九月末のうすら寒い日であった。それにかこつけて、十五人ぐらいのグループが、杏花楼《きようかろう》という料理店の二階で、親睦《しんぼく》パーティーをひらくことになった。彼らの結束は、しだいに結盟的なものにかたまりつつあった。

結社の中心である胡嶺遠《これいえん》は、その会には出席しない。夜は読書と思索の時間だから、彼は外出したことがない。そうしたことも、彼の身辺に神秘性をただよわせる一つの『伝説』となっていたのである。

そのかわり、新官僚派の連中で、杏花楼へ繰りこむまえに、胡嶺遠のところへ行き、会のはじまるまでの時間を、時局談ですごすことになった。

胡嶺遠の住んでいた李邸の離れは、母屋からだいぶ遠いところにあり、木立にかこまれた、こぢんまりした木造の建物で、部屋はひろいが一室しかなかった。

江学清《こうがくせい》が行ったときは、すでに七、八人集まっていた。それから二十分ほどすると、ほとんどのメンバーがそろった。

「あと三人だけだな」

と、リーダー格の男が人数をかぞえて、いらだたしげに言った。江学清は、王功器《おうこうき》がまだ来ていないことに気づいていた。

六時半ごろで、もう暗くなっている。

胡嶺遠はいつも夕食を早くすませ、夕方から読書思索の時間にはいる。十一時半になると、どんなことがあっても、床に就くそうだ。彼は規則正しい生活をする。だから、客も長居はできない。残りの三人が早く来ればよいのにと、江学清までがいらいらした。

「そろそろあかりをつけよう」

と、胡嶺遠は立ちあがり、本棚《ほんだな》の隅から、新聞紙に包んだ細長いものをとり出した。

「今日は、このあいだきみからもらった蠟燭《ろうそく》を使ってみよう。心が澄むかもしれない」

と、彼は江学清にむかって言った。

江学清の店では、神仏礼拝用に、動物性油脂を一切使わない蠟燭を造っていた。当時、新疆《しんきょう》では羊脂の蠟燭をおもに使っていたのだ。いつかそのことを胡嶺遠に話したところ、彼は「そんなのを読書用にすると、心がしずまっていいかもしれんな」と言った。そこで江学清は、店から一本失敬して、試供品として進呈したのである。

胡嶺遠は明《みん》代の製作といわれる銅製の燭台に、その蠟燭を立てて、火をともした。

そのとき、王功器がやっとあらわれた。あとの二人もすぐにやってきた。

それ以上、胡嶺遠の邪魔をするわけにはいかない。あとから来た連中は、挨拶《あいさつ》だけすませて、みんなぞろぞろと外へ出た。

いまでも江学清は、胡嶺遠のことをよく思い出す。年をとるに従って、彼は胡嶺遠を高く評価するようになった。いくらかはったり性を帯びていたにしても、じつに端倪《たんげい》すべからざる人物であったと思う。

だいぶあとになってから、江学清はかつての新官僚の一人からつぎのような話をきいた。

「嶺遠先生は、きみと王君をとても庇《かば》っておられた。いつもわれわれに、江学清と王功器はこの土地の人間だから、きみたちとは立場がちがう、それを考えてやらねばならない、なるべく彼ら二人を巻き添えにしないほうがよい、そうおっしゃっておられたよ」

それをきいて、江学清は反射的に悟った。――胡嶺遠は二人を庇おうとしたのではなく、じつは二人を警戒し、組織からひき離したかったのだと。

呉義成の誕生日の夕方、胡嶺遠の住居から出るとき、江学清はこの結社の盟主にたいして、おぞましい感情が、自分の胸に渦巻《うずま》いているのをかんじた。それを表現する適切なことばはない。思いきっていえば、『殺意』に近いものであろう。そして、胡嶺遠の視線が自分をとらえているのに気づいて、江学清は慄然《りつぜん》とした。彼は眼を伏せた。しばらくして眼をあげると、相手の視線は王功器のほうに移っていた。

胡嶺遠はきっと、江学清と王功器が彼に抱いている感情を、察していたのにちがいない。

彼らはそれから杏花楼へ行った。白系ロシア人の多いウルムチ南関に近い料理店で、胡嶺遠の寄寓している李淳《りじゅん》の別邸からは、歩いて十五分ほどのところである。

そのころから、風がすこしつよくなった。

杏花楼では、政治にかんする話はタブーであった。いつ、誰に、話をきかれるかしれない。最近日本の東京近辺でおこったという大震災など、あたりさわりのないことが話題にのぼった。

上海《シャンハイ》から来たばかりの同志が、あちらで流行している歌をうたったり、みんなでウィーグル人のダンスを踊ったり、どんちゃん騒ぎに終始したのだ。閉会はちょうど十時だったから、彼らは三時間以上も酒をのんで騒いだことになる。

江学清は、調子にのってのみすぎた。途中でぶっ倒れるといけないと思って、王功器と一しょに帰ろうとした。しかし、杏花楼を出たあと、彼の酔眼は王功器のすがたをとらえることができなかった。パーティが終るまで、彼のそばにたしかにいたのに。

しかたがないので、江学清は一人で帰った。どこを、どんなふうにして帰ったか、さっぱりおぼえていない。記憶にあるのは、家に辿《たど》りついたとき、戸をあけた女中のうしろから、彼をにらみつけていた母親の、大きな目玉だけであった。

翌朝、眼をさましても、まだ頭がふらふらしていた。江学清は時間ぎりぎりに起きあがり、さて服を着ようとしたら、それは泥だらけだった。とても役所へ着て行けない。あわてて新しい服をとり出したが、そんなことで、すんでのことに遅刻しそうになった。

楊主席は時間励行については、じつにきびしい人だった。江学清は役所まで、けんめいに走って、やっと間に合った。

部屋にはいって汗を拭《ふ》いていると、同室の呉義成が深刻な顔で近づき、

「嶺遠先生が、昨夜殺されたよ」

と、小声で言った。

4

走ったあとなので、江学清《こうがくせい》の心臓ははげしく動悸《どうき》していた。そこへ胡嶺遠《これいえん》の死を告げられたのである。からだぜんたいが、大きく揺れだしたようだった。

――もしや王功器《おうこうき》ではあるまいか？

と思ったのである。

昨日の夕方、胡嶺遠にたいして抱いた、あの殺意に近い、いまわしい感情を、江学清はおそるおそる思い出した。

王功器も、彼とおなじ気もちでいたはずだ。いや、なにごとであれ、王功器は彼より一歩まえにいる男である。彼が殺意に近いものをもちかけたころには、王功器はもっとはっきりしたかたちで、それをもっていただろう。

杏花楼《きようかろう》を出たあと、彼のすがたが見えなかったことも、江学清には気がかりであった。


呉義成《ごぎせい》の話によれば――

今朝六時ごろ、李家の女中が水汲《く》みの途中、離れのまえを通ったとき、戸があいているのを見て、首をかしげた。胡嶺遠はそんなに早く起きることはなかったのだ。

「先生、今日はお早いですね」

頰《ほお》のあかい十六歳の女中は、気がるになかをのぞきこんで、声をかけた。だが、つぎの瞬間、彼女は水汲み用の桶《おけ》をとりおとして、悲鳴をあげた。

部屋のなかに、胡嶺遠が血まみれになって、倒れていたのである。

鋭い刃物で胸と腹部を刺され、発見されたときは、もうつめたくなっていたそうだ。

「考えてみると、おれたちが杏花楼にいたころに、先生は殺されたのだ。それを知らずに、おれたちは陽気に騒いでいた。馬鹿《ばか》な踊りなんかして。……おれの誕生日が、先生の命日になってしまった」

そう言って、呉義成はうなだれた。

「私たちが杏花楼にいたころに、先生が殺されたのですか?」

と、江学清はきいた。

「そうだ。……それは、はっきりしている」

と、呉義成は力なく答えた。

凶行の時刻は、かなり正確にわかっていた。死体を調べて死亡時刻を推定できるような、そんな気のきいた医者はウルムチにはいない。が、蠟燭《ろうそく》のおかげで、それがわかったのだ。

長さ約三十センチの長時間用蠟燭は、およそ十時間ほどもつのである。

邸内の離れだから、胡嶺遠は戸に鍵《かぎ》をかけなかった。そして、李邸の塀《へい》は、かんたんに乗り越えられるものだった。ほかの地方の富豪の邸のように、戸締りが厳重ではない。楊増新《ようぞうしん》治下の新疆《しんきょう》は、それほど治安がよかった。

蠟燭は消えていた。おそらく犯人が戸をあけたときに消えたのだろう。その晩は、風がつよかったのだから。

蠟燭の長さによって、火をつけてから三十分乃至《ないし》四十分しかたっていないことがわかった。つまり、犯人は、七時ごろに侵入したものと推定された。それはまさに新官僚の連中が、杏花楼で最初の乾杯をしていた時刻に相当する。

むろんその席に、ちゃんと王功器もいた。だから彼が犯人であるわけはない。

正直言って、江学清は意外な気がした。

「犯人は刺客だ」と、呉義成は声をひそめて言った。「誰かの命令を受けて……命令者が何者か、きみはわかるだろう」

楊増新が、新官僚グループの意図を察していたらしいことは、数日後にはっきりとわかった。

——日本留学を命ず。

江学清はとつぜんそんな辞令をもらって、おどろいた。

帰りに王功器に会ってそのことを言うと、

「君は日本か。ぼくはロシアだ」

と、笑いながら言った。

新官僚派のリーダー格の数人は、解任された。ほかのメンバーも、あるいは北京《ペキン》の軍警学校に留学を命じられたり、あるいは蘭州《らんしゅう》無電台に派遣されたりした。ていよく新疆省から追放されたのである。

彼らはウルムチを去るまえに、李淳《りじゅん》の別邸へ行き、尊敬する盟主の遺品を記念にもらった。書物や文房具など、日ごろ胡嶺遠が使っていた品物だった。

江学清は、胡嶺遠の形見などほしくなかった。ただ燭台の蠟燭をみて、

「私はこれだけいただきます」

と所望した。それは彼が進呈したものである。最後の夜、胡嶺遠の机上を照らしたもので、その火が消えると同時に、彼の命も消えた。これほど象徴的な形見はまたとあるまい。

きけば、その蠟燭は、警務処で検査したあと、返還されたものだという。楊増新の政府は、それほどはっきりとけじめをつけていたのだ。

思いがけない日本留学で、江学清は東京のある私立大学で法律を勉強することになった。彼の留学中、震災後の東京はエネルギッシュな復興をとげつつあった。そのありさまは、彼の若い血を再び燃え立たせずにはおかなかった。自然の暴力に対抗しうるのは、近代的生産力だけである。もし東京の住民が『太古の民』であれば、町は荒廃したままであろう。

日本の天皇が崩御し、年号が昭和とかわったのは、彼の留学期間の後半のことだった。

三年たってウルムチに帰ってみると、王功器は一と月まえに、すでにモスクワから帰っていた。江学清の生涯で、彼が王功器と別れていたのは、この三年間だけである。

「楊主席は、ぼくたちを学校の教師に任命したぜ。……そして、玉霞《ぎょくか》は紙屋の息子と結婚してしまった」

江学清を迎えた王功器は、自嘲《じちょう》するように言って、ロシア製のたばこをくわえた。

ウルムチの政府経営の法政学堂という新しい学校で、王功器はロシア語を、江学清は法律を教えることになっていた。

「ぼくのほうがマシかな」王功器はたばこの煙を鼻から出して言った。「語学だから、べつにどうってことはない。きみは法律だ。新疆じゃぜんぜん通用しない代物を教える。おかしなものだ。うんざりするだろう」

「なるほどね」江学清は三年も離れた故郷の政治体制を思い出した。「ここは、一人の人間のことばが、そのまま法律になる便利な土地だったね」

「そうだ。しかも、三年まえよりもひどくなっているようだ」

一と足さきに帰郷した王功器は、江学清にいろんなことを教えた。

楊増新は老化したそうだ。彼がみごとな治績をあげたのは、カビの生えた春秋戦国時代の権謀によってである。有力者同士を反目させ、反対者を処刑し、暗殺し、その組織を骨抜きにする、あのおきまりの策略に巧みであった。それによって、彼は兵力をもたずに新疆の平和を保つという奇跡をなしとげた。

だがその権謀術策は、柔軟な頭脳から生まれたときにはじめて効を奏するものだ。動脈硬化をきたすと、精彩を欠き、カビのにおいがしてくる。

そのうえわるいことに、過去の業績を過信して、自分自身を神格化してしまったらしい。

「いまや易断政治だぞ」

と、王功器は言った。

重要な政策を決定するとき、楊増新は算木《さんぎ》と筮竹《ぜいちく》を使うそうだ。

彼は五十五歳ではじめて男の子をもうけ、いま八つになる。彼は息子を溺愛《できあい》し、どこへ行くにも連れ歩いた。この息子が大へんなギャングで、客に行った先でなにかめぼしいものがあると、すぐに掠奪《りやくだつ》する。父親はそれをうれしそうに見ているだけだという。

精神が曇ってきたのであろう。

省政府の役人は、もちろん新教育をうけた人間がふえている。

第二の胡嶺遠の出現は、時間の問題となっていたようだ。

王功器から予備知識を仕込んだが、やがて江学清も自分の眼で、そうした状況をたしかめることができた。

世の中はめまぐるしくかわる。楊増新はそれを否定するのだ。老化した彼の精神は、政治を時流にあわせないで、人間のほうを変えようとするらしい。——人びとを『太古の民』にしてしまう。自動車道路も発電所も必要としない人間をつくりあげる。……

　彼の哲人政治の目的を知ったとき、江学清はそれをゆるせないと思った。人間の進化という尊厳な原則を侮辱するものではないか。彼は日本で、近代化された社会の威力を、身にしみてかんじていたのである。

　じっとしておれなくなって、彼は王功器のところへ行った。

「このままじゃ、新疆は暗闇《くらやみ》じゃないか」

江学清が勢いこんでそう言うと、王功器は、

「いまごろそれに気がついたのか」

と言った。

## 5

　しばらくたって、江学清《こうがくせい》はやはり第二の胡嶺遠《これいえん》がいることを知った。その名を樊耀南《はんようなん》という。ウルムチの市長。おなじ日本留学出身というので、江学清もなんどか会った。

「新疆《しんきよう》の平和は、そこに胎動《たいどう》するなにものもないということだ。住民は石女《うまずめ》の膝《ひざ》に抱かれて、心地よげにまどろんでいる」

　彼がそう言ったとき、江学清はなるほど、と思った。

「王功器君がよく遊びにくるよ」

と彼は言った。やっぱり王功器《おうこうき》のほうが、一と足さきにこの人物に接近していたのかと、江学清は妙な安堵感《あんどかん》をおぼえた。いつものとおりなのだ。

「戦乱をのがれてこちらへ来た連中は、平和でさえあれば、どんなことでも辛抱する、と言ってるそうですが?」

と、江学清はきいた。

すると、彼はすかさずまくしたてた。——

「きみ、戦争がない、ただそれだけでいいのだろうか? それじゃ、もぐらとおなじだ。新疆をこのままにしてよいと思うかね? ここはわが中国の宝庫なんだ。埋蔵されている地下資源は莫大《ばくだい》なものといわれている。なぜそれが開発できないのか? 為政者にその意思がないからだ。地下の宝庫は、いまやもぐらの巣となっている。……」

彼の話をきいているうちに、江学清は製鉄所の火花や、唸《うな》りをあげる機械の群れの幻を見た。そこからは、彼が日本でみたあらゆる近代文明の精華が生産される。——しかし、現実の新疆には、自動車は三台しかなく、工場らしい工場は一軒もない。ウルムチの実業は市場《バザール》だけであり、この地方が提供しうるのは、毛皮とメロンと乾葡萄《ほしぶどう》ぐらいである。印刷局なるものはあるが、そばを通っても、かつて機械の音をきいたことがない。原始的な菓子製造所はあったが、つくった菓子は露天に干されて、蠅《はえ》がたかっている。……

ある日、校務で省政府へ行ったとき、江学清は久しぶりに楊主席の『老子《ろうし》』の朗読をきいた。

——隣国相望み、鶏犬の声相聞ゆるも、民、老子に至るまで相往来せざらしむ。……

声はふるえ、そして濁っていた。かつてのように、音吐朗々たる澄んだ声ではない。

それをきいて、江学清は決心した。――この老人を除かねば、どうにもならないと。

なにしろ二十代の前半という若さであった。また日本留学でうけた刺戟《しげき》は大きかった。彼の胸は、たちまち焔につつまれた。

その決心を王功器に告げに行こうとしたが、思いとどまった。彼はいま決心したところである。きっと王功器は、すこしまえに決心してしまっているだろう。……

まもなく、江学清は自分の予感があたっていることを知った。

時代の激動も、彼の若い心を揺りうごかさずにはおかなかった。

彼が帰国した翌年の正月、下野していた蔣介石《しょうかいせき》が復職し、中原《ちゅうげん》の戦雲はにわかにうごいたのである。国民革命軍は怒濤《どとう》のように北上し、五月には天下の形勢がほとんどきまった観があった。四面楚歌《しめんそか》のうちに北京を放棄した張作霖《ちょうさくりん》は、奉天《ほうてん》へ引揚げる専用車を爆破され、横死した。彼の死は、旧時代の終焉《しゅうえん》を象徴した。

楊増新は例によって、あっさりと国民革命政府支持を表明し、
国民革命軍万歳！　共和の光芒《こうぼう》万丈！

と、ウルムチの無電台から祝電をうって、蔣介石をよろこばせた。

しかし、楊増新が国民党の近代的政策を実行するはずはない。革命にも共和制にも、彼は依然として、無関心であった。

国民党の方針によって、省政府委員会が形のうえでは組織された。だが、合議制が新疆省でおこなわれるのは、やはり夢物語だった。

国民党員の樊耀南《はんようなん》は、省政府委員に任命される資格があったのに、楊増新は彼をえらばなかった。主席の意のままにうごく人物によって、委員会が組織されたのだ。

樊耀南が、じっさいにクーデターに踏みきる決意をかためたのは、委員に選任されなかった不満からであろう。

いまでも江学清は、どうしてもこの男が、かつての胡嶺遠より薄手な気がしてならない。同志は多いと称していたのに、彼はひきあわせようとしなかった。そんなことをすれば、秘密がもれやすいので、決行直前まで集まるのを慎むという。同志を信じていないことではないか。臆《おく》病《びょう》で、包容力がないのだ。

樊耀南が最も熱中したのは、クーデター計画ではなく、成功後の役職リスト作成だった。盟主に必要な教祖的ムードもなければ、人間的魅力にも乏しい。江学清は危惧《きぐ》をかんじた。それでも、こうなれば、もう遮二無二《しゃにむに》、突入するほかはなかった。

一九二八年（昭和三年）七月七日は、法政学堂の卒業式だった。

楊主席は、民政庁長、実業庁長、旅団長などの文武官を従えて、来校した。型どおりの訓話、祝辞、記念撮影、それから宴会となる。

夏のウルムチは、うだるような暑さだった。

衛兵たちは、宴会場の隣の部屋で、かんたんな酒肴《しゅこう》の饗応《きょうおう》をうけた。江学清《こうがくせい》は隊長に、

「もう式はすみました。剣帯などははずして、大いに飲んでください。銃もまとめておあずかりしましょう」

と言った。衛兵隊長はにこにこしながら、この提案に応じた。汗まみれの兵隊たちは、学堂の使丁に銃や剣帯、弾盒《だんごう》などを渡すと、いそいで軍服のボタンをはずして、一と息いれた。

こうして武装解除はすんだ。

江学清は、彼らの武器を納屋にいれて鍵をかけ、隊長には別の鍵を渡しておいた。

宴会場へ行くと、民政庁長の金樹仁《きんじゆじん》が、急用があるといって、役所へ帰るところだった。

楊増新は江学清を呼んで、

「料理を早く出すように言ってくれんかね。午後から陸軍学校へ行かねばならんから」

と言った。

かつての偶像であった楊増新から、最後に話しかけられたことばが、料理の催促なのだ。江学清はやるせない思いがした。

教員室で、彼は同志の一人である教務主任から、ピストルを渡された。使い方は前日に教わっていた。

宴席で樊耀南がソビエト領事夫妻と話をしていた。あきらかにそわそわしている。

昨日の秘密会合ではじめて知った同志の顔が、ちらほらと見えた。何人かは給仕に変装していた。

最初の乾杯が、合図であった。

江学清はピストルをとり出して、楊増新にむけた。が、手が強《こわ》ばって、引金をひくことができない。王功器はとみると、無造作にピストルを構え、平然と引金をひいた。それを見て、やっと彼の指も引金をひけるようになった。

ピストルは、七人の同志が同時にうつことになっていた。誰の弾丸があたったのかわからない。

楊増新はあっけなく、椅子《いす》からころげおちた。偶像は破壊された。

会場は混乱した。来賓も教員も先を争って逃げだした。ソビエト領事夫妻は、便所にかくれた。

楊増新のそばにかけよった男は、背中をうたれて、折重なって倒れた。杜旅団長も軍服を血に染めて、主席のそばに倒れていた。

江学清は一発しかうたなかったが、ほかの連中は、狂ったようにうちまくっていたのである。

彼らはその足で、省政府へ乗りこんだ。

省主席の部屋にはいった樊耀南《はんようなん》が最初にしたのは、主席の椅子に腰をおろすことだった。

「あまり坐《すわ》り心地はよくないね」

と彼は言った。ストイックな楊増新は、粗末な木製の椅子を使っていたのだ。樊耀南は磊落《らいらく》そうに笑おうとしたが、顔がひきつって、声もふるえていた。

副主席に相当する民政庁長金樹仁を脅迫して、省政府の機構をうごかす計画であった。

——ただちに出頭して命令をうけよ。

という指令を、金樹仁に送ることになっていたが、筆をとった樊耀南の手は、ぶるぶるふるえて、字が書けそうもない。

「私が書きましょう」

王功器が代って、すばやく書きあげた。

だがそのころ、彼は周囲に銃声をきいた。外部に同志はいないという。すると、包囲されたことになる。

「同志はたったこれだけしかいなかったのか？　十数人じゃないか。……話がちがう！」

変装の給仕服のままの男が、血相をかえて、樊耀南に詰めよった。クーデターの指導者は、真っ青になって、肩をおとした。

大事が去ったことは、あきらかである。

嗤《わら》うべきクーデター劇だった。

6

炎熱地獄とは、ウルムチの夏の監獄のことをいうのであろう。コンクリートの床は、焼鉄板のようだった。

クーデターの参加者は逮捕され、二、三人ずつ分散されて獄室にいれられた。江学清《こうがくせい》は王功器《おうこうき》とおなじ部屋におしこまれた。

拷問《ごうもん》はあったが、訊問《じんもん》らしい訊問はなかった。すでに誰かが、みんなしゃべってしまったのであろう。

江学清も王功器も、まる裸にされた。獄卒や兵卒が、いれかわり立ちかわりあらわれて、ところきらわず革の鞭《むち》で打った。皮膚がやぶれ、全身が赤くはれあがった。

背中が焼け、顔が燃え、血とまじった汗が床のうえに落ちると、じゅっと音を立てた。

一人の兵隊は、

「金樹仁《きんじゅじん》庁長は、おまえたちを蹴《け》り殺してこいと命令したんだ」

と言った。

その兵隊は鞭をつかわずに、鋲《びょう》をうった軍靴《ぐんか》で蹴りつけた。靴底の泥が、背中の傷のなかにすりこまれた。彼は最後に江学清をひきおこして、まともに顔の真ん中を蹴った。前歯が折れ、泥が口のなかにはいった。

江学清はなるべく王功器に背をむけるようにした。こんな地獄絵図を見てやらないのが、友情というものであろう。しかし獄卒が交替するあいだ、呻《うめ》き声がきこえないと、心配になってくる。そこで、痛むからだをまげてむきをかえると、王功器のほうも、そのまえに彼のほうにむいたらしい。二人の眼があった。血まみれの王功器の顔が歪《ゆが》んだ。ほほえんだのであろうか。白い歯がみえた。彼の歯はまだ折られていなかった。

深夜になって、拷問は一段落した。獄室の天井の隅に小さなランプがかかって、わびしい光を投げかけている。

「ぼくは後悔しない」と、王功器は言った。苦しそうにあえいではいるが、声は思いのほか元気だった。――「ぼくは、いちど楊主席を助けてやったことがある。……それはまちがっていた。いま訂正したんだ、男らしく。……後悔せんぞ。楊主席は死んだ。新しい道がひらける。……」

江学清は声を出す気力もなかった。

「もうすこしの辛抱だ」と、王功器は言った。――「もうすぐらくになる。明日になれば死ねるだろう」

江学清は、やっと血と泥のにおいのする口をあけて、とぎれとぎれに言った。

「死ぬのも、きみが、さきだ。……いつも、きみは、ぼくよりも、早いんだから……どんなことでもな……死ぬことだって……」

「ぼくは、きみをひきずってきたようだ。それがこんなことになってしまった。……すまない」

「なにを言う……きみのあとに、ついて行くのが、ぼくの宿命だった……」

それ以上、二人は口がきけなくなった。

彼らは死を覚悟した。

しかし、明け方近くになって、意外なことがおこった。数人の獄卒が来て、二人を抱え出したのである。

監獄の裏門があいていて、そこに一台の幌《ほろ》をかぶせた荷車が待っていた。ほの暗いランプのあかりで、車のそばに、二人の父親がいるのがみえた。

父親たちは獄卒にぺこぺこ頭をさげていた。

二人は幌のなかに投げこまれ、やがて車はうごきだした。

おやじたちは、買収に成功したのだ。莫大《ばくだい》な金をつかって。

あとできいたところによると、彼らの家族は、ウルムチじゅうをかけずりまわって、新しい死体を二つ手に入れ、身がわりに持って行ったそうだ。

熱烈な楊主席の崇拝者である江学清の父は、泣きながら言った。——

「気ちがい息子め！　わしたちのまえから、とっとと消え失せろ。まとまった金はくれてやるから」

体力が回復するのをまって、江学清と王功器は、ひそかにウルムチをはなれ、ひとまず上海《シャンハイ》におち着いた。

彼らは上海の新聞で、ウルムチの事件の記事を読んだ。

……野心家たちは、すべて逮捕された。クーデター勃発《ぼっぱつ》後、わずか四時間だった。消息筋の言によれば、彼らは一人残らず拷問によって死んだという。叛逆の野望家は処罰されねばならぬ。しかし、それはあくまで厳正な裁判によるべきことを、吾人は人道的見地からも主張する。吾人は新《しん》疆《きよう》省官憲に猛省を促したい。政治も司法も近代化されねばならないのである。……

記事には『野心家』のリストがついていて、江学清の名も王功器の名も、はっきりと書かれてあった。

「ぼくらは、もう死んだことになっている。この国から出て行ったほうがよさそうだ」

と王功器は言った。

二人は相談の末、日本へ行くことにした。

このようにして、彼らは神戸で『死後』の生活をはじめたのである。

彼らはいろんな商売をしたが、いつも王功器のほうが、江学清よりすこしだけうまくやった。そのわずかの差も、積み重ねると大したものになる。また株の売買などでは、一歩おくれると、ずいぶんひらくものである。

その結果、王功器は大きな料理店を経営し、あちこちに不動産をもつようになった。江学清も貿易業をほそぼそとやっているが、王功器ほどの財産は作れなかった。

二人とも神戸で日本人の女性と結婚して家庭をもったが、それも王功器のほうが半年ほど早かった。最初の子が生まれたのも、王功器のほうが一年ばかり早かった。

そして、やはり王功器のほうが、さきにあの世へ行ってしまった。

初七日の晩、感傷的になった江学清は、タンスの底から、四十数年まえの、あの思い出の蠟燭《ろうそく》をとり出して、亡友の仏前にともしたのである。

## 7

四十九日の晩も、江学清《こうがくせい》は王家を訪ねた。

息子はまだ帰っていなかった。

江学清が線香をあげようとすると、王功器《おうこうき》の未亡人が、

「蠟燭《ろうそく》が消えそうですから、ちょっとお待ちください」

と言って、燃え尽きそうになった蠟燭を、新しいのとさしかえた。

それを見て、江学清ははっとした。

蠟燭をかえるのは、じつにかんたんなことである。――その単純な事実に、胸をうたれたのである。

彼が竹馬の友の王功器について、わからないことがあるといったのは、胡嶺遠《これいえん》の死にかんしてであった。

獄中で王功器は、いちど楊主席を助けたことがあると言った。また役所の昼休みに、彼が石を蹴りながら、「心配するな、相手は一人だけだ」と言ったことも思い出される。

楊増新《ようぞうしん》を助けたというのは、最も危険な敵手胡嶺遠を殺したことではあるまいか？

江学清はそんな疑いをもっていた。が、蠟燭の長さで推定された死亡時刻によって、杏花楼《きょうかろう》にい

た王功器が殺したはずはないと思いこんだ。そして、誰かほかの人間に頼んだのかもしれない、と考えるようになった。

しかし、蠟燭はさしかえることができる。

六時半ごろ、集合におくれて胡嶺遠のところへ行ったとき、王功器はその部屋が十時間用の蠟燭がともされたばかりであるのを見ている。

杏花楼を出たあと、王功器は、三十分ほどともした、おなじ形の別の蠟燭をもって行ったのかもしれない。そして半分ほど減っていたもとの蠟燭とすりかえる。——

科学が蔑視されていた新疆《しんきょう》では、そのていどのアリバイで上等なのだ。しかも、アリバイが必要なのは、同志にたいしてであって、独裁者楊増新にたいしてではない。ひょっとすると命令だったかもしれない。王功器が一時モスクワへ追放されたのも、なれあいだったとも考えられる。

あくまでも、一つの想像であった。

王功器が死んだいま、真相は永久にわからないのである。

江学清が線香をとりあげたとき、王功器の息子が帰ってきた。

「小父さん、どうも」と、若い大学生は声をかけた。「ちょっとききますけど、四十九日がすんだら、ギターを鳴らしてもいいですか？　おふくろが、中国の習慣はもっときびしいはずだと言ってるんですが」

「いいだろう。時代がちがうんだから」

と、江学清は答えた。

「そうですか。じゃ、明日からはじめますよ。すこし下手になったろうな。……ながいあいだ練習をしていないから」

そこまで言って、王功器の息子は仏壇を見て、ふと思い出したように、

「小父さん、話はかわるけど、あの蠟燭、精進用だなんておっしゃってたけど、インチキでしたよ」

と言った。

「どうして？」

「あのとき切りとったかけらを、学校へもって行って分析してみたら、完全に動物性の油脂でしたよ。おそらく羊の脂でしょう。まちがいありません。小父さん、蠟燭の職人にだまされたのとちがいますか？」

「そうだったのか……」

江学清は、面を伏せた。顔色がかわったのを、とっさにかくそうとしたのである。

神仏用の蠟燭づくりは、彼はいつも店の裏の仕事場で見ていた。実直そのものといった職人の顔を思い出せる。ごまかしなどあるはずはなかった。

やがて彼は、仏壇の王功器の写真のほうにむき直った。

謎《なぞ》はとけた。ほかならぬ王功器の息子が、それを証明したのだ。

そのうちに、江学清はだんだんすがすがしい気もちになった。

たしかに陰惨な事件であった。だが、その裏には、若い純真な血が燃えていた。また時間も血なまぐさいにおいを消している。

それよりも、王功器のなかで、わからなかった部分が、すっかりなくなったのである。

澄んだ心で、江学清は線香をあげた。

——きみは、また一と足さきに行ったね。ぼくはすこしおくれるが、いつものように、きみの行った道をついて行くよ。

写真の王功器にむかって、心のなかで話しかけながら、彼は微笑がうかぶのを、けんめいに抑えた。

初出　「別冊小説新潮」一九六七年第六五号　新潮社
初刊　「紅蓮亭の狂女」所収一九六八年九月　講談社

# カーブルへの道

## 1

三谷宣照《みたにせんしよう》は、インド・パキスタンを経て、仏跡巡礼最終コースのアフガニスタンにはいった。そして、首都カーブルに着いた翌日、オーレル・スタインの墓に花を供えた。

三谷は住職の家にうまれたが、僧籍にはいらず、高校の英語教師になってしまった。いまでは彼と仏教の関係といえば、勤務しているのが某宗派の経営する学校、ということぐらいであろう。それが急に仏跡巡礼を思い立ったのだから、首をかしげる人も多かった。

しかし、彼はロマンチストで、学生時代から西域《さいいき》にあこがれ、スタインやヘディンの旅行記をむさぼり読んだものである。

カーブルの外人墓地の敷地は、西日を浴びて、黄色っぽく染められている。そのなかで、スタインの墓の十字架が、きびしいまでに白かった。

スタインが八十二歳でこの地で死んだのは、一九四三年（昭和十八年）のことである。戦争の最中であったから、けっしてらくな旅行ではなかったはずだ。

いまは手軽に飛行機や自動車を利用できる時代だから、その当時にくらべて、旅行はずっと楽である。それでもカーブルに着いたとき、三谷はカイバル峠越えのまる一日の自動車旅行で、ぐったりしてしまった。だから、数日休養してから、バーミヤーンの仏跡へ行くことにしたのである。

スタインの墓前に立つと、三谷は物見遊山のうらに、いささかの探検家気どりをかくした自分を、羞ずかしく思った。

四十三歳の今日まで、彼の人生にはほとんど起伏がなかった。彼はこんどの旅行に、自分の人生をかきまぜるものを、ひそかに期待していた。が、期待は外れたようだ。他人の旅行記のカラー写真を、もういちどなぞったような、平凡な旅行にずぎなかった。

「スタインが死んで十五年になります」

うしろで、訛のつよい英語がきこえた。

ふりかえってみると、二人の男が立っていた。そのうちの一人には、見おぼえがあった。おなじホテルの客で、二メートル近い大男なので、印象に残っていたのである。あとでホテルの人にきくと、ソ連の大学教授ということだった。

もう一人は案内役らしいが、おそらくこの国の文部省か大学の関係者であろう。

大男のソ連人は、三谷をみると、なにを思ったか、つかつかとそばへ寄って、早口のロシア語で話かけてきた。どうやら人違いのようである。三谷は手を振って、

「私はロシア語がわかりません。昨日、こちらに着いた、日本の旅行者です」

と、英語で言った。

「ああ、日本の方ですか、どうも失礼しました。私はまた中国の友人の一人かと思ったものでで……」

大男はゆっくりした英語で言って、肩をすくめ、頭に大きな手をのせた。そのしぐさは、愛嬌があった。からだが大きく、いかめしい口ひげなどをはやしているが、顔は意外に子どもっぽいところがあった。年もおそらく、三谷とあまりかわらないであろう。

人見知りをしない男で、おなじホテルに泊っているとわかると、お詫びに今晩、自慢のコーヒーをご馳走しようと言いだした。

ナザロフ教授。——そう名乗った巨漢のソ連人は、その晩、約束どおり三谷の部屋へ、サイフォンをもちこんだ。自慢するだけあって、彼のいれたコーヒーはなかなか風味がよかった。

ナザロフ教授は大そう話好きで、わかりやすい英語を使って、いろんなことを話した。

まだ中国とソ連が友好的で、さかんに中ソ合同の学術調査研究などがおこなわれていた時代である。中ソ両国三十八名のパーティーが、クスミン隊長に率いられて、ソ連領内のレーニン峰登頂に成功したのも、そのころのことだった。

ナザロフ教授の参加したこんどの学術調査団も、十数人の中国人学者が協力し、おもに古代交通

路と灌漑《かんがい》施設の調査をしたという。第一次調査が終り、中国人学者は帰国し、ソ連側の団員はいまサマルカンドで、第二次調査のために待機しているそうだ。ナザロフ教授はそのひまに、特別許可をえて、自分の研究テーマと関係のあるアフガニスタンへ一人でやってきたというのである。

「ほんとにびっくりしました。サマルカンドで別れた中国の友人が、カーブルにあらわれ、あろうことか、泥棒の墓参りをしていると思ったものですからね。ハハハ……」

大袈裟に肩を揺すって、ナザロフ教授ははじけるように笑った。

敦煌《とんこう》の遺物を国外へもち出したスタインやペリオを、中国では自国の文化遺産の掠奪《りやくだつ》者とみなしていたのである。

ナザロフ教授は中央アジア史を専攻しているので、そうした事情を知っていた。回教改宗以前の中央アジアは、仏教と関係が深い。そんなことで二人のあいだに共通の話題もあって、話ははずんだ。もっとも、二人の歓談した時間のすくなくとも四分の三は、ナザロフのふとい声と、威勢のよい笑い声によって占められたが。

終りのほうになると、三谷は相手の豪快な笑いのなかに、虚構めいたものさえかんじたほどである。ロシア人気質かもしれないが、あまりにも快活すぎた。

三谷は旅行中に世話になった人へのプレゼント用に、安物の小さな日本人形をたくさんもってきていた。彼はそのうちの二つを、ナザロフに贈呈した。教授がモスクワにいる二人の娘の話をしたからである。

「ありがとう」と、ナザロフは三谷の手を握って言った。「どうです、明日の午前中はひまですから、私の部屋へいらっしゃいませんか？」

2

翌朝、三谷はベッドのなかで、何冊かの本をひろげて、拾い読みをした。大唐西域記《だいとうさいいきき》や洛陽伽藍記《らくようがらんき》のなかの、現在のアフガニスタンに相当する部分である。

この地方はかつて仏教文化の栄えた国だった。それがいまは、まったく異質の回教色に塗りつぶされている。

現地にきてみると、時代の変遷は、はかないというよりは、異様なかんじのほうがつよかった。時代をかえたのは人間であろうが、人間の力には、どことなくまがまがしいものがあるような気がする。

それにしても、六世紀の宋雲《そううん》や七世紀の玄奘《げんじょう》がこの地を旅行したときは、スタインなどよりも苦労が多かったにちがいない。

……峻路危道、人馬僅カニ通ズ。鉄鎖ヲ橋ト為《ナ》シ、虚ニ懸《カ》ケテ度《ワタ》ル。下ニ底ヲ見ズ、旁《カタワラ》ニ挽捉《バンソク》スルモノ無ク、倏忽《シュクコツ》ノ間ニ軀ヲ万仞ニ投グ……

といった文章を読むと、飛行機と自動車の旅行に羞恥をおぼえた。前日、スタインの墓前でかんじたものに、それは似ていた。

十時すぎに、三谷はナザロフを訪ねた。

ナザロフは、すっかり身仕度をととのえていた。彼は三谷の手を握って、

「ミスター・ミタニ、さきほど電報がきて、急いでサマルカンドへ帰るように命令されました。午

後に発ちます。ゆっくりできないのが残念です」

「それは残念ですね……」

「あなたは、明日あたりバーミヤーンへ行くとおっしゃいましたね？」

ナザロフは大きなからだを、窮屈そうにかがめ、床《ゆか》に置いてあるトランクの蓋をあけた。

「ええ、そのつもりでいますが」

「ひとつお願いがあるんです」

そう言いながら、ナザロフは大きな手で、トランクのなかを無器用にかきまわした。そして、白い紙にくるんだ、円筒形の品物をつかみあげた。

「こいつですがね……」

ナザロフの話によれば。──

こんどの学術調査団に、張国棟《ちょうこくとう》博士という中国の農政学者が参加していた。彼は新疆《しんきょう》省カシュガルで果樹の研究をしていたとき、土地のウィグル族の名門キリジ家の主人と親しくなった。張博士が政府の命令で近く出国するときいたとき、キリジは外国にいる父親になにか贈物をしたいが、取次いでくれないかと頼んだ。

キリジの父親は、共産党が新疆省を制覇したとき、ちょうどメッカ巡礼中だった。帰国しようと思えばできたのだが、社会主義になった国では、大金持ちは住みにくいと判断して、アメリカに移住した。

カシュガルでは、キリジの父のダウラト・キリジは、共産党の進出を見越して、外国へ逃げたのが真相だ、という噂もあるらしい。その証拠に、老キリジはアメリカで裕福に暮している、というのである。

――記念品ていどのものならいいでしょう。われわれも、一しょに仕事をするソ連の学者たちに、ちょっとした記念品を用意して行くのですから、そのなかにいれてあげましょう。なるべく工芸品か書画のたぐいがよろしい。

気のよい張博士は、そう言ってひきうけた。

文化遺産保存の意味で、ふるい文物の国外持ち出しには問題があるので、キリジは近代の無名画家の絵をえらんだ。

――値うちよりも、気もちの問題です。

と、キリジは言ったそうだ。

彼が張博士に依頼したのは、タイミングがよかった。というのは、彼の父がアメリカのイラン・アフガニスタン学術探検隊のスポンサーとなる予定だったからである。

その探検隊はアフガニスタンに、かなり長期にわたって滞在する。張博士はソ連領へ行くだけだが、そこへ行きさえすれば、隣のアフガニスタンとは、すぐに連絡がとれると思ったのだ。

頼むほうも頼むほうだが、ひきうけた張博士もずいぶん世間知らずといわねばなるまい。アメリカ帝国主義を非難してやまない中国政府から派遣された彼が、学術探検隊とはいえ、アメリカ人と連絡しようというのだ。下手をすれば、スパイ嫌疑をうけかねない。

新疆省の辺地で、メロンや葡萄の世話ばかりしていたので、政治方面の事情に迂遠になったのだろう。

ナザロフがアフガニスタンへ行くときいて、張博士は気がるに、その絵をアメリカ人に渡してくれないかと依頼した。

「おどろきましたよ」と、ナザロフは三谷に言った。「われわれだって、アメリカ人と個人的に接触するのは、かなりの冒険です。仕方なしにひきうけましたが、カーブル大学の誰かにおしつけようと思っていたところでした。……しかし、あなたは日本人です。しかも信頼のおける人と見込んで、お願いするのです。バーミヤーンへ行かれるなら、これをもって行っていただけませんか？連中はしばらくあそこにいるはずですから」

べつに面倒なことではない。三谷はアメリカ人と交渉をもつことに、びくびくしなくてもよい日本人である。

「おやすいご用です。承知しました」

と彼は言った。

「ただ一つ、ソ連人の私に頼まれたということだけは、ぜったいに言わないでください。キリジ家ゆかりの人間に頼まれたとでも言ってほしいのです。なあに、相手も取次ぐだけですから、そんな詮索《せんさく》はしないでしょう」

図太いようにみえて、ナザロフもそうしたことにかけては、神経をとがらせていたのだ。

ナザロフは、またトランクのなかの下着類や書物を、ひっくりかえしはじめた。

「昨日は可愛い人形をいただいて、私もあなたに、なにかプレゼントしたいのですが……どうも適当な物がありませんな。……張氏から預かったのとおなじような絵なら、もう一つありますよ。中国人の学者からもらったものですが、これなんかいかがですか？」

と、彼がつかみ出したのは、やはり円筒形の品だった。ただし包み紙はない。むきだしなので、すぐに掛軸だとわかった。

「せっかく、あなたのもらったプレゼントです。それをいただくなんて……」

「いえ、じつは私はこんなものには、まったく興味がないんです。それに、張氏の話でもわかりますように、国外に持ち出しても差支えのない安物らしいじゃありませんか。どうか気がるに受取ってください」

いくら三谷が辞退しても、ナザロフはききいれない。二メートル近い巨漢の強要は迫力があって、とうとうことわり切れなかった。

## 3

翌日、三谷はバーミヤーンへむかった。

アフガニスタンの風物は、その色調がぜんたいに灰色に濁っている。砂埃が多いせいであろう。ながい自動車旅行では、むしょうにあざやかな色彩がほしくなるときがある。

鮮明な色が、まったくないわけではない。たとえばバスの横っ腹には、赤や黄や青のペンキを塗りたくっている。そんな色への憧憬があるのかもしれない。

カーブルから約二百キロのバーミヤーンに着いて、まもなく三谷は驚きのあまり眼をみはる事件に出会った。

バーミヤーンの宿泊所で、アメリカの学術探検隊の消息をきくと、シャーレ・ゴルゴラに出かけたということだった。そこは仏跡ではなく、ジンギス汗の破壊の遺跡なのだ。三谷もぜひそこを見たいと思っていたので、さっそく行ってみることにした。

シャーレ・ゴルゴラは、むかしのバーミヤーン城のあとである。ジンギス汗の率いる蒙古《もうこ》の大軍がその城を包囲したとき、彼の孫モアトガンが戦死した。怒り狂ったジンギス汗は、愛孫の復讐のため、城内の生きとし生けるものは、老若男女を問わず、一人剰《あま》さず殺戮《さつりく》せよと命じた。空前のみな殺し作戦は、徹底的におこなわれ、人間ばかりではなく、羊や犬、猫、さらに小枝に憩う小鳥でさえ、殺戮を免れることができなかったという。

丘陵状になっているむかしのバーミヤーン城址は、いまもむせび泣いている。シャーレ・ゴルゴラは、ペルシャ語で『慟哭の町』という意味なのだ。

七百年以上たった今でも、そこでまだ人骨が発見される。血に狂った兵士がうちこわした当時の陶器やガラスの破片、煉瓦などもそのままになっている。

——数万の無辜《むこ》の幽鬼のたたりだろうか？

丘の中腹で、一人の赤毛の男が頭を割られて横たわっているのをみたとき、三谷はとっさには現実と信じられなかった。

だが、死体を囲んで立っている三人の男女は、げんに彼が会おうとしていたアメリカ人だったのだ。

赤い、ま新しい血が、破壊された壁の、灰色の古びた漆喰に、にじんでいた。死んだ男の赤い頭髪のそばに、真っ青な陶器のかけらが、三つ四つ散らばっていた。

「どうしたのですか？」

下から登ってきた三谷は、あえぎながら、かすれた声できいた。

かぎ鼻の、唇のうすい長身の男が、するどい眼で三谷をちらと見て、

「事故です。警官はすぐに来ます」

と、不機嫌そうに答えた。

やがて、白ターバンの若者が、弾盒《だんごう》を腹に巻いた、山賊のようなひげ面の男を連れてきた。どうやら警官のようであった。

かぎ鼻の男が、ペルシャ語とおぼしいことばで、ときどき死体を指さしながら、身ぶりをまじえて、警官に説明しはじめた。ゼスチュアから推察すると、上からなにかが落ちてきた、と言っているらしい。

死体のうしろに、二メートル足らずの、崩れかかった壁がある。そして、黒ずんだ煉瓦が一個、死人の顔の左がわにあった。それらは、いかにも芝居の小道具めいてみえた。

女が三谷のそばに寄って、

「いったい、あんたは誰なの？」

ときいた。

髪は栗色、眼は灰色の、大柄で汚れたかんじの女であった。高い鼻は、そのさきに、おまけのようなふくらみがついていて、そこだけすこし赤くなっている。口をひらくとき、唇をめくるようにする癖があるらしい。緑色のスラックスが、その場にそぐわない。

両手を腰にあてて三谷を詰問するようすは、挑戦的であった。

「カーブルから着いたばかりの日本人の旅行者です。あなた方はアメリカの探検隊の方でしょう？じつは、あなた方に用件もあって、こちらへ来たのです」

「用件って、なあに？」

女の甲高い声はとげとげしかった。

「カシュガルのキリジ家の人に頼まれて、アメリカにおられるダウラト・キリジ氏へのプレゼントをもってきたのです」

「え？」

女の眼が、せわしげにまばたいた。

「あなた方なら、取次いでいただけるときいたのですが？」

「ええ、出発のとき、たしかにそんなことを、キリジ氏からうかがいましたわ」

声だけはおだやかになった。無理につくった笑いが、片頰にうかんで、

「あたしはヘスター・フルトン。あなたのお名前は？」

三谷は名を名乗って、さしだされた手を握った。女の手のひらは、かさかさにかわいていた。

「隊長にご紹介しますわ」

と、ヘスター・フルトンは言った。

さきほどのかぎ鼻の男が隊長だった。

「ベン・ラウゼンです」

隊長との握手がまだすまないうちに、もう一人の若い男が、横から手をさしのべて、

「ジョージ・ウィラーです。キリジ氏の秘書で、息子さんからのプレゼントのことは、この私がきいとります」

その男の眼は、ぎらぎらしていた。

警官たちも、三谷のほうをむいたので、死んだ男は、しばらく誰からも見はなされていた。それに抗議するかのように、死人は岩乗な角ばった顎を、上にむけていた。

「ついでに、この男も紹介しておきましょうかな」隊長は薄い唇を歪めながら、死体を見おろして言った。「われわれの隊員の一人、ロジャー・ジョンソンです。……つい先刻、事故によって頭蓋骨を折り、めぐみぶかい神のみもとに召されました」

三谷たちは、外人専用の宿泊所にひきあげた。ロジャー・ジョンソンの死体は、しばらくバーミヤーンの警察詰所に安置されることになった。あとの処置については、隊長のラウゼンがみんなと相談してからきめると、警官に言っておいたそうだ。

宿泊所の小さなホールで、一行はストーブを囲んで坐った。壁に吊ったランプが、わびしい光を投げかけている。ひるまは二十五度以上もあるが、夜になると零下十五度までさがってしまう。標高二千六百メートルのバーミヤーン地方は、気温の上下がはげしい。

「ミスター・ミタニ、キリジ氏の品物は、私が預かっておきましょうや」

と、ウィラーが言った。

三谷は航空会社のショルダーバッグを、テーブルにのせた。せいぜい一、二泊の予定なので、荷物はほとんどカーブルのホテルに残してきたのである。彼はみんなのまえで、バッグをあけた。プレゼントの掛軸は、出発のときあわてて、ナザロフから頼まれたのと、もらったのと、両方ともバッグにつっこんできたのである。

ウィグル語で書きこみのある紙に包まれたのが、キリジのプレゼントであった。

「これです。どうぞ受取ってください」

「みんなが見とりますから、領収書は要らんでしょうが、ま、一筆書いておきますかな」

ウィラーは手帳をちぎって、かんたんに走り書きをしてサインした。

しだいに冷えこみがはげしくなってきた。

「ミスター・ミタニのために、歓迎パーティーをひらきたいところですが」と、ラウゼン隊長が立ちあがって言った。「ご存知のように、隊員に不幸な事故がおこりましたので、慎みたいと思います。ただかんたんに、夕食をご一しょにするのはいかがですか?」

三谷はかしこまって、うなずいた。

「では、みなさん、のちほど私の部屋までおいでねがいましょう」

そう言って、ラウゼンはさっさとホールから出て行った。

## 4

仲間が一人死んだあとだから、しめっぽい食事になった。

「ちッ、滅入ってしまうな。こんなとき、アルコールでもあれば……」

と、ウィラーが舌打ちをして言った。アフガニスタンは禁酒国なのだ。

話ははずむどころではない。話題もとぎれがちである。

「ロジャーの死体はどうするの?」

と、ヘスターがきいた。彼女はピンクのスカートに着換えてきたが、スラックス姿にくらべて、ちっとも女らしくみえない。

「こちらに埋葬するにしても」と、ラウゼンは天井を見上げて言った。「どうせカーブルの大使館から、立会いの人を呼んでこなければならんだろう。それだったら、いっそカーブルへはこんだほうがいいのじゃないかな」

異議をとなえる者はいなかった。

「ロジャーは、ストーブのない部屋にいれられてるだろう。こんなに寒いんだから、腐る心配はないな」

ウィラーが石榴《ざくろ》をつまんで言った。このへんには石榴が多い。粒をぜんぶはずして、皿に盛って食卓に出される。

「いやなこと、言わないでよ」

ヘスターが眉をしかめて、甲高い声で非難した。

食事がすむと、二人の隊員はそそくさとひきあげた。

「ミスター・ミタニ、よろしかったら、しばらく話していきませんか?」

隊長にそう言われたので、三谷だけは部屋に残った。

「男も女も、がさつな連中ですよ」

廊下に二人の足音が遠ざかって行くのをききながら、ラウゼンはにがにがしげに言った。

「彼らの専攻はなんですか?」

三谷はあたりさわりのない質問をした。するとラウゼンは、はきすてるように、

「やつらの専攻ですって? お笑いですよ。連中は学者でもなんでもありません。スポンサーがお

しつけた、やくざな人間たちですよ。死んだ男も含めてね」

と答えた。

「でも、あなた方は、学術的な探検隊じゃありませんか？」

「学者は私だけです。私は中近東の歴史が専門ですよ。こんなことなら、一人で来ればよかった。……でも、資金を出した人が、どうしてもあの三人を連れて行けと言ったのです。発掘かなんかで、すこしは役に立つと思ったのですが、それがまるで働こうとしない。いやはや、しようのない連中です。すこしでも命令口調で言おうものなら、おれたちはおまえの手下ではない、キリジ氏じきじきのお声がかりでついてきたとほざくのです……」

「スポンサーというのは、キリジ氏だけなんですか？」

「そうです」

どうやら三谷も思い違いをしていたようである。民間の篤志家が、何人かで資金を出しあって、学術探検の援助をしたとばかり思っていたが、じつはスポンサーはキリジ一人だという。まったく個人的なものなのだ。

「私はこの一と月というもの、ろくに知的な話をしたことがありません。あんな連中が相手ですからね。……あなたは仏跡をまわっておられるそうですが、きっとまともな話相手になっていただけるでしょう」

と、ラウゼンは言った。

「残念ですが、私は専門の学者じゃありませんし、仏跡といっても……」

「いえ、すくなくとも、標準の知能と常識のもち主でいらっしゃる。私にはそんな相手さえいなかったのです」

「さて、お相手できるでしょうか……」

三谷はたじろいだ。

「難しい話は致しません。私のほんとうの専門は、ちょっとした学者でも理解できません。……一とくちに中近東史といっても、私はこの地方のユダヤ人迫害史を研究しているのです。それは、われわれユダヤ人にしかわからないテーマですからね」

そう言って、ラウゼンはじっと三谷をみつめた。テストしているような目つきだった。

ラウゼンは、ことばをついだ。――

「幸か不幸か、あなた方極東の人たちは、われわれユダヤ人との接触が、あまりありませんでした。しかし、それだけよけい、われわれを誤解しておられるかもしれません。どうです、あなたはユダヤ人について、どんな概念をおもちですか？　裏切者、そして守銭奴……そうじゃありませんか？」

「さア、あまり身近な問題ではありませんから……」

「金銭を愛しすぎる、これがユダヤ人のうえにかぶせられた、伝統的な批判です。……たしかにそうです。われわれは財宝を愛します。そのほかに、迫害されつづけたわれわれを守ってくれるものがあったでしょうか？……いや、もうこんな話はやめましょう」

三谷がとまどっているのをみて、ラウゼンはこんどの調査旅行のことに話題をかえた。そして、三人の隊員が足手まといにしかならなかったことなどを、あからさまな怒りと侮蔑をこめて、しばらく話した。だがそのうちに、話はまたユダヤ人のうえに戻った。

なにしろ、ラウゼンはユダヤ人迫害の史実を、現地について調べまわったのである。旅行の話になっても、とうぜんその問題にふれざるをえないわけだった。

「ユダヤ人がキリスト教国で受けた迫害にくらべて、回教世界での受難は、それほど深刻でなかったというのが定説です。私はそれにたいして、反論を試みたいのです。もちろん学問的にね。それで、いろんな資料を採集しました。これもその一つで、かなり有名なものですがね」

ラウゼンはそう言って、一枚の紙片を三谷に示した。パキスタン以来、街の看板などで眼になじんでいるペルシャ文字が、左がわに何行かのたくっていた。そして右がわに、英語の詩らしいものが書かれてあった。それが左がわのペルシャ文の翻訳であることは、およそ察しがついた。

ラウゼンはその英訳をそらんじていて、低い声で朗吟をはじめた。三谷はそのリズムに誘われたように、頭のなかで、紙に書かれた英訳詩を日本文に直してみた。——

ユダヤびとは時をえて
悦びとほほえみの日をもったが
神はすみやかに禍《わざわい》をくだしたまい
彼らを慟哭せしめた
仮借なきつわものは彼らに死の杯を与え
流血の街路に彼らの髑髏《どくろ》は満ち
彼らの住居から貯えに貯えた財宝は奪われ
囲いに囲った女部屋《ハリーマ》も犯された

のろわれた屍臭の鳥よ
みよ、破滅の網は汝らをこの大地に押えた
地上にはびこったもののうち
最もけがらわしく、いとうべきやからよ
神を崇めずに仔牛を拝むたわけ者よ
汝らは逃げまどい、のたうちまわるが
知れ、すべてはあだなるぞ！

吟じ終えたラウゼンは、しばらく眼をとじていたが、やがて口をひらいて、その詩の由来を説明しはじめた。

十三世紀末、イール汗国皇帝アルグーン汗は、ユダヤ人を宰相に任命し、多くのユダヤ人を登用した。しかし、このユダヤ人の保護者である蒙古皇帝が病篤く、余命いくばくもなくなると、バグダッドの回教徒たちは一斉に蜂起《ほうき》して、宰相サァドット・ダウンをはじめ、あらゆるユダヤ人を虐殺した。街路はユダヤ人の血で洗われ、阿鼻叫喚の地獄絵図がくりひろげられた。

そのとき、ザイヌッディーン・アリーという人が、この詩をつくった。

「これは詩なんていうものじゃありませんよ」とラウゼンは言った。「バグダッドの街頭で、ユダヤ人が暴徒に追いまわされ、首を刎ねられていたのです。そのとき、見物の群衆のあげた、野蛮で猥雑な歓声を、韻律化したものにすぎません。特定の人種を憎悪したり、差別を是認する文章は、どんなに美しいことばやリズムで飾られていようと、文学ではありえないのです。そう、暗黒の文学というものはない……たしかサルトルのことばでしたね」

慟哭の街シャーレ・ゴルゴラといい、このユダヤ人虐殺といい、なんと陰惨な物語ではないか。乾燥した砂漠地帯の国々では、なにごとにつけても、けたはずれにはげしいのであろう。ラウゼンのことばにこもった熱気も、きびしいものだった。ちょうど、このバーミヤーンの気温のように。

こんな土地で、おだやかな仏教が消し去られたのは、あたりまえかもしれない。

（人間はなにか湿りにつつまれているべきなのだ。こんなに乾いていては、どうしようもない……）

三谷はそんなことを思い、かさかさにかわいたヘスターの手のひらの感触まで連想した。

そのとき、ふいにするどい銃声がきこえた。

なにかガラスでもこわれるような音が、それにつづいた。

三谷もラウゼンも、同時に立ちあがった。

5

廊下の壁に、栗色の髪をふりみだしたヘスターが、放心状態になってもたれていた。

彼女は左手を腰にあて、右手をだらりとさげていた。さげているほうの手には、ピストルが握られている。

腰にあてた手は、じつはずりおちようとするスカートを、ひきあげているのだった。

ピンクのスカートは、横のホックがはずれ、そのあたりから裾近くまで裂け、白いスリップがのぞいていた。

左頬に、ながいみみず腫《ば》れの線が、横に走っていて、血がにじみ出ている。

「どうしたんだ、ヘスター？」

駆けよったラウゼンが、大声でたずねた。

ヘスターは、うつろな眼をラウゼンにむけて、弱々しげに首を振った。

「あの男が……あたしに乱暴を……」

彼女は真っ赤に塗った唇をめくって、そう言った。

三谷は彼女の唇と、むざんにひき裂かれたスカートを、見くらべた。どちらも、さむざむとめくれている。

硝煙のにおいが、彼の鼻を襲った。

彼女の部屋のドアはあいていた。ラウゼンは、部屋にとびこみ、三谷もそのあとにつづいた。

部屋の床《ゆか》にうつぶせているのは、ジョージ・ウィラーだった。胸のあたりから流れ出た血が、ゆっくりと床にひろがってゆく。——

ガラスの破片が散らばって、枠だけになった鏡が、ウィラーの足もとにおちていた。

ラウゼンはかがみこんで、ウィラーの手首にふれた。それから、床に頬ずりしているウィラーの顔を、のぞきこんだ。眼を観察していたのであろう。倒れている男は、眼をみひらいたままだった。まばたきもしない。三谷が最初会ったとき、この男の眼はぎらぎら光っていた。いまその光は失われている。

「死んでいるようだ。……」

ラウゼンは低い声で言って、身を起した。

テーブルが倒れていた。

カメラの鉄製の三脚が、その横にころがっていた。

さきほど三谷がウィラーに渡した、老キリジへのプレゼントは、ひろげられたうえ、二つに破られていた。それどころか、中国の山水の風景のうえに、血しぶきがとんでいる。

クリーム色の壁には、新しいきずが、いくつかついていた。三脚を盲滅法にふりまわしたのにちがいない。

「状況は、かなりはっきりしている」

と、ラウゼンは呟いた。たしかに、はっきりしていると、三谷も思った。

ここはヘスターの部屋である。ウィラーがはいりこんだのだ。そのとき、彼の眼はぎらぎら光っていたにちがいない。訪問のダシに使ったのは、キリジの掛軸と思われる。

——こんな絵だぜ。

などと言って、テーブルのうえに、それをひろげてみせたのであろう。

彼女が、何重も岩を積み重ねた奇妙な山や、ゆたかに流れる川の絵に気をとられているすきに、ウィラーはうしろから抱きつく。——彼女はもがいて、それをふりほどく。それでも彼は、執拗に迫ってくる。彼女はつきとばす。鏡を投げつける。三脚をふりまわし、テーブルをひっくり返す。

……が、ウィラーの手は、彼女のスカートにかかり、それを荒々しく剝ごうとする。ピンクのスカートは裂けて、彼女は辛うじて逃れる。……自分の身を護ってくれるものを、彼女はそのとき思い出したのであろう。

——ピストルがある！

こうして悲劇がおこった。

三谷は以上のように想像した。

ラウゼンは、てきぱきと処置した。まず廊下からこわごわ部屋をのぞきこんでいる連中を追い払い、宿泊所のマネージャーに、警察に連絡するように命令し、三谷にむかっては、

「しばらく、ヘスターをあなたの部屋においていただけませんか？」

と言った。

三谷は言われたとおり、ぐったりしているヘスターを、自分の部屋に連れこんだ。彼は彼女の右腕を支えてやったが、そのさきにピストルがあるのに気づいて、ぎくりとした。


虚脱状態から回復したあと、ヘスターはとぎれとぎれに、事情を説明しはじめた。それは、やはり三谷が想像していたのと、ほとんどかわりがなかった。

正当防衛か、過剰防衛か、解釈にはかなり微妙な問題があるように思えた。

「とにかく、明日のことだ……」

ラウゼンはそう言って、ヘスターに睡眠薬を与えた。

翌日、ウィラーとジョンソンの死体は、トラックでカーブルへはこばれることになった。そして、ヘスターもその車でカーブルへ送られた。バーミヤーンのような田舎の役人では、こんな難しい問題は手に負えないのである。

死体を車に積みこむとき、人夫たちは、

「ペダル・サグ！」

「カブレ・ペダラト!」

などと、しきりに毒づいた。日本語の「畜生!」ぐらいにあたることばだが、直訳すれば、「おまえのおやじは犬だ」「おまえのおやじは墓のなかだ」という意味らしい。

この国には種族が多い。彫りのふかいアーリアン系、日本人に骨相の似たモンゴール系、それにトルコ系の住民までいる。しかし、彼らの相違も、黄色い砂塵にまぶされたように、なんとなくぼやけているかんじだ。風景の色彩とおなじように、鮮明さというものが消されているのではないか。

——三谷はそんな気がした。

ヘスターは、さすがにうちしおれていた。首を垂れ、よろめきながら、ラウゼンに助けられて、助手席にのぼった。

「大丈夫ですよ。正当防衛はかならず成立します。大使館の連中も、あなたの味方になってくれるでしょう。私もこちらで、あと片づけをしてから、すこしおくれて行きますが、あなたに有利な証言を集めておきますよ。……安心なさい」

ラウゼンはそう言って、ヘスターの肩をやさしくたたいた。

トラックは砂煙をまきあげて、出発した。

それを見送って、ラウゼンが、「やれやれ」と肩をすくめた。

ラウゼンには、学術調査の記録や収集品をまとめ、土地の役人といろいろ折衝するという仕事が残っていた。

三谷も、石仏の彫ってある大絶壁を、見学する目的をまだはたしていない。

「スポンサーへのプレゼントが、台なしになってしまいましたよ」

宿泊所へひきかえすとき、ラウゼンはそう言って苦笑した。

「あの絵は、キリジ氏のご子息の、気もちだけのものだそうですよ」と、三谷は慰めるように言った。――「国外へもち出せるものは、大した値うちのものじゃないとききました。私もおなじ人から、鶯と梅の花をかいた絵をもらいましたが、こいつも、どこにでもあるような、平凡なしろものらしいんですがね……」

「そうですか。では、あんまり気にかけないことにしましょう。しかし、キリジ氏へは私から報告しなければなりませんな。……あなたに絵を渡したのは、どなたでした?」

「いや、残念ですが、それは口どめされているんです。アメリカ人と個人的に接触することをおそれている人……ま、そういえばおわかりでしょう」

「ほう、大そう慎重な人ですね」

「どうやら、その点だけ神経質らしいのです。ほかのことについては、ざっくばらんで、どちらかといえば、ぞんざいな性格の人でしたよ。大きな男で、トランクのなかは、下着や書物なんかが、手あたりしだいに詰めこまれてありましたね。絵をとりだすときも、それをかきまわして、大へんでした」

「そうでしたか。そんなに粗末に扱われたものなら、心配しなくてもいいわけですな」

ラウゼンは、歩きながら、なんどもうなずいた。

# 6

バーミヤーンは、ヒンドゥークシュ山系のなかの渓谷にのっかった、小さな町である。

ヒンドゥークシュの連山は、頂きに万年雪をのせ、それが日に映えると、じつに美しい。この地方では、その真っ白な山頂だけが、唯一のあざやかな色彩のようである。山肌の色になると、これはもう言語道断であった。焦茶、桃色、紫、黄色……それも濁っていた。

一日のうちに二つの死体に出くわして、三谷は気が滅入っていたが、ここまで来たからには、大絶壁の石仏を見に行かないわけにはいかない。

それは宿泊所の真むかいにあった。

玄奘《げんじよう》が大唐西域記《だいとうさいいきき》に『梵衍那国』と記しているのが、バーミヤーンのことである。玄奘はここで、王城の東の山麓に、百四、五十尺の大石仏を見たとのべた。メートルに直すと、四十五、六メートルということになる。

じっさいには、大石仏は二つある。三十五メートルのものと、五十三メートルのものである。奈良の大仏の二倍、三倍という巨大なものなのだ。それが、岩壁をけずって窪みにした半自然の仏龕《ぶつがん》のなかに、彫りつけられてあった。

三谷はポプラの林をくぐって、蜂の巣のようにおびただしい小洞窟をもった、大絶壁のそばまで行った。

大唐西域記には、この大仏は金色にかがやいている、と書かれていた。が、いまは金粉などとっくにとれている。それどころか、仏の顔の部分が、ずんべらぼうになっているのだ。偶像を認めない絶対一神教の回教が、この地方にひろがってから、仏像にも人力による災厄が、ふりかかったのだ。

それにしても、このような巨大な仏像をつくったり、五十数メートルもあるところまでのぼって、顔をけずりとった人間のエネルギーは、おそるべきものと言わねばならない。

この国に来てから三谷は、湿り気のない人間の力のおそろしさを、漠然とかんじていた。バーミヤーンの顔のつぶれた大石仏は、それをはっきりと、形にあらわして示しているのだった。

岩壁にあけられた小洞窟の数にいたっては無数といってよい。ガイド・ブックには、約一万と書いてある。それはおそらく、むかしの仏堂、僧房、倉庫などのあとであろう。

三谷は二つ三つ洞窟のなかを、のぞいてみた。いまでは遊牧民が、ときどき宿泊に利用するそうだ。内部は黒ずんで、いかにも滅びた遺跡めいているが、まだなまなましい人間の力が迫ってくるようなかんじがした。

見学を終えて、三谷が宿泊所に戻ったのは、四時すぎだった。

「やっと、こちらでのあと片づけは終りました。あとはカーブルで、こんどのトラブルを処理するだけです」

ラウゼンは三谷の顔をみると、そう言って両手を上にのばし、大きなノビをした。いかにもせいせいした顔つきだった。

「私も見学がすみました。この国にはもう用事がありません」

と三谷は言った。

「では、私のジープで、一しょにカーブルへひきあげましょうか?」

「便乗させていただけると助かります」

バーミヤーンから二百キロもあるカーブルまで行くには、時刻がすこしおそいようだが、ラウゼンはそんなことを、意に介していないらしい。

「私のジープは、スピードがあります。一気にカーブルまではこんであげますよ」

と、笑いながら言った。

準備にしばらく手間どって、出発は四時半すぎになってしまった。

ラウゼンは運転しながら、隣に坐っている三谷に話しかけた。

「ヘスターは、けっして拘留されないでしょうな。これがもしアメリカなら、正当防衛を立証するのは、ちょっと難しいですよ。アフガニスタンだからよかったものの……」

「そうでしょうかね?」

「あなたも、私と一しょにあの銃声をききましたね。……あれは、すこしおかしいと思いませんか?」

「おかしいとは?」

ラウゼンは、含み笑いをしてから、

「ガラスのこわれる音は、たしか銃声のあとじゃなかったですか?」

「あ……そうでしたね……」

ラウゼンに言われて、三谷もはっとした。

ヘスターは、襲いかかってくる男に、はじめは三脚をふりまわしたり、鏡を投げつけたりして抵抗したという。そして、身を守る最後の手段として、ピストルをとりだして撃った。――それなら、ガラスのこわれる音がさきで、銃声はあとでなければ話が合わない。

　ラウゼンはハンドルを握ったまま、横目で三谷の表情をうかがっていた。むろん三谷の顔には、ラウゼンの期待していた、驚きの色がうかんでいた。

「わかりましたか？」

　と、ラウゼンは念を押すように言った。

「すると……鏡をこわしたり、テーブルを倒したのは、みせかけの……」

「そうです。暴行を受けそうになって抵抗した……相手を殺したあと、そういう状況を、あわててつくった。そうとしか考えられません。ウィラーは、ただの一発で、あの世へ行っちまったのですよ。みごとに心臓を撃ち抜かれて。……追いまわされ、狙いをつけるひまもなく撃ったにしては、うまくあたりすぎましたよ。だいたい、ピストルなんてものは、狙いをつけてさえ、あたらないのがふつうというじゃありませんか。……ヘスターが射撃の名人だという話は、いちどもきいたことがありませんしね」

「そういえば、よくもまア一発でしとめたものだと、感心していましたが……」

「あなたはロジャー・ジョンソンの死体をごらんになりましたね、あのシャーレ・ゴルゴラの丘で」

「ええ、一日に二つの死体におめにかかりましたよ」

「ジョンソンもおかしかったと思いませんか？　あの状況ですが」

「そうですね。うしろの壁は二メートルもなかったようでしたが……」

「二メートルの高さから落下した煉瓦。……もちろん、打ちどころがわるければ、ああいうことになるかもしれません。しかし、あの壁の煉瓦は、ほかのやつはどれもこれも、しっかりと漆喰にくっついていましたよ」

「すると……他殺ですか？」

三谷は息をつめて、言った。

「あのとき、私はヘスターと二人で、丘の反対側にいて、ジンギス汗時代の陶片を採集していたのです。だから事故の模様については、ジョンソンと一しょにいたウィラーの話をきいただけです。……しかし、おそらくアメリカのどんなかけだしの法医学者でも、あの死因が煉瓦の落下によるのではなく、誰かがうしろから強打したことを、かんたんに証明してみせると思いますね。それから、ウィラーの傷だって、至近距離から、ピストルを撃ったことぐらい、すぐにしらべがつくでしょう。とにかく、アフガニスタンの田舎町では、どんなことでも見のがしてくれますよ」

ひどい道である。ジープはたえずがたがた揺れた。ラウゼンは慎重に前方をみつめ、薄い唇をあまりうごかさずに話しつづけた。

「あなたは、ヘスターをどう思います？」

ラウゼンが、とつぜん話題をかえたので、三谷はまごついた。

「どう思うとおっしゃると？」

「若いウィラーが食指をうごかすほど魅力のある女にみえますか？　彼女は三十七歳、私より二つ下で、まだ独身。骨ばって、かさかさして……あなたならどうです？　腕にかけても彼女を……そういう気になれますか？」

「私なら、ご免蒙りたいですな」

三谷はヘスターの、かわいた手のひらの感触を思い出した。

「そうでしょう。ウィラーだって、そんなもの好きじゃありません。それどころか、こんどの旅行で、ヘスターがウィラーに色目をつかっているのを、私はなんどもみましたよ。……いいですか、彼女の部屋にはいって、ウィラーが死んでいるのをみたとき、それだけで私にはもうわかったのです。こんどの連続殺人事件と真相が。……その原因も」

道路に大きなくぼみがあったらしい。ジープはひとしきり大きく揺れた。

「原因も？」

三谷はからだのバランスをとりながら、おうむがえしにきいた。

「そうです。原因は、あなたのもってきた、キリジ氏の絵にあるんです。これだけは、ぜったいに、まちがいありませんよ」

## 7

道路は、ヒンドゥークシュ山脈のなかを縫うように流れるバーミヤーン河に、沿って走っていた。眼下の水は青く、ところどころで岩をかんで、白いしぶきをあげている。

ときどき道路は河からそれて、ひろくなったり狭くなったりする。

「あれは、ふつうの絵じゃないと思いますね」と、ラウゼンは言った。「いまから考えると、ニューヨークのキリジ氏が、アフガニスタンへ探検隊などを派遣する気になったのも、あの絵を受取るためではなかったか——そんな気さえしますよ。だから、あの三人をつけてよこしたのです。ジョンソンはキリジ氏の経営するナイト・クラブの会計係、ウィラーは用心棒兼秘書。ヘスターですか？　彼女はタイピストでしたが、もの好きなキリジ氏の女となったそうです。三人とも、いわばキリジ氏の側近というわけですね」

車はハジガク峠にさしかかった。

難所なので、ラウゼンはしばらく黙って、ハンドルと前方に注意を集中した。

峠を越えてから、彼は再び口をひらいて、自分の推理を語った。

それによれば。——

キリジ家はカシュガルきっての富豪であった。社会主義革命で、土地はとりあげられたかもしれないが、宝石その他の財産は、相当かくされているにちがいない。

しかし、ダイヤモンドやルビーは、社会主義の国では、宝のもち腐れであろう。それどころか、隠匿していることがわかると、面倒をおこす厄介な品物なのだ。国外へもち出してこそ、はじめて財宝としてよみがえるのである。

老キリジは息子と連絡をとって、夜泣きしているおびただしい宝石のもち出しを計画し、そのため腹心の三人を派遣する。なぜ三人も必要なのか？——最も信頼している連中だが、それでもダイヤモンドに眼がくらむやつがいるかもしれない。だから、相互に牽制し、監視させるために、三人を使ったのではないか？

「では、軸のなかに？」

三谷はラウゼンの推測をきいて、そう呟いた。好人物の学者を利用して、若いキリジが国外にはこび出そうとしたのは、あの掛軸だけであった。とすれば、宝石のかくせそうな場所は、なかをくりぬいた軸の部分しかないのだ。

「おそらく、そうでしょう。ヘスターは、カーブルへ送られるまえに、私に絵を預けたのです。彼女もそれを身につけていたかったのでしょうが、取調べの場所へ、そんな危険なものはもちこめません。あとでかならず返してくれと、くどく念を押していましたよ」

ラウゼンはにやりと笑い、左手をハンドルから離して、そばにあった登山用サックのなかをさぐった。とり出したのは、例の破られた掛軸の下の部分だった。彼はそれを三谷に渡して、

「しかし、このとおりです」

三谷はそれを手にとってみた。木製の軸には、いたるところに小さな穴があいていた。

「錐《きり》でさぐってみましたが、どこにもくりぬいた形跡はありませんでしたよ」

と、ラウゼンはすずしい顔で言った。

「では、あなたの推理は？」

「まちがっていないと思いますね。……まちがったのは、この絵のほうです」

「え？」

「そう考えないことには、説明がつかないじゃありませんか。二人の男の死の説明が」

ラウゼンはたのしそうに、また彼の推理のつづきをしゃべりはじめた。

……ヘスターはウィラーと組んで、託された財宝を横領しようとしたのであろう。それには、もう一人のジョンソンが邪魔になる。あるいはジョンソンも仲間に入れようと誘ったが、律義な会計係が拒絶したのかもしれない。その場合は、秘密をもらしただけに、よけいジョンソンを生かして

おけない。

ひょっとすると、三人ともグルだったという可能性もある。三人で分けるよりも、二人で山分けしたほうが、一人あたりの取り分が多くなる。キリジの掛軸を受取るまえだったが、二人の男女は手まわしよく、一人の男を消してしまう。……

だが、二人で山分けするよりは、一人占めしたほうがよいにきまっている。——それに、現物はすでに手にはいったのだ。

ヘスターがウィラーを殺したのは、疑いもなく、この単純な損得計算に基づいてのことであろう。

……

「ずいぶんはっきりした推測ですね。私のような鈍い頭でも理解できます。しかし、絵がちがったというのは、どういうことでしょうか？」

ラウゼンは三谷の質問に、まず大きな笑い声で答えた。彼はだんだんと機嫌がよくなった。自分の明快な推理力に酔って行くようだった。

「じつは私も、キリジ氏から、アフガニスタンで息子から贈物を受取ることはきいていました。三人の腹心には、それがどんなに大切なものか、説明したでしょう。私にはただ、すばらしい絵だと言っただけです。花と鳥をかいた……そう、たしかにそう言ったのです」

「花と鳥？」

「そう、あなたがもらったのは、たしか鶯と梅とおっしゃいましたね。そして、あなたにそれを贈った人物は、粗雑な大男ということでした。ウィラーが受取った絵は、包み紙に、『親愛なる父親に贈る』と、ウィグル語で書いてあったのはたしかです。しかし、無造作に包んでいましたよ。トランクに乱雑につっこんだりすれば、包み紙はすぐにはずれてしまうじゃありませんか？　トランクのなかに二つの絵があります。その男はでたらめに、そのうちの一つを包んだのです。どちらだっていいと思ったのでしょう。……なにしろその男は、あなたにそれが大した絵じゃないと説明したほどですからね。……莫大な価値のあるものと知らずに、だから、そんなふうに、いい加減に扱ったのですよ」

「では？」

三谷は、思わず足もとの自分のバッグに、眼をおとした。

「宝物はそこにあるんです。ハハハ……」

ラウゼンの上機嫌は最高潮に達し、いかにも愉快そうに笑った。

三谷はふいに前にのめった。

車が急停車したのである。

「あなたと重大な相談をしたいのです」

ラウゼンはたばこをとり出し、三谷に一本すすめ、おもむろにライターに火をつけた。

「相談とおっしゃると？」

三谷は、ラウゼンの大きな手におさまったライターに、たばこを近づけながらきいた。

「その絵は、なるほどあなたがもらったものかもしれない。だが、私がそこに宝があると教えなければ、あなたはいつまでもそれと知らずに、壁にかけておくか、納屋に放りこんでしまうでしょう。だからです、宝物については、私にも権利があると思いませんか？」

「そういわれると、そうかもしれませんね」

「キリジ氏に届ける必要はありません。それはあなたの所有物ですし、私はその価値の発見者です。半分に分けようと言いたいのですが……じつは、私はそれもいやです。あなたは、ユダヤ人は金のためなら、どんなことでもするとお思いかもしれません。私は身をもって、そうでないことを証明しましょう。ユダヤ人が、じつにあっさりしていることを、私は種族の名誉のために、あなたに印象づけたいと思います。つまり、オール・オア・ナッシングです。ぜんぶいただくか、それとも半カラットも要らないか、どちらかです」

ラウゼンは、なにか奇妙なことを思いついたようだ。三谷にはそれだけしかわからない。さきほどからのラウゼンの上機嫌は、自分の思いつきが気に入って、悦にいっていたのにちがいない。

「あなたは車の運転ができますね？」

どうせ唐突な話が出ると覚悟していたが、ラウゼンのこの質問は、三谷にとっては肩すかしをくったようなかんじだった。

「ええ、できますが……」

きょとんとした顔で、三谷は答えた。

「では、こうしましょう」うれしくてたまらないようすで、ラウゼンは言った。「われわれ二人は、車のそとに出て、いさぎよく戦おうじゃありませんか。素手の格闘です。人類は大むかしから、なにか問題を解決しようとするとき、かならずこの方法を使ってきました。最も公平な方法でしょう。どちらかが相手を仆《たお》す。……いえ、ご心配なく、相手を殺すまで戦うような、そんな野蛮な提案はしません。相手をダウンさせ、立ちあがるまでにこの車にとびのり、スタートさせたほうが勝ちです。あなたのバッグは、この車に置いておくのですからね。負けたほうは、バーミヤーンまで歩いて帰る。……ここまで車で二十分でしたが、徒歩では一時間以上かかるでしょう。しかし、日が暮れるまでには帰れるはずです。……」

## 8

「よろしい。やりましょう」

三谷は、きっぱりと答えた。

最も公平だとラウゼンは言ったが、考えてみると、これほど不公平な解決法はない。ナザロフ教授ほどではないが、ラウゼンも百八十センチ以上の長身で、筋骨も逞《たくま》しい。三谷はといえば、身長せいぜい百六十五センチ、しかも痩せぎすなのだ。年もラウゼンより三つ四つ上である。だが三谷は、学校時代、柔道の選手だった。二段である。ながくやっていないが、かんたんにダウンされるようなことはあるまい。——そんな自信が彼にあった。

二人はジープからおりた。

「エンジンはかけたままにしておきます。車の二十歩うしろでやりましょう」

と、ラウゼンは言って、数をかぞえながら、大股で歩きだした。

彼が車をとめたのは、河からすこし離れて、両側から山がせまっている道だった。もし河のすぐそばであれば、取っ組んでいるうちに、河へ墜落するかもしれない。ラウゼンは安全な地点をえらんだわけだ。

二十歩のところで二人は立ちどまり、左右にわかれて身がまえた。

ラウゼンはボクシングの構えだった。スタイルは堂に入っていたから、きっといくらか心得があるのだろう。

三谷は両脚をひろげ、腰をすこしおとして、両手を前にのばした。

接近することである。とにかく相手をつかまえなければ、三谷の柔道も役に立たない。ラウゼンのほうは反対に、適当な距離をおかねば、有効なパンチをくり出せないのだ。

どちらもこうして、有利な体勢をとろうとした。ただラウゼンには油断があった。

――なんだ、こんなチビが。

と、ばかにしていたのである。

だから三谷は、すきをみて、やすやすと相手の懐ろのなかにとびこむことができた。すばやく、ワイシャツの胸もとをとらえる。――こうなれば、柔道は威力を発揮する。

背負い投げ。――

みごとにきまった。ラウゼンは足もとの地面に、いやというほどたたきつけられた。

(これで、ジープまでとんで行けば、勝てるかな?)

三谷はふりかえって、すこしためらった。このとき、なにも考えずに、一目散にジープのところまでつっ走れば、あるいは成功したかもしれない。油断していたラウゼンは、思わぬ相手の手ごわさにおどろき、投げられたあとも、なにか信じられない顔つきで、ぼんやりしていたからである。

だが、三谷のためらいがわるかった。やっと走り出そうとしたとき、ラウゼンは最初の動揺から立ち直り、身を起して、猛然とタックルを試みた。

なにしろ長身である。ヘッド・スライディングの要領で身をおどらせ、長い猿臂《えんぴ》をのばすと、かんたんに三谷の足首をつかまえてしまった。三谷はひっくりかえった。

ラウゼンはもう真剣だった。倒れた三谷をつかみおこすと、顎に強烈なパンチを炸裂させた。三谷はとばされて、岩壁に背中をぶつけた。二発目は、みぞおちだった。三谷も負けてはいない。相手の股間を蹴りあげた。ラウゼンは顔をしかめて、かがみこんだ。

あとはもう乱戦である。

ラウゼンが三谷の胸倉をつかんで、ひき倒そうとしたり、三谷のほうが相手の顎やボディーを、拳で乱打したりした。柔道やボクシングに、こだわってはおれなくなった。

どちらもひどいダメージをうけた。

上になり下になり、相手の顔面や腹部を、思いきり殴りつける。

こうなれば、スタミナの戦いだった。

体力のあるラウゼンのほうが有利であることは、はっきりしている。三谷はしだいに弱りはじめた。鼻血で顔じゅうがべとべとになり、眼もくらんできた。——動きが鈍り、ラウゼンの鉄拳の好餌となった。

最後に、ラウゼンはとどめをさすように、ほとんど抵抗力のなくなった三谷の襟をとらえ、二、三度揺すぶってから、力まかせにつきとばした。

三谷は四、五メートルもとばされて、尻餅をついた。すぐに身を起そうとしたが、腰の骨がきり きり痛んで、彼は思わず呻いた。

そのあいだに、ラウゼンはよろめきながらも、ジープのところまで行った。車にとりすがるようにしてころげこんだようすでは、彼もひどく弱っているようにみえた。

三谷はやっとのことで、痛みをこらえて立ちあがり、夢中でラウゼンを追った。辛うじて運転席の幌《ほろ》をつかまえたかと思うと、ジープは勢いよくスタートした。

エンジンの音。——あがる砂煙。

幌の繊維は古びていたらしい。車がスタートした勢いで、それはぴりっと裂け、渾身の力でしがみついていた三谷の手に、一片のカーキ色の切れはしが残っただけである。

三谷は肩で大きく息をつき、岩壁にからだを預け、やがてへなへなと坐りこんだ。

(負けた……)

口惜しかったが、三谷は自分の心が、思いのほか、からりとしているのをかんじた。

ふしぎな爽快感である。

歩いて一時間ほどで、バーミヤーンに戻れるという。だがそれは、ふつうの状態での話だ。いま彼は、からだじゅうを蹴られたり殴られたりして、へとへとになっている。

(バーミヤーンまでは無理かもしれない)

彼はここへ来るまでに、遊牧民のテント村があったのを思い出した。そんなに遠くないはずだった。

よろけながら、彼は歩きだした。なんども岩壁にもたれて休み、一時間以上もかかって、やっと五つばかり黒いテントのならんでいるところへ、たどりついた。

もう暗くなりかけていた。

バッグはジープもろとも、ラウゼンにもって行かれたが、内ポケットに財布があった。

(財宝以外に身を守ってくれるものはない)

三谷はラウゼンのことばを思い出した。

金《かね》をさし出すと、最初胡散臭そうな眼でみていたパシトゥーン族の遊牧民も、とたんに愛想がよくなった。

ことばは通じないが、水をのむ真似をすると、ちゃんと水をはこんでくれた。手を枕に眠る恰好をしてみせると、白いターバンの男は、なんべんもうなずき返した。

なにしろ三谷が、この集団の長老らしい白いひげの男に渡したのは、カーブルのホテル三泊分にも相当する金額だったのである。

テントのなかはうす暗く、蒸《む》れた獣《けもの》のにおいがした。少年時代に三谷は鳩を飼ったが、テント内の臭気は、梅雨どきの鳩舎のにおいを、彼に連想させた。

それでも筵《むしろ》のうえに横になっていると、しだいに心がふくらんで、満足感に似たものが湧いてきた。

さきほどの爽快感とおなじように、これも思いがけないことだった。

ラウゼンとは、死力を尽して戦ったのだ。あの短い時間に、三谷の生命は凝縮され、きらきらと燃えたった。かつて経験したことのない、生命の充実を味わったのである。

顔を洗って、こびりついた血をおとすと、ますますさわやかな気分になった。

サービスのつもりか、五、六人の若い男がダンスをしてみせてくれた。

踊りも単調なら、彼らのうたう歌も平板だった。長い上衣や、ふくらんだズボンは、からだの線をかくしているので、躍動感もない。

太鼓の音もものうげだった。

彼らの靴が地面を擦ったり、踏みつけたりする音だけが、いくらかいそがしげだった。

彼らはずいぶん長く踊った。もう終るかと思ったら、交替の踊り手が出てきて、おなじダンスをつづけた。膝まである白い上衣の裾が、ひらひらするところだけを、三谷は飽かずにながめた。

いまなら玄奘《げんしょう》の旅行記を読んでも、スタインの墓前に立っても、はにかむことはないだろう。彼は冒険らしいものを経験したのだから。えたいの知れない遊牧民のテントのなかだが、三谷はその夜、すっかり安心して、熟睡することができた。


翌朝、三谷はトラックをつかまえ、カーブルに帰った。ホテルで調べてみると、宿泊者リストに、ラウゼンの名はなかった。おそらく宝を抱え、パキスタンめざして急行しているのだろう。――彼はそう思った。

部屋にはいって着換えをすませたころ、日本大使館の書記官が訪ねてきた。

「バーミヤーンを今朝お発ちになったのですか?」と、書記官はたずねた。

「いいえ、バーミヤーン近辺の、遊牧民のテントで一泊したのです」

書記官はそれをきいて、あきれた顔をした。

「心配していましたよ。ラウゼン氏のジープのなかに、あなたの名前のはいったバッグがあったものですから」

「え?……ええ、バッグは彼に預けましたが……」

「そうですか。……いや、どうなってるのかと思いましてね。しかし、むちゃでしたな、ラウゼン氏も」

「なにかラウゼン氏が？」

「遭難されたのですよ」

「遭難？」

三谷はその日本語の意味を吟味するように、口のなかでもういちどくり返した。

「ご存知なかったのですか？……今朝、死体が発見されたのです。凍死でしたよ。ジープが故障しておりましてね。……なにしろ、夜になると、一気に零下十五度になるような地方ですよ。どうしてもっと早く、日の高いうちに出発しなかったのでしょうね」

「ほう……」三谷はほんとうに、言うべきことばを知らなかった。やっとのことで、彼はことばをさがしあてた。「でも、カーブルまでなら、途中にいくらでも部落やテントがあるはずですが？」

「それが、ラウゼン氏は全身に打撲をうけていたのです。車がうごかないので、部落まで歩いて行こうとしたらしいのですが、力尽きて……不幸なことに、彼のジープの幌はやぶけていて、防寒には役立たないものでした。アメリカ大使館では、ラウゼン氏が通りすがりの遊牧民と喧嘩でもしたと考えているようです。三谷さん、あなたも気をつけてほしいですな。そんなに心やすく、彼らのテントに泊ったりなんかしないでください」

「そうでしたか……」

ラウゼンは財宝にかこまれて死んだ。

ダイヤモンドも、彼の命を守ってくれなかったのである。

一時間後、三谷はラウゼンのジープにあった自分のバッグを、返還してもらった。

さっそくナザロフ教授にもらった花鳥の掛軸をとり出し、ホテルから借りた錐で、軸のところをさぐってみた。

いくら穴をあけても、錐のさきは、宝石にも、くりぬいた部分らしいものにもつきあたらない。

「なんだ、なんにもないじゃないか！」

三谷は錐を投げだして、汗をふいた。

あのみごとな生命の燃焼は、宙のなかで燃えていたことになる。むなしいとも、おかしいとも、なんとも言いようがない。

アフガニスタンを去る。——

だが三谷は、この旅行の経験を、自分の一生のほかのぜんぶをあわせた重さより、はるかに重いものと思っている。たとい幻の燭台のなかだったとはいえ、彼の生命ははげしく燃えあがり、彼の平凡な生活にかがやきを与えたのである。

カイバル峠へむかう車のなかで、彼はカーブルで買った英字新聞を、なにげなくひらいた。——見おぼえのある顔の写真が、彼の眼にはいった。

（おや、ナザロフ教授だ。彼はサマルカンドへひきあげたのではなかったのか？）

三谷は写真の横の記事を読んだ。

ソ連の著名な歴史学者ナザロフ教授は、このほどカーブルのアメリカ大使館に保護をもとめ、亡命を願い出た。教授の話によれば、自分は性格的に西欧の自由社会にしか生きられない人間であると、最近痛切にかんじたのが、亡命の動機だという。……

三谷の手に思わず力がこもって、もっていた新聞紙をひき裂いてしまった。

掛軸をすりかえたのは、ひげをはやした陽気な大男、ナザロフ教授なのだ！

張博士から事情をきいたとき、頭のよいナザロフは、依頼されたものが、どんな意味をもっているか、すぐにさっとたにちがいない。——そして発見したのだ。

それは、アメリカでのはなやかな生活を、彼に約束してくれるものだった。その誘惑は、モスクワで彼を待つ妻や二人の娘よりも、つよい力をもっていたのだろう。

三谷はひき裂いた新聞紙を、無意識のうちに、両手でまるめていた。

（しかし、おれが得たものは、ひょっとすると、ナザロフの横領した財宝よりも、ずっと値うちがあったかもしれない。おれはとうとう、人生に起伏をつけた。カーブルへの道のくだりなど、高くうちあげた波ではないか。爽快きわまりない波がしらだったのだ！）

手にこもった力が、しだいにほぐれた。

まるめられた新聞紙が、手から離れて床《ゆか》に落ち、かさと音をたてた。

初出　「別冊小説新潮」一九六七年第六十六号　新潮社
初刊　「青玉獅子香炉」所収一九六九年三月　文藝春秋

# 崑崙の河

## 1

五年まえ、妻の親友の田島紀子《たじまのりこ》が、あるアメリカ人の実業家と結婚した。

「よかったわ。そのアメリカの人ね、かなりの年輩だけど、とっても親切で、しかもびっくりするほどの大金持ちですって」

と、妻はわがことのようによろこんだ。

田島紀子は戦争未亡人である。高校の英語の教師をしていたころ、おなじ学校で国語を教えていた私の妻と、おかしなほど仲が好かった。妻は紀子に夢中だった。だから、自分の夫と紀子とが、とくべつな関係にあることなど、まるで気づいていない。

「アメリカへ行こうがシベリアへ行こうが、おれの知ったことじゃない」

私がそう言うと、妻はむきになって、

「紀子さんはあたしの親友よ。そんなつめたいことおっしゃらないで」

と、非難した。

ふだんから私は用心深く、紀子のことはあまり話題にしないようにつとめていた。紀子さんってきれいね、と妻が言っても、私はできるだけ無関心をよそおい、生返事にきこえる口調で答えたものだ。――ふン、まぁね、と。

彼女の結婚を祝福する気もちのない私をみて、妻はいつものように、私が紀子に冷淡すぎるせいだ、と解釈したにちがいない。なにしろ、ふだんの私の態度からしても、それで首尾が一貫しているのだから。

相手のアメリカ人の名前も、紀子が日本を離れてから、やっと知ったのである。紀子の結婚について、私が反応らしい反応をおもてにあらわしたのは、そのときがはじめてであったろう。

「エドモンド・ワイルド？……ひょっとすると、そいつ、ボールペン屋じゃないか？」

「ボールペン？」妻は首をかしげて、「文房具の大きなメーカーだそうですから、ボールペンだって作ってるかもしれないわ」

「それじゃ、まちがいないね。あのワイルドだ。世のなかは狭いよ」

「ワイルドさんをご存知《ぞんじ》？」

「会ったことはないが、ちょっとした関係がある」

る。

「いったい、どんな関係なの?」

「きみには、なんども話したことがあるはずだ。例のおれの大冒険に関係があるんだ」

「ああ、中国で溺《おぼ》れかかったこと?」

「そうだよ。あのときのスポンサーが、エドモンド・ワイルドというボールペン屋さ」

「あらそう、ふしぎな因縁だわ。紀子さんの旦那《だんな》が、あの冒険のスポンサーだなんて」

「さっそく、紀子さんに手紙でしらせてあげるわ」

妻がうきうきしてそう言ったので、私は思わず声を荒げた。——

「よしてくれ! だいたいワイルドってやつは、はったり臭《くさ》いんだ。あの学術探検だって実現しなかったが、はじめからやる気がなかったという噂《うわさ》もある。これは、いつかきみにも話したはずだ。確証はないが、もっとひどいことをした可能性もある。その話、おぼえているだろう?」

「ええ、そういえば……」

妻は私の剣幕におどろいたようだ。

なんどもくり返した私の冒険譚《ぼうけんたん》である。すこしでも身をいれてきいておれば、そのスポンサーがとんでもないやつらしいことは、反射的に頭にうかんだはずだ。それなのに、私の説明で、やっとそのことを思い出したのである。そして、額に手をあてて、眼《め》をとじた。彼女にしてみれば、親友の紀子の結婚相手は、理想的、もしくはそれに近い人物でなければならなかった。それが詐欺師のような男かもしれないという。どうやらその事実は、彼女の思考のメカニズムに、うまく咬《か》み合わないらしい。

私はしばらくのあいだ、そのような妻の気もちを忖度《そんたく》する余裕などなかった。

田島紀子は、とつぜん私のまえから消え去った。

アルバイトでガイドをしているうちに、かんじのよいアメリカ人の観光客と親しくなった話は、紀子自身からきいたことがある。とはいえ、それがあっという間に結婚にまで進展するなど、私にとっては唐突すぎることだった。

旧家の出で古風なところのある紀子が、親友の夫との関係を『不倫』と考えて悩んでいたことは、私も知っていた。

——あたし苦しいわ。この苦しみからのがれたいの。……

ため息まじりの彼女のことばを、私はなんどきいたことだろう。

——のがれる方法なんてあるものか。いまのままでいるよりしかたがない。

そのたびに、私はそう答えてきた。

——いいえ、こんなことは、解決しなくちゃいけないのよ。かなしいけど、いまのままじゃ、あたし気が狂ってしまうわ。

紀子はそう言って、苦しそうに喘《あえ》いだものである。

アメリカ人実業家との結婚が、その解決法だった。私には黙って、彼女はその道をえらんだ。妬《ねた》みの焔《ほのお》が、私を焼いた。

エドモンド・ワイルド。シカゴ出身のこの抜け目のない実業家は、戦前、万年筆の部分品をつくる小工場の経営者であったらしい。

## 2

第二次大戦が終ったあと、ワイルドはボールペンが世界的に大流行するだろうと予想し、その製造と販売にすべてのエネルギーを傾け尽したのである。

ペン先に回転球を使用するボール・ポイント・ペンは、十九世紀の終りにすでに考案されていた。実用化されなかったのは、どうしてもインキ漏《も》れが防げなかったからである。

ところが、アルゼンチンに亡命したハンガリー人のピロという人物が、毛細管状のチューブに、液ではなく泥状のインキをいれることによって問題を解決した。第二次大戦の最中のことである。軍需工業の騒音のなかに、ひっそりとなされた改良なのだ。

ワイルドはこれに眼をつけた。

戦後の民衆は、いまわしい戦争の思い出を断ちきりたいと思うだろう。

——新しい平和の時代がきたのだ！

と叫び、それを確かめたいにちがいない。

その心理は、これまでになかった、まったく新しいものの出現を待望するはずだ。

ボールペン！　戦前になかったものだ。しかも日常の実用品で、誰《だれ》でも買うことができる。字をかくことは、平和時代の仕事のシンボルのような気もする。諺《ことわざ》を通じて、ペンは剣の反対物と思われてきたではないか。

大小を問わず、各メーカーは一斉にそれに手をつけるだろう。ボールペンにかんするかぎり、伝統や老舗《しにせ》なるものはない。何よりも思いきった宣伝が大切である。

アトム。――これがワイルドのえらんだ商標である。

いずれさまざまなブランドの品が世界じゅうの店にならぶだろう。が、ボールペンといえば、すぐに『アトム』と、うてばひびくように、人びとの心が応じなければならない。

そのためには、劇的な宣伝が必要である。

世のなかをアッといわせるような企画。

ワイルドはそれを考え出した。

積石山《アムネ・マチン》学術調査、である。

中国青海《チンハイ》省東南部、崑崙《こんろん》山脈の最高峰《さいこうほう》積石山は、チベット語で『アムネ・マチン』という。未測量で、その高度はわからない。八千メートル以上という説もあった。戦時中、その上空を飛んだ軍用機の乗員が、エヴェレスト山より高いのではないかと言った話も伝わっていた。

ひょっとすると世界の最高峰かもしれない。その山を探検する、いかにも世界一好みのヤンキーらしい着想だった。

いろんなジャンルにわたって、各国の優秀な学者約四十名をえりすぐり、それを中核として、現地雇いのポーターなど数百名というマンモス学術調査団が組織される。――この計画の発展と同時に、ワイルドのボールペン『原子筆』は、大量に中国に輸出された。

ワイルド自身南京《ナンキン》に乗りこみ、政府の要人に会っては原子筆をプレゼントし、その贈呈式の写真がなんども新聞にのった。

積石山《アムネ・マチン》ははたして高度何メートルか？

懸賞金つきで、予想を募集した新聞社もあった。学者の意見も、連日紙上を賑《にぎ》わせた。

原子筆は売れに売れた。中国では原子筆といえば、商標名ではなく、ボールペンを意味する普通名詞として通用したほどである。

学術調査の準備として、リチャード・スナイダー博士を長とする、小規模な下検分のためのグループが、まず現地へ派遣されることになった。戦後二年目のことである。

当時、私は中国政府に留用され、北京《ペキン》で気象観測の仕事をしていた。そして、はからずも、この先遣隊の一員に加えられた。

これが、私とワイルドの関係なるものの正体である。

積石山学術調査の大事業は、先遣隊長スナイダー博士の現地における不慮の死で、しばらく中止されるという結果になった。

「私はすべてをスナイダー博士にまかせた。彼が死んだいま、はじめから出直さねばならない。学術調査については、私は門外漢だが資金面については主役のはずである。これまでの経理について疑問が多いので、しばらく検討してから今後の方針をきめたい」

記者会見で、ワイルドはそう説明した。

私はまもなく日本に帰った。

その後、ワイルドはいろいろな口実で事業の再開をひきのばしたという。そして、ついに内戦の激化を迎え、彼の計画は消え失せた。

積石山学術調査を囃《はや》し立てているあいだに、ワイルドは原子筆を中国で売りまくって、すでに所期の目的をはたしたといってよい。

中国の学術のために巨額の資金を出すメーカーの製品というので、全中国の官庁は『原子筆』を大量に購入した。すべての学校では、教師が生徒たちに、

――おなじ使うなら原子筆を。

と、宣伝したものである。

一説によれば、彼の狙《ねら》いはそこにあって、大がかりな学術調査を実行する意思などは、はじめから毛頭なかったという。

私はワイルドに会ったことはない。が、どうやら機をみるに敏で、集中攻撃を得意とする乱世の英雄といったタイプの人物であるらしい。中国じゅうを原子筆の洪水にさせたあと、さっと手をひいたところなど、みごとな手並みというほかはない。

かりに内戦がおこらなかったとしても、労賃のやすい上海《シャンハイ》や香港《ホンコン》、あるいは日本あたりで、もっと安値のボールペンがさかんにつくられるようになったろう。そうなれば、もう商売としてのうま味はない。ワイルドはしおどきをみたのだ。

積石山学術調査は、その計画から中止にいたるまで、すべてワイルドのかいた芝居のような気がしてならない。

延期や中止は、スナイダー博士の事故死が原因であった。とすれば、博士の死も、ワイルドのスケジュールにあったのではないか？

彼の死が偶発の事故でなかったことは、私がよく知っている。私までが、すんでのことに死にか

けたのだから。

### 3

青海省都西寧《せいねい》の西南約八十キロに、貴徳《きとく》というオアシスの町がある。われわれ先遣隊はそれからさらに南下した。そのあたりが、黄河《こうが》の水源地域とされている。

中国語で『河源』といえば、地のはて、という意味になる。李商隠《りしょういん》の詩にも、河源を銀河と対句に使ったのがある。中国のふるい軟文学『遊仙窟《ゆうせんくつ》』も、積石山にはじまる。人界の外の夢物語なのだ。

先遣隊は十人たらずのメンバーで、そのなかに張厚清《ちょうこうせい》という三十五、六の通訳がいて、私にそんなことを教えてくれた。

「えらい所へ来てしまいましたよ。生活のためとはいいながら、河源くんだりまで流浪するなんて……」

と、張厚清はぼやいてばかりいた。

二十年まえにロック博士の探検隊が、このあたりを調査しており、そのまえにもクズロフ一行の探検があった。その記録を読むと彼らは大そう苦労したようだ。

それにくらべると、私たちははるかに恵まれていたといえるだろう。戦争中、軍需物資補給ルートを確保するために、道路が整備されていた。戦後もＵＮＲＲＡ《アンラ》（国際救済復興機関）が、その地域で仕事をつづけている。どんな奥地にもアメリカ人がいて、彼らが救援用物資、食糧や医薬品を供給していた。ロック博士の時代には考えられなかったことだろう。

それでも、ボールペンのメカニズムではないが、あたりの水系は毛細管状にはいりこんで、雪どけの増水期でもあったので、渡河だけにずいぶん骨が折れた。

「またですかい」

河を越えねばならぬことがわかると、張厚清は哀《かな》しげな眼をして、肩をおとした。そんなとき、彼のくぼんだ眼が、一そうおちくぼんでみえた。

「張さん、あなたは河に出くわすと、じつに情けない顔をしますね」

私はそんなふうにからかったことがある。

「あたしゃ、泳ぎを知りませんからね」

「手足をばたばたさせりゃいいんですよ」

「けっきょく、それも泳ぎじゃありませんか。……泳ぎはダメですよ」

「泳げないことでは、スナイダー博士だっておなじですな」

そんなやりとりをしたのは、河をまえにした小さな集落に着いたときだった。そこにもUNRRAの事務所があって、二十四、五のアメリカ人の女性が仕事をしていた。美人とはいえないが、まる顔で、笑うと左の頰《ほお》に大きく、そして深いえくぼができ、その下にかなり目立つまるい痣《あざ》があった。口をひらくまえに、かならず、しばらく眼をとじる癖があったことが印象に残っている。名前はたしかヘレン・モースといった。

スナイダー博士は専攻が測量学であったせいか、うごきまわるのが好きだった。スケジュールでは『休息』となっている日でも、彼は計器をかついで出かけることが多い。

先遣隊に参加した学者は、スナイダー博士のほか、中国人三名、アメリカ人二名、スイス人一名であった。私は表むき中国人学者ということになっていた。江島融治《えしまゆうじ》という本名から島の字を抜いて、名乗ったのである。中国人は『江先生《チャン》』と呼んだが、私が日本人であることは外人の学者たちも知っていて、彼らは『ミスター・エシマ』と呼んでくれた。

「よかったね、ここで三日間の休憩ということになっている」

集落に着いたとき、スイス人の地質学者が上機嫌で言った。

殺風景なところでの休息はおもしろくないが、ヘレンという魅力ある女性のいる場所にあたっていたからである。

ヘレンはわれわれに大そう愛想がよく、いろいろと世話を焼いてくれた。休憩の日程を延長したくなるほどの居心地のよさだった。

それなのに、スナイダー博士はその三日のブランクが惜しいと言い出した。

「この河のむこうは、クズロフもロックも足を踏みいれていない。われわれの計画にもないが、このまま通りすぎる手はない」

博士は団員たちに、そんなふうに河むこう探検の話をもちかけたが、賛成者はいない。

「博士、計画を厳格に守るのも、われわれの任務じゃありませんか？　休息も必要不可欠のものと判断して、計画表に組みこまれているのです」

スイス人の地質学者は、歯に衣《きぬ》をきせずに反対した。ヘレンのほうに、ちらっと眼を走らせながら。

が、ヘレンは珍しく眉《まゆ》をしかめていた。

「もちろん、私一人で……」

と言いかけて、スナイダー博士は口を噤《つぐ》んだ。河むこうの測量もそうだが、さしあたって河を渡るについても、一人ではできるわけはない。重い計器類も、五十をすぎた博士一人では手にあまるだろう。

「そいつは無理ですな。先生一人じゃとっても。……機械も重いし、通訳なしじゃ、いけませんや。よろしい、あたしがついて行きましょう」

張厚清がそばからそう言った。

私はおどろいた。地のはてに流されたことを、くどいほど歎《なげ》いた張厚清ではないか。とくに河を渡るのを、あれほど怖《おそ》れていたのである。その男が、敢然として博士のお供をしようと申し出たのだ。

おどろいたあと、私は奇妙な興奮をおぼえ、思わず口をひらいた。——

「私も行きましょう。張さんは通訳はできても、測量のデータや記録などの手伝いは、ちょっと難しいでしょうから」

戦争がすんでこのかた、このように積極的な気もちになったのは、はじめてであった。万事につけ、投げやりな態度できた自分が、急に義俠《ぎきょう》の心をおこしたのである。それを触発したのは、張厚清のことばだった。人生意気に感ずとは、このことであろうか？

しかし私は、すぐに自分の心を裏がえしてみた。そこに、ヘレンの笑顔がひっかかっていた。

——彼女のまえで、いいところをみせたかったのが、私の義俠心の正体であったかもしれない。

「予定は三日でしたね。あたし、携帯燃料や食糧を用意させますわ」

と、ヘレンはすかさず言った。

スナイダー博士の渡河測量旅行は、彼女のこのことばで決定されたといってよい。

博士と私と張厚清以外のメンバーは、予定どおり、UNRRAの連絡事務所で休息することになった。が、彼らにも、われわれの小旅行の準備を手伝ってくれるぐらいの度量はあった。

機械や食糧その他の荷物は、みんなが河岸まではこんでくれた。そこは渡し舟のない地点だが、ちゃんと皮筏《かわいかだ》と一人の船頭をみつけてくれていた。

「では博士、お気のすむまで測量なりとなんなりとやってください。一日や二日のびたって、かまいませんからね」

私たちが出発するとき、スイス人の地質学者がそう言って手を振った。

彼は、ヘレンのいるところなら、出発を一週間延期しても、よろこんで待っているだろう。

## 4

河むこうに、せいぜい二、三日、キャンプを張るだけである。残留組が私たちの出発まで河岸に残って見送らなかったのは、べつに不人情というほどのことでもなかった。

筏《いかだ》を河にうかべ、河岸の石を棹《さお》で突いて押し出すように渡河をはじめた。そのとき、あたりには、船頭をいれてわれわれ四人しかいなかったのである。

この地方の皮筏は、牛や羊の胴体を使う。

内蔵や骨をとりのぞき、四肢のあとや破れたところを縫いあわせ、蝋《ろう》でかためる。それに空気をいれ、首のところを縛ると、大きな皮袋ができる。そんな皮筏をいくつもならべ、そのうえに竹や木材で組んだ筏をのせるのだ。筏からみれば、皮袋という下駄をはいていることになる。

なぜ竹筏だけでは渡れないかといえば、雪どけの増水期には河は急流で、うっかりすると岩にぶつかり、たちまちばらばらになるからだ。皮袋はクッションの役をつとめる。

私たちののった皮筏は、横に四つ、縦に七つならべた計二十八個の羊の皮袋のうえに、竹筏を組んだものだった。

「きれいだねえ……」

筏が岸を離れたあと、スナイダー博士は、あたりを見まわしてそう言った。

私たちの背後には、銀白の崑崙《こんろん》の山々がならび、一きわ大きな積石山《アムネ・マチン》がそれらをおさえつけていた。眼前の河は、たかだか二百メートルほどのはばしかないが、紺碧《こんぺき》の空をうつして、あくまでも青い。

たしかにきれいであるが、博士の口からそのような歎声《たんせい》をきくと、私はある種の恐怖感にとらわれたのである。

山をみても河をみても、博士の眼には測量の対象としかうつらない。――私はいつもそんなふうに思っていた。それなのに、『測量の鬼』が、急に風景の美にふれることばをもらした。そうしたことが、かえってなまなましくかんじられたのであろうか？

おそろしいことが現実におこったのはその直後だった。

渡河地点は、河が大きなカーヴをえがいているところであった。筏を岸から離すと、船頭はしばらく棹も使わず、流れにまかせた。筏はしぜんに河の中央あたりまで流される。それから、杖《つえ》でもつくように、河底を長い棹でつきながら行くと、むこう岸に到達できるのだ。水深は最も深いところでも、三メートル足らずときいている。

ちょうど河のまん中で、やおら棹を使いはじめようとした船頭が、

「皮袋がやぶけちまっただ。それも一つや二つじゃねえだ」

と言って、首をかしげた。

私は船頭のそばから、筏の下をのぞいてみたが、そこからみえた皮袋は、みんな申し合わせたように、大きな裂け目ができて、すでに水をたっぷりのみこみつつあった。

「こっちもだ。こりゃひでえや」

船頭は反対がわをのぞき、舌打ちをして言った。

「みんな、真一文字に割れているようだね」

と、私は言った。

「誰だか知らねえが、手のこんだいたずらをしやがる」

船頭はぶつぶつ言ったが、その声には緊迫感はなかった。かりに皮袋がぜんぶ破れて水を吸いこんでいても、そのうえに縛りつけた竹筏がある。ただクッションなしになるから岩に用心さえすればいいのだ。

「じゃ、皮袋はあきらめるべえか」

船頭は気をとり直し、棹を河底にさしいれようとした。が、つぎの瞬間、彼はよろめいた。河ばたに住み、筏の操作にかけてはベテランのはずである。それなのに、船頭の足もとがふらついたというのは、なにか異変がおこったのだ。

私はわが眼を疑った。

筏のふとい竹が沈んで行くのである。

竹は水に浮くものではないか。現実の世界、しかも白昼、竹を組みあわせた筏が、その下につけたおびただしい皮袋とともに、沈もうとしている。このようなことがありうるだろうか？

大へんなことになったと思ったときは、もう流れに足をとられて、河のなかにひきずりこまれていた。

けんめいに手足をばたつかせ、やっとの思いで、背のとどくところまできた。むこう岸で、さきにたどりついた船頭が、両手で口を囲んで、なにやら大声で喚《わめ》いていた。

水をひきずるようにして、河岸めざして歩いていた私は、船頭のすがたをみて、いちどに気がゆるんだらしい。すこし手まえで意識をうしなってしまったのである。

意識を回復してから、いろんなことがわかった。――船頭と私のほか、張厚清もどうやら助かった。泳いだのではなく、流されて岸にうちあげられたという。

スナイダー博士の水死体がみつかったのは、翌日になってからだった。

せっかちな博士は、向う岸に着けば、すぐに目的地にむかって歩きだせるように、計器をいれたリュックを背負ったまま、筏にのっていたのである。筏はあっというまに沈んだ。博士はリュックをはずすひまもなかった。だから、錘《おもり》をつけて河底に沈められたようなものだった。

沈んだ筏も、博士の死体と一しょにひきあげられた。それによって、この『かちかち山』もどきの秘密がわかった。

皮袋は二十八個とも、ぜんぶ鋭利な刃物で切り裂かれてあった。おそらく、ある種の樹脂か、それとも糊《のり》のような、水に溶ける粘着物質で、裂け目が封じられていたのだろう。筏が河の半ばほどまで行くと、裂け目をとじてあった物質が溶けくずれ、ぽっかりと口をひらく仕掛けになっていたのだ。

竹筏までが沈んだ謎《なぞ》は、現物をひきあげると、あっけなく解けた。竹は内部の節をくり抜かれ、鉄棒を通されてあったのだ。鉄芯《てつしん》の竹筏であってみれば、皮袋の浮力が失われると沈むほかはない。

疑いもなく、誰かの命を狙っての計画である。

当時の私は、毒にも薬にもならない存在であった。張厚清も大同小異であろう。私や彼を殺して得をする人間がいるとは思えない。船頭は問題外と考えてよかろう。

すると犯人は、やはり狙った人物をちゃんと仕とめたのだ。

スナイダー博士が泳げないことは、知人のあいだでは誰知らぬ者はない。

「私は山のなかで生まれて泳げないんだ」

と、彼はむしろ山国生まれを自慢にしていたのである。

おそらく犯人は、博士の気質や性癖まで計算にいれていたのであろう。半時間以内で着く乗物のなかでは、博士は背にしたリュックをおろそうとしなかった。これはちょっと気をつけて観察すれば、誰にもわかったことなのだ。

問題の竹筏が追及された。

船頭の話では、UNRRAの人から向う岸まで客を渡してほしいと頼まれ、事務所の近くの岸に皮袋の筏が置いてあるのをみて、

——筏はちゃんと用意してあらァ。

と思ったそうだ。

筏用の皮袋は、使用のまえにふくらませるが、ふだんは空気を抜いて平たくしてある。空気のはいった皮袋をみて、筏の準備ができていると思ったのは、あながち船頭の早合点とばかりはいえない。われわれの方では船頭が筏をもってきたものとばかり思っていたのだ。

いったい、誰がそんなところに筏を置いたのか？　名乗り出る者はなかった。また誰かがそこへ筏をもちこんだのを目撃したという者もあらわれなかった。

「そういえば、筏を河へ押しやるとき、ちと重いちゅうかんじがしただ」

と、船頭は言った。それを通訳できいたスイス人地質学者は真っ赤になって、

「どうして、それを早く言わなかったんだ。このろくでなしの船頭め！」

と、英語で毒づいた。

いくらどなっても、あとの祭である。

## 5

スナイダー博士の死によって、われわれは蘭州《らんしゅう》までひき返すように指示された。

蘭州でつぎの指示を待っていたのだが、

——調査中止。先遣隊も解散。

ということになってしまった。

黄河の水源地方における、このかちかち山事件は、ついに迷宮入りとなった。

犯人も動機もわからず、いたって歯切れがわるい。

それだけに、関係者のあいだで、いろいろと取沙汰《とりざた》されたのはいうまでもない。北京《ペキン》に戻ってからも、私は多くの人から、事件についてさまざまな憶測《おくそく》をきかされた。迷宮入りの事件は、名探偵気どりの人たちの頭のなかで、勝手に料理されるものなのだ。

私は事件の実際の目撃者であり、自分もそのなかにまきこまれたのである。野次馬的な興味からではなく、真剣にあらゆる可能性を検討してみた。が、正直いって、謎は解けそうもない。データ不足とでもいうべきか。

被害者の死によって利益を得る者を、まずマークすべきであろう。ところが、現場近くにいた者のなかで、そのような関係にある者はいなかった。

学者たちは、先遣隊がつくられるとき、南京ではじめて顔をあわせた。それから半年もたっていない。相手を殺すほど、感情や利害関係をこじらせた者がいるとは思えなかった。

博士の死で、アメリカにいる妻子が遺産を継承する。これが利益といえるだろうか？　遺産よりも、夫や父の死による損失のほうが、遺族としては大きいにちがいない。

ほかに博士の死で有利になる人物がいた。これは私だけではなく、ほかの人たちも思いついた名前だが――スポンサーのエドモンド・ワイルドである。

ワイルドは、鳴物入りの学術調査予告で、すでに宣伝効果をあげて稼ぎまくったあとである。約束どおり調査団を派遣するとなれば、莫大《ばくだい》な経費がかかる。かといって、なんの理由もなしにとりやめれば、いかにもインチキめいて、ことによると外交問題にもなりかねない。彼のもとめていたのは『適当な口実』にほかならないはずだった。

調査団長の事故死。——中止の理由としては、これ以上おあつらえむきのものはないだろう。あとでわかったことだが、ワイルドは本格的な調査団の経費として、千万ドルをスナイダー博士に渡したと言い張ったそうだ。

先遣隊がつかったのは、十万ドルそこそこで、残りの金はどうなったかわからない。いくら全面的に信用したといっても、ワイルドがそんな大金をスナイダー博士に渡したはずはあるまい。たしかに彼は、何回にも分けて千万ドルほどの小切手を振出している。しかし、持参人渡しなので、受取人は不明なのだ。ワイルド自身が受取ったのかもしれない。スナイダー博士に渡したことにすれば、その金は行方不明になってしまう。死人に口なしである。

税金対策もあっただろう。とにかく、スナイダー博士の死によって、ワイルドは大きな財産の隠《いん》匿《とく》ができたのだ。

事件当時、ワイルドはアメリカにいた。直接の下手人ではありえない。誰かに依頼してスナイダー博士謀殺を企てた。——私はそんなふうに考えてみた。

では、依頼されたのは何者なのか？

疑ってかかれば、先遣隊の誰もがあやしい。が、そのなかでも、ほかの人には最も意外と思われるかもしれない人物を、私は容疑者第一号においてみた。

通訳の張厚清。——

彼を疑う根拠は、りっぱにある。

スナイダー博士は、測量のために河を渡ろうとして、筏のトリックにひっかかった。鉄芯の竹とか、切り裂いた皮袋など、それには相当な準備を必要としたにちがいない。だから、犯人はどうしても博士に測量の強行をしてもらわねば困るわけだ。

スイス人地質学者の反対で、すんでのことにスナイダー博士の渡河計画は立ち消えになるところだった。それを実現にもちこんだのは、私に一種の感激を与えた、あの張厚清のりりしいことばにほかならない。

——よろしい、あたしがついて行きましょう。……

張厚清がふだん、河を渡るのをあれほどこわがり、泳げないのをむやみに強調していた事実も、なんとなくキナくさい。流されて岸にうちあげられたというが、目撃者はいなかった。ちゃんと泳いでたどりついたのかもしれない。

舞台は、天上の美しさともいうべき積石山《アムネ・マチン》の銀嶺《ぎんれい》や、黄河河源のすがすがしく青い流れであった。しかし、そこで演じられたのは、醜悪な人間の陰惨なドラマである。純白と紺青の織りなす世界。——そのつぎ目から、どすぐろいものがにじみ出て、みるみる大きなしみとなってひろがる。……

憎むべきはボールペン屋のワイルドであった。それにもかかわらず、ながいあいだワイルドへの憎悪は、私のなかで具体的に肉づけされなかった。なにしろ顔もみたことのない相手である。そのうえ、はっきりと彼が元兇《げんきょう》だときまったわけでもない。

ところが、紀子の結婚相手が、ほかならぬそのワイルドだと知ったとたんに、灰のなかに埋められていた憎悪の念がいちどに噴きあげてきた。

ワイルドこそ殺人鬼である！

そんな悪党に、私は紀子を奪い去られたのだ。——無念でならない。

そのときには、ワイルドはとっくに紀子を連れてアメリカへ去っていた。

一年以上して、ワイルド夫妻は再び日本にやってきた。億万長者のワイルドは、日本にも関係した事業がずいぶん多かったようだ。そして、おそらく紀子の希望もあったのだろうが、日本で土地を買い、邸《やしき》を建てた。場所は神戸の六甲山麓《ろっこうさんろく》で、一年のうち半分は日本ですごすつもりでいる、という話をきいた。

紀子は日本に住みたいが、私に近づいてはいけないと思ったのにちがいない。だから、関西を居住地にえらんだのだろう。

ところが、三年目には私は大阪の大学に赴任した。しかも、神戸の東灘《ひがしなだ》区にある宿舎を割り当てられた。六甲山麓なのだ。

「まァ、うれしいわ。紀子さんのところの近くだわ。これから、しょっちゅう会えるわね」

妻は女学生のようにはしゃいでいた。

紀子は当時、日本にいた。妻は彼女に二度ばかり会ったようだ。しかし、私の赴任後一と月ほどして、紀子はワイルドと一しょにアメリカへ帰ったのである。

「すぐにまた戻ってくるわ」

と、紀子は妻に言ったらしい。

私が再び東京へでも赴任しないかぎり、紀子はしばらく六甲山麓の家に住もうとしないだろう。

——私はそうかんじた。

妻は紀子のことばを額面どおり信じていたが、やはり私の予想は的中し、妻の期待は裏切られることになった。

二年近くのあいだ、紀子はいちども日本にやってこなかった。

六甲山麓の邸宅は、住む人もなく、管理人がひろすぎる庭の手入れに音をあげていた。

その邸は、六甲にしては樹木の密生した小丘を背にして、秋の終りになると、吹きよせるおびただしい枯葉に、さしものひろい庭も埋まってしまう。

私はよくその裏山に登って、邸の庭を見おろした。手入れ不十分で緑のくすんだ芝生のうえに、おびただしい焦茶色の枯葉の群れが、狂ったように渦巻きながら舞っていた。そのような荒涼とした眺めは、私の疲れた中年の心にふさわしいものだった。

管理人の不在をたしかめて、邸の庭にはいりこんだこともある。紀子のにおいをもとめたのだ。しかし、そこには枯葉のにおいしかなかった。

裏山で管理人に出会ったこともあった。それは、紅葉のころだった。

「あんまりきれいなので、山のなかにはいってみる気になったのです」

と、私は弁解した。幸いきちんとした身なりのおかげで、管理人も私のことばを疑わなかった。

「わたいは、孫にせがまれましてな……」

と、管理人のほうが言い訳を言った。彼はどんぐりを拾っていたのである。

## 6

五年ぶりに、田島紀子は私のまえにあらわれた。おそろしく憔悴《しようすい》して。

「どうしたの、紀子さん？」

妻は二年まえに紀子に会っている。それでも、彼女の変りようにおどろいたようだった。

「あたし、ワイルドと別れましたの……」

そう言って、紀子はテーブルに顔を埋めて泣き伏した。

その肩がとがっている。

うなじにも、衰えの色がみえた。

私は心臓を稲妻に射抜かれたようにかんじた。そして、口もきけなかった。

怒りが私をとらえた。――紀子が結婚したときいたときに怒り、こんどは離婚したときいてまた怒った。

ワイルドへの憎しみが、あざやかな輪郭《りんかく》を与えられ、そしてたちまち固く肉づけされた。

ワイルドは、紀子を破壊した。私はそれを憎むのだ。

崑崙の河でおこったむかしの事件は、私の憎悪のつっかい棒にすぎない。本体はあくまでも紀子にたいするワイルドの仕打ちだった。彼女を私から奪ったことも、そのなかに含まれる。

アメリカで、ワイルドは新しい女ができ、紀子を離縁して、その女と結婚したという。

「ひどいわ。……うちのひとが、ワイルドなんてひどい男だって言ってたけど、ほんとだわ。……人殺しをしたかもしれないんですって。きっとそうよ、人殺しよ！」

妻も憤慨して、甲高い声をあげた。

紀子はしずかに首を振って、

「いえ、あたしには最後まで親切だったわ」

「なんてお人好《ひとよ》しなの、あんたは」妻は叱《しか》りつけるように言った。――「離縁されて、なにが親切だったわ、なの！　ほんとうにしっかりしてよ」

「だってそうなの。人殺しなんて、そんなことできる人じゃないと思うわ……」

「いいえ、直接殺しはしなかったかもしれないけど、誰かに頼んで殺させたのよ。いままでは言わなかったけど、あたし、主人からなんどもきいたことがあるわ。主人もまき添えをくったんだもの。どんなにひどい男か、こんどのことでもよくわかったでしょ？　血も涙もないのよ。平気で人を殺せと命令できる男なのよ」

「そうかしら？　こんどのことだって、あの女のひとと、約束だから……どうしても結婚しないわけにはいかないから……お願いだから別れてくれって、頭をさげて、そう頼んだの、あのひとが……」

「ばかにしてるわ。約束だから、それで別れろですって？　じゃ、あなたとの結婚、一生をともにするという約束じゃなかったのかしら？」

私は途中で席をはずして庭先に出たが、妻と紀子のやりとりはきこえていた。怒りをしずめるために、私は登山靴の手入れをはじめたのである。おもてをモーターバイクが、けたたましい音をたてて通りすぎた。私は親指で靴のさきをつよく押した。

アルプスの山々の澄んだ大気や、靴底に軋《きし》むきめのこまかい雪を、私はいつのまにか連想していた。その遠景に、崑崙の山や河があった。……

あとから思い返して、殺意を抱いたのは、その瞬間であったような気がする。

五年まえの、まだみずみずしさの残っていた紀子の肉体を、そのとき私は頭に浮かべていたのだ。紺碧の空にそびえる積石山《アムネ・マチン》のように、青いシーツのうえに横たわる白い裸形。――さきほど会った紀子は、みる影もなくやつれていた。私のものであったその女体を壊したのは、スナイダー博士を崑崙の河に沈めた犯人とおなじ人物である。

きけば、ワイルドは新しい妻とともに日本にきているそうだ。紀子への慰謝料《いしゃりょう》支払いにあてるため、日本にある財産を処分するという。

ワイルドとその新夫人は、あろうことか、あの六甲山麓の邸宅に寝泊りしている。

「可哀そうな紀子さん……」

妻は紀子が帰ったあと、いかにも疲れきったように、縁側の籐椅子《とういす》にからだを埋めた。眼がすこし赤い。貰《もら》い泣きでもしたのであろうか。妻の涙も、ワイルドのせいである。

「きょう、三宮《さんのみや》で妙な男を見かけた。まさかあの男じゃあるまいと思ったが、じつによく似ていた」

私は登山靴をそろえて下に置いてから、妻に話しかけた。

「あの男って、誰のこと？」

妻は気のない返事をした。彼女の頭のなかは、紀子の不幸のことで一ぱいなのだろう。

「ワイルドに頼まれて、スナイダー博士を殺したやつだ」

「え？」妻はからだをおこした。――「とおっしゃると、あの通訳の……」

「いつか話した張厚清《ちょうこうせい》という男だ」

「でも、よくわかりましたわね。二十年近くもまえのことなのに」

「忘れられる顔じゃない。あのときより年はとっているが……そう、もちろん、老けてはいた。しかし、どうみても張厚清だったなァ。……声をかけようと思ったがやめたよ」

「どうして？」

「その男の表情、ひどく陰惨な気がしたからね。はっとしたよ。きみには言わなかったが、三年まえに香港《ホンコン》へ出張したとき、おれは北京《ペキン》時代の中国人の友人に会って、張厚清のことをいろいろきかされたんだ。……やつはアメリカまで行ったそうだ、ワイルドから金をせびるためにね」

「あんなこと頼まれたんですから、お金をもらうのはあたりまえでしょ」

「約束の金はとっくにもらったにちがいない。それもたっぷりとね。中国で内戦がおこったとき、奴《やつこ》さん、香港へ亡命したんだ。香港で慣れない商売に手を出して、失敗したらしい。そこで、アメリカへ飛んで、ワイルドにもっと金を出せと、かけ合いに行ったのさ」

「脅迫《ゆすり》ですね？」

「ワイルドにしてみれば、片づいたはずのことをむし返されて、いやな気がしただろうな。金を出すのは大したことじゃないかもしれないが、いつまたせびりにくるかわかったものじゃない。そこで張厚清を叩《たた》き出したそうだ。こんな男、おれは知らんぞ、と言ってね」

「でも、あの殺人のこと、言いふらしたりしたら、ワイルドも困るじゃない？」

「委嘱殺人に証拠なんてあるものか。いくら張厚清が大声で喚き散らしてみたって、気ちがい扱いされるだけだ。そのうち、張厚清はシカゴで与太者に囲まれて、袋叩きにされたそうだ」

「恨んだでしょうね、ワイルドを」

「恨むどころのさわぎじゃない。香港に舞い戻ってから、張厚清は酒びたりで、生活もすっかり荒れたそうだ。ボールペン屋はかならず殺してやると、酔うたびに吼《ほ》えまわる。やぶれかぶれだな。あの調子じゃ、チャンスさえあれば、ほんとにワイルドを殺しかねない。張厚清を知ってる連中は、みんなそう思ったそうだ」

「チャンスさえあれば？」

呟《つぶや》くように言って、しばらくしてから妻は息をのんだ。アメリカでは遠すぎるが、いまワイルドは日本にいる。香港からごく近い。ワイルドの日本滞在を知ったとすれば、張厚清はこれをチャンスと思わないだろうか？

妻はたいして敏感なほうではない。それでも、張厚清が日本にきていることがなにを意味するか、気づくのにそんなに時間はかからなかったのである。

また私の話し方も、それに気づかせるという目的をもっていたのだ。

「そうだ。おれは、なにかよくないことがおこりそうな気がするね。とにかく、あの顔つきは、まるで地獄からやってきた人間みたいだったからなァ……」

私はひそかに妻の表情を観察しながら、そう言った。

「こわいわ」

妻は肩をふるわせた。

彼女は、どんなことでもうち明け合う仲好しグループをもっている。おそらく、明日にでも、その不気味な中国人通訳の話を、友人たちに話してきかせるだろう。

私も大学の同僚たちに、おなじ話を披露するつもりでいた。

# 7

張厚清《ちようこうせい》の話は、私の口からすらすらと出た。自分でもおどろいたほどである。もちろん、三宮で張厚清らしい男を見かけたというのは、作り話にすぎない。だいたい、私はもう張厚清の顔を忘れている。かりに会ったとしても、思い出すようなこともないだろう。

なぜ私は、張厚清という人物を、神戸で見かけたことにしたのか？　妻にその男の話をしたとき、私はたしかにワイルドを殺そうという意思をもっていた。だから、自己防衛のために、幻の容疑者をでっちあげにかかったのである。その人物の存在は、捜査陣の眼を私から離してくれるだろう。

私の捏造《ねつぞう》した張厚清のアメリカ乗りこみのエピソードなど、ワイルド殺しの動機としては、申し分のないりっぱなものだ。

いちども会ったことのない人間を憎み、そして殺そうとまで思うなど、正気の沙汰と考えられないだろう。稲妻に焼かれた心臓だけが、そのような狂気に走る。指でふれると、音もなく崩れそうな、そのような灰のかたまりが、私のハートだったのだ。

ワイルド夫妻のいる六甲山麓の邸は、私にとっては勝手知った場所なのだ。

私はひそかに邸のようすをうかがった。

あるとき、近くの路地で、管理人と顔をあわせた。どんぐり拾い以来、顔見知りになっていたのである。私はすこしあわてたが、

「お孫さんはお元気ですか？」

と言って、なんとかごまかした。

「へえ、孫は田舎《いなか》へ帰っとりまンね。来週、わたいも婆《ばあ》さんと一しょに、孫の顔見よう思てね、五日ほどヒマもらいましたンや」

「それはおたのしみですね」

「へえ、ちょうどアメリカの奥さんも東京行きで、旦那はん一人になるさかい、ちょっとグツ悪《わ》るおまンねやけど……」

「ほう、そうですか」

「そやけど、わたいら夫婦がいたかて、旦那はんは三食とも外でっさかい、どうってことおまへんけどな」

管理人はかなり多弁で、きかないことまでぺらぺらとしゃべった。

来週、ワイルドは何日間か、その邸で一人きりになるという。これは天の与えたチャンスではあるまいか？

ワイルド邸は慰藉料としてほどなく手放すのだから、修理もしていなかった。一時的な滞在なので、邸のなかにめぼしい物品もない。そんなことで、忍びこもうと思えば、まるでわけはないほどの無用心さだった。

げんに、管理人の出入りする裏戸は、鍵《かぎ》がこわれて、内からかんたんな掛け金でとめているようだった。戸のすきまから針金をつっこんで釣りあげると、すぐにはずれる。私はそれを試しておいた。

庭から応接間をのぞくと、マントルピースのうえに高さ五十センチばかりのブロンズ像が置いてあるのがみえた。ヴィーナス像のようであった。それは兇器になりうる。

準備はととのった。

張厚清という中国人が、陰鬱《いんうつ》な顔つきでワイルドを狙っているという話は、もう十人以上の人間の耳にはいっただろう。——

ワイルド邸は、管理人の部屋から、渡り廊下で母屋に通じている。まず応接間に出るはずだ。偵察の結果、だいたい午後十一時ごろまで、応接間の電燈《でんとう》がついていることがわかった。

うしろから、そっとしのびよる。……まず首をしめてから、とどめはマントルピースのブロンズ像だ。……

そんなシーンを想像していると、動悸《どうき》がたかまるのをおぼえた。焦げた心臓は、鼓動のたびに、灰の粉をふるいおとすかのようだった。しだいに心が削りとられ、ためらいの気もちが薄れてゆく。

妻が紀子からもらった写真で、私はワイルドの人相をたしかめていた。眉毛が異様に濃い、いかにも兇悪そうな面相だった。

決行の夜。——

私は良心の呵責《かしゃく》などちっともかんじなかった。そして、紀子の白い肢体が、むやみに私の脳裡《のうり》で踊り狂うのであった。その白さに挑戦するように、私は黒ずくめの服装で出かけた。

予定どおり、管理人の住居にしのびこんでから、靴をぬぎ、渡り廊下をかがみながら進んだ。下検分はしたといっても、庭からのぞきこむのが関の山で、建物のなかにはいったのははじめてだった。

問題は応接間のドアである。季節はずれの手袋のなかで、私の指は汗ばんでいた。——手をのばし、そっとノブをつまむようにしてまわした。

カーテンをおろしているので、庭からは応接間のようすはわからない。電燈がついていることだけは、カーテン越しのあかりで、かろうじてわかるていどだった。ワイルドは、きっと応接間にいるはずなのだ。

まわしたノブを、しずかに押すと、一条の黄色い光線が私の足もとに伸びてきた。そのわずかなすきまに眼をあててみたが、視野のなかには人間のすがたははいってこない。

ノブをもう一と押しした。——足もとの黄色い光線がふくらんだ。

ベージュ色の絨毯《じゅうたん》が視野のなかで、ややひろがった。

絨毯のうえに、人間の手の、ひらいた五本の指がみえた。

人間の手が絨毯のうえなどにあってよいものだろうか？　すくなくとも、それは正常の状態ではないはずだ。

崑崙の河で竹筏が沈むのをみたときのことが、ふと頭をかすめた。あれとおなじように、これもあとで説明できるだろう。——そう思って、私は息をとめ、眼をこらした。

ひらいた指のあいだに、なにかが蠢《うごめ》いているようにみえた。くろずんだもの。——よくみると赤味を帯びている。

（血だ。……）

それが血であるとすれば、そんなところに人間の手がのびている不思議は説明される。

私は思いきって、ドアをいっぱいに押しひらいた。

ドアがひらいた瞬間、私は思わず視線を天井のほうにあげた。白い壁、そしてシャンデリアが、私の眼をくらませた。

私はとめていた息を、ゆっくりと吐きだしながら、視線をおろした。

ベージュ色の絨毯のうえに、グレイの服を着た男がうつぶせに倒れていた。男の頭はてっぺんが禿《は》げて、まわりの毛は栗色《くりいろ》だった。

(ワイルドだな。……)

顔はみえないが、私はそう思った。

後頭部に近いところから、禿げた部分を横ぎって、額のほうへ一と筋の赤い線が引かれていた。ドアのすきまからみえた手首は頭のすぐさきにあった。額からしたたり落ちた血が、絨毯を匍《は》って指のあたりまでにじみ流れているのだった。

手から一メートルほど離れたところに、いつか私が庭からのぞいて、マントルピースのうえにあると確かめておいた、例のブロンズ像がころがっていた。

私がやろうとしたとおりのことを、誰かがさきにやっていたのだ。

倒れている男は、呻《うめ》きをもらすどころか、動きさえしない。死んでいるのにちがいなかった。

それにしては、禿げ頭を横ぎった血の線が、ちょっと細すぎるような気がする。——私がなんども頭にえがいたシーンでは、ワイルドという男は、もっと勢いよく血を噴きあげたものなのに。

(この男は、おれにとって何者だったのか?)

私の頭のなかで、また裸の女が踊りはじめた。田島紀子であると思いこんでいたが、それはただの女というべきであったらしい。顔をもたない、白い曲線である。殺されたワイルドと私は、その曲線で結ばれている。なんだかつまらない図式のような気がした。

「江島融治だね」

うしろから声がかかった。私はさほどおどろかなかった。

「そうです」

と、ふりかえって答えた。

若い男がそこにいた。黒っぽい背広に、濃紺のスポーツシャツを着こんでいる。私のとおなじで、闇《やみ》に目立たぬ服装なのだ。私は眼をおとして、相手の足さきをみた。——やはり靴を穿《は》いていない。そして、靴下も黒だった。

「警察の者だが、たずねたいことがある」

若い男はそう言って、私の腕をつかんだ。

## 8

「あなたがワイルド氏を殺したのでないことは、よくわかっています。わかりすぎるほどわかっているんですよ」

ひげの剃《そ》りあとの青い、ながい顔をした警部が、しきりに頬をさすりながら言った。ときどき眉をしかめる。歯でも痛むらしい。

警察署の一室。そんなにひろくはないのに、がらんとしたかんじで、裸電球の投げかけるあかりもわびしい。

「なにしろ、われわれは深田池のあたりから、ずっとあなたを尾《つ》けていたのですからね。ワイルド氏を殺したのが別人であることはわかっています。しかし、あなたの行動は、いくらかの説明をしてもらわねば納得できませんよ」

ことばづかいは鄭重《ていちょう》だが、あくまでも追及する構えがうかがわれた。

「ワイルド氏を訪問したのです」

と、私は答えた。

「針金で戸をこじあけて訪問ですか？　そして、靴をぬいで、抜き足さし足というのはどういうわけですか？」

「なぜ私を尾けたのか、それから先に伺いたいものです」

「はは、われわれを訊問《じんもん》なさろうというのですか？　いえ、かまいません。ずいぶん事情が複雑で、あなたもかんたんに説明がおできにならんと思います。で、われわれがあなたをマークした理由を申しましょう。……依頼があったのです。あなたに気をつけてほしいという依頼が」

「誰からの依頼ですか？」

「ワイルド夫人からです」

「ワイルド夫人？……とおっしゃると、いまの夫人ですか、アメリカ人の？」

「そうです。ユージ・エシマという男が、主人の命を狙っているかもしれないから、気をつけてほしいと言ってきたのです。そのユージ・エシマはどこにいるかわからないが、とにかく日本にいることはまちがいない、ひどく主人を怨《うら》んでいるので、主人を殺しかねない。警察のほうで、その男の住所をしらべて警戒してくれというわけです。夫人は大そうおびえているようでしたね。主人にも内緒で頼みにきたというのですが、漠然とした話で、こちらも正直いって戸惑いましたよ。しかし、ユージ・エシマ、つまりあなたの住所だけは、あんがいかんたんにわかったのです。なにしろ、神戸の電話帳にちゃんとのっているんですからね」

「どうして私がワイルド氏を……」

「われわれも夫人に理由をききました。ワイルド氏の名誉にも関係することで、くれぐれも秘密にしてほしいということでしたが、いまとなっては、はっきり申していいでしょう。……あなたは終戦後、中国の奥地の学術調査団に参加したことがありましたね？」

「ええ、そんなこともありました」

「その調査団のスポンサーは、ワイルド氏でしたね？」

「そうです。でも、けっきょく、準備の段階でとりやめになりましたが」

「ワイルド氏は、本格的な調査団を送りこむことになると、莫大な費用がかかるので、中止したいと考えましたが、適当な理由がなかったのです。……そうでしたね？」

「ま、そんなふうに推測することもできますが……」

「ワイルド氏にも面子《メンツ》はあります。顔の立つようにやめるには、事故をおこせばよい。……たとえば、調査団の中心人物が死ぬとか……そこで彼は団長を殺そうとした。そんなことがありましたね？」

「わかりません。事件は迷宮入りでしたから、どんな推測も可能でしょうが」

「ざっくばらんに申しましょう。ワイルド氏は、あなたに、団長を殺してくれと頼みましたね？」

「ばかな！」

と、私は椅子から腰をうかして言った。

「あなたは事故にみせかけて、団長のなんとかいうアメリカ人の学者を河に沈めた」

「冗談じゃない！」

声がかすれた。叫んだつもりだが、警部に無視されるほど弱々しく響いたようだ。

「もちろん、あなたはそのとき謝礼をもらった。しかし、ほどなく費《つか》いはたしたので、また請求しましたね？　するとこんどは、ワイルド氏はことわった。あとあとまでつきまとわれると困るので、きっぱりと拒絶した。そうじゃありませんか？」

「ちがいます」

我ながら情けない声で、私は答えた。

おどろくべきことだった。なにしろ、いま警部からきいた話は、私がそっくりそのまま、張厚《ちょうこう》清《せい》という幻の容疑者にあてはめた筋書きではないか。

「正直に答えてください」と、警部はさとすように言った。——「われわれは二十数年もまえに外国でおこった事件を、いまさら追及する気もちはありません。かりにそれが日本での事件だったとしても、とっくに時効にかかっていますからね。……要するに、あなたの今夜の行動について、納得のゆく説明がほしいだけですよ。いや、確認といったほうがいいですかな。とにかく、ワイルド氏につき放されて、あなたはやぶれかぶれになりましたね？」

「つき放されてなんかいませんよ。だから、やぶれかぶれにもならんじゃありませんか」

「では、なぜ泥棒の真似《まね》みたいなことをしたのです？」

「事情がありまして……」

「その事情をきこうというのですよ」

私は頭が混乱していた。が、私も科学者である。けんめいに弁明のことばをさがしはじめた。なんとか辻褄《つじつま》を合わせなければならない。そんなはめに追いこまれているのだ。

さしあたって、ひきのばしをはかるほかはないだろう。

「ワイルド氏を殺したのは私でないことはあなた方も認めておられるわけですね？」

と、私は言った。

「それはもう申し上げましたよ。あなたを殺人犯と疑っているわけじゃありません。犯人はもうつかまりましたからね」

「つかまったのですか？」

「あなたのおかげでね」

「私のおかげ？」

「そうです。われわれはマークしていたあなたが、あの邸へ忍びこんだのをみて、てっきりワイルド氏に危害を加えるものと思ったんですよ。尾行は三人でしたが、そのうちの一人が外にまわって、もしあなたが逃げようとしたら、さきまわりをする態勢をとったのですな。……その外にいた男が、門から出ようとした人物に声をかけたのです。いえ、不審訊問というほどじゃありません。なにしろ、その家から出ても、いっこうおかしくない人物でしたからね。しかし、声をかけられると、その人物、その場にへなへなと崩れて、泣きだしましたよ。それが犯人でした。あなたを警戒したおかげで、犯人がひっかかったのです。すぐに自供しましたよ。いま別室で取調べていますが、そのうちに、くわしいことがわかるでしょう」

警部がここまで言ったとき、一人の制服の警官がはいってきたので、話は中断された。

警官は警部に耳うちをした。警部はうなずいて立ちあがり、私にむかって、

「しばらく、ここでお待ちください」

と言って、置くの部屋にはいった。

## 9

警部が戻ってきたのは、二十分ほどたってからだった。今夜の自分の奇怪な行動について、私は弁明を考えるのにじゅうぶんな時間を与えられたわけだ。

「どうもわけがわかりませんな。これはぜひ説明していただきたい」

と、警部は首をかしげながら、椅子に腰をおろした。

そのとき、別室へ通じるドアがあいた。

私のいた部屋は、奥の部屋から外へ出るときの通路にもなるらしい。

「犯人ですよ。もういちど現場へ連れて行くのです」

と、警部が私に囁《ささや》いた。

「犯人？」

私は別室からはいってきた人たちをみた。六、七人いる。制服もいたし私服もいた。だが、犯人はすぐに見分けがついた。

両手で眼を蔽《おお》った金髪の女性が、男たちに支えられるようにして歩いていた。

眼はかくれていたが、頰のあたりはみえた。そこに深いえくぼがあった。えくぼは笑うときだけ

| 性別 | 1.男　2.女 | 職業 | | 年齢 | |
|---|---|---|---|---|---|

ご購入書名　　　　　　　　パミールを越えて

お買上げ書店名　　　　　　　　市町　　　　　　　書店

□書店に、たちばな出版のコーナーが　　　　あった　　なかった
□本書をどのようにしてお知りになりましたか？
A.書店で　　　B.広告で（新聞名　　　　　　　）
C.書評で（新聞雑誌名　　　　　　　）　D.当社目録で
E.ダイレクトメールで　　F.その他（　　　　　　　）

本書を読んだ感想、今関心をお持ちの事などお書き下さい。

本書購入の決め手となったのは何でしょうか？
①内容　②著者　③カバーデザイン　④タイトル　⑤その他

今後希望されるタイトル、本の内容、またあなたの企画をお書き下さい。

最近お読みになった本で、特によかったと思われるものがありましたら、
その本のタイトルや著者名をお教え下さい。

郵 便 は が き

料金受取人払

荻窪局承認

433

差出有効期限
平成18年5月
31日まで
(切手不要)

1 6 7-8 7 9 0

185

東京都杉並区西荻南2-17-8
2F

株式会社 たちばな出版

新篇 西域シルクロード物語[小説集]
パミールを越えて係行

| (フリガナ) | |
|---|---|
| おなまえ | |
| おところ | (〒 - ) 電話 ( ) <br> eメールアドレス ( ) |

通信販売も致しております。挟み込みのミニリーフをご覧下さい。
電話 03-5941-2611(平日10時～18時)
【ホームページ】http://www.tachibana-inc.co.jp/ からも購入いただけます。

| アンケートハガキ送付回数 |
|---|
| 回 |

ではなく、顔をゆがめて泣くようなときにもあらわれるのだ。

　私は女のえくぼの下に、まるい痣をみた。

（あのときのＵＮＲＡ《アンラ》の女性だ。……そう、ヘレン、モースといった……）

　思いがけない人物の出現である。

「ワイルド夫人です」

　警部の低い声が、私の耳にはいった。

　犯人を囲んだ一行が出て行くと、警部は鉛筆で机をとんとんとたたいて、

「われわれは、夫人をおびえさせないように、あなたの住所がわかったことを、彼女にはかくしていたのです。彼女はいまでも、あなたのことを知りませんよ。なぜ今夜、警察が乗り込んでいたかも。……大へんな女ですな。中国の奥地で、調査団の団長を殺したのも彼女でした。なにもかも白状しましたよ。船だか筏だかに細工をしたそうですね。……今夜のワイルド殺しの罪を、あなたにかぶせようとしたことも自供しました」

「どうしてそんなことを……」

　じつは、私はそんなことを警部にきく必要はなかった。ワイルド夫人の思いつきは、私のとまったくおなじなのだから。

「自分が疑われないように、きわめてあやしい人物がいることを、まえもって警察に吹きこんでおいたのですな。どうやら彼女は、ユージ・エシマという男なんぞ、そうかんたんにみつかるまいと考えていたようです。日本の警察を甘くみていますよ。われわれは、あなたについて調べましたが、どうもワイルド夫人の言うことと合わない点があるんです。金をせびりにアメリカへ行ったという

のですが、あなたはアメリカには行ってませんしね。……おそろしい女ですが、すこし杜撰《ずさん》ですな。数日まえから東京のマンションに滞在していたそうですが、そっと帰って主人を殺し、飛行機で東京へ戻り、そ知らぬ顔をするつもりだったらしい」

「彼女が主人を殺した理由は？」

「遺産ですな、おきまりの。結婚に愛情はなかったということです」

「結婚したばかりじゃありませんか？」

「ワイルド氏は、別れた日本人の女房に未練があったようです。いまの夫人は、むかしの事件をタネにゆすりつづけ、ワイルド氏も結婚せざるをえなくなったのとちがいますか？　愛情のない結婚は、けっきょくお金の問題になってきますよね」

警部はそう言って、しばらく手もとの鉛筆をみつめた。彼自身にもなにか心あたりがあるのか、なにがしかの感慨をおぼえているようにみえた。

ヘレン・モース。――私の記憶では、愛想のよい、活潑《かっぱつ》な女性であった。不気味なまでに白い崑崙の山々に囲まれた辺地で、ＵＮＲＲＡの仕事にあたっていた若い女性。私は彼女のなかに、伝道者に似た献身と理想主義が燃えているものとばかり思っていた。

そのじつ、彼女の精神は、そのころから荒廃していたのだ。

河べりに皮袋つきの竹筏をさりげなく置いたのも、彼女のしわざであった。

二十八個の皮袋を切り裂き、糊で貼《は》りあわせる仕事も、彼女が一人でやったのにちがいない。竹の節を抜きとって、鉄棒をさしこむ。すこしでもその結果を想像すれば、とても正常の神経をもってできるものではない。

(ワイルドの命を狙いだしてからの、おれの狂った心に似ている)

私はそう思った。

幻の容疑者を捏造したことも似ている。兇器にマントルピースのうえのヴィーナス像を使ったことも。

おそろしいほどの相似である。

狂った心の通う道は狭い。誰もがその道を行き、すれちがうときは、膚《はだ》をふれ合わせる。

戦時中、気象班の仕事で前線へ行ったときのことを思い出した。塹壕《ざんごう》は深く、そして狭く掘られていた。私はそのなかを歩いた。ほかに道はない。それに似ている。

いま私は、ヘレンの膚にふれたような気がする。彼女のねばっこい汗が、私の膚を撫《な》でた。まがまがしい感触である。吐き気がする。同類のにおいがするのだ。

救われない気もちだった。

私はけんめいに、彼女のねっとりした汗を、心から振り払おうとした。

(彼女は金のためにやったのだ。おれはちがうぞ。紀子をひどい目にあわせた男に、思い知らせてやるためだった。……)

ヘレンはスナイダー博士を殺して、ワイルドからたっぷり謝礼をもらったにちがいない。おそらく、その金でぬくぬくと暮していたのだろう。ところが、金がなくなってしまった。ひょっとすると、家庭的に恵まれなかったのかもしれない。

私が勝手につくりあげた張厚清の人間像よりも、ヘレンはずっと賢明であったろう。きっとワイルドの依頼について、たしかな証拠を握っていたに相違ない。スナイダー博士殺害の手順を教えたメモか、あるいはテープのようなものを、念のため保存していたのであろう。恐喝され、せがまれ、年老いたワイルドは、万策尽きて彼女と結婚する。しかし、彼女の目的は財産であった。ワイルドが死ねば、彼の莫大な財産は、すべて彼の妻のものとなる。

(おれはちがうぞ！　ヘレンのような物欲じゃないのだ！)

私はそう叫びたかった。その叫びを、一ばんきかせたい相手は、ほかならぬ自分だった。

しかし、別の声が、私の未練がましい叫びに答えるのだ。——

(おなじことだ。おまえたちはおなじ塹壕のなかにいる。泥をかぶって真っ黒になった人間なのだ。往生ぎわがわるいぞ！)

前線の塹壕のなかで、そこにいる兵隊たちが、ぜんぶおなじようにみえたことを、私は思い出していた。気がつくと、現実の声が、私につきつけられていた。——

「さて、あなたの事情というのを拝聴しようじゃありませんか」

## 10

警部が中座した二十分ほどのあいだに、私はその答えをさがしあてていた。

「言えないんです。すくなくとも、はっきりとは言えない事情があるんです。……さしさわりがあって……アウトラインだけは申しましょう。すこしでも疑いをはらしたいと思いますから。……私はある資料を、ワイルド氏から受取る約束になっていたのです」

「どんな資料ですか？」

「私たちが行ったのは青海省です。目的はアムネ・マチンの測量や調査となっていましたが、それもカムフラージュで、じつは中国奥地の軍事的といいますか……広い意味で、政治的な性質をもった調査でした。青海省に人びとの注意をむけましたが、じつは、もっと西にほうが狙いだったのです」

「西のほうとは？」

「新疆省《しんきょう》のほう、ロプノール……このごろよく新聞に出る地名です。核実験があると、新聞に地図ものります」

「ああ、沙漠のなかの実験場？」

「そうです。当時からわかっていたのです。もし中国で核実験をするような時がくれば、その場所はあのへんしかないということは」

私はじっと警部の表情を観察しながら話した。警部は鉛筆を投げだして、両手をきちんと膝《ひざ》のうえにのせた。

私は自分のことばの効果を確かめてから、話をつづけた。

「あのときの調査は、じつはいまごろになって、やっと役立つようになったのです」

「そうでしょう。中国の核実験は最近のことですからね」

「そして、その……それは、日本の……つまり、資料を握っている国と、ま、友好関係にある日本の……ある組織も知っておいて、それをもとに研究したほうがよい、ま、そのようなことになったのです」

たどたどしく私は説明した。半ば意識的にである。はっきりと言えないことだが、言わざるをえなくなった苦しみを表現するために。

「わかりました。それで?」

と、警部はこわばった表情でいった。

「私はその資料を……つまり、おもに気象に関係のあることで、私の専門になるんですが、それをワイルド氏から受取るように……これだけは言えませんが、ある組織から命令されたのです。しかし、横からさらわれるおそれがありました。ひそかに連絡をとる……泥棒もしなければならなかった事情、おわかりねがえますか?」

「どうやら、すこしは」

「ワイルド夫人は、あなた方が逮捕しました。きっとふつうの殺人事件として処理されるでしょう。……彼女は口が腐っても言わないと思いますし、これはたんなる私の推測にすぎませんが、どうやら、私たちが横どりされるのを怖れた相手の組織が、彼女とつながりがあったのじゃないでしょうか?……資料は、ワイルド氏の頭のなかにだけあって、じかに私の頭のなかに伝えるという形式で……そんなかたちの受渡しになっていました。ところが、彼は殺された。情報の伝達を、途中で消す、ダメにする、ということになりますね?」

あまり筋の通らない弁明である。もし相手が鋭く吟味して、つっこんでくると、たちまち馬脚をあらわすだろう。しかし、最後にはこちらにも奥の手があった。——「秘密だから、ぜったいに言えない」とねばるのだ。

しかし、警部は、

「そうでしょう、そうでしょう」

と言って、なんどもうなずいてから、親指で頬を押しあげるようにした。

放免された私は、一人で夜道を歩いて帰った。月のない暗い夜で、かなりつよい風が吹いていた。私が犯人でないことは、これ以上確かなことはないという方法で、ほかならぬ警察が証明してくれた。厳密にいえば、家宅侵入になるだろうが、私の思わせぶりな作り話は、そんなつまらぬ罪名を吹っとばしてしまった。

なにしろ私は一国の運命にかかわるような仕事にタッチしている。警察官も、畏敬《いけい》の念をもって私をみていたような気がする。

夜空にむかって、私は大声で笑いたくなった。

（このおれがスパイなんだ。……）

これほど確かな嘘《うそ》はない。

私はふと立ちどまった。――確かなことは、それだけだ。そう思いついたからである。

崑崙の河でおこった殺人事件は、はたして解決されたのか？　ワイルド夫人の自供は、完全に信じてよいものだろうか？　私が苦しまぎれに考えだしたことが、あるいはあの事件の真相に近いかもしれないのだ。

夜の闇が私をつつんでいる。なにひとつ確かなものはない。闇のなかを歩いているこの私にしても、いったい何者なのか？　ついさきほどまで、人を殺そうとしていた男だ。そんな男を、私自身がわかっているのか？

「寒い。……」

私は肩をすぼめて、また歩きだした。
風がますますつよくなって、街路樹の葉を鳴らしている。

初出　「オール讀物」一九六九年二月号　文藝春秋
初刊　「崑崙の河」所収一九七一年八月　三笠書房

# 笑天の昇天

## 1

天を笑う。——笑天《しょうてん》。

それが彼の名である。姓は李《り》という。

もっとも、笑の字が天を修飾していると解すれば、にこやかな天、という意味になる。いずれにしても空と関係があって、操縦士である彼が、自分でつけた号だと思われがちだが、じつはちゃんと親のつけた名前なのだ。

笑天坊やが飛行機乗りになるなど、彼の両親はゆめにも思っていなかったであろう。それどころか、彼が生まれたとき、親たちが飛行機というものを知っていたかどうかも疑わしい。李笑天は一九〇三年（明治三十六年）の生まれだから、奇《く》しくもライト兄弟が自作の飛行機で、世界最初の動力飛行に成功した年にあたる。

李笑天の経歴はよくわからない。彼自身がとくに過去を語りたがらなかったのではなく、彼の経歴をくわしく知っている人をさがし出すのが、すでに困難になっているということなのだ。

彼が死んでもう三十五年になる。それほど重要な人物ではなかったから、むろん彼のために伝記を書いた人もいない。このままでは、いずれ歴史の裏がわに消え去るべき、その他大ぜいの一人となるであろう。

二十年前、台湾《たいわん》に帰省中、私は漢訳コーランを、ある回教徒から借りたことがある。その男は新《しん》疆《きょう》省にいたことがあり、そこで李笑天とも面識があったという。私は勢いこんで質問を浴びせたが、彼も李笑天については、その晩年しか知らなかったのである。

なぜ李笑天の話に興味をもったかというと、彼がそこで死んだ新疆という土地が、私にはとくべつな意味をもっていたからだ。わが若き日のロマンチシズムは、西域へのあこがれにつながっていた。私が専攻したペルシャ語も、いわば西域のことばであったし、学生時代から別にウイグル語もすこしはかじっていた。戦時中、その方面の先達である故石浜純太郎氏を住吉《すみよし》の自宅に訪ねて、教えを乞《こ》うた思い出もある。そこで本を忘れて、当時石浜家にいた藤沢桓夫氏にていねいに送り返してもらったこともあるが、それも西域のとりもつ縁であったといえよう。いまでも石浜恒夫氏に会うと、ふと若いころの西域の夢がよみがえったりする。

そんなわけで、新疆という地名をきいただけで、私は血がさわぐのをおぼえたのである。たまたま台湾に帰省したとき郷里の若い生徒に英語を教えたが、そのなかに、新疆省主席であった楊増新《ようぞうしん》の外孫がいた。郭懐福《かくかいふく》君といって、現在は香港《ホンコン》にある日本商社に勤めていると、風の便りにきいている。その楊増新の暗殺事件や、新疆を戦乱にまきこんだ『大馬』こと馬仲英《ばちゆうえい》のことなどを、私はかつて小説に書いたことがある。新疆で活躍した李笑天の話に、私がつよく心を惹《ひ》かれたのはとうぜんであったのだ。

当時の記録をみても、李笑天のはたした役割はよくわからない。ただ名前が挙げられているというていどである。

スウェン・ヘディンに『大馬の逃亡』（白水社刊のヘディン中央アジア探検紀行全集では、『戦乱の西域を行く』という題になっている）という著作がある。『シルクロード』と『さまよえる湖』とともに三部作をなしている作品だが、このあいだそれを読んで、李笑天の登場する箇所《かしょ》をみつけた。ただし、それも名前は明記されていない。

ウルムチで盛世才《シエンシーツアイ》にたいするむほんが発覚した。三人の高官が処刑された。――宮原朗訳より

かんたんにそう書かれている三人の高官の一人が、つまり李笑天なのである。

李笑天は上海《シャンハイ》のミッション・スクールで勉強したそうだが、飛行機の操縦をどこで誰《だれ》からならったか、残念ながら不明である。時期からいえば、南京《ナンキン》の国民政府が空軍をつくるために、外国から専門家をさかんに招聘《しょうへい》したころと一致する。

ベルリン、上海《シャンハイ》間の欧亜《おうあ》航空公司の空路がひらかれてまもなく、李笑天は新疆省に招かれた。日

本の年号でいえば、昭和六年であり、楊増新主席が暗殺された数年後のことである。民間人としてではなく、省政府の航空処長という、いかめしい肩書を帯びていた。省都ウルムチの郊外に、欧亜航空路のために、飛行場がつくられていたが、政府の飛行機はたった一台、操縦士も李笑天一人だけであった。

あのひろい新疆省内で、飛行機に乗れるのは、李笑天だけなのだ。欧亜航空公司の単葉大型機の操縦士は外国人であり、ウルムチはたんなる中継地である。ジェット機でひと跨《また》ぎという時代ではない。ウルムチから上海までは二日、ベルリンまでは三日もかかった。週一回の欧亜航空の操縦士は、ただそこを通過する客人にすぎない。

李笑天は、新疆の空のあるじであった。

新疆での飛行士がどんな地位であったか、そのころ新疆を訪れたラチモア夫人の紀行の一節を紹介すれば、およその想像がつくであろう。

……無電局はあっても新聞はなく、電灯はあっても印刷所はなく、無論三台の自動車はありますが鉄道はありません。事実、この自動車は省内にあるたった三台で、全部省長の所有にかかるものですが、その中の一台の、甚だ発作的に動く十年位前のパッカード準六シリンダーが動くだけです。無電も発作的に動きますが、普通は省長のためにだけ動きますし、また今月迄《まで》は電灯を点《つ》けているのは省長だけでした。……

——神近市子訳

こんな土地で一台の飛行機をもち、それを操縦できるたった一人の人間。——それが李笑天であった。

他人の頭上を飛ぶことが、その人間に優越感をもたらすというのは、じゅうぶんありうることだろう。第一人者というものは、きわめて感覚的な自信を、自分の専門以外のジャンルについても抱きがちである。

李笑天にも、それがたしかにあった。まわりの人間にくらべて、彼は自分を別人種だと思った。それも抜群にすぐれた、ほとんどスーパーマンといえるような――。

彼は赴任するとまもなく、省内随一の消息通となった。毎日のように飛行機をとばして、各地を偵察したからである。平坦な沙漠《さばく》や不毛の平地が多いので、いろんなところに着陸して、じかにその土地を視察することもできた。発作的にしかうごかない無電台で、各地の役人の粉飾報告ばかりきいている省の要人たちよりも、よほど実情に通じていたのはとうぜんであろう。李笑天も役目として、偵察の結果を報告するが、すべての情報を上司にしらせたわけではない。誰も知らない情報を彼はふんだんに持っていたわけである。

自分だけしか知らないことがある。――これは優越感を育てる養分であり、李笑天の自信は大きくふくらんでいった。

2

しかし、李笑天《りしょうてん》の唯我独尊的地位は、やがてしだいに崩《くず》れて行くことになる。

自動車が急にふえたばかりか、飛行機も数台はいってきたのだ。これは新疆省《しんきょう》の情勢が緊迫してきたためである。

中国の各地で軍閥《ぐんばつ》が混戦していた時期に、辺境の新疆では十七年ものあいだ平和がつづいた。宗教や人種構成が複雑で、そのなかにはカザフやキルギスのように、掠奪《りゃくだつ》を業とする獰猛《どうもう》な人種も含まれている。清《しん》朝時代でも、中央の統制がすこしでもゆるむと、きまって叛乱《はんらん》がおこった土地である。そのような新疆で、しかも中央政府の権威が無きに等しい時代に、そんなに長く平穏な状態がつづいたのは奇跡といってよいだろう。

この奇跡をなしとげたのは、哲人政治家の楊増新《ようぞうしん》であった。旧時代の政治家である彼には、デモクラシーにたいする認識はまったくなかったといえる。しかし、無私であった。理想をもっていた。人民を導くのであって、彼らの意見をきこうとはしなかった。独裁政治家だが、ハートをもった政治をおこなったので、人びとは心服したのである。

彼は清朝が倒れると、ためらわずに共和制に賛成し、北伐が成功すると、あっさりと五色旗を青天白日旗にかえた。つまり彼にとっては、中央の政体はどうでもよかったのだ。近代的な意味でのイデオロギーには無関心で、ひたすら自分の信念に従って、新疆をりっぱに統治することだけを心掛けた。施政はよろしきをえて、新疆に久しく砲声をきくことがなかったのである。

彼は国民政府に忠誠を誓ったが、中央から役人が派遣されてきても、名目だけの地位を与えて、実際の政治にはタッチさせなかった。南京《ナンキン》からきた官僚は、とうぜん不満を抱く。楊増新は独裁者で、民主的ではない、これでは愚民政策だと非を鳴らし、ついにクーデターをおこして楊主席を殺した。だが、楊主席は人望があり、新官僚たちには同情者がなく、主謀者はただちに逮捕されて処刑された。

あとをついだのが、民政庁長の金樹仁《きんじゅじん》である。旧《ふる》いタイプの政治家であるが、それも極端に劣悪な人物だった。抱負も理想も義務感もなく、あるのはただ物欲だから、政治がうまく行くはずはなかった。

新疆省はみだれはじめた。

金樹仁は自分の悪政が外部にもれるのを怖れ、出入境を厳重に管理した。省内の旅行にも、パスポートを発行するという始末だった。ヘディンも、彼によく探検作業を妨害されたと述べている。彼が最も熱心だったのは、徴税である。目的は自分のために財富をかきあつめることなのだ。産業の貧困な土地だから、苛斂誅求《かれんちゅうきゅう》ということにならざるをえない。

民心は不穏である。

前主席楊増新の最も偉大であった点は、兵力を用いずに、十四種族の雑居する新疆の平和を保ったことである。金樹仁にはそんな真似はできない。人民の不満を武力でおさえようとした。前主席が軍備を軽んじたので、金樹仁はさかんに武器弾薬を仕入れて、兵力を補強した。自動車や飛行機も、そんなわけで導入されたのである。

人民の不満ばかりではない。隣の甘粛《かんしゅく》省に、馬仲英《ばちゅうえい》という剽悍《ひょうかん》な青年回教徒将軍がいて、虎視《こし》眈々《たんたん》と新疆を狙《ねら》っていた。

この馬仲英は戦争をするために生まれてきたような男であった。連隊長になったのが十七歳のときだったという。手のつけられない暴れん坊だが、軍人としての才能があったので、蔣介石《しょうかいせき》がそれを惜しんで彼を南京の軍官学校にいれたことがある。しかし、彼はすぐに学校をとび出し、旧部下を集めて勝手に師団長と称し、白馬にまたがり、いたるところで匪賊《ひぞく》的行為をはたらいた。彼は中央アジアに一大回教帝国を建設するという、途方もない野心をもち、ナポレオン気取りでいたのだった。

そのころ甘粛省に飢饉《ききん》があり、約百人の農民が新疆に避難してきた。甘粛出身の金樹仁は、これら同郷人のために、ウイグル人の土地を取りあげて与えた。それに、漢人の徴税吏がウイグルの娘を妾《めかけ》にしたという事件がおこり、住民の怒りに油をそそぐことになった。ウイグル人はその徴税吏と甘粛の難民を皆殺しにして叛乱をおこし、おなじ回教徒である馬仲英に救援をもとめた。

これが一九三一年（昭和六年）のことである。金樹仁はもちろん軍隊を派遣した。彼は省主席に就任したとき、自分の身のまわりの世話をしていたボーイを、連隊長に任命したというから、どうせろくな軍隊ではない。しかし、そのころ遼寧《りようねい》出身の盛世才《せいせいさい》という三十七歳の有能な将軍が、参謀長として新疆に来ていた。早稲田の政経学部に学んだ、決断力に富む軍人である。おもにこの盛世才の力で、最初の叛乱は鎮圧することができた。

新疆に特殊な軍隊がある。赤軍に追われて逃げこんだ白系ロシア軍だ。ちゃんと組織をもった部隊なので、兵力不足の省政府は、『帰化軍』と命名してそのまま利用していた。

李笑天はこの帰化軍の隊長パピンコート大佐と仲が好《よ》かった。当時、新疆では派閥争いが盛んだったが、そのおもなものは、日本留学派とアメリカ留学派の暗闘だったといわれている。前者のリーダーは盛世才で、後者の中心人物は銀行総裁の蘇上達《そじようたつ》であった。李笑天もパピンコート大佐も、ともにその二つの主流の外にあったので、しぜん親しくなったのであろう。

ウルムチに杏花菜館《きようか》という、天津《てんしん》人の経営する料理屋がある。私が台北《タイペイ》で会った例の回教徒S氏は、その杏花菜館の娘に李笑天が惚《ほ》れていた、とかなりの確信をもって語ってくれた。

うかつなことだが、李笑天に妻子がいたかどうか、S氏は知らないのである。ただウルムチでは李笑天は一人暮しをしていたから、妻子があったとしても、上海《シャンハイ》あたりに置いていたのであろう。年は三十そこそこである。単身赴任して来た土地で、ロマンスの花が咲くのは、ありうることだろう。

「笑天が新疆で実権を握ろうとしたのは、あの娘のせいですよ」

と、S氏は言う。

あるときS氏は、李笑天がその娘に、

「あなたはいま幸福かね？」

ときいたのを目撃したという。

「いいえ、楊主席の時代は幸せでしたが、いまはそうじゃありません。あちこちで戦争や殺し合いがおこって、このウルムチだって、いつ大砲の弾がとんでくるかわからないじゃありませんか。こんな時代にめぐりあわせて、こんな土地に住むなんて、どうして幸福といえるものですか」

娘はそう答えた。はっきりとものを言う娘であったらしい。

「そうかね。……」

と呟《つぶや》いて、李笑天はいつになく考えこんだ。

新疆に来た当時の李笑天は、底抜けの楽天家であって、ものごとにくよくよしなかったようだ。すこしでも面倒なことがおこると、

——こんなややこしいことはもうたくさんだ。おれはちょっと空を飛んでくる。

と、飛行場へ駆け出すといった調子であった。思考型ではなく、行動型の人間である。陰性では

なく、典型的な陽性人物だ。その彼が真剣な顔で考えこんだのをみて、S氏は異様な気がして、

——なにかある！

と直感したのである。

（おれは、この娘を幸せにしてやらねばならない。そのためには、新疆を平和な土地に戻そう。この高官たちにまかせていては、いつまでたってもダメだ）

李笑天はそう思ったのであろう。

乃公出《だいこう》でずんば、という心意気は誇大妄想《こだいもうそう》かもしれない。だが、当時の新疆では、そうしようと思えば、誰でもそんな気もちになれたであろう。というのは、誰が省政府主席になっても、まさか金樹仁よりも出来がわるいということはありえなかったのだ。それほど金樹仁は無能で貪欲《どんよく》で、人望がなかった。

（あんなのにくらべると、おれのほうが……）

とは、誰もがひそかに思っていたにちがいない。かならずしも、李笑天がドンキホーテであったとはいえないのである。

## 3

娘の答えをきいて、李笑天《りしょうてん》がいつになく考えこんだのは、ちょうど彼の心が動揺していた時期だったからにちがいない。ふだんの彼なら、軽い相槌《あいづち》をうっても、それ以上考えはしないはずだ。第一、あなたはいま幸福かね、などとたずねることもなかっただろう。

動揺の原因は、第一人者の地位から転落したことにある。私はそう推理して、S氏の意見をきくと、彼はしばらく考えてから、そうだったかもしれない、と答えた。

軍用機の操縦士が何人か新疆《しんきょう》にやってきた。李笑天はもはや、たった一人の飛行機乗りではなくなったのである。

本来なら、仲間がふえたことを心強く思い、飛行機の重要性が認められたことをよろこばねばならぬところだ。

それなのに、李笑天はすなおにそれをよろこべなかった。反対に不機嫌《ふきげん》になっている。

彼はいつのまにか、最高の地位というものの魔力の虜《とりこ》になっていたのである。それは、たしかに坐《すわ》り心地のよい椅子《いす》であった。一種の阿片《アヘン》といえるだろう。その椅子から追われると、彼は別のおなじ種類の椅子を、けんめいにさがそうとした。空のあるじでなくなったかわりに、ほかの方面のあるじをめざす気になったのだ。――まるで禁断症状を呈した中毒患者のように。

ひろい飛行場に、ソ連製旧型複葉の彼の愛機が一台だけ、ぽつんととまっていたころを、彼はなつかしく思い出す。

その感慨は、彼らしくもなく長く揺曳《ようえい》した。

なぜ飛行機がふえたのか？　それは繁栄の結果ではなかった。新疆の平和が失われたからである。

心理的なすりかえが、そこでおこなわれた。

ただ一人の空飛ぶ人間という椅子を、彼から奪ったのは新疆省の戦乱である。彼は戦乱を憎んだ。杏花菜館《きょうかさいかん》の娘のためにも、この地に平和をもたらさねばならない。

（そうすれば、ほかの飛行士たちもみな帰って行くだろう）

という低い囁《ささや》きを、彼はそっと心のなかに送りこんだ。それは他人にきかれては羞《は》ずかしいことだし、自分でもそんなことを考えるのは、あんまりだと思う。

彼はそれをふりきるように、

(平和だ！　新疆に平和を。……それがおれの仕事なのだ)

と、心のなかで叫んでみた。

彼のするべきことは、もはや空を飛ぶことではなくなった。無能な政府の要人を追放し、新疆の戦乱をおさめることである。

おおまかで、くよくよしなかった李笑天が、しだいに、ちょっとしたことにも感じやすい、デリケートな人間になった。

ある晩、彼はパピンコート大佐とその副官ベクチャエフと一しょに、杏花菜館で食事をした。パピンコートはしきりに憤慨していた。

「あいつをつまみ出さないことには、新疆はずたずたに引き裂かれてしまう」

あいつとは、省主席金樹仁《きんじゆじん》のことである。

金樹仁は白系ロシアの帰化軍を、ただ利用するだけで信用はしなかった。武器弾薬も、自分の私兵というべき部隊に、優先的に補給して、帰化軍には出し惜しみをする。第一線は帰化軍で、金配下の漢人部隊はいつも後詰めだった。良馬も直系の部隊に与えて、帰化軍に割り当てられるのは老馬ばかりである。パピンコートは騎兵出身なので、とくに馬のことでは腹に据えかねていたようだ。

「このままでは、馬仲英《ばちゆうえい》がやってくると、ひとたまりもない」

と、パピンコートは言った。

馬仲英は新疆東部に侵入して、哈密城《ハミ》を半年も囲んだが、これを抜けずに甘粛《かんしゅく》にひきあげていた。が、しきりに新兵を募って、再度の新疆侵攻の準備をととのえていた。

新疆省内のウイグル人も、各地で叛乱をおこし、省都ウルムチも包囲されたことがある。叛徒の撃退には、帰化軍の砲兵隊の功績が最も大きかった。

「残念ながら、あなたの言うとおりだ」

と、李笑天は沈痛な面もちで言った。以前の彼がめったにみせなかった表情である。

「では、どうしてあいつをそのままにしておくのかね？」

「彼は省主席だ」

「省主席と省の平和と、どっちが大事かね？」

「それは……」

李笑天が口ごもっていると、パピンコートは畳みかけるように、

「ここが乱れて住めなくなれば、あなたは上海《シャンハイ》へでも南京《ナンキン》へでも行って、そこで飛行機乗りをつづけることができる。しかし、われわれは、ここにしか住めないのだ。どこへも逃げ出すことができんのですぞ」

たしかに白系ロシア人には行くところがなかった。彼らは帝制時代そのままの組織をもって、軍隊生活をしていた。これは新疆ならではのことである。ほかの省でロシア人部隊などの存在は許されるわけはない。亡命して十年以上、ここに住みついて、妻子をもった者も多い。いまさら兵隊稼《か》業《ぎょう》をやめて、ほかの土地で生きていけるものではない。彼らにとってこそ、新疆の平和は生活の必《ひっ》須《す》の条件だったのだ。

「私は絶対に、新疆から逃げ出しませんぞ」

と、李笑天は力をこめて言った。

その顔を、パピンコートはみつめる。李笑天は眼をそらさずに、相手の凝視にこたえた。パピンコートは眼をうるませ、いかつい手をさしのべて、李笑天の手を握った。

「やりましょう。やらねばならんのです」

パピンコートの副官ベクチャエフは、そのあいだずっと無表情だった。李笑天は、思いつめたようなパピンコートよりも、能面のようにうごかぬ副官の顔が気になってならなかった。

満洲《まんしゆう》事変で日本軍に追われた東北軍の一部は、シベリアに逃げこみ、ソ連は彼らの武装を解除してシベリア鉄道ではこび、中国の西の裏門である新疆省に送り返した。総勢七千名である。彼らはそのままの組織で再武装されて、『東北救国軍』と呼ばれた。日本軍と戦って敵愾《てきがい》心旺盛《おうせい》、戦友の血に愛国心を昂揚《こうよう》させている将兵である。李笑天はこの燃えている男たちにも刺戟《しげき》を受けた。日本の軍用機の威力を身にしみて知った彼らは、飛行士にたいして、畏敬《いけい》の念をもって接したようだ。李笑天にしてみれば、尊敬されるのはわるい気もちではない。

「中国はこのままではダメです。なんとかしなければなりません。新疆もいまに東北（満洲）の二の舞いになりますぞ」

眉目秀麗《びもくしゆうれい》で女のように紅い唇《くちびる》をもった、東北救国軍の許添輿《きよてんこう》という上尉（大尉）は、とくに李笑天と親しくなり、熱っぽく政治の改革などを論じた。

「そうだ。新疆はいかん。このままではいかんなあ。うん、なんとかしなきゃいかん」

と、李笑天は相槌をうつのだった。

4

李笑天《りしょうてん》は帰化軍のパピンコート大佐や、東北救国軍の許添興《きょてんこう》上尉たちの影響をすぐに受けた。というよりは、彼の心は他人に動かされるのを待っていたとみるべきだろう。

李笑天はナポレオン気取りの馬仲英《ばちゅうえい》ではない。いきなりエンジンのかかる体質ではない。最高の椅子をめざして、進んでがむしゃらに突っこむ真似はできなかった。パピンコートや許添興《きょてんこう》にネジを巻いてもらっていたが、じつは彼がそれを内心願っていたのだ。

東北救国軍の新疆《しんきょう》入りは一九三三年（昭和八年）の春で、ウルムチ包囲の叛徒が撃退され、盛《せい》世才《せいさい》将軍は前線に出て、各地の叛軍を蹴散らしている時期だった。李笑天はウルムチと盛世才の前線司令部とのあいだを飛んで、連絡にあたっていた。

クーデターはその年の四月十二日におこった。主役は帰化軍だが、参謀処長の陳中《ちんちゅう》や省政府秘書長の陶明樾《とうめいえつ》などの要人も、金樹仁《きんじゅじん》政権がつづくかぎり新疆に平和はないという意見で、クーデターに荷担した。

李笑天のはたした役割は、偵察飛行によって、ウイグル人たちが、金樹仁さえ去れば再びウルムチを襲う意思はない、という情報を提供したことである。これは、中途半端な態度をとっていた連中を、クーデター協力に踏み切らせる効果を挙げたようだ。

金樹仁は変装して逃亡したが、彼の弟は殺された。しかし、城外に出た金樹仁は手兵を集めて、ウルムチを攻めようとしていた。その兵力は侮《あなど》りがたい。

この時点で全局を左右できたのは、叛軍を追って出陣中の盛世才であった。彼がひき返して金樹仁を援助すれば、ウルムチは守れない。そして、彼がクーデター側につけば、金樹仁はもう再起の希望はなかったのである。

盛世才は後者をえらんだ。クーデターは成功した。このことは、新政府における彼の地位を不動のものにしたといえる。省主席には教育庁長の劉文龍《りゅうぶんりゅう》が昇格したが、彼は高齢で兵力を持たないから、ロボット的存在にすぎない。盛世才は督弁《とくべん》となり、督弁公署という第二の政府をもった。各種の布告も、かならず省主席と督弁の連名で出されたのである。

新疆の真の主人は、盛世才にきまった。李笑天の念願する最高の椅子への道は、まだまだ遠いというべきであった。

盛世才は果敢、沈着な軍人で、経済学を学んだ経験からも、政治家としての資格はじゅうぶんあった。しかし、新疆に赴任して三年目という、この地での新参者に属していて、長いあいだ新疆に勤務している官僚たちの嫉妬《しっと》の対象となった。また留日派の彼にたいして、アメリカ留学派の反感も存在した。

実力者盛世才に反対するグループに、李笑天がひきこまれたのは、自然の勢いかもしれない。こんども、彼はその誘いを待っていたといえるだろう。

パピンコート大佐も、盛世才の極端な親ソ政策に不服であった。白系ロシア人にとって、ソビエトは不倶戴天《ふぐたいてん》の仇である。盛世才にしてみれば、最近の一連の事件でもわかったように、新疆になにかがおこっても、南京《ナンキン》の援助が得られる望みは皆無なので、ソ連と友好関係を結んだほうが有利だと判断したのだ。兵器弾薬、戦車、飛行機にいたるまで、ソ連はすぐに提供してくれたのである。

東北救国軍の将兵たちも、盛世才に好意をもたなかった。盛世才は東北救国軍の隊長鄭潤成《ていじゅんせい》をウルムチ警備司令に任命して、それで懐柔したつもりだった。しかし、腹の底では、日本軍に負けた敗残兵どもめ、と思っていて、それがときどきおもてにあらわれる。彼らはそれを敏感にかんじ取っていたのだ。

新主席劉文龍も不満だった。劉は金樹仁ほどひどい人物ではないが、それでも利殖に熱心であった。彼は高利貸で、牧羊十万余頭、白銀百万両の所有者である。省主席の地位をすこし利用すれば、もっと財産をふやすことができる。それなのに、督弁というよけいな人間がにらみをきかしていて、思うようにできない。いつも蔭《かげ》でぶつぶつ言っていた。

反盛世才のグループは、こんなに多かった。仲間が多いことで、彼らは心強く思い、金樹仁を追い出したように、盛世才を追放することも不可能ではないと考えたのである。

「しかし、用心しなければいかん。盛世才は金樹仁ほど無能な人間ではない」

と、参謀処長陳中《ちんちゅう》は、はやる同志の軽率を、たえず戒めていた。

李笑天は相かわらず、愛機にまたがって、連絡や偵察に多忙だった。しかし、彼には別の任務があった。慎重派の陳中の意見で、つぎのクーデターには、じゅうぶん兵力を結集することになっていた。各地に分散されている軍隊に、決起のとき急遽《きゅうきょ》ウルムチにかけつけてもらわねばならない。李笑天は反盛世才運動に参加をもとめる密書を、慎重な陳中がえらんだ各地軍隊の指導者たちに配ったのである。

東北救国軍の許添興などは、李笑天から渡された密書を読んで、

「われわれは、いつでもウルムチを衝《つ》く態勢を整えている。しかし、この密書の文章は手ぬるいね。

檄文《げきぶん》というのは、もっと痛烈でなければいけませんよ。たとえば、ここのところなど……」

と、手にした鉛筆で傍線を引きながら、批判したほどである。

密書は陳中《ちんちゆう》、陶明樾《とうめいえつ》、李笑天《りしようてん》の三人の連名になっていた。クーデターが成功すれば、この三人が新政府の中心になるはずなのだ。

ベスト・スリーの一人になる。——最高の椅子へ、大きく近づいたといえよう。

「まあ、これは多くの同志を集めようと、陶さんが苦心して作った文章だよ。なかには穏健な考え方の人もいる。そんな人たちまで参加してもらいたい。それで、こんな表現になっているんだよ」

と、李笑天は説明した。

そんなとき、彼は自分のことばに酔うようなところがあった。もう一介の飛行士ではない。クーデターの主謀者の一人なのだ。

彼の偵察飛行は頻繁《ひんぱん》であった。あらゆる情報を彼は集めた。それを陳や陶にぜんぶは知らせなかったのは、やがて彼らと首位争いをするとき、そんな情報が自分の武器になると思ったからである。

彼は偵察によって、ウイグル人の代表が甘粛《かんしゆく》へ行き、馬仲英《ばちゆうえい》に再度の出馬を要請したことを知った。しかも馬仲英は、待ちかねていたように、それに応じて、ただちに出兵する形勢だった。

(馬仲英が軍を新疆に進めると、盛世才の軍隊も迎撃に出るだろう。それがチャンスだ)

李笑天はそう思った。そして自分の考えに、うっとりしてしまった。

空を飛ぶしか能のなかった人間が、いまや中国最大の面積をもつ省の実権を握ろうとしている。これまで頭にうかべたことさえなかった。壮大な作戦を練ったり、きらびやかな計画をたてたりしているのだ。

（これがおれなのか？）

ふと、そう思うことがあった。盛世才追放を企んでいる彼は、たしかにあの飛行機乗りの李笑天にちがいなかった。企みなどとは、かつて無縁であった、あのあけすけな楽天家の李笑天。――おなじ人物だった。

（おかしいな）

と、彼は呟《つぶや》いた。おかしいけれど、おそろしいことでもあった。彼はおかしさのほうはわかったが、おそろしさには気づかずにいた。いや、気づきたくない、と意識の下で思っていたのかもしれない。

呟いたあと苦笑して、それですませてしまった。

## 5

馬仲英《ばちゅうえい》は弟の馬仲傑《ばちゅうけつ》に二千五百の兵をさずけて先発させた。彼らは漢人の住民を虐殺しながら、哈密《ハミ》を占領し木塁河《ムーレーホ》を抜き古城に達した。ウルムチから約百マイルの地点である。

盛世才は五千の兵を率いて、古城とウルムチの中間にある三台《さんたい》というところに、司令部を設けた。五千のうち一千はロシア兵だった。

馬仲英は中央の事後承認で、れっきとした国軍第三十七師団長である。それが新疆《しんきょう》に侵入して、おなじ政府軍と戦おうとしている。ときの国民政府行政院長汪兆銘《おうちょうめい》は、新疆省に打電した訓令のなかで、馬仲英に軍事行動を中止せよと命令したとのべている。

馬仲英がその命令を受取ったかどうかはわからない。しかし、彼はふいに和議を申し出た。ウルムチから省政府顧問の呉藹宸《ごあいしん》が古城に赴き、哈密を馬仲英の勢力下に置くという条件で、一応和議が成立した。

しかし、馬仲英にとって、和議は時間稼ぎと、敵に油断をさせる策略にすぎなかった。これまでの彼の行動をみても、一片の信義もみられない。回教帝国建設という、時代錯誤の夢だけあって、その目的のためには手段はえらばなかったのである。

戦闘はすぐに再開された。第一線に立たされた帰化軍は、馬仲英軍に押しまくられて旗色がわるかった。そこへ劉振邦《りゅうしんほう》の率いる東北救国軍がかけつけ、滋泥泉《ツニツアン》で敵を破った。このとき、にわかに雹《ひょう》が降り、六月というのに気温は氷点にさがった。新疆兵は厚着しており、馬仲英軍は薄着だったのが、勝敗を決したとみるむきもある。とにかく東北救国軍は満洲の酷寒に慣れた兵隊たちであった。

この戦闘が終ったあと、盛世才は前線からウルムチに帰還した。委員会に出席するため、という名目だった。

李笑天はそのとき、偵察飛行を終えて、平服に着換えたばかりであった。

彼は空から眺《なが》めた新疆の景観を、心のなかで反芻《はんすう》していた。

沙漠、荒地、そのなかに点在するオアシス。――人間の営みは、ほとんど認められない。沈黙の世界であった。滋泥泉でも戦争があったとは思えないほどである。あまりの静かさに、手をのばしてそのあたりをひっかきまわしたい、という気もちになった。

(おれのしているのは、そんなことではあるまいか？)

李笑天は省政府のなかにある庭園の、木蔭《こかげ》に置かれたベンチに坐っていた。そこは楊増新《ようぞうしん》のつくった庭で、東花園《トンファユアン》と名づけられ、『補過斎《プウクオツァイ》』という額のかかった楊増新の書斎がある。過《あやまち》を補うという意味で、反省を忘れない気もちをあらわしたのであろう。

陽光が黄金色にかがやく、新疆の初夏であった。あざやかな色のつつじが咲きみだれ、そのあいだを、数羽の孔雀《くじゃく》が、あでやかな尾をひいて歩いている。李笑天はぼんやりと、睡蓮《すいれん》のうかぶ池のおもてをながめていた。

（かきまぜてどうする？）

と、彼は自分に問い、小石を拾って池にむかって投げた。波紋がひろがる。それをみつめて、彼はおもう。――

（かきまぜると渦《うず》が巻く。はげしく揺れうごきながら。――しかし、渦の中心はじっと静止しているらしい。おれは自分を中心に置こうとしているのだ……）

かつて彼はそこにいた。空を飛べる人間が自分一人であったころ、彼はたしかに揺れなかった。そして、ふしぎにこころよい、『めまい』があったようだ。

（あそこは静止しているのではなく、目にもとまらぬ速さで旋回しているのかもしれない）

そんなことはどうでもよかった。最高の椅子は、とにかくその渦の中心にあって、そこに坐ってかんじるめまいは、いちど味わえば、けっして忘れられない。麻薬に似た、あやしいよろこびである。

失われためまいを、彼はいまとり戻そうとしているのだった。そんな正体不明のものに、命をかける値打ちがあるだろうか？

（ある！）

鋭い声が、自分のうちからはねかえるのを、彼はきいたように思った。

平和への願望、憂国の至情、杏花菜館の娘の幸福を祈る想い。――そんなものは、すべてむなしい道具立て、飾りもの、いや、悪質な弁解にすぎないのではあるまいか？

あれは、なまなましすぎるものなのだ。最高の椅子でかんじるめまいなど、人間の欲望のエキスで、血よりもどぎつい色をして、血よりなまぐさいにおいをもつ。だから、それに蔽《おお》いをかけねばならない。そうではないのか？

こんどは、自分のうちから返事はかえってこなかった。そのかわり、人間の肉声がそばできこえた。

「笑天兄、今日はどこまで飛んだのかね？」

督弁《とくべん》の盛世才が、彼の肩に手をおいて、声をかけたのだった。鼻下にひげをたくわえた壮年の将軍は、ふといベルトをしめた軍服を着て、背をまっすぐにのばして立っていた。

李笑天はベンチから腰をあげて、

「あとで報告に行こうと思っていましたが」

「よろしい。もうきかなくてもよさそうだ」

盛世才の声は重かった。彼のうしろに十人ほどの兵隊が直立不動の姿勢で立っていた。

盛世才はふりかえって顎《あご》を上にむけた。それが合図とみえて、兵隊たちはすばやく動き、李笑天を囲んで銃を構えた。

「なんですか、これは？」

と、李笑天はきいた。

盛世才は兵隊の輪のなかにはいりこんで、

「遺憾ながら、あんたを逮捕せねばならんことになった。理由は説明するまでもなかろう。ま、これを見せてやろう。これですべてはわかるはずだ」

と言い、内ポケットから一枚の紙を取り出して、李笑天に示した。

「あ……」李笑天は、はげしい動悸《どうき》のために、声がとぎれた。それは例の密書だった。中国人の書《しょ》翰《かん》は宛名《あてな》を最初の行に書く。盛世才はそこを指でおさえていたので見えなかった。

「これを受取った男が、私にしらせてくれた。陰謀がある、と。……これでいいだろう」

盛世才はそれをまた内ポケットにおさめた。

宛名は見えなかったが、誰に渡した密書であるか、李笑天にはわかっていた。毛筆の文字のそばに、ところどころ鉛筆で線が引かれているのを、彼はとっさに見てとったのだ。東北救国軍のあの美青年の論客許添興《きょてんこう》が、文章の手ぬるさを、傍線を引きながら指摘したのを、李笑天は忘れていなかった。

「ひとつだけきこう。どうして私に逆らおうとしたのか?」

と、盛世才はきいた。

「さあ……」李笑天は、わからない、と答えようとした。だが、そうではない。理由ははっきりしていた。第一人者になるためには、自分の上にいる人物を倒さねばならない。もしクーデターが成功しても、彼はただちに陳中《ちんちゅう》や陶明樾《とうめいえつ》の打倒工作をはじめたであろう。――「実権がほしかった。それを手にしている男から奪うほかはなかった。……」

「わかった。さあ、行け」

と、盛世才は兵隊たちに命じた。

「行くんだ」

分隊長が彼の腕をつかんだ。李笑天は膝《ひざ》の力が抜けていたので、抱えられるようにして、庭園から建物のうしろまで連れて行かれた。

そこで、省政府秘書長陶明樾《とうめいえつ》が、左右からおさえている兵隊をはねのけようと、もがいているのがみえた。そのそばに立っている軍服の男は参謀処長陳中《ちんちゅう》であった。彼はあきらめたのか、おとなしくしていた。すでに白い布が彼の両眼のうえに巻かれていたのである。

李笑天は陳中から一メートルほど離れたところに立たされ、うしろ手に縄《なわ》で縛られた。分隊長が彼の前で白い布をかざした。

「さあ、目かくしをするぞ」

李笑天はあたりを見まわした。庭園の一部が見え、そこで一羽の孔雀が、まさに羽をひろげようとしているところだった。孔雀が羽をひろげきらないまえに、彼の眼は布で蔽《おお》われてしまった。

ふるえが、急にとまった。しかし、頭はくらくらする。一種のめまいであろう。むろん、あの最高の椅子に坐ったときのそれではない。そこから、真っ逆様に墜落するときにかんじる、正反対のめまいであるらしい。

いや、それよりもこのかんじは、天にむかって、どこまでも昇って行くのではあるまいか？　最高の椅子どころではない。そのうえにも、まだまだ高いところがあった。はてしのない天。——

そして、彼は完全にたった一人であった。

号令がきこえ、きびきびした軍靴《ぐんか》の音がする。つぎにひと際高い号令。——

「撃て！」

銃声がひびいた。——

省政府顧問呉藹宸《ごあいしん》の回顧録によれば、彼は会議室にいて、七発の銃声をきいたという。会議は開会がおくれ、督弁《とくべん》と秘書長の席は空いていた。督弁盛世才は会議室の外のバルコニーに、じっと坐っていたが、銃声が終ると部屋のなかにはいり、

「政府にたいする陰謀が発覚して、首謀者三人はすでに処刑された」

と、かんたんに報告したそうだ。

梟雄《きょうゆう》馬仲英は南新疆に追われ、スウェン・ヘディン探検隊の車を奪って逃亡をつづけた。盛世才の要請で出動したソ連製飛行機に爆撃されながら、馬仲英はソ連領内に逃げこんだのである。

三人が銃殺されたあと、帰化軍のパピンコート大佐も逮捕された。副官のベクチャエフが密告したのである。密告の報酬で、ベクチャエフは南新疆総司令官に抜擢《ばってき》された。アメリカ留学派の中心人物蘇上達《そじょうたつ》も逮捕された。主席劉文龍《りゅうぶんりゅう》も軟禁されて財産を没収された。いろんな要人が逮捕投獄され、多くの人が省外に追放された。恐怖政治がおこなわれ、盛世才は新疆に親ソ独裁政権を確立した。

中日戦争がはじまり、重慶《じゅうけい》に移った国民政府は、半独立状態にあった新疆省を中央化する工作を進め、その結果、盛世才は失脚することになる。

私が台湾でS氏から話をきいたのは、一九四九年（昭和二十四年）のことで、中国大陸は解放軍

に席捲《せっけん》され、蔣介石をはじめ国府の要人たちが、つぎつぎに台湾に逃がれてきたころである。

「盛世才もいま台湾にきていますよ」

と、S氏は小声で教えてくれた。盛世才はもはや実権をもたない将軍であったが、彼のかつてのすさまじい恐怖政治が、彼の名を口にするS氏に、声をひそめさせたのであろう。

初出　「別冊文藝春秋」一九六九年第一一〇号　文藝春秋
初刊　「笑天の昇天」所収　一九七二年四月　読売新聞社

# 金魚群泳図

## 1

蘇州《そしゅう》は古来、技芸の盛んな土地であった。
明《みん》末、十七世紀のはじめごろ、『蘇州の絶技』ともてはやされたものは、
陸子岡《りくしこう》の玉細工
鮑天成《ほうてんせい》の犀角《さいかく》細工
周柱の鍍金《めっき》細工
趙　良璧《ちょうりょうへき》の櫛《くし》

朱碧山《しゆへきざん》の金銀細工
馬勲・荷葉季《かようり》の扇
張寄修の琴
范崑白《はんこんはく》の三絃《げん》

であったことは、当時の文人の著作のなかにも述べられている。いずれも上下百年のあいだ、匹敵する者のいない『わざ』であるとたたえられた。

ただ右のリストのなかに、刺繡《ししゆう》がはいっていないのは、いささか気がかりである。現代では、蘇州の技芸といえば、まず刺繡が第一に挙げられる。三百年前は、それほど刺繡が盛んでなかったのか、それとも婦女子の手芸は、それほど重んじられなかったのか、あるいは、刺繡をする人口が多すぎて、とくに抜きん出た人はいなかったのか、そのいずれかであろう。

私は蘇州を訪ねたとき、刺繡研究所を参観し、ひとくちに刺繡といっても、いろいろと種類が多いものだということを知った。むこう側が透けて見えるほどの薄い絹もあれば、その立体感が目に迫ってくるような、ぶ厚い絨毯《じゆうたん》の刺繡もあった。

(そういえば、張晋渓《ちようしんけい》も蘇州の人間だった。……)

刺繡研究所を参観しているとき、私はその名を思い出した。

張晋渓は男である。だが、男が刺繡をしてはいけないということはない。げんに刺繡研究所にも男性の職員がすくなくなかった。とくに下絵を描くのは、男のほうが多かったようだ。じっさいに刺繡をしているのは、さすがに女性が多いが、彼女たちにアドバイスを与えている指導員に男性がいた。その男たちも、刺繡の経験がなければ、指導できないはずである。

張晋渓は、清末のある時期、蘇州で刺繡の名手として、すこしは名が通っていたが、それもその道の人たちのあいだだけであった。張晋渓と書いたが、はたしてこの字が正しいのかどうか、私も自信がない。張晋渓の話は、大阪の梁《りょう》さんにきいたのだが、彼もその名がどんな字なのか知らなかった。福建泉州《ふっけんせんしゅう》の出身である梁さんは、福建語で Tio Chin Kue といったので、私は勝手に張晋渓にしてしまったのである。晋は同音の『進』かもしれないが、私の胸のなかの彼は、もう『張晋渓』の三字で熟してしまっている。別の字だとわかっても、いまさら改められはしない。

張晋渓が活躍したのは、一八七〇年代、日本の年号でいえば、明治のひとけたにあたる。いや、活躍というのは、あまり適当な表現ではない。刺繡の名手として、蘇州地方で知られはじめたのは、もうすこし早い時期であったのだ。一八七〇年代には、彼は新疆《しんきょう》にいた。江南からはるばる西のはて新疆まで行ったのは、自分の意思によったのではない。当時の新疆は流刑の地であった。張晋渓は法に触れ、罰として新疆へ送られたのである。

彼がどのような罪をおかしたのか、梁さんもきいていない。彼は香港の洋服屋の陳さんからきいたのだが、その陳さんも、

——商売のいざこざで……

と言っただけであるという。

おそらく破廉恥罪ではあるまい。当時は借金が返せなくなっても流刑であった。アヘン戦争のころ、広東《カントン》の貿易商で、外国商人に巨額の債務を負って、返済できなかった者は新疆へ流されたという記録がある。商人ばかりではない。役人も失態があれば、新疆へとばされた。アヘン戦争の最中、強硬派の林則徐《りんそくじょ》が、責任を負って新疆へ派遣された。流刑の地であり、左遷の地でもあったのだ。

張晋渓はただの刺繍職人ではなく、何人かの従業員を抱え、刺繍の材料である絹織物の売買もしていたのであろう。経営に失敗した結果、新疆送りになったにちがいない。——すくなくとも私の胸のなかの張晋渓は、そんなふうにして、泣きの涙で新疆へ行ったことになっている。

張晋渓が新疆に着いてまもなく、その地に動乱がおこった。中央アジアのコーカンドの将軍ヤクーブ・ベクが新疆に侵入してきたのである。コーカンドの首都タシケントが、ロシアに攻撃され、破壊されてしまったので、ヤクーブ・ベクは新天地をもとめて、パミールを越えたのだ。

新疆における、清朝の統治力は、アヘン戦争（一八四〇—一八四二）、太平天国戦争（一八五〇—一八六四）、捻軍《ねんぐん》の反乱（一八五七—一八六七）などの内憂外患がつづいたため、急速に弱まっていた。ヤクーベ・ベクの新疆侵攻は、そこに狙いをつけたのである。

新疆南部を侵したヤクーブ・ベクは、しだいに北へ軍を進め、天山北路にはいったのが一八七〇年のことであった。

張晋渓はウルムチの近くにいたようだが、ヤクーブ・ベクの捕虜となってしまった。

——ヤクーブ・ベクの本陣に連れて行かれた。……

と、梁さんの話はきわめて大雑把《おおざつぱ》である。

当初、ヤクーブ・ベクはパミールに近いカシュガルを根拠地にしていたが、末期になると、トクスンというところに、新しい基地をつくった。トクスンは天山北路で、トルファンに近く、いまではウルムチから自動車で三時間ほどで行ける。張晋渓が連れて行かれたヤクーブ・ベクの本陣とは、このトクスンにちがいない。

## 2

　この地方は、いま自動車道路が縦横に走っている。私はウルムチからトルファンまで、車で三時間足らずで行った。そして、百三十年ほど前の林則徐《りんそくじょ》の日記をみると、彼はそこを三日かかって旅行している。明治末期、大谷探検隊の吉川隊員は、ウルムチからボクドオラという山まで二日ほどで辿《たど》りついているが、私はおなじコースを、車でやはり二時間で行った。つまり、現在の自動車の一時間は、当時の一日に相当するとおもえばよい。

　だから、ヤクーブ・ベクの本拠トクスンは、当時、ウルムチから約三日ほどの旅程だったのである。

　張晋渓《ちようしんけい》はトクスンに連れて行かれて、刺繡の技術を指導するように強制された。刺繡の名手であることが、そのあたりでもかなり知られていたのであろう。おそらく、流刑されたあとも、彼に課せられたのは、その種の仕事だったにちがいない。

　ヤクーブ・ベクは金が欲しかった。

　清《しん》朝は、左宗棠《さそうとう》将軍に近代化された軍隊を授けて、ヤクーブ・ベクの乱を鎮圧しようとしていた。それに対抗するためには、ヤクーブ・ベクのほうでも、ロシアやイギリスから武器を購入しなければならない。そのための資金が不足していたのである。

　清朝にたいして反乱をおこしたのだから、中国との隊商交易は断絶している。交易で金を儲《もう》けようとすれば、その相手はロシアや英領インドということになる。それにしても、当時の新疆にはたいした産業はなく、乾葡萄《ほしぶどう》のほかに、気の利いた輸出品はなかった。

——刺繍はいけるぞ。

ヤクーブ・ベク側でそう考えたのであろう。

シルクロードに渦巻いた、血なまぐさい争いについては、流刑人の張晋渓はそのくわしいいきさつを知らない。なんども支配者が交替したが、自由を束縛されている彼の身分には変りがなかった。

——誰が主人になったって、おれたちにとってはおんなじだ。

張晋渓はそう考えていた。彼は三十五歳になっていたので、若い血を燃やして、この争いのなかに、自分の運命を賭《か》けようという気はなかった。

新疆動乱の原因は、きわめて複雑であった。民族的、宗教的な問題もからんでくる。ことは増税問題から発生した。遊牧民はたえずうごいているので税も徴収しにくい。そこで、どうしても定着している農民に負担がかかってくる。その地の農民はたいてい漢族であった。彼らは『団練』という自警団をもっている。その構成分子のなかには、流刑人もすくなくない。苛斂誅求《かれんちゅうきゅう》におとなしく応じてはいないのである。各地で反抗がおこり、地方にリーダーがあらわれた。組織がひろがると、リーダーのあいだに淘汰《とうた》がおこなわれ、ウルムチの徐学功《じょがくこう》という者が最高指導者になった。これが漢族勢力である。

つぎに回教を奉じる漢族、すなわち『漢回』のなかに新興宗派がおこり、妥明《とめい》という者が清真王と称して、ウルムチに割拠した。中国では回教の別名を清真教とも呼んだのだ。これが漢回勢力である。

一方、コーカンドから侵攻してきたヤクーブ・ベクは、ウイグル族などトルコ系回教徒の支持を得て、しだいに大きな力となった。ウイグル族は当時、ターバンを巻いていたので、纏頭《てんとう》または纏《てん》回《かい》（ターバンを巻く回教徒）と呼ばれた。

この三つの勢力が三つ巴《どもえ》になって、主導権を争ったのである。三つ巴戦になると、まず二者が連合して一を撃つというパターンになるが、おなじ回教徒であるヤクーブ・ベクと漢回勢力の連合ができそうなものなのに、現実にはその反対であった。ヤクーブ・ベクは漢族グループの徐学功と結んで、漢回の妥明を攻撃したのである。

ヤクーブ・ベクはロシアの勢力によってコーカンドから追われた敗残の将であった。彼が希望したのは、安定にほかならなかったのだ。漢族勢力と結んだのは、徐学功を通じて清朝と交渉し、新疆の藩王に封じてもらおうと考えたのである。

だが、徐学功は自警団の顔役にすぎず、清朝の役人でさえなかった。ヤクーブ・ベクのために、清朝に口をきいてやる立場ではない。それどころか、北京《ペキン》からみれば、徐学功は辺境でいたずらにことを構える不逞《ふてい》の輩《やから》だったのである。また徐学功その人は、豪勇の人物ではあったが、政治的感覚はまったく持ち合せていない。それを知ったヤクーブ・ベクは、彼を遠ざけて、漢回を登用しはじめた。不満の徐学功は、徒党を組んで、隊商を襲うという山賊稼業《かぎょう》を始めた。

ロシアはロシアで、清朝にこの地方における治安維持能力がないという理由で、新疆のイリ地方に出兵するという挙に出た。

新疆は乱れに乱れたのに、清朝中央は平定のための軍隊をなかなか送らなかった。送りたいにも送れなかったのである。

欽差《きんさ》大臣左宗棠《さそうとう》は、遠征の準備を整え、李鴻章《りこうしょう》系の劉銘伝《りゅうめいでん》の軍隊が陝西《せんせい》と甘粛《かんしゅく》にいたのを、編成のなかに組み込んでいた。ところが、一八七四（明治七）年、日本政府が琉球《りゆうきゆう》島民が台湾《たいわん》で殺されたことを理由に、西郷従道《さいごうつぐみち》を都督に任命し、台湾征討軍を派遣することを決定したのである。李鴻章はそれに備えるため、劉銘伝の軍隊を南へ移駐させた。

台湾の問題は、李鴻章と大久保利通《おおくぼとしみち》とのあいだの交渉によって、五十万両の賠償で解決され、年末には日本も台湾から撤兵した。だが、劉銘伝の軍隊は再び西北へは戻らなかったのである。

そんなわけで、清朝の遠征軍派遣は予定よりも遅れた。北京の宮廷では、ヤクーブ・ベクを藩王として、その自立を認め、清国はその宗主国の体面を保てばよいではないか、という意見が強かった。遠征には巨額の国費を要したからである。

左宗棠はそんな意見に抵抗し、一八七五年四月、やっと遠征軍を粛州《しゆくしゆう》まで進めた。現在の甘粛《かんしゆく》省の酒泉《しゆせん》である。私は新疆から北京へ戻る途中、この酒泉で休憩し、空港食堂で食事をとったことがある。このあたりは、すでに沙漠《さばく》に近いところで、ここから哈密《ハミ》まで、ひろい不毛の沙漠を越えるのは、航空機どころか自動車もなかった時代では、想像を絶する難行軍であったに相違ない。

清軍は長い列をつくって、沙漠を行進した。先頭が哈密を越えても、後方部隊はまだ粛州を出発していないという状態であった。沙漠のオアシスには井戸はあったが、その水は一時に千人以上の用に供することができないため、汲《く》み尽した井戸に再び水が満ちるまでのあいだ、つぎの部隊との間隔をあけておかねばならなかったのだ。

だが、これは精強の部隊であった。ドイツのクルップ砲を持ち、将校も西洋式の訓練を受けている。戦費は豊富とはいえないが、かなりの額に達した。上海のイギリス商人から借りた分もある。現代の中国で、左宗棠にたいする評価が低いのは、反乱鎮圧のために、外国人から軍資金を借りたのも、大きなマイナスにかぞえられるからである。

トクスンの城内で、刺繍に取り組んでいた張晋渓は、このような情勢にはうとかったであろう。だが、まるで知らなかったのではない。隊商ルートでは、情報は信じられないほど速く伝わる。隊商の動向、山賊の動静、政府軍の布陣といったことは、人びとの生活に直接につながることなのだ。刺繍針をいそがしげにうごかしている張晋渓の耳に、ときどきそのような情報がはいったのはいうまでもない。

トクスン城には彼以外にも、おおぜいの漢族が連行されていた。たいていなにか手に職をもった連中であった。ヤクーブ・ベクは彼らの手から、すこしでも金をつくり出そうとしていたのである。それらの漢族のなかにも、法に触れて新疆へ送られてきた者がいた。

「いよいよ東から遠征軍が来るらしいぜ」

「もう哈密に着いたとよ。そこから南と北に分れて、こっちにむかってるんだってさ」

「こりゃ絶好の機会だぜ。おめえ、ここで手柄を立てりゃ、赦してもらえるだろうから」

「手柄って、どんなことをすりゃいいんだ。まさかこの城を抜け出すわけには行くめえ。おめえ、沙漠のなかだぜ、一人でとび出しゃ、のたれ死にだよ」

「しかし、手柄を立ててえや。……浙江《せっこう》に戻ってさ、老酒《ラオチユウ》をちびりちびりやりてえなあ。……畜生！」

彼らはそんなことを言い合った。

（ほんとうに帰りたいなあ、蘇州《そしゅう》へ……）

張晋渓もそう思った。

彼の脳裡《のうり》に、蘇州のまちの面影がうかんだ。いたるところにある、なまめかしいアーチ形の赤い橋、報恩寺の塔、虎丘の塔。……それに重ねて、蘇州にのこした女の白い顔がうかんだ。もうすっかりあきらめていたのだが、手柄を立てたなら赦されるという話を耳にすると、やはり胸が騒ぐのだった。

だが、囚人仲間のやりとりにもあったように、沙漠のなかのトクスン城から脱走しても、のたれ死にするほかはあるまい。だから、ヤクーブ・ベクも捕虜たちを檻《おり》にいれなかった。その必要はなかったのである。

3

（ほんとうの刺繍をやってみたい。……）

張晋渓《ちょうしんきょう》の望郷の念には、蘇州の町なみや、なじみの女の顔だけが、そこにこめられていたのではない。老酒をのむことでもない。彼は腕がむずむずするほど、ほんとうの刺繍がやりたかったのである。

刺繍といえば、彼は来る日も来る日も、強制的にやらされていた。やればやるほど、それがほんものの刺繍でないことがわかってきたのである。

彼は自分で刺繍をするだけではない。おおぜいの女に刺繍の指導をした。漢族の女もいたし、ウイグル族の女もいた。カザッフ族の女もいた。出来上がった品は、隊商の手によって、ロシア人かイギリス人に売られる。ロシア人はそれを中央アジアに持ち込み、イギリス人は英領インドにはこび出す。最終的にそれらの品を買って使うのは、どちらにしても回教徒であった。

回教の教義は、偶像否定である。

偶像を拝むことはもとより、日常の生活に偶像的なものがはいり込むことも許されない。人間にかぎらず、ほかの動物も植物も、現実のすがたに似せたものは、すべて拒否しなければならない。写真はもとより、写実的な絵画で生活の周辺を飾ることも、信仰心の深い回教徒は避けようとする。彼らにとって、装飾の限界は、まったく写実から離れた。幾何学的な模様であった。

そんなわけなので、回教徒を顧客とする商品には、写実的な装飾は歓迎されないのである。直線の組み合せ、せいぜい葡萄の蔓《つる》と葉の、きわめて非写実的な装飾が限度であった。トクスン城で生産される各種刺繡製品――カーペット、壁飾り、枕カバー、カーテン、敷物、帽子、衣類なども、すべてその種の模様だったのである。

神仙や仙童、龍鳳《りゅうほう》や獅子《しし》、花鳥、金魚、胡蝶《こちょう》……いちどそうした刺繡をしてみたかった。刺繡の針を手にしなければともかく、毎日毎日、針をふるっているのに、もののほんとうのすがたを、糸でつづりあわせることができないもどかしさは、口で言いあらわすことができない。その不満を吐き出す道がないので、よけい内にこもってしまうのである。

――ほんとうの刺繡。

いつもそれを考えている。念頭から去らない。そうなれば、なにを見ても、それを刺繡で表現する方法を考えてしまう。

写実的な刺繡は、一切していないのに、彼はいまなら、蘇州にいたときよりも、すばらしい写実の刺繡ができそうな気がした。

(いや、きっとできる!)

彼はそう確信した。ねてもさめても、写実の刺繍のことを考えているのだから、むかしより上達しているのはとうぜんであろう。

夢にまで見る。トクスンでは手にはいらない、金糸や金箔《きんぱく》を使っている夢である。けんめいに刺していると、それが暗がりにうかぶ牡丹《ぼたん》であった。蘇州にいたころ、彼がそれを目標として、どうしても到達できなかった宋繍《そうしゅう》(宋代の刺繍)の牡丹。……それを彼は我が手で刺していたのだ。そうだ、ここのところはこうするのだ。わかった――と、歓声をあげようとしたら目がさめた。

(宋繍の牡丹の花びらの薄いところは、もううまく刺せる)

彼は夢で会得したものを信じた。早くそれを現実につくってみたいものである。そのためには、早く江南《こうなん》へ帰らねばならない。そこには金糸もふんだんにある。江南へ帰るためには、手柄を立てねばならないが。……

清軍が陸続と哈密《ハミ》に到着しつつあるという情報がはいると、ヤクーブ・ベクの陣営も急にあわただしくなった。

刺繍製品も、これまではヤクーブ・ベクの役人が、それを集めて出入りの商人に売ったものである。だが、役人たちは忙しくなった。値段の交渉はするが、製品は直接、商人たちに集めさせるようになった。商人たちは、ときどき仕事場にはいってきて、進行状況などを偵察する。しぜん張晋渓は彼らと言葉をかわすことが多くなった。

彼の耳に達する情報の量もふえてきた。

ヤクーブ・ベクを最も熱心に後援したのは、イギリスであった。新疆に親英政権が誕生すれば、インドの守りは安泰であるからだ。ロシアは、どちらかといえば、ヤクーブ・ベクにあまり好感をもっていなかった。それはヤクーブ・ベクが、ロシアの敵であるトルコ帝国のサルタンと親交を結んだからである。とはいえ、いつか利用できるかもしれないと思って、軍事顧問を派遣しておいた。

ロシアがヤクーブ・ベクに派遣した軍事顧問は、陸軍大尉アレクセイ・ニコラエウィッチ・クロパトキンであった。三十年後の日露戦争の総司令官として、奉天《ほうてん》大会戦で破れたクロパトキン将軍の若き日である。

クロパトキン大尉は各地を視察して、トルファンでヤクーブ・ベクに会い、清軍にたいする防禦《ぼうぎょ》を進言している。大尉がその帰りに、トクスン城へ寄ったのはいうまでもない。

張晋渓は仕事場の窓から、馬上ゆたかに街路をゆく若い大尉の姿を、ちらと見た。彼は手にもった刺繍針を、そばのテーブルのうえにのせた。話をしながら仕事をするのを、彼は好まないのである。仕事場にはいってきた商人が、さきほどから話しかけてくるのだった。

「あのクロパトキンってロシアの将校が、どんなことを言ってたか、知りたいかね？　わしはロシアの商人から極秘だといわれて、そいつを耳にしたんだがね」

漢族とタタール人の混血だと自称する、その中年の商人は、そう言って片目をとじた。

「極秘だというのに、どうして私に言うんですか？　そりゃ、私だって、そのロシアの将校がなにを言ったか、知りたいことは知りたいですがね」

と、張晋渓は答えた。

「あんたの腕を見込んでさ」

「私の？」

「そう、その刺繡の腕を。……いいかい、いまは戦争だが、これだって、いつまでもつづくわけはない。平和になったら、あんたのその腕を借りたいんだ、わしの商売にね」

と、その商人は言った。さすがに彼は張晋渓の腕前を高く評価していた。戦争がすめば、専属契約を結びたい、ということらしい。

「だけど、私は自由の身ではないんだ。ご承知のように」

と、張晋渓は答えた。

「あんたは、いまヤクーブ・ベクにつかまっている」商人はそこまで言って、あたりを見まわした。そこにはほかに誰もいなかった。それでも彼は声をひそめて言った。——「クロパトキン大尉は、ヤクーブ・ベクは負けると、そうはっきりおっしゃったんだ。ロシアの商人に……同国人のよしみで、そう教えたんだね。これからの商売の見通しも、ヤクーブ・ベクが負けるという前提で考えたほうがよい、とね」

「だけど、あの若い大尉は神様じゃあるまいし、予想が当るとは限らないでしょう」

「いや、きっと当る」

「中国の兵法の本に、味方のことも、敵のことも、両方知らねばならない、という意味のことが書いてありますよ。あのロシアの将校は、こちらしか見ていないでしょう?」

「いや、彼はこちらしか観察していないけれど、別のロシアの将校が、清軍のほうの顧問をしていてね、二人で情報を交換したところ、ヤクーブ・ベクの負けと判定したそうだ」

「そうですか?」

と、張晋渓は首をひねった。

商人はでたらめを言っているのではなかった。ロシアはプレジワルスキー大佐を、粛州の左宗棠の司令部まで派遣していたのである。二人の情報をつき合わせると、かなり正確な予想ができる。クロパトキン大尉は、ヤクーブ・ベクが新疆で人心を得ていないことを、とくに重視したのだった。ウルムチを占領したときも、漢族や漢回だけではなく、纏回《てんかい》にたいしても、冷酷な態度で臨んだ。これでは長くこの土地を維持できない。――クロパトキン大尉は、そんな予想を、同国人にもらしたのである。

4

「清軍が勝つとわかっているなら、ヤクーブ・ベクの御用商人をつとめているあんたは、なにか手を打っていないと、罰を受けるんじゃないかね?」

と、張晋渓は訊《き》いた。

商人はにやりと笑って、

「そこは、抜かりがあるものか。ある人の手引きで、清軍の司令官に会う約束をとりつけた。こんどは清軍の御用をつとめさせていただきます。……ええ、わたしゃ、漢族の血もまじっておりますんで、と。いいかね、こんなときこそ、商人が賢いか馬鹿なのか、はっきりわかる。職人さんは、賢い商人につかねば損だよ」

と答えた。

「清軍の司令官に会うときは、まさか手ぶらでは行かないでしょう」

「あたりまえだよ。人間、誰だって欲の皮をかぶっている。その皮のうえに、衣裳《いしょう》をかぶせて、かくしてはいるがね。……清軍の司令官に会うにも、やっぱり金は使うよ」

「金だけですか？……つまり、贈物のようなものは？」

「贈物だって、けっきょくは金だよ。もちろん、いろんなお土産を持参するつもりでいる」

「いつ会うんですか？」

「いっぺんカシュガルへ行ってからだ。ひと往復して、三カ月ほどしてから、ここへ戻ってくる。それからだ。……これもロシアの軍人の予想だが、決戦は来年の春になるそうだ。それまで、ウルムチは陥《お》ちても、このトクスンは衝《つ》けないね。なにしろ、クロパトキン大尉が防衛策を講じてあるんだから。ま、急ぐことはない。あんまり早く手を打ちすぎると、かんじんのときに忘れられてしまう。……」

　商人はそう言って、大声で笑った。

「もういちど、ここへ戻ってくるんですね？」

と、張晋渓は念を押した。

「ああ、戻ってくるとも」

「じゃ、そのときまでに用意しておきましょう」

「用意って、なにを？」

「清軍の司令官に進上する贈物ですよ。ひとつりっぱな刺繡をつくって、あなたに持って行っていただこうと思うんですが……」

　と、張晋渓は言った。

「ああ、そいつはいい考えだ。うん、思いきり豪華なやつがいいねえ。……そうだ、材料費は私が出そう。……問題はヤクーブ・ベクの役人だが。ま、いいだろう。わしが特別に注文したことにしておこう」

商人も張晋渓《ちょうしんけい》の思いつきをよろこんでいた。

商人が立ち去ったあと、張晋渓はぶるっとからだを顫《ふる》わせた。

彼はこの五日ほど、毎晩のように金魚の夢を見た。蘇州では金魚の飼育は盛んであったが、彼は新疆に来て以来、金魚の姿をまだ見たことがないのである。どうやら、この地にはいないらしい。げんにこの目で見ることができないものに、彼は強く惹《ひ》かれるのだった。そんなわけで、彼は金魚の夢をみる。いろんな種類の金魚を。

泳いでいる金魚。尻尾《しっぽ》をいそがしげに振っている。纏足《てんそく》の婦人が、急ぎ足に歩くとき、左右に腰を振るそぶりに似ていた。やわらかな金魚の尾は、先のほうがすきとおっているのもある。どこまでが尻尾なのか水なのか、澄んだ水中でもよくわからない。そこがおもしろい。――そのおもしろさを、刺繡でどんなふうに表現すればよかろうか？　夢のなかで、張晋渓はそう考える。

「白糸と銀糸を混ぜる。……そうだ、その混ぜ方は……」

自分の寝ごとに驚いて、目をさましたのは昨日のことであった。

あとひと息である。三カ月もあるのだから、金魚の工夫を会得し、それを刺しあげる時間はじゅうぶんといわねばならない。

（ほんとうの刺繡ができる）

張晋渓はそう思っただけで胸がときめいた。

彼はさっそく仕事を始めた。かなり大きな壁掛けの刺繡である。絨毯にも使えるかんじのものだった。しかし、その模様はこれまでの、回教圏特有の幾何学的なものと変らないようにみえた。――すくなくとも、つくりはじめのときはそうみえた。ときどき、巡回に来る役人も、ちらとそれを見て、

「ああ、例の特別注文のやつか」

と声をかけるが、べつに怪しむ気配はなかった。直線の多いデザインである。中央はほぼ正方形で、そのなかに、さらに小さい正方形や長方形がはいっているかんじだった。半分ほど出来たころ、彼の女弟子の一人が、

「いつもとは、ちょっとかんじが違うようですね」

と、小首をひねった。それでも、べつに深く不審がるふうはなかった。彼女は彼が教えたおおぜいの女のなかで、デザイン感覚が抜群にすぐれた人である。その人がやっと、どこか違うと気づくていどであった。

「うん、ちょっと新機軸を出そうと思ってね。……すこし冒険したよ」

張晋渓はそう答えた。

「そうね、いろいろ考えてらっしゃるのね。だから、このごろ、よく散歩なすって……考えごとには歩くのが一ばんよろしいものね」

と、彼女は言った。

その仕事にかかってから、たしかに張晋渓は仕事場から外へ出歩くことが多くなった。トクスンの城壁の外へ出ることは許されないが、城内は自由に歩けたのである。両手をうしろにまわして、

老人のように、前かがみになって歩く。考えごとをしているようにみえた。

例の商人が天山南路から、トクスンに戻ってきたころ、壁掛けの刺繍《ししゅう》は九分通り出来あがっていた。それを見せられた商人は、二三度、目をこすって、

「なんじゃね、これは？」

と、ある場所を指さして言った。

唐草模様でふちどりをした、その壁の中央の大きな正方形の、むかって右寄りのところに、約十センチ四方の穴があいていたのである。そこだけぽっかりと。

「明日、これをお渡しします。今晩のうちに仕上げておきますから」

と、張晋渓は答えた。

「この穴は、ちゃんと埋めてくれるんだろうね？」

「もちろんです。そこだけ絹を使って、金魚の模様をいれます」

「えっ、金魚？」

商人は眉をしかめた。彼は金魚を見たことはなかったし、それにどんな魚にせよ、幾何学的模様のなかに、一カ所だけ写実的なものをいれることに、彼の美意識は抵抗をおぼえたのである。そういえば、全体の図柄も、幾何学的な線で構成されてはいるが、これまでのような厳格な左右対称《シンメトリー》ではない。だいぶバランスが崩れているうえに、色の配合も気ままなかんじがした。真っ赤なところ、黄色の四角の部分などが、全体から、あきらかに浮きあがっているのだ。

「そんなことをしていいのかね？」

商人は首を振って訊いた。

「これでいいんですよ、これで。いま江南《こうなん》ではこの手の柄がはやってるんですからね。清軍の司令官に進上するには、やはりあちら好みの柄でなければ」

と、張晋渓は答えた。

「そんなものかね。……」

その商人は、これまで回教徒やロシア人だけを相手にしていた。漢族、それも本場の漢族の趣味は、よくわからなかった。

(江南の人間は、ずいぶんげてもの趣味だな。……)

商人はそう思った。

しかし、翌日、出来あがりを見せてもらったとき、商人はあっと声をあげた。

穴であった部分には、淡青の薄い膜のようなものが張られ、そこにあざやかな色の金魚が一匹うかんでいた。澄んだ水に金魚。――驚いたとたんに、手が揺れたが、そのとき金魚はゆらりと、そのひろい尻尾をうごかした。

「生きている。泳いでいる!」

商人は思わずそう言った。

張晋渓はうれしそうにうなずいた。めったにみせたことのない表情である。その目は真っ赤であった。徹夜で仕事をしたのだ。

「こんな仕事を一日で……」

商人はため息をついた。

「清軍司令官にこれを差し上げるとき、トクスン城の張晋渓が作ったものだと、そうおっしゃってください」

と、張晋渓は言った。

「もちろんだよ、あんた、いうまでもない」

と、商人は力をこめて言った。

5

そのころ、ウルムチは清軍の手におちていた。ヤクーブ・ベクの部将馬人得は、清軍司令官劉《りゅう》錦棠《きんとう》の猛攻をみて、遁走《とんそう》してしまったのである。劉錦棠は周辺の古牧《こぼく》を、クルップ砲で攻め、そのすさまじさに、ウルムチの心胆を寒からしめるという作戦をとった。それが図に当り、清軍がウルムチ城に近づく前に、城内のヤクーブ・ベク軍は雲を霞《かすみ》と逃げ出したため、無血入城となった。

劉錦棠は湖南《こなん》の出身である。このころ、清軍の将校に湖南出身者が多かった。曾国藩《そうこくはん》が太平天国軍と戦うために、故郷の湖南で義勇軍を募り、それが清軍の中心となったからである。世にいう湘《しょう》軍《ぐん》であるが、『湘』とは湖南のことなのだ。

劉錦棠は根っからの軍人であった。彼の父劉厚栄《りゅうこうえい》は湘軍の将校で、太平天国軍との戦いで戦死した。そのころ、劉錦棠は県で助役の仕事をしていたが、父の戦死に一念発起、官をすてて軍隊にはいった。その後、捻軍《ねんぐん》との戦いにも参加した、歴戦の勇将である。

例の商人は、ウルムチ城で、この劉錦棠に会ったのである。献金、献上品をそろえて差し出したのはいうまでもない。劉錦棠はその場であの壁掛けを見て、

「ほう。……」

と、口をすぼめた。

このようなデザインの壁掛けは、彼もはじめて見たのだ。江南で流行しているなどと言ったのは、張晋渓の口からの出まかせで、それは彼の考案した新機軸だったのである。

「お気に召しましたでしょうか？」

と商人は訊いたが、劉錦棠はしばらく返事もせずに、壁掛けをじっとみつめていた。だいぶたってから思い出したように、

「これは新疆《しんきょう》でつくったのか？」

と訊いた。

「はい、さようでございます。トクスン城に捕虜となっております漢族の刺繡職人、蘇州《そしゅう》の張晋《ちょうしん》渓《けい》なる者の制作でございまする」

約束どおり、商人は張晋渓の名をあげた。

「ほう……」

と、劉将軍はまた口をすぼめた。どうやらそれが彼の癖であるらしい。

——国難に際し、進んで義捐《ぎえん》せるは、殊勝のきわみ。のちほど沙汰があろうぞ。

そんな紋切型の言葉をもらって、商人はひきさがった。それでも、手ごたえじゅうぶんといえよう。御用商人への道はひらけた、と彼はかんじたのである。

献上品がどのていどよろこばれたか、つまびらかではないが、劉将軍がしばらく目をとめたのは、あの刺繡だけであった。

（あれが効いたのだ。……）

商人はそう思うことにした。

ウルムチを回復した清軍は、すぐにはヤクーブ・ベクの本拠を衝こうとしなかった。これはクロパトキン大尉の予想どおりであった。劉将軍はウルムチを中心に、残敵を掃蕩《そうとう》しながら、哈密《ハミ》からの後続部隊の到着を待ってから、達坂《ダワン》を越えようとしたのである。

ヤクーブ・ベクはカシュガルにいたが、急遽《きゅうきょ》、北上して、トクスンにはいった。

劉錦棠はウルムチに入城してから八カ月後に、やっと達坂に兵をむけた。一八七七年四月のことであった。

ダワンはウイグル語で『峠』を意味する言葉で、それに達坂という漢字をあてたのである。ウルムチからこの峠を越えると、海抜マイナス一五四米《メートル》という、中国で最低の土地トルファン盆地におりる。

つねに強風の吹きすさぶところで、そのためか、樹木はみんなずんぐりしている。背の高い木は、すぐに風で折られてしまうのにちがいない。いまでは舗装された快適な自動車道路がついていて、黒ずんだ天山の風物をたのしみながら、およそ三十分あまりで峠を越えることができる。だが、当時にあっては、この峠は天然の要害であったろう。ここでなんどか戦争がおこったが、達坂で勝った者が、かならず最後の勝利を得ている。

まさに天王山であった。

天山北路の清軍は六万である。八カ月のあいだに補給も整い、フランス製のベルダン銃一万挺《ちょう》が蘭州《らんしゅう》から補給され、数十門のクルップ砲も、いつでも使える状態に整備されていた。

ヤクーブ・ベクはトクスンの城を補強し、達坂に寨《とりで》を築いて、清軍に備えていた。大砲はイギリスのアームストロング砲がおもであったが、整備はあまり良くなかった。

このときの戦争については、私は半ば旅行記ふうに、ほかのところに書いたことがある。戦況描写はこの物語にあまり関係がないので、ここでは省略するが、やはりクロパトキン大尉が予想したように、ヤクーブ・ベクは人心を失ったために破れたといえる。劉錦棠はヤクーブ・ベク麾下《きか》の諸軍の反目につけこんで勝利を得たのである。

清軍が達坂を抜くと、ヤクーブ・ベクはトクスンを三男のハククリにまかせ、自分はずっと西のカラシャールまで退いた。現在の焉耆《イエンキ》回族自治県である。

トルファンとトクスンは、ほとんど同時に陥ちた。ハククリはたいした抵抗もせずに、トクスン城内の宮殿に火をつけて遁走した。その宮殿はついこのあいだ完成したばかりであった。

劉錦棠はみずからトクスンに入城し、部下に消火を命じた。ここで帰順した者二万、と記録されている。清軍は重武装の兵で、軍糧は進撃した土地で、現地調達することになっていた。ハククリは食料倉庫に火をつけたので、清軍の将校たちはがっかりした。

「すこしは焼け残っているが……」

兵隊に満腹させることができるかどうかが問題である。

「ほかにも食糧倉庫があるはずだ。わしがさがしてやろう」

劉錦棠はそう言って、さっさと歩きだした。さがすといったふうではない。あらかじめ場所を知っていて、まっすぐにそこへ足をむけているかんじである。

「ここだ」

褐色の建物の前で足をとめて、彼は言った。

「ここはさがしましたが、なかは空っぽです」

と、将校は答えた。

「地下にあるかもしれない。もういちどしらべてみよ」

と、劉錦棠は命じた。

兵卒がはいって、なかを念入りにしらべてみると、地下への秘密の通路があって、そこに大量の食糧がかくされていた。

ヤクーブ・ベクはこのとき、ロシアに援軍を要求していた。ロシアから援兵が来れば、トクスンなどすぐに回復できるつもりだったのである。だから、トクスン放棄にあたっては、すぐにみつかるような倉庫には火をつけたが、秘密倉庫はそのままにしていたのだ。

弾薬庫にも火がつけられていた。清軍が入城してからも、ときどき思い出したように、ドカーンと爆発音をあげる。

劉将軍は城の東南の広場へ行き、へしゃげたような土塀《どべい》の小屋を指さして、

「あれが地下武器庫の入口だ。しらべてこい」

と、部下に命じた。

はたしてそのとおりであった。

「将軍はまるで占師のようですね。ここへおいでになってから、まだ捕虜の訊問《じんもん》もなすっておられないのに」

と、部下たちは感心した。

「この城のことなら、わしはなんでも知っておるのだ」

彼は東門の脇の井戸の前に腰をおろした。井戸といっても、オアシスのそれは大きい。まわりを石で囲って、そばにちょっとした小池をつくっている。

「張晋渓という者がいるはずだ。さがし出して連れて来るように」

そう言って、劉錦棠は大きなノビをした。

# 6

劉錦棠《りゅうきんとう》はトクスン城にはいって、まず馬で城内を一巡した。城壁のなかにまちがあるのだが、大きな建物の配置のようすが、なにやらなじみがあるような気がした。むろん、彼はここへ来たのははじめてである。そればかりか、トクスン城そのものが、ヤクーブ・ベクが新しくつくった城なのだ。それなのに、なぜなじみがあるようなかんじがしたのか？

（ああ、あれか。……）

劉錦棠はすぐに気がついた。

ウルムチにいたころ、すばしこそうな商人が献上した壁掛けの模様が、このトクスン城内の配置に似ているのだ。彼はそれを見たとき、奇異の感にうたれた。厚い壁掛けの一部を、薄い絹を使って金魚の姿を写すといった、奇妙な思いつきもさることながら、直線でつくられた全体の構成が、いちじるしくバランスを欠いている。しかも、刺繡の技法は、素人がみてもすぐれていた。

献上者の面前で、それを見たときから、気になって仕方がなかった。だから、新疆でつくったものか、と訊いたのである。その商人は、制作者の名を言った。トクスン城にとらわれた漢族であるという。

（なんという名であったかな？）

彼はその名を忘れていた。

一巡したあと、彼は司令部に戻って、その壁掛けをとり出した。野営のとき、絨毯《じゅうたん》のかわりにできると思って、それを持ってきていたのである。目ざわりなかんじの赤と黄をみると、その一部がいま燃えている場所に相当することがわかった。

――そうか、赤は武器庫、黄が食糧倉庫ではあるまいか？

そう思った彼は、もういちど城内をまわることにした。壁掛けの模様が地図であったことは、もはや疑う余地がなかった。

占師のように、武器庫と食料倉庫を言い当て、部下の賞讃《しょうさん》を受けると、さすがに謹厳な彼もうれしくなった。そして、東門脇の池を見たとき、

（あ、そうか。……金魚の模様がここにあたるんだな）

と気づき、同時に、それまで忘れていた、刺繡職人の名前を思い出したのである。水と渓《たに》の連想かもしれない。――張晋渓《ちょうしんけい》だ。

名前を思い出したので、彼はその男を連れて来るように命じた。

やがて、その張晋渓がやってきた。猫背なので実際より小さくみえる。やせた男である。からだぜんたいが、なにやらおどおどしているふうであったが、目だけはすわっていた。その目がときどききキラと光る。張晋渓は劉錦棠の前に跪《ひざまず》いて、

「なにかご用でございますか、将軍さま?」

と訊いた。

劉錦棠は池のなかをのぞいて、

「この池には金魚は泳いでいないようじゃな」

と言った。

「はっ、おそれいります」

と、張晋渓は言った。

「なぜあの壁掛けをつくったのか?」

張晋渓は額を地面にこすりつけ、やがて肩を顫わせながら、

「手柄を立てて、赦され、蘇州に戻りとうございましたので」

と答えた。

「そんなに家族に会いたいのか?」

「はっ、それもございますが、仕事をしとうございました」

「仕事とは刺繍のことか?」

「さようでございます」

「ここでもできるではないか?」

「いいえ、ここでは、もののすがたを、ありのままに写すのがご法度でして。……」

「しかし、あの金魚はよう出来ておったぞ」

「かくれて刺しました。夜中に、あの仕事をしたのでございます」

「見惚《みと》れるほどじゃったぞ。生きておるようであった。これからは新疆でも、もののすがたを写すことができるぞ」

「でも、やっぱり競争する職人の多い、蘇州で勝負をしとうございます」

「よし、よし、考慮しておこう。……それにしても、あの模様が地図だとわかる人間は、そうめったにいないぞ。わしの目にとまったからよかったものの」

「さようでございましょうか。……」

張晋渓は、おそるおそる面をあげた。

秘密倉庫のありかなど、城内の人たちをきびしく訊問すれば、いずれはわかったであろう。地下の倉庫にしても、それを掘った人間がいるのだから、かくしおおせるものではない。また張晋渓にしても、清軍入城後に、それを言いに行けばよかったのである。

だが、彼は赦免されるために、手柄を立てたかったのだ。手柄を立てたことが、はっきりとわかる証拠を残そうとしたのである。かりに清軍の司令官が、壁掛けの模様の意味に気づかないような、鈍感な人間であってもよい。あれは地図でした、ごらんください、と指さして証明できるものをつくったのだった。

劉錦棠は、しばらくトクスンにとどまって、将兵たちを休息させた。

ヤクーブ・ベクはそのあいだ、しきりにロシアに援兵の催促をした。クロパトキン大尉を送り込んだロシアは、シルクロードに野心がなかったわけではないが、たまたまバルカンの風雲が急を告げていた。もうヤクーブ・ベクどころではなかったのである。ロシアから拒否の返事を受け取ると、ヤクーブ・ベクは絶望して自殺した。

トクスンの陥落から一カ月後のことである。そのあと、ヤクーブ・ベクの息子たちの抵抗はあったが、新疆《しんきょう》の大事はすでに去ったといってよい。清朝はこの地方の中央化を推進するために、この特別地区に省制を施行し、州県を設けた。初代の新疆巡撫《じゅんぶ》に任命されたのは、この劉錦棠で、欽《きん》差《さ》大臣を兼ねた。

張晋渓が蘇州に帰ったのは、翌年の春、新疆をとざしていた氷がとけてからであった。彼が新疆に流されていたのは、まる七年間である。蘇州ですこしは知られていた彼の名も、七年のあいだにほとんど忘れ去られていた。

「ああ、そういえば、張晋渓という男がいたね。うん、小さな工房をもって刺繡をやっていたが、気の毒に法に触れたとかで、地のはてまで流されたよ。……えっ、その男が赦免されて戻ってきたって？　ほう、そりゃよかったね」

蘇州の隣人たちの反応は、そのていどにすぎなかった。

だが、まもなく彼の名は、七年前に倍する響きをもって、その道の人たちに知られるようになったのである。

ときの両江総督は李鴻章《りこうしょう》であったが、李家の執事は主人の誕生祝に、蘇州の名工にさまざまな工芸品を注文するのが毎年のしきたりであった。その年も数人の工芸家に注文があったが、

――張晋渓に金魚群泳図の刺繡を。

という名ざしがあったのだ。

総督の誕生祝の注文を受けるのは、蘇州の職人にとっては最高の名誉とされていた。

「へえっ、張晋渓がねえ、……まだちと早すぎるんじゃないかな」

職人仲間でそんな声があった。彼はすぐれた刺繡職人であったが、まだトップクラスまでは行かない。それに七年間のブランクがあるのだから、人びとが李家の人選に首をかしげたのはとうぜんであろう。

李鴻章が張晋渓を指名したのは、理由があったのである。亡き先輩曾国藩《そうこくはん》の弟子劉錦棠から、新疆平定についてのいきさつを記した私信を受け取ったが、そのなかにトクスン城の地図を壁掛けに刺繡した職人の話が紹介され、すでに赦免して蘇州へ返したということも書き添えられていた。

（その者をよろしく頼むということだな）

李鴻章もそれと察し、執事に命じて、誕生祝の特別注文をその者に与えたのである。

祝いの品は、李家へ納める前に、拙政園《せっせいえん》の玄関のところに展示される。見にきた人たちは、張晋渓の作品の前で、うーむと唸《うな》ってしまった。

それは人間の高さほどの屛風《びょうぶ》だが、すずしげな水に、金魚が八匹、のびやかに泳いでいる図だった。その金魚は一匹ずつ種類がすこし違っているようだったが、どれもこれも生きたように写し出されていた。薄い絹はすきとおって、むこう側が見えた。誰もが、

「やや、尻尾がうごいたようだぞ」

と思ったそうである。

屛風の脚は、わざとすこしうごくように細工されていたので、枠《わく》に手をふれると、僅かに揺れるようになっていた。そのたびに、金魚は尻尾をうごかして泳ぐように見えたのだ。

これによって、張晋渓とその得意の題材『金魚群泳図』は一躍有名になった。彼が蘇州の名工の一人にかぞえられるようになったのはいうまでもない。

彼は刺繡の上達法を訊《き》かれると、きまって、

「しばらく仕事をしないことだね。どうしても針がもちたくて、たまらなくなるまで、刺繡をやめるんだよ。……そうだ、刺繡の夢をみるようになれば、もう針をもっていいよ」

と答えたそうである。

初出　「小説新潮」一九七五年七月号　新潮社
初刊　「景徳鎮からの贈り物」所収　一九八〇年二月　新潮社

# パミールを越えて

## 1

五花《ごか》は散じて雲の身に満つるを作《な》し
万里　方《はじ》めて看《み》る汗《あせ》の血を流すを
長安《ちょうあん》の壮児《そうじ》も敢えて騎《の》らず
走過《そうか》し電《いなずま》を掣《はため》かすは城を傾けて知る

これは杜甫《とほ》の七言古詩『高都護《こうとご》驄馬行《そうばこう》』のなかの句である。この詩は『唐詩選』にも収録されているので、むかしから日本の読書人にも親しまれてきた。

私もこの詩が好きである。王阮亭《おうげんてい》という人がこの詩について、

——一句として精悍《せいかん》ならざるは無し——と述べたが、まさに我が意を得た評であると思った。

詩のテーマは名馬である。高都護の乗馬が、はるばると西域からみやこ長安に送られてきた。久しく戦場を駆けめぐり、無敵を誇った名馬であった。主人の高都護は、その武勲に報いるために、余生を安楽に送らせようと、愛馬を送還したのだった。

アラブ系の駿馬《しゅんめ》だったのであろう。長安でこれが評判となり、野次馬がその厩舎《きゅうしゃ》におしかけて、ひと目でも見ようと犇《ひしめ》いたものである。杜甫も見物人の一人として、この逞《たくま》しい馬を見て、詩をつくったのにちがいない。

高都護の出征は、天宝六年《てんぽう》（七四七）から同十年にかけてのことである。杜甫がはじめて長安に出たのは、天宝五年、三十五歳のときであった。それから十数年、彼は長安に滞在するが、右の詩は彼の長安時代の初期、まだみやこの風物が、なにもかも珍しかったころの作であろう。

詩句にみえる『五花』とは、馬のたてがみを、五つに分けて編んだものである。それがあや絹で美々しく飾られていたのかもしれない。

これから書くのは、この名馬の主人についての物語である。

杜甫の詩の題には高都護とあるが、都護は官名である。彼の名は仙芝《せんし》という。安西《あんせい》の副都護として出征し、武功によって安西都護に昇進した。

高仙芝《こうせんし》は唐の玄宗《げんそう》時代の名将だが、漢《かん》人ではない。高麗《こうらい》の人だったのである。

安西都護府の常備軍は約三万だから、そこの長官は、師団長クラス以上とみてよいだろう。その

ような国軍枢要の地位に、外国人が坐っているのは、異様な気がするかもしれない。だが、唐はきわめて国際的な性格をもった政権で、とくに軍事の分野は、塞外《さいがい》民族出身が多い。のちに造反をおこした、あの有名な安禄山《あんろくざん》も父はペルシャ人、母は突厥《とっけつ》（トルコ系）であった。河西《かせい》節度使の哥舒《かじょ》翰《かん》は、安禄山とは反対で、母がペルシャ人、父が突厥人であったという。同時代の勇将李光弼《りこうひつ》は契《きっ》丹《たん》人である。

軍人ばかりではない。遣唐使として唐に渡った日本人で、文官として唐朝に仕えた例もある。

あまのはらふりさけみれば春日《かすが》なる
　みかさの山にいでし月かも

の歌で有名な阿倍仲麻呂《あべのなかまろ》は、玄宗に仕えて秘書監まで昇進した。帝室図書館長とでもいったポストであった。

そういえば、この阿倍仲麻呂は、高仙芝と同時代人であり、長安のまちや宮殿のなかで、顔を合わせ、言葉をかわしたこともあったかもしれない。おたがいに、唐朝に仕える外国人――日本人と高麗人なので、親近感を抱いたであろう。阿倍仲麻呂が日本にいたころ、朝鮮半島から、おおぜいの人が渡来していたので、異郷にあってよけい身近に感じたはずである。

仲麻呂が秘書監であったころ、高仙芝は羽林軍大将軍として、やはり長安にいたことがある。秘書監は従三品の官で、近衛軍団の長官である羽林軍大将軍は正三品官だから、地位の差も遠慮を要するほどひらいていない。二人の交友を証明する文献はないようだが、会釈をかわす程度よりも深いつき合いがあった、と想像するほうが自然ではあるまいか。

高仙芝は高麗の人だが、高麗の生まれであるかどうかはわからない。『旧唐書《くとうじょ》』によれば、彼の父高舎鶏《こうしやけい》は、河西《かせい》（現在の甘粛《かんしゆく》省）軍をふり出しに、各地軍営に勤務して将軍になった人物であるという。

――労を累《かさ》ね、四鎮十将、諸営将軍に至る――と記されているところをみると、長年にわたって勤務したとおぼしい。高仙芝はおそらく中国生まれであろう。

高仙芝が生まれたころは、高麗という国は存在していなかった。唐《とう》の高宗の総章《そうしよう》元年（六六八）、唐将李勣《りせき》の率いる遠征軍が、新羅《しらぎ》と連合して平壌《へいじよう》を包囲し、高麗王の高蔵《こうぞう》は唐に降り、全土が唐に併呑《へいどん》されたのである。唐はここに安東《あんとう》都護府を置いて、直轄領としたのだった。

高麗王の姓は、さきにも述べたように高であった。唐に併合されたとき、王族の多くが、名目はともあれ、実質的には人質として、故国から連れ去られた。総章元年十二月丁巳《ひのとみ》の日に、高宗は長安の含元殿《がんげんでん》で、降伏受理の式を挙げ、高麗王の高蔵を赦《ゆる》して、司平太常伯《しへいたいじようはく》に任命している。これはのちの工部尚書《こうぶしようしよ》、すなわち建設大臣に相当する官職であるという。

高麗は滅びたとはいえ、その後のレジスタンスははげしかったようである。唐朝もそれには手を焼いて、住民をほかへ移すという、残忍な手段を考え出した。亡国の翌年四月の項の『資治通鑑《しじつがん》』には、つぎのような記事がみえる。

――高麗の民、多く離叛《りはん》す。勅して高麗の戸三万八千二百を、江《こう》、淮《わい》の南、及び山南《さんなん》、京西《けいせい》諸州空曠《くうこう》の地に徙《うつ》す。其の貧弱なる者を留《とど》めて安東を守らしむ。

高麗の人民三万八千二百戸を、揚子江《ようすこう》や淮河《わいが》の南、あるいは西域に近い、未開墾の荒地へ移してしまったのである。そして、弱そうな住民だけを高麗の故地に残留させたのだ。

高仙芝が高麗王族の子孫であったのか、あるいは辺境の地に強制連行された、あの三万余戸の庶民の子孫であったのか、史書にはそのことを明記していない。

高仙芝が遠征軍を率いて、パミールを越えて戦ったのは、高麗が滅びて八十年後のことである。当時、彼の父が八十になっていたかどうかわからない。かりに八十を越えていても、故国の滅亡の時はまだ物心がついていていない。高麗の亡国は、高仙芝の祖父、あるいは曾祖父の時代であったのだ。だから、高仙芝は高麗系の三世、あるいは四世だったはずである。母親が高麗系であったのか、それとも漢族であったのか、これまた不明である。故国の風俗習慣、言語を、依然として守っていたのか、それとも唐の言葉しか話せなくなっていたのか、私としては大そう興味をもつのだが、新旧の唐書をはじめ、どの史書も、解答を与えてくれない。

## 2

高仙芝《こうせんし》の祖父は、名もない貧しい庶民だが、逞しい若者だったので、朝鮮半島から強制的に、西の荒蕪《こうぶ》の地へ連行された。――小説としてはそう設定したほうがおもしろい。

のちに高仙芝が名声をあげたので、伝説として、王族説もひろまったようだが、もしほんとうにそうであれば、史書に『王族の後裔《こうえい》』と書かれてもよさそうなものである。血統や家柄にこだわった時代の史書だから、それに目を閉じることはないとおもう。また、さきに述べたように、高仙芝の父は、苦労して昇進したと記されている。人質の王族は、あっさりと大臣や将軍の位をもらったのである。史書の筆のニュアンスを嗅《か》いでも、私は庶民説に賛成したい。

高仙芝の父は、がんばり屋であったのだろう。周囲の偏見と戦いながら、しだいに軍人として頭角をあらわした。

当時の唐《とう》は、国際的であったことは、まえに述べた。大臣や将軍に、漢族以外の民族の出身者がすくなくなかった。だが、このことは、人種的偏見がまったくないということを意味しない。

現在のアメリカを考えてみればわかりやすい。黒人でも日系でもユダヤ系でも、国家の職員になれる。大統領や国務長官になることも可能である。それでも、人種的差別感情は消えていない。

高舎鶏《こうしやけい》はそんな偏見のなかで、実力を頼りに昇進したが、つねづね息子の仙芝に、

「力だぞ。力さえあれば、八方から白眼を浴びようと、出世の道はひらける。他人に頼ってはならぬ。頼れるのは、自分だけだと覚悟するんだぞ」と言いきかせていた。

仙芝少年は、顔を輝かせて、こっくりとうなずく。

――仙芝、姿容美《しようび》わし――と『旧唐書《くとうじよ》』に記されている。正史にその容貌《ようぼう》のことが、とくに取り上げられているのだから、よほどの美男子だったのにちがいない。

「力とは腕力だけではないぞ」と、高舎鶏は教えた。

「わかっております。技術も力ですね」

息子の仙芝はそう答えた。

「そうだ。おまえはいま騎射（馬上で矢を射る技術）を習っている。それを習得し、他人よりすぐれたなら、上司の目にとまる。……それが出世の糸口にもなろう。だが、技術以外にも力がある。なにかわかるかな？」

「さあ。……軍隊では、兵卒を指揮しなければなりませんから、人の心を得ること……思いやりでしょうか？」

「そうだ。仁慈も力だ。……まだある。これは大切なことだから、よくおぼえておくのだぞ。……いいか、金銭、財宝もりっぱな力であるぞ」

「そうでしょうか？」

儒教の教育を受けているので、仙芝は金銭を軽んじるのが男児の道だと心得ていた。とくに武人は銭を愛してはならない、と教えられていたのである。

「仁慈の心も、それを外にあらわさねばならないのだ。兵卒の頭を撫《な》でると、よろこびはする。だが、金を与えてやれば、もっとよろこぶ。はっきりと、仁慈がそれによって表現されるからだ。どうだ、財宝の力も大きいであろうが？」

舎鶏は笑いながら言った。

仙芝は父に酒の匂《にお》いがするのに気づいていた。だが、いまの言葉が、笑いごとでも、酒のうえのたわむれでもないことは、はっきりとわかった。

酒と笑いで、まぶしておかねば出てこない言葉であろう。――それだけに、重要な教訓であるという気がした。

高仙芝が父のこの言葉を、いつまでも忘れなかったのはいうまでもない。

唐の制度では、国家に功労のあった人物にたいして、その子をとくべつ取り立てるという恩典を与えている。高仙芝もその恩典に浴し、二十数歳の若さで、遊撃将軍に任命された。これは従五品下の官である。

――父と班を同じうす――とあるから、親子とも同じ安西《あんせい》の軍営に勤務したことになる。

「騎射に励め。実戦で役立たそうとするよりも、その技によって認められようと努力せよ」と、父は助言した。

実戦用ではなく、見た目にはでな、いわば鑑賞用の技を磨けと言ったのである。高仙芝は父の助言に従ったが、歴代の節度使は彼を認めようとしなかった。

(おれが高麗人であるからなのか。……)

高仙芝は不満であった。才能があるのに用いられないのは、人種偏見のせいであると思ったのだ。

「いや、そんなことはない」父の高舎鶏は首を横に振った。――「いまの節度使蓋嘉運《がいかうん》閣下は、一般の人にくらべて偏見はすくないといってよかろう。前の節度使田仁琬《でんじんわん》閣下もめずらしく差別心のないお方であった」

「そうでしょうか。……」

高仙芝は納得しかねた。

「もう一つ大切なことを教えておこう」すでに第一線を退いた高舎鶏は、白いひげをしごきながら、「自分の不遇を、出身のせいにするのではない。力がないからだと思え。他人の偏見を乗り越える力がなければ、その人間の才能は知れたものと考えてよかろう。まして田閣下や蓋閣下の下で認められなかったのだから、おまえの力はまだまだ不足である。もっと差別心の強い上司……たとえば、蒲州《ふしゅう》の夫蒙《ふもう》閣下あたりであってみよ、おまえなど目の隅にもいれてもらえないぞ」

「夫蒙閣下はそんなに偏見の強い方ですか?」

「あの方にくらべると、蓋閣下などまるで仏さまのようじゃぞ」

「それはふしぎですねえ」

遊撃将軍仙芝は首をかしげた。

3

高仙芝《こうせんし》がいぶかったのも無理はない。

夫蒙《ふもう》というのは二字姓で、その人物の名は霊詧《れいさつ》という。夫蒙氏は西羌《せいきょう》の部族に属する。西羌は五胡十六国時代の五胡の一つで、チベット系といわれている。夫蒙氏はしだいに馬《ば》姓を名乗るようになり、この人物の姓を馬と記している史書もある。

絶対大多数の漢族が、いわれのない優越感で、少数民族に偏見を抱くことは考えられるが、この大唐国のなかの同じ少数民族同士が、相手を軽蔑《けいべつ》し、差別するのはおかしいではないか。――若い高仙芝はそう思った。

「ふしぎでもなんでもない。閣下自身も偏見を切り抜けて、今日の地位を得られたのだ。だから……」

「だから」高仙芝は父の言葉を、途中で奪うようにして、「仕返しするのですか？　差別されただけ、差別しようと、いや、倍にして返そうというわけですか？」

「まあ、そんなところだな」と、高舎鶏《こうしゃけい》は答えた。

高仙芝は、父が突厥《とっけつ》族の兵卒を鞭《むち》うっている場面を見たことがある。軍律に違反したから、部下に罰を加えたのだという。若かった高仙芝は心のなかで、

（漢族の部下なら罰してもよいが、おなじ差別に悩む少数民族同士は、大目にみてやってもよいのではあるまいか。……）

と、父の措置に不満を抱いたものだ。

「差別されている者同士は、力をあわせるべきではありませんか」と、高仙芝は言った。

「そうなれば、もっと上のほうからにらまれるのではあるまいか。……」

彼の父はそう答えた。

被統治層の諸族が、団結することは、支配者が歓迎しないところである。イギリスの植民地統治も、divide and rule（分割して統治する）がその原則であった。インドでは、ヒンズー教徒と回教徒の団結を警戒し、その反目を助長する策を採っていた。

高舎鶏は長年の体験で、そのことを知っていたが、若い高仙芝は、教えられなければわからないのであった。

高仙芝の勤務した、安西都護府の所在地は、唐初は高昌《こうしよう》であったが、のちにもっと西の亀茲《きじ》に移された。高昌は現在の中華人民共和国新疆《しんきよう》ウイグル自治区トルファン県である。亀茲は同自治区の庫車《くしや》県である。亀茲も庫車もウイグル語の『クチャ』の音訳漢字であることはいうまでもない。天山《てんざん》南路のまちなのだ。

唐は西域における勢力の強大によって、軍事基地を西へ前進させたのである。

その安西都護府に、新しい節度使が着任してきた。なんとそれは、高仙芝が父からその偏見の強いことをきいていた夫蒙将軍だったのである。

「やれやれ、高麗人を犬畜生と思っている将軍が、おれの上司としてやってきた。いったい、いつまで待てば、昇進の道がひらけることやら……」

高仙芝はため息をついてそう呟《つぶや》いた。

「なにを歎《なげ》かれますか。昇進の機会が到来したと、およろこびになるべきですぞ」

そばから、封常清《ふうじょうせい》という幕僚が、仙芝の歎息《たんそく》をきいてそう言った。

「なぜじゃな？」と、高仙芝は訊《き》いた。

「高麗人に偏見をもつ羌人（夫蒙のこと）は、あなたを最も危険な戦場に送るでしょう。勝利の見込みのほとんどないような戦場へ。……そこであなたが勝利を得たならば、昇進は疑いなしではありませんか」と、封常清は答えた。

「なるほどのう。……それも理屈じゃな」と、高仙芝は苦笑した。

この封常清は痩《や》せこけた小男で、びっこのうえにやぶにらみという、まことに見かけの悪い人物であった。しかも、罪人として西域に流された者の子孫なので、家柄もよいわけはない。彼は高仙芝の従者になりたいと志願したが、仙芝はその容姿をひと目みただけで、首を横に振った。不採用である。ところが、封常清は仙芝の邸の門に数十日もへばりついて離れなかった。これには仙芝も根負けがして、従卒として使うことにした。だが、使ってみると、じつに役に立つ男である。文章もうまい。報告書をかかせると、まるで高仙芝の心底を見抜いたような文章を作った。

（おれはこんな報告をかきたいと思っていたが、自分ではどうしても文才が不足でかけなかった。……しかし、えらい男じゃな）

高仙芝は封常清を見直して、従卒から幕僚に抜擢《ばってき》したのである。

「私もあなたから、ずいぶん難しい仕事を仰せつかりましたが、そのおかげで、今日の地位を得たではございませんか」と、封常清は言った。

「もうよいわ」

高仙芝の顔は、苦笑を通り越して、渋面になっていた。

彼は根負けして、封常清を従卒にしたが、びっこのすがめはどうしても目ざわりで仕方がない。なにか落度があれば、それを理由にクビを切ることができる。だから、できるだけ難しい仕事を与えた。しかし、封常清はどんな無理難題もみごとにやってのけ、仙芝も彼を重用せざるをえなくなった。

いまでは封常清は仙芝の幕僚として、なくてはならない存在となっている。

## 4

封常清《ふうじょうせい》の予言どおり、高仙芝《こうせんし》は新任の節度使から、困難な使命を与えられた。

吐蕃《とばん》（チベット）討伐である。これは歴代の節度使がはたすことのできなかった事業であった。

吐蕃は二十五年前の開元《かいげん》五年（七二二）から、しばしば唐《とう》の属国であった小勃律《ぼつりつ》国（現在のカシミールの北）を攻めようとした。その国を制圧すれば、その西にある、唐に服属していた中央アジア二十数カ国と唐との通路を断つことができる。すなわち、これまでそれらの諸国が唐へ送っていた進貢を、吐蕃がそっくり自分のものにできるのだ。

吐蕃は軍事力ではなく、外交力によって、小勃律国を自分の配下におくことに成功した。吐蕃国王は、自分の娘を小勃律王の后にして、和親関係を結んだのである。このため、中央アジア二十数カ国は、しぜん吐蕃について、唐への進貢をやめてしまった。

唐の玄宗《げんそう》は、節度使に吐蕃征討を命じたが、三度の遠征軍は、ことごとく失敗に終わった。敵は吐蕃の精兵だけではなく、西域の険路が唐軍の進撃をはばんだのである。

天宝《てんぽう》六年（七四七）、高仙芝は節度使夫蒙《ふもう》将軍の命によって、遠征軍を率いて、西征の途についた。遠征軍の司令官であるから、とうぜん官位は進められた。

――安西副都護。都知兵馬使《とちへいばし》。四鎮節度副使――と、ものものしい肩書がついている。人種偏見のひどい夫蒙が、毛嫌いしている高麗人将校に、よろこんでそのような官位を授けたのではない。

至難の遠征軍司令官を押しつけるためには、そのような肩書を与えることが必要であったのにすぎない。

高仙芝の率いた軍兵は、歩騎約一万であった。このうち、歩兵も私物の馬を連れていたので、実質的には騎兵一万の軍団である。天山南路からパミールを越えて、途中に沙漠《さばく》や河川もすくなくない。歩兵でも馬なしでは、途中で落伍《らくご》してしまうだろう。借金してでも馬を都合して出征したのに相違ない。

戦争するのだから、武器、糧食が必要である。一万騎だけではなく、輜重《しちょう》輸送のためには、おそらく多数の人夫を連れたであろう。

亀茲《きじ》から疏勒《そろく》（ウイグル自治区カシュガル市の近くに、現在も同名の県がある）を経て、葱嶺《そうれい》を越えた。これは現在のタシュクルガンである。そこから播密《ばんみつ》川に出た。パミール川であることはいうまでもない。播密川から二十余日で、特勒満《とくろくまん》川（オクサス川か）すなわち五識匿《ごしきとく》国（現在のシュグナン）に辿《たど》りついた。亀茲出発から、ここまで百余日を要している。

高仙芝はここで全軍を三道に分けた。北谷《ほっこく》道、赤仏《せきぶつ》道、護密《ごみつ》道の三道である。高仙芝みずからは護密道からはいり、七月十三日を期して、三軍をチベットの連雲堡《れんうんほ》の下であわせることにした。

チベット軍と戦うときは、全軍をあわせるのに、そこへ行くまで三つに分かれたのは、おそらく食糧の問題があったのであろう。——二十世紀前半の探検家オーレル・スタインは、自分のこの地方における探検の経験から、高仙芝の行動をそう推測した。辺境の山間地帯では、いちどに一万の人間がやって来れば、たちまち食糧はじめ各種の物資が不足してしまう。馬の飼料さえあやしくなるだろう。

高仙芝の通った護密道は、現在のワハンである。三軍が再び集結する地点に指定された連雲砦は、オクサス川に沿った現在のサルハドにほかならない。

あたかも川は増水期であったから、攻める唐軍にとっては、きわめて攻めにくい。悪いときに来たものである。だが、このとき、高仙芝はびっこのすがめの封常清の言葉を思い出した。

意地の悪い上官が来れば、かえって手柄を立てる機会に恵まれる。これを言い換えると、悪い時期に来たからこそ、武勲をあげることができるのではあるまいか。——とにかく、敵は増水期を頼りにして油断しているはずであった。

彼は全軍をオクサス川の岸にあつめ、三牲《さんせい》をささげて、河の神を祭った。三牲とは牛・羊・豚という三種のいけにえである。

そのあと、七十人の騎兵隊に旗を立てたまま、川を渡らせた。じつは、このようなときのために、河川の近くで育った騎馬民族の将兵を選抜してあったのだ。彼らは馬を川にたくみに泳がせることができた。子供のころから、そんなことをして遊んでいたのである。

彼らは左手に手綱をとり、右手に旗竿《はたざお》を握ったままの姿勢で、一気に川をおし渡った。竿にかかげた旗はすこしも濡《ぬ》れていない。これは幼時からの、無意識の習練の積み重ねによる技術である。彼らが旗を濡らさずに、馬で川を渡るのは、あたりまえのことであった。

だが、一万の将兵の目には、それがまるで奇術のようにみえた。高仙芝は彼らの技術を知っていたからこそ、選抜隊をつくったのだが、全軍のまえで大袈裟《おおげさ》に驚いてみせ、

「おう、これぞ神が我が祈りを、ききとどけ給うたのだ。見よ、大唐の旗幟《きし》はもとより、将兵の軍靴も濡れておらぬぞ。者共、天の加護あるうちに進めよや！」と、進撃命令をくだした。

増水したオクサス川を、一騎で渡るのは至難のわざだが、七十人の騎兵の神技の渡河を目撃したあと、総司令官が『天の加護』と叫んだのである。全軍が馬を川にのりいれた。人間は興奮状態になれば、ふだんできないことでもやれるものなのだ。

一万の将兵はあっというまに、増水した急流をおし渡った。一時におびただしい軍馬が、川にはいったので、はげしい流れもそれにせきとめられ、渡りやすくなったという事情もあったであろう。

こうして、高仙芝の率いる唐軍は、天険をたのんで油断していた、連雲砦のチベット軍を撃破したのである。五千の敵兵を殺し、千余の捕虜を得たが、彼らが基地に置き去りにした軍馬、武器、兵糧は、かぞえきれないほどであったという。

## 5

連雲砦《れんうんとりで》攻撃で、高仙芝《こうせんし》が勲功第一に挙げたのは、李嗣業《りしぎょう》という士官であった。身のたけ二メートルの巨漢で、壮勇絶倫とたたえられた勇士である。この戦役では、抜刀隊の隊長として、めざま

しい働きをした。

だが、一万の唐軍は、彼のような勇士ばかりではない。万年雪のけわしい山、唸《うな》りをあげて流れる川、吹きすさぶ風――それに胆をひやしてしまう弱い人間もいた。しかも、連雲砦から、めざす小勃律《ぼつりつ》国への道は、これまで以上のけわしいコースであった。そう聞いただけで、身のすくむおもいをする者もいた。いまの言葉でいえば、ノイローゼ状態になった将兵もすくなくなかったのである。

唐《とう》の軍制では、大規模な戦役には、出征軍団に皇帝直属の『中使』が従軍することになっていた。『監軍』ともいうが、要するに司令官を監視し、督戦するのがその役目である。高仙芝の遠征軍にも、辺令誠《へんれいせい》という者が中使として従軍していたのである。

この辺令誠が怖《お》じ気づいたのだ。

高仙芝は弱卒と判定した兵三千を、連雲砦に留めることにして、辺令誠に、

「監軍どの、この地に約三千の駐守の兵を置かねばなりませんが、李嗣業に守備隊を預かってもらうことにしたところ、あの男にことわられましてな。なにしろ猪《いのしし》武者、攻めるのは好きですが、守るのが嫌いという人物です。そこで、私もいろいろ考えましたが、ここは監軍どのにこの堡を預かってもらうのが最善の策であろう、という結論に達しました。ご承知願えるでしょうか？」と話をもちかけた。

辺令誠はほっとした。これからの難行軍を想像しただけで、憂鬱《ゆううつ》になっていたところである。

「軍にはさまざまな役目があります。駐留の隊長になり手がないのであれば、私がひきうけてもようござる。いずれは、誰《だれ》かがやらねばならぬことゆえ」

と、やや恩きせがましい口調でひきうけた。

「おお、それは助かりました。ありがたいことです。……」

高仙芝はにっこりと笑った。

このときの高仙芝の笑顔を、辺令誠は長いあいだ忘れることができなかった。好意の笑いなのか、侮蔑《ぶべつ》の笑いなのか、どちらにとればよいのかわからない。——どちらにも解釈できるような気もした。

高仙芝は連雲砦に、三千の弱卒、病兵をのこして、さらに前進し、三日の行軍によって坦駒嶺《たんくれい》に至った。

この坦駒嶺は、現在のダルコット峠にちがいない。現在のヤシン峡谷にあった小勃律国へはいるには、ダルコット峠は、二十世紀のはじめでも唯一のルートだったのである。

これまでは沙漠とパミール高原の横断だが、こんどは数キロに及ぶ氷河を越えて行かねばならない。高仙芝将軍のこのダルコット越えの千百六十年後、オーレル・スタインが、同じコースを登ったが、峠の最高点に達したのは、いたるところにクレヴァスのある氷河を覆い隠した雪のなかを、九時間も悪戦苦闘したすえであった、と述べている。

ダルコット峠の頂点に立ったとき、高仙芝は部下の将兵が、恐怖におののいているのをかんじた。弱卒ははじめから連れてこなかった。だから、彼の率いる七千は、勇猛な将兵のはずであった。それなのに、坦駒嶺で彼らがひるむ色をみせたのはなぜか？

——直下、峭峻《しょうしゅん》たること四十余里——と、『旧唐書』に記されている。

二十世紀の探検家スタインは、同じ地点に立って、千八百メートルの急斜面を見下ろし、高仙芝将軍の勇敢な部下たちが、なぜひるんだか、理解できたと述べている。

目のくらむおもいがしたのは、氷河の銀白のまばゆさのせいだけではない。『新唐書』はここを、——嶺峻《れいしゅん》、絶下四十里——と形容しているが、その急勾配《こうばい》の長い坂には、百戦錬磨のつわものたちも、背筋につめたいものが走るのをおぼえずにはおれなかったのである。

高仙芝は偵察と情報採集によって、『絶下四十里』のおそろしい地形が、軍の志気に好ましくない影響を及ぼすであろうことを察していた。そして、それにたいする方策を、すでに講じていたのだ。

高仙芝といえば、猛将というイメージが強すぎる。だが、彼にはむしろ智将という評価のほうが適当であるという気がする。

オクサス川の岸で河の神を祭り、天の加護を叫んだとき、彼はそれが全軍に及ぼす心理的な影響を、ちゃんと計算していたはずである。七十騎の神技をみせたあと、

——旗も軍靴も濡れていない——と大声で呼ばわった。旗は濡れなかったかもしれないが、騎馬で渡河して、靴が濡れないわけはない。対岸にあがってしまったのだから、七十騎のようすは、靴のようなこまかいところまでは見えないだろう。

しかし、司令官がそう断言すれば、そんな奇跡がおこったという気になってしまう。将兵たちは、自分たちの運命を、この奇跡にまかそうと思うはずだ。そこに思いもかけぬ力が生まれた。オクサス川の全軍渡河は、その力の結果であった。

ダルコットの嶺の上でも、智将高仙芝は、全軍に『力』を生み出す方法を採ったのである。千八百メートルの氷河の急傾斜は、将兵にそこを降りる気持を失わせるほど、すさまじいものがあった。

彼らはそこを降りるだけではない。降りたあと、戦争が待っている。それを考えると、よけい気が重くなるだろう。

『天の加護』はオクサス渡河のときに、すぐに使った。同じ手は二度とは使えないのである。高仙芝はこんどは、力を生み出すために『勝利』を使った。

この銀白の大氷河の下には、まちがいなく勝利が待っている。もう戦う必要はないのだ。降りさえすれば、勝利の栄光がかがやき、戦利品が積まれ、その分配がおこなわれ、昇進の道がひらける。降りなければ、それは手にはいらない。――そうとわかれば、全軍、勇躍、氷河を踏み破ってでも谷に降りるに相違ないのだ。

高仙芝は部下の二十騎を先にやって、敵の軍使に変装させ、峠の頂上で休憩している唐軍に向かって、

「大唐の軍隊には敵し得ません。われら、全城をあげて降伏いたします。娑夷《しゃい》河の籐橋はすべて断ち切りましたゆえ、吐蕃（チベット）の援軍はこの地に足を踏みいれることはできませぬ。……なにとぞ、われらの降伏をお許しください。これより案内いたしますれば」と言わせたのである。

けわしい氷河の道にひるんでいた将兵たちも、これをきいて勇みたった。――『勝利』がこの下にある！

## 6

七千の唐軍は、ダルコットの氷河の坂を、一気に駆け降りた。

一の谷の平家軍とおなじで、ダルコットの麓《ふもと》の阿弩越《あどえつ》という城にとっては、思いもかけぬところから敵が出現したのである。そこからあらわれたというだけで、敵は峻険《しゅんけん》な氷河の坂をものともせぬ、勇猛無比の軍隊に相違ないという証明になった。彼らは戦わずして降伏した。

高仙芝《こうせんし》はただちに、娑夷河の籐橋をことごとく切っておとした。籐橋とは籐の蔓《つる》を編んでつくった吊橋《つりばし》のことである。これによって、チベット軍の救援は絶望となった。

高仙芝はチベット派の幹部を粛清し、小勃律国王《ぼつりつ》とその妃を捕虜として、凱旋《がいせん》したのである。

小勃律国は、現在、パキスタンとインドの係争地域であるカシミールのギルギットに相当する。

帰りは、むろんダルコット峠を再び越える難路は避けた。フンザ河をさかのぼって、イルシャド峠を越えてワハンに出、連雲砦に留めておいた三千の兵をあわせたあと、パミール川に帰還した。

高仙芝のこの遠征によって、西域七十二国は、再び悉《ことごと》く唐に帰順するようになった。

スタインは高仙芝の遠征について、

――彼（高仙芝）の出会い、そして克服していった種々の困難を思うとき、このダルコット峠とパミール高原越えは、ハンニバルからナポレオン、スヴォロフにいたるヨーロッパの歴史上有名な将軍らのアルプス越えの壮挙を、まさにしのぐものがあると考えられる……。

（スタイン『中央アジア踏査記』沢崎順之助訳）

と評価し、彼をたたえる記念碑が、ダルコット峠に立ちそうもないことを残念がっている。

さて、高仙芝はパミール川まで来たとき、『奏捷状《そうしょうじょう》』（勝利を報告する上奏文）を作ってみやこ長安へ送った。

これが夫蒙《ふもう》将軍を怒らせた。

――高仙芝を派遣したのはおれである。朝廷へ勝利の報告をするのも、おれでなければならないのだ。それを高仙芝のやつめ、得々と奏捷状を送るとは、小勃律国を制したぐらいで、天狗になるとはなんたるやつか。よし、ここへ来れば、思い知らせてやるぞ。

夫蒙将軍がそんなふうに待ちうけているところへ、高仙芝は監軍の辺令誠《へんれいせい》とともに帰ってきたのである。

中国の史書、とくに正史は、その記述がきわめて折目正しい。品のわるいスラングなどはあまり使わない。だが、『旧唐書』のこの場面、河西《かせい》の節度使夫蒙将軍が、高仙芝を罵《ののし》るところは、まことに下品な言葉づかいである。夫蒙将軍の言葉を、そのまま写したのであろう。

――噉狗腸高麗奴、噉狗屎高麗奴！　と、夫蒙は高仙芝を罵った。

『噉』という字は、『啖』とおなじで、『たべる』の意である。『屎』は尾籠《びろう》ながら、大便を意味する。尸は人間の形骸《けいがい》をあらわす字で、そのなかに水があれば『尿』で小便を意味し、米があれば大便を意味する。したがって、屎は糞とおなじ意味なのだ。

『狗』は犬のことである。これまで、高麗と表記してきたが、このほかに『高句麗』という表記法もある。句の字がはいるが、それにケモノ偏をつけて『狗』になる。だから、この国名にすでに『犬』のイメージがあった。

夫蒙の罵詈《ばり》を直訳すれば、

――犬のはらわたを食べる高麗人、犬の糞を食べる高麗人！　ということになる。

なんと、猛烈な差別用語の羅列であることか。

こんなふうに罵ったあと、夫蒙は高仙芝にむかって、

「おまえが丁闐《うてん》（現在の和田市）の長官になったのは誰のおかげだい？」と訊いた。

「あなたさまのおかげでございます」と、高仙芝は答えた。

「安西の副都護ちゅう官職があるが、おまえはそれを、どこからかっさらってきたのかい？」

「あなたさまのご推薦でございました」

「じゃ、なぜ奏捷状を、おれになんの相談もなく長安に送ったんだ？」

「はっ、申訳ございません」

高仙芝は、ひたすらあやまるばかりだった。

「おまえは、おれの部下である。この序列からいえば、おれはおまえの首を刎《は》ねる権限があるんだ。ま、戦争で手柄を立てたので、ちと手心を加えているだけだぞ」と、夫蒙将軍は言った。

信賞必罰が、軍隊の規律を守るのである。文官よりも軍官の組織のほうが、上官の権限は大きい。とくにこの時代の『節度使』は、部下にたいして、生殺与奪の絶対権を握っていたのである。

そのときの節度使の気分次第で、高仙芝の首はとぶという、きわめて危険な状態にあった。――高仙芝の命は、風前の灯といってよかった。

このとき、高仙芝に同情したのが、監軍の辺令誠であった。パミール越えのあの艱難《かんなん》辛苦を、彼も身をもって経験している。あんな功績をあげたのに、勝手に勝利報告をしたというだけで殺されては、これから誰が国家のために働こうとするであろうか？

天子直属の監軍として、辺令誠はじかに朝廷に上書するルートをもっていた。彼は至急、長安へ密使を送った。

――高仙芝は、有史以来の奇功を立てたのにかかわらず、いま日夜、命を失うことをおそれております。後世の軍人のためにも、とくにご配慮願いたい――という内容の上書である。

反応はきわめて迅速であった。

朝廷ではただちに人事異動を発令した。

――夫蒙を長安に召還する。

――高仙芝を鴻臚《こうろ》卿に抜擢し、御史中《ぎょしちゅう》丞《じょう》を兼ねて四鎮節度使に任命する。

すなわち、夫蒙は解任され、後任の節度使として高仙芝が任命されたのである。もはや高仙芝は夫蒙の下にあるのではない。鴻臚卿とは外相に相当する地位だが、この時代は、節度使の権威を高めるために、名目上の官職名を、本職のうえに積み重ねることがおこなわれたのだ。

夫蒙は長安に召還されたのだから、まだよいとして、彼の部下はすべて高仙芝の支配下にはいることになった。高仙芝が彼らの生殺与奪の権を握ったのである。

副都護の程千里《ていせんり》、衙将《がしょう》の畢思琛《ひつししん》などは、主人の夫蒙が高仙芝に辛くあたったので、あさはかにも、その尻馬にのって、陰に陽に意地悪をした。彼らは高仙芝の仕返しを覚悟した。命がないかもしれないと思ったのだ。

高仙芝は程千里を呼びつけ、

「おまえは、男の顔をしておるが、まるで女のような根性じゃな」と言った。程千里は、この時代にあっては、女のようと言われるのは、最大の侮辱であった。

「へ、へっ……」と、匍《は》いつくばるばかりであった。

高仙芝は言った。

「わしはふだんから、おまえたちを恨んでいたが、それを言わないでおこうと思っていた。しかし、それでは、おまえたちが落ち着かんであろう。だから、こうして口にしてしまった。もう口にしたのだから、これでおしまいだ。これまでのことは、一切、水に流すことにしよう」

これによって、動揺していた全軍が、ようやくしずまったのである。

高仙芝には、このうえに、左金吾衛《さきんご》大将軍という称号が与えられ、彼の息子に五品官相当の待遇が与えられるという沙汰《さた》があった。

彼の腹心である、あのびっこのすがめの封常清《ふうじょうせい》は、高仙芝の判官となったあと、安西の副都護となり、やがて、北庭《ほくてい》節度使にまで昇進した。北庭は庭州、すなわち現在のウルムチである。

# 7

天宝九載（七五〇）、石国《せき》がそむいた。

石国はウズベキシタンの首都タシケント市にあたる。

高仙芝《こうせんし》に討伐の大命が下り、彼は再び大軍を率いて、沙漠を越え、シル・ダリア上流のオアシスに攻撃を加えた。この遠征は、高仙芝が申請して許可されたものである。

この戦役では、彼の評判は芳しくない。

征討の理由は、タシケント国がそむいたというのだが、『属国の礼をとらなかった』という、きわめて抽象的なものであった。そのうえ、

――あやまれば許される――と、タシケント国王をあざむいたのである。その甘言に乗って、タシケント国王は降伏し、長安へ送られたが、そこで斬《き》られてしまった。

タシケントが国をあげて怒ったのは、とうぜんであろう。

それればかりではない。高仙芝はこの国の至宝とされている大瑟々《しつしつ》を数十石《こく》も奪った。瑟々というのは、宝石の一種で、『碧珠《へきしゆ》』と註解《ちゆうかい》されている。エメラルドのようなものであろうか。

また黄金をラクダ五、六頭分、名馬や西域の名産など、おびただしい財物を奪い去ったのである。

このことに関しては、新旧の唐書は、

――仙芝、為人《ひととなり》、貪《どん》なり――と記して、彼の貪欲のせいにしている。

だが、同じ史書の、数行あとに、これとまったく矛盾する記述がある。

『旧唐書』には、

――家財鉅《きよ》万、頗《すこぶ》る能《よ》く散じ、人に施す。

『新唐書』には、

――甚だしくは（財物を）愛惜せず、人の求むる有らば、すなわち与えて、幾何《いくばく》かを問わず――

とある。

貪欲であったという記述と、気前がよかったという記述が、ほとんど同じところに出ている。いったい、これはどういうことなのだろうか？　これは謎《なぞ》ではない。

――人に与えるために、財を貪《むさぼ》った――と解釈できないことはない。

父から金銭財宝も、大きな力であると教えられていた。部下の人心を収攬《しゆうらん》するため、上司から好意をもたれるように、高仙芝は惜しみもなく金を散じたのであろう。散じるためには、それをどこからか集めてこなければならない。タシケント討伐は、あるいは散じるべき金を調達するためであったかもしれない。

ともあれ、父を殺され、財宝を奪われたタシケント国王子の扇《せん》は、恨み骨髄に徹したのである。彼は西域の近隣諸国に遊説し、唐の暴虐を訴え、唐から離叛《りはん》せよとすすめた。西域諸国は国といっても、オアシスの都市国家にすぎない。唐にそむくといっても、いくら連合してもそんな力はできない。そこで、彼らはアッバース王朝のアラブに救援をもとめたのだった。

アッバース王朝は、旧唐書にいう『黒衣大食』である。大食《タージ》はイラン人がアラブの一部族をタージクと呼んだのに由来している。一説では商人を意味するアラビア語のタージルから来たともいう。アッバース王朝にほろぼされたウマイヤ王朝系のアラブを、『白衣大食』といって区別したのである。

王朝創設期の新興の意気に燃えるアッバース王朝は、アブー・ムスリムの部将ズイヤード・イブン・サーリフに、タシケント国救援を命じた。

高仙芝は漢・蕃の兵三万を率いて、タラス川のほとりの怛羅斯《タラス》城にはいった。現在のキルギスタンにある。漢・蕃合同軍というから、遠征軍のほかに、地元の軍団も加わっていたのであろう。そのなかに、トルコ系の葛邏禄《カルルク》族の軍団も含まれていたが、これがアラブ側に内応したのである。

タラスの戦いは、高仙芝の率いる唐軍が、大敗を喫して幕を閉じた。翌日、態勢を整えて、再び戦えば勝てると高仙芝は考えたが、それに反対して、撤退をすすめたのは、あのかつての抜刀隊長の巨漢李嗣業《りしぎょう》であった。

アラブの史書（イブヌル・アシールの年代記）には、唐軍五万を殺し、二万を捕虜としたとある。高仙芝が率いた軍隊は三万であったから、アラブ側の記述は倍以上にふくらませた疑いがある。

唐側の記録は、この敗戦を軽く扱っているようだ。『新唐書』の本紀には、

——高仙芝及び大食、怛羅斯《タラス》城に戦い敗績す——と、一行の記事があるのみで、『旧唐書』の本紀にいたっては、この敗戦にまったくふれていない。敗戦をできるだけ軽くうけとめたいのは人情であるが、『旧唐書』本紀の天宝十載の項には、おなじ年の雲南《うんなん》での敗戦を、

——官軍大いに敗れ、濾水《ろすい》に死する者、数えるに勝《た》うべからず——と、正直に記述している。

雲南の敗戦にくらべると、タラスのそれは、唐の領域の遙《はる》か外でおこったことで、一寸の領土も失っていないし、その影響も微々たるものであったせいかもしれない。

タラスの戦いの翌年に、安《あん》国（ブハラ）、康《こう》国（サマルカンド）、史《し》国（キシュ）などが長安に使節を送っている。それどころか、戦った相手の『黒衣大食』さえ唐と国交をつづけ、使節を派遣しているのだ。

高仙芝もこの敗戦で責任をとらされたようすもなく、長安に戻って羽林軍大将軍となり、密雲《みつうん》郡公に封じられた。郡公は正二品の位であり、明治の日本でいえば、華族に列せられた、というところである。

8

タラスの戦いの勝敗は、あまり大局に影響しなかったようであるが、その『大局』とは、当時の政治、外交の面からみてのことだ。

文化的な影響は、じつははかり知れないほど大きかったのである。

スタインが、ダルコットの嶺に高仙芝《こうせんし》の記念碑がないのを残念がったことは前に述べた。そのようなけわしい道を踏破した、人間の力を引き出した高仙芝将軍をたたえる記念碑を、スタインは意識したのであろう。

だが高仙芝の記念碑は、もし立てるなら、彼が命からがら、部下を見すてて逃げた、タラスの遺跡をえらぶべきであろう。

高仙芝が見すてた部下のなかに、紙漉《す》き工が数人いた。彼らはサマルカンドやバグダードに連行され、そこでアラブに紙のつくり方を教えたのである。それまで、西方では羊皮という高価な材料に文字をかいたので、文化の伝播《でんぱ》は容易でなかった。製紙技術が伝わったおかげで、サラセンの文化の花が、一そう咲き誇ることになったはずだ。当時は、

——光は東より——といわれたように、文化はアラブからヨーロッパに伝わったのである。この文化の伝播にはたした紙の役割は、きわめて大きかったといわねばならない。

それが高仙芝の敗戦の産物だとすれば、彼の記念碑が、敗戦の地に立てられてもおかしくないではないか。

高仙芝が密雲郡公に封じられた天宝十四載（七五五）、安禄山《あんろくざん》が反乱をおこした。このころ、玄宗《げんそう》は楊貴妃《ようきひ》を寵愛《ちょうあい》して、国政を怠っていたが、安禄山の造反をきいて、栄王琬《えいわん》を元帥とし、高仙芝を副元帥とする東征軍をさしむけた。元帥の栄王琬は皇族なので、高仙芝が実質上の司令官であった。

この東征軍団は『天武軍』という、ものものしい名称がつけられ、総勢十一万といわれたが、みんな市井の子弟で、軍事訓練など受けたことのない烏合《うごう》の衆である。

先陣の司令官は、あのびっこのすがめの封常清《ふうじょうせい》である。彼は高仙芝の幕僚から、一本立ちの将軍となり、高仙芝去ったあとの安西節度使まで出世していた。たまたま参内のため上京していたときに、安禄山の造反があり、戦場の経験を買われ、彼は范陽《はんよう》節度使の職を授けられて出陣したのである。

封常清は洛陽《らくよう》まで進み、安禄山の軍を防ごうとしたが、いかんせん麾下《きか》の軍兵は、彼が西域で指揮したような精鋭ではない。消費都市長安の町っ子で、しかも訓練を受けていない弱卒ぞろいであった。安禄山軍と遭遇するや、またたく間に総崩れとなり、西へ敗走した。

陝州《せんしゅう》まで来ていた高仙芝は、敗走してきた封常清にようすをきき、安禄山軍と平地で戦うことの不利を悟り、西に退いて潼関《どうかん》の険に拠って防ぐことにきめた。そこで、陝州の官庫をひらき、貯蔵してあった金銭、食糧、絹布などをすべて部下に与え、残りはぜんぶ焼き払って退却した。安禄山軍が利用できないようにするためだったのはいうまでもない。

みやこ長安にいる玄宗皇帝にしてみれば、これは不愉快なことである。陝州から潼関への後退は、憎っくき安禄山が、それだけ首都へ近づくことではないか。

この両将を罷免して、突厥《とっけつ》出身の名将哥舒翰《かじょかん》と交替させたい。玄宗はそう考えた。権力者の鼻息をうかがい、その気に入るようなことばかりしようとしている者が、この世の中にはかならずいるものだ。

東征軍に従軍している、天子直属の監軍は、またしてもあのパミール越えのときと同じ人物――辺令誠《へんれいせい》であった。彼はたえず長安と連絡をとって、玄宗の意を察していた。彼は玄宗の意を迎えるために、

——封常清と高仙芝は、勝手に退却し、兵糧をくすね、国家数代の貯備にかかわる官庫をひらき、それを自分のものにした——という弾劾の報告書を送った。

皇帝の返事は、

——両名を斬れ——であった。

高仙芝は処刑される前に、大声で叫んだ。

「退却したのは私の罪である。だから、死をも辞さない。だが、兵糧をくすね、官庫のものを私したといわれては承服できない。いま上には天を戴《いただ》き、下には地を履《ふ》んでいる。俯仰《ふぎょう》天地に恥じぬのだ。全軍の諸君、これは讒言《ざんげん》ではあるまいか？」

全軍の将兵は声をそろえて、

「無実だ！　無実だ！」と合唱した。

無実を叫ぶ大合唱に、監軍辺令誠は目をとじた。

連雲砦のときの、高仙芝の笑顔がうかんできた。好意の笑顔として思い出されることもあるが、侮蔑の嘲笑《ちょうしょう》のような気がすることもあった。

（はたしてどちらであったのか？）

辺令誠は目をとじて、しばらく考えていた。やっと目をあけて、高仙芝のほうを見ると、むこうも彼のほうを見ていた。

高仙芝の顔は笑っていた。

「ご先祖に顔むけのできぬ犬畜生め！」

パミールを越えた猛将は、あきらかに侮蔑の笑いをうかべてそう言った。

天子直属の監軍は、宦官《かんがん》、すなわち去勢され、子供を生んで先祖のまつりをつづけることのできない人間が任命された。辺令誠も、先祖に顔むけのできない宦官だったのである。

高仙芝の顔から、嘲笑は消え去った。

いま彼は、生まれてはじめて、差別用語を使って人を罵ったのである。

辺令誠は再び目をとじて言った。

「斬れ！」

初出　「小説歴史」一九七五年六月号　人物往来社
初刊　「胡蝶の陣」所収　一九七九年五月　毎日新聞社

# 挙げよ夜光杯

1

葡萄《ぶどう》の美酒　夜光杯
飲まんと欲して琵琶《びわ》、馬上に催《うなが》す
酔いて沙場《さじょう》に臥《ふ》すも　君、笑う莫《なか》れ
古来　征戦　幾人《いくたり》か回《かえ》る

この「涼州詞《りょうしゅうし》」と題する王翰《おうかん》の七言絶句は、『唐詩選《とうしせん》』に収録されていることもあって、日本でも古くから愛唱されている。

ここにいう夜光杯というのは、いろんな説があって、西域《さいいき》から輸入されたガラスの杯であろうというのが、モダンな解釈であるらしい。

そもそも夜光杯ということばが、はじめて登場するのは、『海内十洲記《かいだいじゅうき》』という本である。これは漢の東方朔《とうほうさく》が撰《せん》したものというが、じっさいはもうすこし後、六朝《りくちょう》ごろの文人の筆になるものであろうと推測されている。それによると、周《しゅう》の穆《ぼく》王のとき、西のえびすが、

――夜光常満杯《やこうじょうまんはい》

を献じたとある。それは白玉の精で、夜中にそれを庭に出しておくと、夜明けには水が杯に満ちていたという。

いずれにしても、夜光杯ということばから受ける印象は、超現実的なかんじのもので、すくなくとも身近に存在するものとは思えなかった。

一九七五年の九月、私は敦煌《とんこう》を訪ねるために、北京から蘭州《らんしゅう》へ飛び、そこから列車で酒泉《しゅせん》へ行った。酒泉で一泊し、翌朝早くジープで出発すると、夕方には敦煌に着くという。

酒泉を発《た》つとき、案内の人に、

「ちょっと、夜光杯をつくる工房をのぞいてみませんか」

と誘われたが、正直いって私は思わずきき返した。

「夜光杯？　あの涼州詞に出てくる夜光杯ですか？」

「そうです。あれですよ。……古来、征戦、幾人か回る、というあの詩に登場する夜光杯ですよ」

「それはぜひ見学させていただきましょう」

と、私は言った。

伝説のなかにだけ出てくるもので、現実には存在しないとばかり思っていたので、私は興味をそそられた。

（あるいは伝説に仮託したものではあるまいか？）

という疑問もあった。

弁慶が碁を打って、負けそうになったので、力まかせに、「やっ！」と打ち込み、碁盤のなかに石がめりこんでしまったという、その碁盤を寺宝にしている寺がある。そんなに古いところではなくても、熱海の海岸に「お宮の松」というのがつくられたのではないか。夜光杯もそのたぐいかもしれない。

私はそんなことを考えていたが、蘭州から同行してくれた案内の人は、夜光杯についての説明をしてくれた。

夜光杯は近代的解釈でいわれるようなガラスではない。また『海内十洲記』にいうような、白玉の精でもない。原料は祁連山《きれんざん》からとれるが、玉《ぎょく》に似て、厳密には玉とはいえない。かといって、ふつうの石でもない。石にしてはその文《あや》や光沢が、あまりにもすぐれている。もっとも石といっても、印材に用いる『田黄《でんおう》』や『鶏血石《けいけつ》』『孔雀石《くじやく》』のように、高価なのもある。最も優秀な田黄は、玉よりも高く評価されている。

「田黄とまでは行きませんが、凡くら石ではありません。なによりの特長は、透明な部分があることです」

と、案内の劉《りゅう》さんは教えてくれた。

「ぜんぶが透きとおっているわけではないのですか？」

「ええ、一部分です。……とにかく、百聞は一見に如《し》かず、ですよ」

私たちは七時すぎに、酒泉の招待所を出発した。これから沙漠を越えるのだから、ふつうの乗用車では心もとない。だから、ジープをまわしてもらったのである。

漢《かん》の武帝《ぶてい》が、弐師《じし》将軍の李広利《りこうり》を、大宛《たいえん》（現在のウズベキスタン・フェルガナ）へ派遣したころ、すなわち紀元前一世紀ごろ、漢は西域への入口に四つの郡を置いた。黄河の西、南北から山がせまって、細い回廊のようになった、いわゆる河西《かせい》の走廊《そうろう》の地である。四郡は東から、武威《ぶい》、張掖《ちょうえき》、酒泉《しゅせん》、敦煌《とんこう》の順であった。

だから、私が泊った酒泉というまちは、すくなくとも二千年以上の歴史をもつ古い土地だったのである。沙漠のなかにある、やはりオアシス都市なのだ。

酒泉は城壁はとり払われていたが、優雅な城門は、おそらく記念のためであろう、のこされていた。夜光杯の工房はその城門を出たところにあった。城外といっても、町なみは城内とあまり変らない。そして、工房もふつうの民家とほとんど異なったところはない。

――酒泉工芸廠《しょう》
という看板に気がつかねば、ふつうの建物と思って通りすぎるところであろう。

廠とは工場の意味だろうが、工場というには規模が小さすぎる。機械にしても、電動の砥石《といし》ていどのものがならんでいるのにすぎない。一階と二階で、あわせて五十人ほどの人が仕事をしていた。女性のほうが、多かったようである。

「むかしの職人が一日かかった仕事を、いまは三十分ほどでできます」

と、工芸廠の主任が説明してくれた。

解放前には、このあたりは電気がなかったので、電力による研磨機はなく、ヤスリでごしごし磨いていたのである。考えてみれば気が遠くなるような話だ。

「しかし、いまでも最後の仕上げは、やはり人間の手です」

と、主任は言った。

おなじ工房のなかでも、彼らが細工している素材を、「夜光玉」という人もいたし、「夜光石」という人もいた。

夜光玉または夜光石には、さまざまな色のものがある。乳白色のものから漆黒に近いものまで。だが、どんな色のものにせよ、前に述べたように透明の部分がある。それがなければ『夜光』とはいえない。

テーブルのうえに置かれた、ワイングラス型の黒い夜光杯は、なんの変哲もないが、それを手にとって電灯の光にかざしてみると、青味がかった透明の部分が点々と認められる。いや、点々という表現はあたっていない。不規則な斑紋というべきであろうか。

そこにあらわれた濃淡の、巧まざる模様は千差万別で、おなじものはないのである。模様についていえば、陶器の窯変に似ている。

夜、月の光にかざせば、気ままな模様をつくっている透けた部分が、かすかに光ってみえる。

——これが『夜光』の名称のあるゆえんであろう。

交通が不便であったころ、祁連山から素材をはこび出すのも容易ではなかった。この種の素材は岩石の下に埋もれていて、それを取り出すことさえ、困難な仕事である。

たしかに稀少《きしよう》価値はあった。だが、ちょっとした彫刻をつけた大きなものになると、むかしは一人で何年もかかってやっと出来たという。

「とても割に合いません。それで、つぎつぎに転業したり、ほかへ出て行ったりして、解放当時、夜光杯づくりの職人は、僅か三人しかのこっていませんでした」

主任は、夜光杯づくりの歴史の概略を述べた。二十六年前の解放当時、この技術はほとんど絶滅に近い状態になっていた。

解放後、電力研磨が利用できるようになり、国家もこの種の伝統技術を保存、発展させる政策をとったので、瀕死《ひんし》の夜光杯づくりは、やっと蘇生《そせい》した。祁連山とのあいだにも、りっぱな道路ができ、材料も入手しやすくなり、伝統技術の維持だけでなく、その発展、増産の段階にはいったという。

## 2

私たちは敦煌《とんこう》への道を急がねばならなかった。途中の安西県城では、昼食を用意して待っているということだったので、あまり遅れては迷惑をかけるおそれがあった。そのため、夜光杯づくりの見物も、残念ながら、ゆっくりできなかった。

沙漠のなかの甘新《かんしん》公路を走るジープに揺られながら、あれも訊《き》きたかった、これも訊きたかった、と思い出すことはあったが、ときはすでに遅い。敦煌の帰りは玉門《ぎよくもん》市に寄るので、もう酒泉《しゆせん》に戻ることはないのだ。

訊きたかったのは、歴史的に由緒のある古い夜光杯が残っているかどうか、ということもその一つであった。

夜光杯は玉杯とちがって、透けた部分から光をとおすところに値打ちがある。そのためには、あくまでも薄く磨きあげねばならない。薄ければ薄いほど、夜光杯はその真価を発揮するのだ。しかし、薄く磨かれているために、こわれやすいことも考えられる。

(故事来歴のある夜光杯は、おそらくあまりのこっていないだろう。……)

ジープのなかで、私はそんなことを考えた。

敦煌、玉門、劉家峡《りゅうかきょう》、蘭州と、私は十数日にわたって、中国の西北、甘粛省《かんしゅく》を旅行した。たのしい旅であった。ひとことに、たのしいと表現してしまうには惜しいような気もするほどである。

蘭州から空路、北京《ペキン》に戻ったあとも、西北の旅でうけた感動は、ながく揺曳《ようえい》した。あとは日本へ帰る飛行機の便を待つだけで、からだがやや疲れているのはよいとして、心がいささか虚脱状態になっていた。なにやかやと忘れものばかりしている。これはちょっと心配であった。

「老化現象よ。しっかりしてね」

と妻に言われると、私はふと不安になった。どうも自分の言動に、年寄りじみたものがあるような気もしたのである。

永年あこがれていた敦煌をみたので、その反動として虚脱状態になっているのであろう。が、このままその状態がつづいては大へんである。

(ホテルにじっとしているのがいかんのだ)

私はそのことに気がついた。沙漠の旅に疲れたからだを休めるため、私は北京飯店の部屋で、朝から晩まで寝ころんでいた。

それがいけないのである。私は友人を訪問しようと思い立った。ちょうどその日は日曜日であった。工場では交替制で、日曜日が休みでないケースもある。だが、学校なら休んでいるはずだ。

私は中学で美術の教師をしている、崔建頂《さいけんちょう》を訪ねることにした。北京市の郊外、動物園の近くに彼の家はあった。すこし遠いが、私はバスに乗って行った。からだをうごかして、虚脱状態に終止符を打とうとするのだから、むしろ遠いほうがよいのである。

日本の団地に相当するようなところで、崔建頂は四階建の赤煉瓦の家の二階に住んでいた。私が階段をのぼろうとすると、

「なんだ、もう甘粛から帰ってきたのか？」

と、二階のベランダから彼が声をかけた。彼はちょうどベランダに出て、そこに据えた桶《おけ》に栽培している草花に水をやっているところだったのである。ベランダの手摺《てすり》のところには、大きなへちまがぶらさがっていた。

「うん、もうすぐ日本へ戻るから、ちょっと遊びに来たんだ」

私はそう言って、建物のなかにはいり、階段をのぼった。

崔建頂の部屋のドアをあけたとたん、私はそこに棒立ちになった。ドアをはいったところは、応接間兼アトリエになっていた。

アトリエなどというのは、もともと雑然としているが、そこもかなり散らかしていた。テーブルのうえには、書物が積みあげられ、絵具やスケッチブックが、放《ほう》り出されている。だが、窓のそばに、黒檀《こくたん》とおぼしい、小さな花瓶《かびん》置きのようなものがあった。そのうえにのっているのは、花瓶で

はなかった。私はそれがなにであるか、一と目でわかった。

(夜光杯だ!)

と、心のなかで叫んだ。

その黒っぽい杯は、ワイングラスよりかなり大きく、ブランデーグラスほどの大きさがあった。部屋はうす暗く、窓際は明るい。黒い杯は窓の外の光をうつしている。うすい緑色のまだらに透けた模様を見て、私は酒泉のあの夜光杯の工房を、反射的に思い出した。

「どうしたんだい?」

とつぜん呆然とした私のようすに、崔建頂は不審を抱いたようだ。

「あれは夜光杯じゃないか?」

私はそこを指さして訊いた。

「ほう、きみは夜光杯なんてものを知っておったのか? えらいものじゃな。見直したぞ。夜光杯なんて、知る人はすくないからな」

崔建頂はそうほめてくれた。

「いや、ぼくは甘粛を旅行して、酒泉で夜光杯をつくっているところを見たんだ。十日まえに見たばかりだから、見誤ることはない」

私は正直にそう言った。

「ああ、そうか。……きみは夜光杯の本場へ行ったんだね。それをすっかり忘れて、うっかり感心してしまったよ。は、は、は……」

崔建頂は豪快に笑った。

「だけど、崔君、きみはどうしてあれを手に入れたんだね？」

と、私は訊いた。

とくべつ高価というほどではないが、夜光杯は数がすくないはずである。これも酒泉できいた話だが、もし夜光玉が、ヒスイや玉のような宝石であれば、どんなに交通の便が悪くても、利に釣られた連中が採取に行くであろう。夜光杯の素材は、それほど高く売れるものではないので、誰もわざわざ苦労して取りに行かなかった。

そのため、夜光杯は生産がすくなかったのである。——そうきいていたので、西北から帰ってまもなく、夜光杯にぶつかったことに、私はショックを受けたのであった。

だが、やはり話にきいていたとおり、どこにもある品物ではなかった。私が夜光杯と言い当てると、崔建頂が感心して、私を見直すとまで言ったのだ。

「階下《した》のじいさんにもらったのだ」

と、崔建頂は答えた。

「階下というと？」

「この真下の部屋にいるじいさんさ。この夏、へちまをつくると言って、たいへん張り切ってね。……ところが、階下のベランダでつくると、蔓《つる》がだんだん上へのびる。どうしても、階上の人間、つまり、ぼくの協力が必要なわけだ。ある日、じいさんがやってきて、へちまづくりに協力してほしいと頼みにきた。むろん、ぼくには異存はない。二つ返事で承知したよ。じいさんは喜んでね、わしのつくった夜光杯を、一つ進呈するといって、持ってきたのがこれなんだ。もらうとき、夜光杯の講釈を、たっぷりきかされたがね」

崔建頂は笑いながら言った。

「じいさんは、自分でつくった、と言ったんだね？」

私はせきこんで訊いた。

「そうだ、さっき、きみが酒泉といっただろう。……階下のじいさんが、たしかそこの人間なんだ。解放のころまで、酒泉で夜光杯づくりをやっていたそうだ」

「解放のころまで？」

そう言って、私は唾をごくりとのみこんだ。

あの工房を見学したときに説明をうけたが、解放——すなわち、一九四九年には、夜光杯をつくる人は三人しかいなかったということである。

（三人のうちの一人がここにいたのか！）

私はふしぎな興奮をおぼえた。

虚脱感から抜け出そうとして、崔建頂を訪問したのだが、ここで夜光杯づくりの老職人のことを耳にするとは。……

「夜光杯づくりのことは、いつもなつかしそうに話すよ」

と、崔建頂は言った。

「ぼくもききたいな。とにかく、酒泉へ行ったあとだし。……ねえ、そのじいさんに紹介してくれないか？」

私はねだった。ふだんの私に似ず、この依頼には力がこもっていたようだ。崔建頂は、めずらしいことがあるものだ、といった顔をしたが、

「いいよ。じいさんだって、誰かに話をきいてほしいんだから。……じゃ、ぼくはちょっと階下へ行ってくる。待ってくれたまえ」

　崔建頂は気さくに言って部屋を出た。

3

　階下の老人は、董伯仁《とうはくじん》という人物であった。七十代の半ばをすぎているが、大柄で、がっちりしていた。やや猫背である。夜光杯を磨くには、いつもうつむいているので、背がまるくなったのかもしれない。

「あんたかね、酒泉《しゅせん》へ行ってきなすったのは？」

　部屋にはいってくると、老人はいきなりそう言った。うれしそうにもみえたし、当惑しているようにもみえた。顔じゅうが、くしゃくしゃになっているので、その表情を的確に読むことがむずかしい。

「はい、そうです」

　と、私は答えた。

「電気で、ガーガーやっとるそうじゃね。……だいぶまえにきいたが」

「はい、うまくやっていました」

「けっこうなことじゃよ」

　董伯仁はそう言って、私のそばの椅子に、腰をおろした。老人の大きなからだをのせて、椅子はぎいーっ、と軋《きし》った。

「酒泉の工房でききましたが、解放のとき、職人は三人だけだったそうですね」

と、私は言った。

「そんなもんじゃったよ、酒泉ではのう」

老人は膝《ひざ》をのばし、関節のあたりを、しきりにさすった。痛むのかもしれない。

さきほど崔建頂から、この老人は七十代の半ばをすぎているときいたので、私はすばやく計算した。ことしは、中華人民共和国の建国二十六周年である。したがって、解放のとき、この老人はほぼ五十歳であったということになる。

「お話をうかがいたいのですよ、あのころの」

と、私はにこやかな表情をつくって言った。これまでの私の経験では、老人は話をしたくても、相手が反応を示さねば、気分を害して、黙ってしまうことがあった。

どんな話でも、けっしていやな顔をしてはならない。積極的に話をききたいときは、にこにこして対しなければならないのだ。

「そうか。……あんたは、あそこへ行って、夜光杯をつくっている現場を見ておる。とすれば、よけいな説明は要らんのう。……わしも話しやすい。わしも年じゃで、もう何年かすると、これまでのこと、忘れてしまうかもしれん。いまのうちに話しておきたい。……ほう、いい聞き手があらわれたものじゃ」

そう言って、老人は目をしばたたいた。くぼんだ眼窩《がんか》の底から、彼の目は遠くのほうを見ているようだった。——

目をしばたたいたあと、老人は洟《はなみず》をすすりあげた。

そんな動作をみていると、老人にとっては、これから語ろうとすることが、なによりも大切なことであるらしい。――

「わしは酒泉で生れ、酒泉で育った。生っ粋の酒泉っ子でな。……」

老人は、そんな前置きをしてから、ゆっくりと話をはじめた。――

董伯仁の父親も夜光杯づくりであった。彼が物心のつく前に死んだが、祖父もそうであったという。

生っ粋の酒泉っ子であると同時に、生れながらの夜光杯の職人でもあった。私が酒泉の工芸廠できいたとおり、これは割に合わない仕事で、一人去り二人去り、解放直前にはたしかに残ったのは三人だけになってしまった。

割に合わないというのは、どういう意味かといえば、親方から素材をもらい、夜光杯をつくって、親方に渡すだけで、その報酬は親子三人がやっと食べて行けるていどで、貯蓄など夢のような話であったという。

――職人がすくなくなれば、大事にされるんじゃありませんか？

と私が訊くと、董伯仁はとんでもないといった表情で、首を大きく横に振った。

――親方は、いやなら、いつでもやめてもいいぞ、と言ってましたな。……

老人は黒檀の花瓶台の上の、黒い夜光杯のほうに目をそそいだ。なんともいえないまなざしだった。老人が一生をかけたものがそこにある。老人はその仕事を愛していたのだ。磨いたり、彫ったりする、単調な仕事から生み出される、すばらしい品物に、深い愛着をおぼえていたのである。

——手放すのが惜しゅうてのう。……

老人は夜光杯への愛着を、たどたどしく述べたあとそう言った。いくら惜しがっても、いつも親方から前借りがあったし、材料も借りたものである。これは、と気に入ったものでも、手放さないわけにはいかなかった。

この仕事で助かるのは、自分の家でできることだった。研磨や彫刻の道具は、きわめてかんたんなもので、職人はみな家で仕事をしていた。工房などといったものは、当時はなかったのである。だから、董伯仁は同業者が何人いたか、正確な数を知らなかった。親方のところへ品物を納めに行くとき、顔をあわせる人の数から推測して、一ばん多いとき、すなわち日本との戦争が始まる直前ごろで、ほぼ二十人を越えたていどであろうという。

親方はこの二十数人の職人を、一堂に集めるようなことはしなかった。みんなで話し合い、団結して賃上げ要求などをされると困ると思ったのかもしれない。

だが、酒泉は小さな町である。そのころで、人口二万余にすぎなかった。だから、同業者とは町のなかでもよく顔をあわせることがあり、そのうちの何人かとは、とくに親しくなったものである。日中戦争の始まった年の夏、鍾《しょう》という姓の夜光杯職人が逃亡してつかまった。年は二十七で、まだ独身であった。

酒泉を出てほかの土地へ行くのは、べつに犯罪行為ではない。鍾は自分のつくった夜光杯数個と、まだ加工していない夜光玉の原石を持っていたが、これが窃盗とみなされたのである。職人は加工者にすぎない。原料も製品も親方のものなのだ。たとい自分の作ったものでも、それを持ち出せば泥棒であった。

鉄道が通じたのは解放後数年たってからのことである。当時は定期のバスさえなかった。鍾という青年は馬にのって逃げた。オアシスのまちは、陸のなかの島のようなものである。馬で沙漠を越えようとした青年は、孤島から小舟で逃げ出そうとするのに似ている。

夏をえらんだのは、野宿できると思ったからだが、どうやら考えが甘かったようだ。酒泉の周囲には、兵隊がうようよいたのである。ずっと東方で、日本と戦争が始まっていた。ずいぶん遠いけれど、甘粛省でも、軍隊は一応、警戒態勢をとっていたのである。

すこし前まで、酒泉は馬仲英《ばちゅうえい》という、すこし誇大妄想《もうそう》気味の青年将軍が支配していた。彼は自分をナポレオンに比肩する名将と思い込んでいたらしく、中国の西北に自分の帝国を建設しようと、新疆《しんきょう》へ兵を進めたが、あえなく敗れ、ソ連へ逃げ込んでしまった。馬仲英は回教徒で、回教国家建設を夢みたようだ。馬仲英敗退後、酒泉はやはり馬という姓の回教徒将軍の支配下にはいった。

鍾はその将軍の発行する『通行許可証』をもっていなかったので、兵隊の不審訊問《じんもん》にひっかかって、逮捕されたのである。そのとき彼は、懐ろから夜光杯を一つ取り出して、

――これをあげるから、見のがしてくれ。

と頼んだそうだ。

――馬鹿め！　ひとをなめるな！

兵隊は平手打ちを食わせた。鍾は沙漠の石ころのうえにひっくり返った。

もしその兵隊が、夜光杯の値打ちを知っておれば、それを懐ろにいれて、見のがしたかもしれない。だが、ちっぽけな、黒いガラスの杯を、兵隊はただのがらくただと思った。そんながらくたで、この俺様を買収しようなど、ひとをなめるのもほどがある、と怒ったのだ。

このエピソードからも、夜光杯が本場の酒泉近辺でも、あまり知られていなかったことがわかる。夜光杯は上海や北京、南京などに住む大金持が買うものなのだ。

たとえば十個の夜光杯を磨きあげた職人は、それでやっと一年間、家族を養えるとする。だが、そのほんとうの値段は工賃の百倍以上であるという噂《うわさ》が、職人のあいだに囁《ささや》かれていた。むろん祁連山で原石を切り出すコストも含まれているが、それにしても百倍とは！　親方から加工を依頼された一年分の品を、自分の手で上海あたりまで持ち出せたら。……家族が百年暮せるではないか。いまの生活は苦しすぎるから、倍ほどの暮しをするとしても五十年だ。——

鍾という青年が、夜光杯とその原石を抱えて、脱走した気持は、董伯仁にもわからないではなかった。だが、いくら逃げ出しても、けっきょくつかまるようになっていることは、四十をすぎた彼にはよくわかっていたのである。

——おまえ、鍾の真似をするんじゃないぞ。

董伯仁は、若い職人の楊有生《ようゆうせい》に、そう言いきかせた。年配の人間は世のなかの仕組みをよく知っているが、若い衆はなにをしでかすかわからない。とくに楊有生は、董伯仁が目をかけている青年だった。

（将来は金英《きんいん》の婿に。……）

と、董伯仁は思っていた。金英は彼の一人娘だったのである。

4

戦争が始まってから、若い職人が一人また一人と、酒泉のまちから姿を消した。さぞかし親方が怒っているだろうと思ったが、そんなようすはない。

――兵隊になったのだ。

という話が耳にはいった。いくら親方でも、兵隊になる若者をとめることはできない。楊有生《ようゆうせい》が酒泉のまちから消えたのは、日本との戦争が始まって四年たった年である。このときは、親方は烈火の如く怒った。

――泥棒猫め！

と、悪態をついた。

兵隊に取られたのではなく、夜光杯を抱いて逃げたのである。親方の怒り方でそれがわかるのだ。楊有生は物心のついたころから、夜光杯を磨いていた。職人の父親が病気がちであったので、彼は十代でもうりっぱな仕事をしていた。酒泉から逃げたとき、彼はやっと二十を越えたばかりであった。病気の父親は半年前に死んだ。

――おやじが死んで、身軽になったんで、逃げる気になったんだろう。

人びとはそう言い合った。鍾のときと違って、楊有生は途中でつかまることもなく、まんまと逃げてしまった。道路工事が始まって、おおぜいの労働者が、蘭州《らんしゅう》から酒泉にかけてはいりこんでいたので、そのなかにかくれて、逃げ切ったのだろうという。しかも、その道路工事は、夜光杯の親方と関係のある馬将軍の筋ではなかった。中央が直接管轄している工事であるといわれていた。酒泉は重慶の蔣介石《しょうかいせき》政権は、日本との戦争を機に、地方の雑軍を整理することを考えていた。酒泉は第八戦区に属し、戦区司令部は蘭州に設けられた。戦区司令長官は朱紹良《しゅしょうりょう》だが、実権は蔣介石の秘蔵っ子といわれた胡宗南《こそうなん》が、戦区副司令長官として掌握していた。馬家軍とか四馬（馬歩芳、馬歩青、馬鴻逵《ばこうき》、馬鴻賓）といわれたローカル軍閥の力は低下している。楊有生の逃亡が成功したのも、このあたりに一つの理由があるだろう。

朝から晩まで夜光杯を磨いている職人には、このような天下の情勢はわからない。

「逃げる前に、どうしてひとこと、おれに言ってくれなかったのかな。……」

董伯仁《とうはくじん》はため息をつきながら言った。彼は若い楊有生の面倒を、よく見たつもりである。娘の金英も十六になったので、そろそろ嫁入りの話を出してもよいころだった。彼は楊有生にそれとなく打診した。手ごたえはあった。

――一人前になったときには。……

楊有生は顔を赤らめて答えたものだ。いますぐには嫁などもらえないが、もう何年かたてば、という承諾の含みである。それなのに、黙って逃げるとは。――

楊有生が逃げて一と月ほどたってから、娘の金英は父親の董伯仁に、恥ずかしそうに、

「あのひと、出かける前に、何年かたてば、かならず帰ってくるから、それまで待ってほしいと言いました」

と、打ち明けたのである。

「そうか。……黙って逃げたわけじゃないんだな。……しかし、戻って来れるかな？」

夜光杯を持ち出したのだから、窃盗犯である。親方はちゃんと警察に訴えている。のこのこと酒泉に戻ってくれれば、警察は待ちかまえて逮捕するであろう。

「何年かたてば、情勢は変るだろうと、あのひとは言ってました。げんに、いまでもだいぶ以前とは変っていますものね」

と、金英は言った。若い人たちは、老人よりはいくらか敏感に、世の中の流れをとらえていたのである。

「しかし、なんでこの酒泉から出て行く気になったのかな？」

董伯仁は顎《あご》を指さきでぼりぼり掻《か》きながら言った。

「夜光杯のことを調べてみるんだ、と言ってましたわ」

と、金英は言った。酒泉を逐電する前に、楊有生は金英に、相当立ち入った話をしたようである。

「夜光杯のこと？　そんなもの、ほかでなにを調べるんだ？　夜光杯はこの酒泉でつくってるんだぞ」

「ここはつくるだけでしょ。親方がそれをどこへ持って行って、どんな値段で、どんな人に売るのか、そんなことを調べたいのです。ここではわからないことよ。よそへ行かなければ」

「そんなことを調べてどうするんだ？」

職人董伯仁にとっては、そんな調べはよけいなことであった。販路がわかっても、親方抜きに売ることはできない。そもそも原石をどこから手に入れることができるのか？

「そこまできいていません」

と金英は答えた。きいていたかもしれないが、それを父親に話しても理解してくれないだろう。

そう思って口を噤《つぐ》んだのにちがいない。

　楊有生が姿を消してしばらくすると、日本がアメリカやイギリスに宣戦を布告したという情報があった。夜光杯の職人は、新聞など読まないので、そんな情報も他人の話をきいて知ったのである。『大西北建設』という雄大なスローガンが、そのころかかげられるようになった。日本との戦いでは、ここは後方地区にあたる。日本軍の爆撃能力圏外にあるので、工業を振興し、食糧を増産して、前線を応援しようというのである。ただし、このスローガンもかけ声だおれで、じっさいの建設は遅々として進まなかった。

　ほかに変化といえば、この地域に外国人訪問客が急にふえたことが挙げられる。

　ある日、董伯仁のところへ、親方から使いの者がやって来た。道具を持って、親方の家へ行くようにと召集をかけられたのである。

（ああ、またか。……）

　これまでも、こんなことが年に何度かあった。上海《シャンハイ》や天津《てんしん》から客が来て、夜光杯づくりを見学したいというのである。薄汚ない職人の家へ案内するわけにはいかないので、職人を親方の家に召集するのだ。家の奥のひろい部屋が、臨時の工房となり、職人はそこで仕事をする。

　こんどもまたか、と思って親方の家へ行ったが、たしかに工房見学にはちがいないが、見学希望者は上海や天津の客ではなく、紅毛碧眼《こうもうへきがん》の中年夫婦であった。夫のほうは中国語が巧みで、酒泉訛《なまり》の董伯仁などより、ずっと標準に近い北京語を話した。

　――一個つくるのに、どれほど時間がかかるか？

　――一ばん難かしいのはどんなところか？

外人客はそんな質問をした。召集された職人は八人であったが、それが当時の酒泉における夜光杯職人のほとんどぜんぶであった。若い職人が兵隊に取られたり、転業したり、あるいは楊有生のように逃げたりする。老人は手がうまくうごけなくなって仕事をやめたり、そして死んで行ったりした。

——夜光杯を守るのは、この十人たらずの人たちです。

親方は外人客にそんな説明をしていたが、売買の話になると、

——では、応接間へどうぞ。

と、臨時工房から連れ出した。おそらく親方が口にする値段は、職人たちを驚倒させ、勤労意欲を喪失させる額であろう。ともあれ職人たちにきかせてはならないのだ。

あとできくと、その外人はアメリカから重慶《じゆうけい》へ派遣された、経済問題の顧問であるということだった。その後、少将の位をもつ、西洋人の軍人も見学に来た。休暇をとって旅行しているという、西洋人の飛行士もやってきた。彼らは見学したあと、おそらくいくつか夜光杯を買ったのであろう。外人客がふえたので、職人たちも、戦争が国際的になってきたのだ、ということが理解できた。

——もうすぐ日本が手をあげる。

という噂も流れていた。

## 5

戦争が終ったとき、董伯仁《とうはくじん》がまっさきに考えたのは、楊有生《ようゆうせい》が帰ってくるだろうか、ということ

だった。——戦争に勝ったのだから、親方も気前よく、楊有生の持ち逃げを許し、告訴を取りさげてくれるかもしれない。もし楊がそっと戻ってくれば、董伯仁は親方に赦免をかけ合ってもよいと思った。それなのに、楊有生はなかなか戻ってこない。

「金英《きんいん》、有生からなにか連絡があったろう?」

彼は娘にそう訊《き》いた。金英はもう二十になっていたが、楊有生が帰ってこないのに、いやにおち着いていた。どうも彼から連絡があって、それで悠然と構えているのではないかという気がしたのだ。

金英は笑いながら首を横に振った。

戦争に勝てば、すこしは暮しがらくになるだろうと期待していたのは、大きなまちがいであった。これ以上苦しい生活はあるまいと思われた、これまでの生活さえ維持できないようになった。トウモロコシの粉で、どうやら飢えをしのいでいたが、それさえ毎日は手に入らない。

「こんな時代になったんだ。もう夜光杯など買う人はいない」

親方はそう言って、賃銀を出し渋った。

「やめなさいよ、お父さん。朝から晩まで、背中をまるめるなんて、ほんとにからだに悪い仕事よ。駱駝《らくだ》ひきでもしたほうが、ずっとましだわ。それとも、お家で休んでいなさい。夜光杯なんて、もうたくさん!」

小間物の行商をしていた金英は、父を養うぐらいのことはできたのである。

「つらい仕事だが。……」

董伯仁は呟《つぶや》いた。娘にやめろと言われて、彼ははじめて、自分がいかに夜光杯づくりにのめり込んでいるかを悟った。夜光杯づくりは、彼の生き甲斐《がい》である。好き嫌いを越えて、彼の生活に深くはいり込んでいる。いや、夜光杯づくりが、生活そのもの、といってよいだろう。それをやめることは、生活することをやめるにひとしい。

（おれに死ねということだ。……）

そう言いかけたが、彼はなぜか口にしてはならないことだという気がした。

「好きだから、やらせてくれよ。夜光杯がだんだんツヤが出て、光をうまく通すようになったときのよろこび。……おれのよろこびなんて、それしかなかったんだから」

「でも、親方がお金をくれないわ」

「まだ原石がすこしのこっている。夜光杯をつくって行けば、すこしはくれるだろう」

「馬さんも徐さんも、みんなやめたわ」

「おれはやめない」

董伯仁は娘をみつめた。彼の眼には哀願の色がうかんでいた。

「ばかね。自分のつくったものを、自分で使ったこともないくせに」

金英はそう言って、大きなため息をついた。どうしようもないと思ったのである。

長い時間をかけ、丹念に仕上げた夜光杯である。完成して親方に渡すまえに、それに安酒をいれて一杯やってもよいのだが、董伯仁はそんなことはしたことがない。自分はあくまでも製作者であると思っている。つくる人と使う人はちがうのだ。娘にそのことで、ばかだと言われると、彼は、

――夜光杯は、おれたちが飲むような安物の酒をいれちゃいかんのだ。葡萄の美酒、夜光の杯といわれておるようにな。

と答えたものである。

親方に工賃を値切られ、ただ働き同様になっても、董伯仁は夜光杯づくりをやめなかった。原石がなくなると、親方に泣きついて、なんとか分けてもらった。

——あんたにはかなわんよ。

親方はそう言って、原石を渡したのだった。

日本との戦争では、生活は苦しかったが、すくなくとも直接、このあたりが戦場になることはなかった。日本軍の占領地域は、河南どまりで、陝西省《せんせい》へは侵入できなかった。甘粛省《かんしゆく》は陝西省よりもまだ西である。

ところが、戦争が終ると、戦火が近づいてきたのだ。新聞も読まない夜光杯づくりには、それがふしぎでならなかった。

「共産党と国民党が、戦争をしてるのよ」

と、金英は首をかしげている父に教えた。

「共産党というのはどこの国だね？」

五十歳の夜光杯づくりの知識は、このていどのものだった。

「どっちもおなじ中国人よ」

金英は苦笑しながら言った。

「じゃ、なんで戦争をするんだね？」

董伯仁には解けない謎《なぞ》であった。

中国の内戦は、緒戦は国府軍が優位に立った。アメリカの武器援助があり、日本軍から接収した武器も豊富であった。西北の胡宗南《こそうなん》軍などは、日本との戦争のあいだ、ほとんど日本軍と戦ったことがない。戦後、共産軍との戦いのために温存されたといわれる虎の子部隊である。一時は、共産党の根拠地であった延安《えんあん》まで占領し、蔣介石を狂喜させたものであった。

だが、第二段階になると、様相が異なってきた。悪性インフレの下に、人びとは塗炭の苦しみをなめている。それにたいする怒りが、巨大なエネルギーとなっていた。そのエネルギーをひきいれたほうが優勢となるのだ。

すなわち、人心がどちらに傾くかで勝敗が決せられた。腐敗と失政を重ねた国府から人心は去り、軍律厳正な解放軍に人民の期待が寄せられたのである。

東北（満洲《まんしゅう》）、華北が解放軍に手中におちいり、西北でも延安はたちまち共産党が奪回するところとなった。

一九四九年四月二十四日、国府軍は十二万余の損失をうけ、山西省都の太原《たいげん》を放棄し、西へむかって敗走した。共産党の西北解放軍、すなわち第一野戦軍は、これを追撃し、その勢いに乗って、陝西《せんせい》省都の西安《せいあん》を占領した。解放軍は西進をつづけ、馬歩芳軍の四万余を殲滅《せんめつ》して、甘粛省都の蘭州を占領したのが、八月二十六日のことであった。

敗残兵が酒泉のまちに溢《あふ》れた。胡宗南の中央軍あり、馬一族の雑軍ありで、服装もまちまちだが、どの顔も疲れきっていた。

――戦争がやってきた。……

住民たちは敗残兵の姿をみてそう実感した。

酒泉では回教徒将軍の馬歩芳が、挽回《ばんかい》のために狂奔した。このままでは解放軍の波を防ぎ切ることはできない。

——戦える者はすべて武器をとれ！

兵隊狩りが始まった。五十歳以下の者は、有無をいわせずに連行された。もっとも、兵隊狩りの役人に金をつかませると、見逃してくれるのである。またしても貧乏人が苦しい目に遭うのだ。まためぼしい富豪は早くから避難して、城内にはいなかった。またしても、またしても……


「おまえいくつだ？」

と、役人は訊いた。

「五十です」

と、董伯仁は答えた。役人はちょっと考えたが、すぐに、

「よし、兵隊行きだ」

「でも、私は五十で、へい」

「五十一以上はいいが、五十はだめ」

董伯仁は役人を買収する金を持っていなかった。彼はあたりを見まわした。娘をさがしたのである。金英なら、この役人を言い負かすことができるかもしれない。だが、金英は小間物の行商に出ていた。紙幣価値は日一日と下落する。人びとは争って紙幣を物品に換えようとした。だから、金英は忙しいのである。売って手にいれた紙幣で、すぐに仕入れをしなければならない。紙幣はババ抜きのババになっていた。家などでのんびりしているひまはなかった。

董伯仁は役人に腕をつかまれた。

「やい、立たんか！」

と、役人は彼をひきずった。

「行きます、へい、行きますだ」

董伯仁は絶望した。彼はこれから磨こうとしていた、夜光玉の原石を、とっさにワイシャツの胸のポケットにいれた。――これで買収できるかもしれない。

6

夜光玉の原石には、誰もふりむかなかった。製品になっておればともかく、薄汚れた男のさし出す黒いかたまりは、誰にもその値打ちがわからなかったのである。

兵隊といっても、董伯仁《とうはくじん》などの臨時兵は、鉄砲を持たされるわけではない。糧秣《りようまつ》や弾薬の運搬である。車にのせ、騾馬《らば》にひかせ、駱駝にのせ、そして人間はかつぐ。牛馬とおなじ扱いなのだ。軍服も支給されない。夏だから、シャツ一枚でよい。

かつては五十万の大軍に君臨した胡宗南《こそうなん》将軍も、解放軍に蹴散《けち》らされて四川へ逃げ込んだ。人間、逃げるときは、たいてい古巣をめざす。胡宗南はあるじ蒋介石のいる方向に逃げ、馬歩芳は自分の縄張りである、甘粛西部へ逃げた。

いったん酒泉まで逃げた馬歩芳は、解放軍の攻撃を、なんとか張掖《ちようえき》県あたりで食いとめたいと思った。解放軍の主力は胡宗南を追っており、一部は青海《せいかい》省の西康《せいこう》めざして進撃している。だから、張掖、酒泉の線にまわされた解放軍の人数は、そんなに多くはないはずである。

――兵隊を狩り集め、態勢を立て直せば、なんとか縄張りを維持できるだろう。

馬将軍はそう答えた。

だが、事実は彼の思惑どおりにはならなかった。河西の走廊にむかった中共第一野戦軍の部隊は、数こそすくないが、王震《おうしん》将軍の率いる精鋭であった。

張掖と酒泉の中間で両軍が接触するや、その瞬間、勝敗はきまった。

馬歩芳軍の俄《にわか》仕立ての兵隊は、銃声をきくや否や、くるりとふりむいて脱兎のごとく逃げだした。正規兵でも、銃や弾薬、剣帯など、逃げるのに邪魔になる物は、ぜんぶ放《ほう》り出した。

董伯仁も担がされていた弾薬箱を投げすてると、一目散に、酒泉の方向にむかって走った。銃声は後からきこえるだけではない。右からも左からもきこえるような気がした。いや、前からもきこえた。——

逃げているのに、前から銃声がきこえるのはおかしい。だが、国府軍には後方に督戦隊がいて、逃げる味方を撃つことがある。董伯仁の右に走っていた、四十がらみの男が、ばたと音をたててたおれた。前を走っている男も、急に立ちどまり、左右によろめいたかと思うと、どうとひっくり返った。

「いけねえ！　助けてくれ！」

おそろしさのあまり、董伯仁は大声で喚きながら、目をとじて走った。石ころに躓《つまず》いてたおれ、また立ちあがって走る。よろけているのが自分でもわかるが、いまはもう一尺でも酒泉へ近づかねばならない。右に左に、喚きや悲鳴がきこえた。

——生きているのか、死んでいるのか、自分でもわからなかった。

あとになって、董伯仁はこのときの自分の心理をそんなふうに説明した。なにしろ、足もとに、ピシッ、ピシッと、銃声が砂に食いこむ音がする。生きた心地がなかったというのが正直なところであろう。

沙漠《さばく》といっても、石ころの多いところである。走るどころか、歩くのにさえ難儀しなければならない。五十歳の董伯仁が、その沙漠を、銃弾に追われながら、無事に酒泉に着いたというのが、そもそも奇蹟《きせき》に近いことだったのである。

（ああ、やっと帰り着いた。……）

酒泉の城門を見たとき、彼ははじめて命が助かったという実感をもった。

兵隊に狩り出されはしたが、軍服の給与を受けたわけではない。ひっぱられたときのままの服装なのだ。酒泉のオアシスが近づいて、農耕地帯にはいると、そのままの姿で、田畑のなかにとび込み、田を耕すふりをする兵隊が多くなった。だが、董伯仁はそうしたいのを我慢して、酒泉城のなかまではいったのである。

威嚇を目的とする城門が、こんなにやさしく見えたのは、董伯仁にとっても、はじめての経験であろう。

足は棒のようになっていたが、とにかく彼は走りに走った。まっしぐらに我が家にむかったのである。

我が家の前には、娘の金英と、一人の若い男が立っていた。

（ああ、とうとうやって来たか、やっぱり）

と、彼は思った。それは彼が、いつかは帰ってくるだろうと思っていた人物――楊有生《ようゆうせい》だったのである。

金英は駆け寄って、父親の腕をとらえ、

「お父さん、よかったわ。ほんとによかったわ。帰ってみたらお父さんがいないでしょ。どこへ行ったのか、近所の人にきいたら、兵隊だって言うんで、びっくりしたわ。……たくさん人が死んだって話で、心配で心配でたまらなかったのよ。よかったわ、生きて帰ってきて。……」

と言った。彼女の顔は涙に濡れている。楊有生がゆっくりと近づいて、彼女の言葉が終るのを待ってから声をかけた。

「おやじさん、ご無沙汰しました」

「どこへ行ってたい?」

と、董伯仁は訊いた。

「西安《せいあん》にいたのよ、ずっと。……」

金英が楊有生に代って答えた。どうやら、やはりこれまで二人のあいだには連絡があったようだ。

「そうかい。……」

そう言うと、彼はその場にへたりこんでしまった。逃走の疲れが一時に出てきたのである。道のうえにあぐらをかいて、彼は、

「この戦争、いつになったら終るのかな?」

と呟いた。

戦争さえ終れば、ゆっくりと夜光杯を磨き、むかしほどの賃銀がもらえると思ったのだ。

「おやじさん、戦争はもうこれで終りだよ。新疆《しんきよう》から馬軍が応援にかけつけるって噂《うわさ》もあったが、そいつはおじゃんになったよ。新疆は共産党と合作するって、通電を出したんだ。もう戦争はおし

まいさ」

と、楊有生は言った。

「ありがたいね。ほんとかね？」

董伯仁は、久しぶりに笑って、立ちあがろうとした。だが、うまく立ちあがれない。金英と楊有生が、左右から腕をとって、彼はやっと立ちあがった。

「西安でなにをしてたんだ？」

「夜光杯をつくってたよ」

と、楊有生は答えた。

「なに、夜光杯。……」

董伯仁はきき返した。夜光杯は酒泉だけでしかつくらないものとばかり思っていたのだ。

「おやじさん、夜光杯はずっと前から西安でつくってたんだ。あそこには電気がある。機械でびゅーっ、とやれるんだな。最後の仕上げだけ、人間の手でね。……こっちじゃ、大きいのは、月に一個でしょう。機械でやれば、一人で十個以上、いや、二十個でもつくれる。おれ、友人からそれをきいたんだ。こっそりと教えてくれた。姿を消して親方が怒らなかったのは、親方がそっと連れて行った連中のときでね。……おれ、西安へ行って、それを確かめ、やっぱりその工房にはいったよ」

と、楊有生はゆっくりと言った。

「月に十個も二十個も……じゃ、親方はどうしてこの酒泉で、わしらにつくらせた……なぜなんだ？」

「見せかけ用なんだ。始めから終りまで、人間の手でやるんだ、大へんな仕事なんだ、と世間に見せかけるためだね。見学客がいるから、それに見せねばならんものね。……電気のない酒泉でやってるんだ。これは値打ちもんだぞと……」

「なに？　わしらが……わしらが見せかけ用の人間だったって？　ただの見せかけ？」

董伯仁はよろめいた。楊有生があわてて手を出そうとしたが、そのまえに董伯仁はまた尻餅をついてしまった。

「見せかけのため？　それが、わしの一生だったのか。……」

彼は呟いた。そのあと、口をぽかんとあけた。——愕然《がくぜん》としたのである。心魂をこめた仕事。それに明け暮れた一生が、見せかけのためにすぎず、夜光杯の大部分は西安で作られていたとは！

楊有生は董伯仁の腕をとろうとしたが、こんどはふり払われた。

「わしは兵隊にとられても、原石を懐ろにいれていたんだ。……そ、それなのに……うぬ！　夜光杯なんて、こうしてくれる！」

董伯仁は古着屋で買った、ぼろぼろのワイシャツの胸のポケットから、小さな原石を掴《つか》み出し、それを投げすてようとした。その両眼には涙がいっぱいうかんでいた。

「おやじさん、待ってくれ。その石は……」

楊有生は相手の手首をつかんで、その原石をもぎとった。

「なにをするんだ！」

手をふりほどいたとたん、こんどは楊有生がひっくり返った。彼はゆっくりと起きあがって言ったのである。——

「おやじさん、夜光杯はあんたに恩返しをしたんだ。ごらんよ、この原石を。ねえ、ここに傷があるだろう？　これは弾痕《だんこん》だぜ。おれは鉄砲にうたれた石をみたことがある。おやじさん、ほんとうなら、鉄砲に撃たれて、おっ死《ち》んでたところを、夜光玉の原石がはじき返してくれたんだ。みろよ！」

「な、なに？　ほんとか？」

董伯仁は楊有生の手から、その原石をひったくった。

「ほんとだ。……」

董伯仁はそう言って、しばらく呻《うめ》いた。

以上は董老人が私に語った物語である。見せかけ用にすぎなかったと知って、彼は人生に絶望したが、夜光杯の恩返しを知って、人間として立ち直ったのである。

楊有生は金英と結婚し、董老人は娘夫婦と西安へ行き、数年後には北京に移った。老人は特殊工芸部門の石彫技術を、後輩たちに指導する仕事につき、つい数年前に退休（退職）したばかりである。

老人が帰ったあと、崔建頂《さいけんちょう》は声をひそめて、

「ぼくは彼の娘婿の楊有生から話をきいたが、老人の手から原石をもぎとったあと、わざとひっくり返し、すばやくヤスリで傷をつけたそうだ。職人だから、そんな道具はいつも身につけていたんだね。シャツはぼろぼろになっていて、弾痕があるかどうかもわからない。原石についたのは、弾痕でもなんでもないいんだが、あの恩返しの話をつくったおかげで、董伯仁のたましいの空白が埋め

られたんだよ」
と、つけ加えた。

初出　「小説新潮」一九七五年十二月号　新潮社
初刊　「景徳鎮からの贈り物」所収　一九八〇年二月　新潮社

# 花咲く月琴

## 1

四年前に私は中国の新疆《しんきょう》ウイグル自治区を旅行した。ウルムチとトルファンを訪ね、天山のボクド・オラに登ると、もう予定の日数が尽き、急いでひき返したのである。そのとき、南疆《なんちゃん》（新疆南部）へ行かないかと誘われた。案内してくれた人が南疆出身なので、南部を見なければ、新疆のぜんぶはわからないという意見をもっていたようだ。私もシルクロードをもっと先まで行きたかったが、時間の都合であきらめたのである。

——つぎの機会にしましょう。

私はそう言って新疆に別れを告げた。

こんど北京《ペキン》に来てみると、

——つぎの機会と言っていたが、あの人たちはいったい、いつ来てくれるのか。

と、南疆の人が言っている話をきいた。いつでも歓迎するということである。それをきいて、私のシルクロード熱は俄然《がぜん》燃えあがってきたのだった。今回はもともと景徳鎮《けいとくちん》に行く予定であった。景徳鎮には悪いけれど、江西《こうせい》省ならいつでも行けるではないか。新疆の西のはてには、そうかんたんには行けない。話がつながっているうちに行くべきであろう。

——待ってくださっているのですか。では、ぜひ行きたいと思います。

二つ返事で私は南疆旅行に変更した。

いま私は中国で最も西にある喀什市の賓館《ひんかん》で、原稿用紙をひろげている。この喀什市はすなわちカシュガル市なのだ。喀什地区の地区革命委員会の所在地である。喀什地区は人口二百万を越えるが、この喀什市は二十数万であるという。喀什地区の住民は九十五パーセントがウイグル族である。深目高鼻のシルクロードの民《たみ》なのだ。街路をロバが荷物を背にのせて歩く。ラクダの姿もみかける。荷物をはこぶラクダは、たいてい二頭立であった。このエキゾチックな雰囲気の中で、私はペンをとっている。

ひろい部屋に絨毯《じゆうたん》を敷きつめ、壁にも絨毯がかけられている。この地は絨毯の産地として知られているのだ。天井も高く、なにもかも大造りである。この建物はかつてソ連の総領事の宿舎であったという。

今日の午後、私は喀什地区の民族手工業工廠《こうしよう》を見学した。工廠というよりは、工房と表現したほうがよい。そこでは、ウイグル族の愛用する帽子や民族楽器がつくられていた。ほとんど手づくりである。

楽器がおもしろかった。さまざまな民族楽器があり、木材の部分はかならず桑《くわ》の木でつくられるという説明をきいた。いかにもシルクロードにふさわしいではないか。

絃《げん》楽器だけでも、柄《え》が長く杓《しゃく》のような形をしたタンポール、フライパンのように平板なトータル、蛇皮を張り半月をあしらったラワーブ、胡弓《こきゅう》に似たハイジェイキなどがある。ことし八十四歳になるサライスマイルという老人は、楽器を作って七十余年になる超ベテランである。楽器工房の主任アイササービトという人は、絃楽器弾《ひ》きの名人としても知られているそうだ。そういえば、カイゼルひげをはやした彼の顔を、私はどこか画報で見た記憶がある。彼はトータルを弾いてくれた。大きな円形のトータルは、中国に伝わって月琴《げっきん》となったのであろう。この地方の漢族はトータルを「月琴《ユエチン》」と呼んでいた。

## 2

月琴の名人。アイササービト氏の顔をみているうちに、私はいつかきいた物語を思い出した。それは一八五六年の物語である。中国では、南京《ナンキン》を占領した太平天国《たいへいてんごく》が、そこを天京《てんきょう》と改名して首都と定め、清朝《しんちょう》側の江南大営を攻めていたころなのだ。

孫子《そんし》の兵法《へいほう》に教えられるまでもなく、敵を知り、己《おのれ》を知ることが戦争に勝つ理想の状態である。太平天国側も清朝側も、さかんに諜報《ちょうほう》活動をおこなっていたのはいうまでもない。できるだけ多くの情報を集めることが、勝利につながるのだから、双方ともこれに力をいれたのである。

この情報合戦では、どちらかといえば、太平天国側よりも、清朝側のほうが有利であった。なぜなら、太平天国が支配している南京をはじめ長江下流の流域一帯は、ついこのあいだまで清朝が二百余年にわたって統治していた地域なのだ。遥《はる》か広西《こうせい》省の金田村《きんでんそん》という片田舎から、一気呵成《いっきかせい》に攻めのぼった太平天国軍は、南京を占領するまで、その首脳陣の誰《だれ》一人としてこの地方の土を踏んだ者はいなかったのである。自分たちのげんに支配する地域についての情報でさえ、十分とはいえなかった。

——我が家のなかに、どんな仕掛けがあるのか、それさえわからない。

東王楊秀清《ようしゅうせい》は南京に来てからよくそう言ったものである。

太平天国は一八五一年、金田村で挙兵して永安州《えいあんしゅう》を奪ったとき、最高指導者の洪秀全《こうしゅうぜん》は天王と称し、五人の元勲をそれぞれ王に封《ほう》じた。楊秀清が東王、蕭朝貴《しょうちょうき》が西王、馮雲山《ふううんざん》が南王、韋昌輝《いしょうき》が北王で、この四王につづく重要人物の石達開《せきたつかい》が翼王となった。

これでもわかるように、楊秀清は太平天国のナンバー・2であった。広西で人足や炭焼をしていたが、天才的な組織者で、太平天国の骨格を造ったのは彼であるといわれている。極貧階層の出身なので、ろくに学問もなかった。しかし、組織や軍事の才能は、当時の読書人がやった「学問」とは、まったく関係がなかったのだ。

楊秀清にとって、太平天国は自分のすべてであった。この組織を守るために、彼は全精神を傾けた。彼が本能的に最も危険だと感じたのは、敵の諜報活動であった。

——なによりもまずこの天京のことを知らねばならん。どんな人間がいて、これまでどんなことをやっていたか、それをできるだけくわしく調べよう。

彼はそのことを部下に命じた。

天京、もとの南京は百万都市であったが、楊秀清はその一人一人についても調べ出そうという意気込みであった。蛇《じや》の道は蛇《へび》で、優秀な組織者であった彼は、敵がどのような方法で自分の組織を守ろうとしているか、そのポイントがようやくつかめるようになった。

敵が送り込んだ、というよりは、はじめからそこにいて残留した間諜が、たしかにいるはずである。彼はそれを洗い出そうとしたのだった。

敵の情報網の一端をつかむまでは、ずいぶん苦労したが、そのあとはわりあいらくであった。芋《いも》蔓《づる》式に手繰《たぐ》ってひき出すことができた。とはいえ、すべてを洗い出せるわけではない。まだ残っている諜者が、敵に通報するのを妨げなければならない。あるいは偽の情報をつかませるような工作もした。だが、いくらやっても十分とはいえない。太平天国と清朝との諜報戦については、鎮圧された太平天国のほうの資料がきわめてすくない。ほとんどの文献が破棄されている。もともと諜報については、記録が残されないのがふつうだが、それでも清朝側では、戦いが終わったあと、「いまだからこそ言うが……」式の記録が伝えられた。清朝軍の主力であった湘《しよう》軍の総帥曾国藩《そうこくはん》も、その種の記録を残した人物の一人であった。それにくらべると、太平天国のものは、ただ民間説話の形で、いかにも心細げに伝わっているにすぎない。

その種のあまり根拠のはっきりしない説話の一つに、

――月琴の名手と放浪画家。

の物語がある。

喀什《カシユガル》の楽器工房主任アイササービト氏の顔を見て、私が思い出した物語というのがこれなのだ。時代が一八五六年であったことを覚えているのは、それが太平天国の首脳陣に内訌《ないこう》がおこったという、おぼえやすい年だったからである。この内訌によって、東王楊秀清が北王韋昌輝に殺されてしまう。韋昌輝のクーデターがあまりにも残虐であったので、彼は人望を失い、やがて前線から馳《は》せ戻った翼王石達開に攻められて死んだ。

南京を占領するまでの戦いで、太平天国は西王の蕭朝貴と南王の馮雲山を失っているので、この一八五六年の内訌で、東西南北の王がぜんぶ消え失《う》せたわけである。やがて翼王石達開までいや気がさし、軍兵を率いて天京から退出することになった。

運命の年であった。

楊秀清はまもなく自分が殺されるなど、ゆめにも思っていなかったはずだ。太平天国の北伐は失敗に帰したが、それでも、この年のはじめの状況は、けっして悲観すべきものではなかった。各地で、太平天国軍は清軍を破っていた。敵の総帥曾国藩は、敗戦をかなしみ、投身自殺をくわだてたほどである。曾国藩は水中から救い出されたが、それほど戦いは太平天国側に有利であったのだ。

太平天国はいまや天下の半ばをその手におさめた。

「えらいことになりましたね。まさかこんなに成功するとは」

太平天国の幹部のなかで、そんな意味のことを口にする者もいた。

たしかに意外な成功である。金田村で挙兵したときは、瘦《や》せた広西の土地から、すこしでもましな土地へ行くのだという気分があった。湖南地方に踏みとどまって、小さく固まろうという意見もすくなくなかった。それに反対して、

——中途半端なことではだめだ。そもそも大王朝の版図《はんと》のなかに、独立小国など存在できるはずはない。

と、断固、前進また前進を命じたのは、ほかならぬ楊秀清だったのである。彼は強引に自分の意思をつらぬいた。それが成功したのだ。すくなくとも大部分の人は成功であると評価した。だが、楊秀清はそうは思わなかった。成功に酔うような発言をきくと、彼はきびしい表情をして、

「これが成功といえるものか。天下の半ばを取っても、いや天下の八割を取っても、けっして成功とはいえない。敵を消滅させて、はじめて成功といえるのだ」

と、たしなめた。

——中国のあるじになる。

そのためには、天下の半ばなどまだ序の口なのだ。敵が存在するかぎり、すでに得た天下の半ばも、いつ失われるかわからないのである。

太平天国を組織したのは楊秀清である。これは苦心の作なのだ。それだけに、彼は組織の欠点を誰よりもよく知っていた。欠点は徐々に改善すべきだが、とりあえず、自分たちの欠点を敵にしらせないことが大切である。

彼は睡眠中、よくうなされた。全身、びっしょり汗をかく。おそろしい夢をみるのだ。彼にとって、「おそろしい」とは、太平天国の崩壊以外のものではありえない。

（おれが曾国藩なら……）

彼は自分が敵の大将になったつもりで、太平天国を攻める場合を想定した。

まるでかんたんなのだ。

天京なんか、あっというまに攻め陥《おと》すことができる。……

いま天京が安泰なのは、敵がこちらの弱点を知らないからにほかならない。これからも、けっして知らせてはならない。楊秀清はそう思っている。その彼が、敵の諜報活動に神経過敏になっているのはとうぜんであろう。

3

太平天国の天王府は、もと両江総督署であった。そこへ出入りする首脳たちが、出会ったときにたがいに示す微妙な表情の変化を観察しただけで、部内の矛盾や弱点の一端がうかがわれるだろう。天王府には雑役の人たちが多い。彼らのなかに、敵に通じている者がいるかもしれない。

楊秀清は天王府をはじめ、各王府に勤務している下級職員を警戒した。

太平天国は広西から兵を進めたが、南京を攻めた百万の大軍は、大部分が湖南、湖北で参加した連中であった。楊秀清にとっては、彼らが全面的に信頼できるかどうか、きわめて疑わしいと思えた。彼らはみなそれぞれ手柄を立てたことになっている。そして、ちょっとした役職についていた。王府の雑役などをしているのは、あまりぱっとしない人間のはずであった。

——志願して王府の雑役になった者はいないか？

楊秀清はひそかにそのことを調査させた。重要人物に接近できる機会は、中級の幹部よりは最下級の召使のほうがずっと多い。そこに目をつけて、諜報を目的にもぐり込む人間がいないとは限らない。

その調査によって、数人の容疑者が摘発された。

——ほうぼうを渡り歩く人間で、あやしいやつはいないか？

楊秀清は第二の密命を下した。

挙兵当時の軍隊は、はだしにむしろ旗式のもので、それから五年あまり、まだ組織は充実していない。軍隊の常識についてもあまりよく知っていないのである。しろうとの軍隊なのだ。とくに機密保持については、まるで念頭にないといってよかった。

どの地方にどれほどの軍隊が駐屯しているか、太平天国軍はそれをかくすのが下手である。あるていど軍事知識をもった経験者が、外から時間をかけて観察すれば、ほぼ正確にわかるはずだ。

——それを調べるやつは、ほうぼうをうろついても不自然にみえないように工夫しているだろう。

楊秀清はそう考えた。

それはどのような種類の人なのか？

彼がむかしやった貨物運搬の人足もそうである。移動するのが商売なのだ。行商人もうごかなければ仕事にならない。水路の近くなら、船頭もそれにはいるだろう。それから旅芸人も渡り歩くのが稼業である。楊秀清はそのような人たちを、直属の担当者にマークさせた。

「張圭《ちょうけい》という旅まわりの月琴弾きに不審な点があります」

という報告が、楊秀清のもとに届いたのは、一八五六年正月のことであった。

「どのような点が不審なのか？」

と、楊秀清は訊《き》いた。

「名手でございます。じつは私もすこしは音曲をたしなみますが、あれほどの名手は、めったにおりません」

と、その部下は答えた。

「なぜ月琴の名手であることが不審なのか？」

「張圭はすでに四十の半ばにはなっております。あれほどの名手が、その年になるまで、まったく名前を知られていないのがふしぎです。旅まわりの芸人であれば、おおぜいの人の耳にふれているはずではありませんか」

「それもそうだな」

楊秀清はうなずいた。

その事実は、張圭が俄《にわ》かづくりの旅芸人であることを物語っていた。

「本人はもと湖南の素封家《そほうか》だったのが、近年、家運が傾き、零落したため、旅芸人になったと申しているようです」

「道楽で習って長じた芸を、零落してから飯の種にするという話はよくきく。とりたててめずらしい話ではないが。……」

「そのような身の上の人物には、うらぶれた翳《かげ》があるものですが、彼にはそれがまったくありません」

呉真中《ごしんちゅう》というその部下は、楊秀清の幕僚になる前は、大道の売卜《ばいぼく》者であった。しがない占師だが、骨相、人相のたぐいは一応研究している。なによりも彼は人間を観察する冴《さ》えたカンをもっていた。だからこそ、楊秀清は彼にこの方面のことを担当させたのである。

「ほう、それがおまえのカンなのか？」

「はい。私のカンでは、おちぶれたのではなく、任務として月琴弾きの旅芸人になったのだと思います」

「おまえのカンを疑うのではないが、はっきりした証拠がなければ……」

楊秀清は天井を仰いだ。

絶大な権力をもつ彼の王府は、天王のそれに劣らぬ豪華なものだった。天井には上海《シャンハイ》のイギリス人から買った、みごとなシャンデリアが吊《つ》るされていた。楊秀清はそのシャンデリアの輝きに目をむけていたのである。

「しばらく泳がせておきましょうか？」

と、呉真中は訊いた。

「そうだな。しばらくようすを見て、あやしい点がもう一つふえたら、そのときにぶち込むことにしよう」

と、楊秀清は答えた。

数日たって、呉真中は張圭について、あやしむべき点が一つふえたと報告した。

「いよいよ尻尾《しっぽ》を出したか。で、そのあやしむべき点とは？」

と、楊秀清は訊いた。

「湖南の素封家で、かなりの教養人なのに、本一冊持っておりません。いえ、紙一枚所持していないのです」

「それがなぜあやしいのか？」

「文字をかいた紙一枚持っていないのは、あやしまれないためでしょう。そんな注意を払うこと自体、胡散臭《うさんくさ》いではありませんか」

呉真中の話によれば、張圭は一人の娘を連れて天京を中心とする地方を、かなりひろく歩いているという。張圭が月琴を弾き、娘の若蘭《じゃくらん》が歌をうたうのである。若蘭は二十二、三の美貌《びぼう》の女性だが、一般の評判では美しいけれど、どこか近寄り難いかんじがするそうだ。なによりも張圭の月琴があまりにもすばらしいので、さすがの美貌の若蘭も、人気の点では父親に劣るという。

張圭のレパートリーのなかでも、最も人気があるのは、「説三分」である。説三分というのは、天下三分の計、すなわち三国志の物語を、節をつけて語りながら、月琴を爪弾《つまび》くものなのだ。

——わかりやすいうえに、けっして俗っぽいかんじがしない。

という、理想的な語りであるらしい。高踏的な表現を避けながら、しかもみやびやかな語り口を失わない。それは練習にもよるであろうが、やはり教養が底にあるからできる技にちがいない。そのような教養人が、種本一冊も身につけていないのである。呉真中は部下の特殊技術者を使って、張圭が気づかないうちに、その所持品を徹底的にしらべた。その結果、右のようなことがわかったのだ。

かりに張圭が太平天国の軍事機密をさぐっているとしても、それをどのようにして、清朝側に伝えているのだろうか？　すべてを頭のなかにとどめ、口頭で報告するのだろうか？　頭のなかにおさまり切れるほど、軍事機密は単純なものであろうか？

楊秀清はしばらく首をひねっていたが、やがて立ちあがり、部屋をゆっくりと一巡してから、

「やはりぶち込むことにするか。……」

と呟《つぶや》くように言った。

疑わしきはぶち込め、である。尻尾をつかみ、仲間を芋蔓式《いもづる》に検挙するためには、泳がしておいたほうがよいかもしれない。だが、一面、張圭がすぐれた諜報員であるとすれば、一日長く泳がせることは、太平天国の機密をそれだけ多く敵にもらすことになる。部屋を一巡するあいだに、楊秀清は得失のバランスを考え、張圭を逮捕することを決意した。

張圭は所持品一切を没収され、東王府の一隅に拘留された。だが、娘の若蘭はなんの咎《とが》めもなかった。楊秀清は張圭の自由を奪って、娘のほうを泳がせることにしたのである。ベテランの呉真中が、彼女の行動を監視させたのはいうまでもない。

4

「なにか釣れたかね？」

張圭《ちようけい》が逮捕された三日後、楊秀清《ようしゆうせい》は呉真中《ごしんちゆう》にそう訊いた。泳がせている若蘭《じやくらん》は、いわば餌《えさ》である。それにひっかかった魚はいないかという意味なのだ。

「ひっかかったようですが、その大きさはまだわかりません」

と、呉真中は答えた。

手ごたえはあったのだが、それが大きな魚であるか、小さな雑魚《ざこ》にすぎないのか、いまのところ判定できないのである。

「できるだけ早く測っておくように」

と、楊秀清は言った。

「はい、全力を尽します」

「大事な仕事だぞ」

「はい、それはよくわかっております」

呉真中は力をこめて答えた。

「成功したなら、おまえの位階勲等の昇進はいうまでもない」

「ありがたい思召《おぼしめ》しでございます」

「大魚であることがわかれば、その勲功は十万の大軍を殲滅《せんめつ》させたにひとしい。それほどの仕事だぞ」


楊秀清にしては、めずらしいほどの念の入れ方であった。

それには理由があった。この一ヵ月ほどのあいだの清軍の攻撃ぶりをみていると、どうも太平天国軍の配置や移動を、ちゃんと心得ているように思えてならないのである。敵は狙《ねら》いすましたように、こちらの弱い線を攻めてくる。そのために、太平天国軍は思わぬ大きな損害を受けた。

——弱点を知られているらしい。

楊秀清は不安を抱《いだ》いた。

太平天国の前線部隊の十の弱点のうち、すくなくとも二か三は敵に知られているとおぼしいのだ。弱点の半ばを知られてしまえば、味方の受ける損害はさらに数倍になるだろう。かりに弱点のすべてが知られたなら、それは太平天国の崩壊を意味することにほかならないのである。

それほど重大なことなのだ。こちらの弱点を敵に通報する諜報グループを叩《たた》き潰《つぶ》せば、たしかにその功績は十万の敵軍を撃破するのに匹敵する。

「はい」と、呉真中は緊張して答えた。「私のカンではかなりの大物ではないかという気がするのですが」

「おまえのカンか。……そいつは、すがりつきたくなるようなカンだ」

このような表現も、楊秀清にはめずらしいものだった。見えざる敵の諜報活動に、よほどいら立っていたのであろう。

「まだ確言はできませんが、期待していただいてよいように思います」

「ところで、餌にかかったのは何者なのか？」

「画家です」

「ほう。……絵描きか。……」

「それもあちこち渡り歩いて、風景を描く画家です」

「渡り歩いて？　やっぱりそうか。……」

画家といえば、諸方の山水を訪ねて歩くものと思われている。だから、彼らが紙や筆をたずさえて各地を旅行するのは、誰にもあやしまれないことなのだ。

「殷敬風《いんけいふう》という男です」

と、呉真中はそのあやしい男の名を告げた。

「考えたものだな。……」

楊秀清は首を横に振った。行商人や旅芸人ばかりが、あやしまれずに各地を渡り歩ける人間ではない。山水画家もそうなのだ。中国における画人の社会的地位は、呉道子《ごどうし》や王維《おうい》などの時代以来、きわめて高いものと評価されてきた。行商人や旅芸人と同列にみないのが一般の常識である。そのような心理の盲点をついたのではなかろうか？

「ただし殷敬風の絵は、けっして一流ではないそうです。いえ、二流ともいえないでしょう。その点、月琴の名手の張圭とはちがいます。おなじなのは、二人ともごく最近になってから、人びとの前にあらわれたということですね。それまで二人とも無名の人物でした。すくなくともこの天京では」

と、呉真中は説明した。

張圭が逮捕されたあと、娘の若蘭はいろんな人のところへ行った。父親の釈放を歎願《たんがん》するために、有力者の家を訪ねまわった。一面識もない高官のところから、たいした権限もなさそうな下級役人の家の門まで叩いている。そのうちの何軒かでは、門前払いをくっていた。

尾行者の報告をきいているうちに、呉真中は若蘭の有力者訪問がカムフラージュのように思えてきた。

最も頼りになる人物――父親の同志のところへは、まっ先に行かねばならないのだが、太平天国の役人の目が光っているかもしれない。呉真中の観察では、若蘭はなかなかしっかりした、賢明な女性であるという。自分に手をつけなかった太平天国当局の意図が、泳がせて監視し、大魚を釣りあげることにあるらしいことぐらい、先刻承知していたにちがいない。

若蘭は手あたり次第の訪問で煙幕を張ったのである。だが、やはり監視者のほうが、役者が一枚上であったとみえる。彼女のお目あての人物が、画家殷敬風であるらしいことを嗅《か》ぎつけたのだった。手あたり次第のついで、といったふりをして殷家を訪問したが、そのときの彼女の表情は、さすがにこわばっていた。炯眼《けいがん》の尾行者はそれを見逃がさなかった。報告を受けた呉真中は、みずから若蘭を尾行した。彼もまた若蘭の殷家訪問に、キナ臭いものを嗅ぎとったのである。

呉真中はつぎに殷敬風の経歴を洗いはじめた。そして、ついこのあいだまでは無名の画人であったという、張圭と共通する事実に注目したのである。

よく各地へ出かけて写生するくせに、殷敬風は山水よりも花鳥のほうが得意であった。自分の不得手のジャンルを練習しているのだといえば、説明はつくかもしれない。しかし、疑おうとおもえば、疑えないことはないのである。

殷敬風は梅の花を描くのが好きで、「梅先生」というニックネームをもっているそうだ。外に出て山水を写生しても、家に帰れば梅を描いた。さまざまな咲き方の梅である。梅は春にさきがけて咲く花だが、梅先生の殷敬風は、四季を問わず梅を描きつづけたという。もっともこのようなことは、中国の画人にとってめずらしいことではない。

――写生の山水は練習だけで、まるで体《たい》をなしていない。

という噂《うわさ》があった。

呉真中の聞き込みでは、殷敬風はその体をなしていない山水の写生に、帰ってから手を入れるようなこともないという。帰れば梅ばかりである。

（では、なんのための写生旅行なのか？　練習にしてもおかしいではないか。……）

呉真中は調べているうちに、殷敬風への疑惑が濃くなるのをおぼえた。

# 5

前述のように喀什《カシユガル》地区の住民は九十五パーセントまでがウイグル族なので、この地方を旅行するにはウイグル語の通訳がいたほうが便利である。私たちのためにウイグル語の通訳をしてくれたのは方さんという青年である。まだ若いので、私たちは彼のことを小方《シヤオフアン》と呼んだ。小方はトータルのことを、

――月琴《ユエチン》

と翻訳し、ていねいに「刀塔尔《タオタル》」と音訳する場合もあると教えてくれた。私ははじめフライパンを連想し、それではあまりにも失礼な連想だと思いなおして、

(うちわ太鼓に似ている)

と、連想を訂正した。

ラワーブは蛇の皮だが、このトータルは獣皮である。そのときは、うっかり訊くのを忘れていたが、あとからきくと、

――いろんな皮を使うんですよ。

と、いたって大まかである。もっともそう答えてくれたのは工房の人ではなく、地方の服務員なので、楽器についてはしろうとなのかもしれない。日本では三味線は猫の皮、鼓は馬の胎児の皮、ときまっているようだ。トータルもひょっとすると、なにの皮ときまっているかもしれない。いずれにしても牧畜業の盛んなこの地方では、皮革は豊富である。

中国の月琴は、江戸時代、長崎に伝えられ、一時は色町を中心にずいぶん流行したそうだが、まもなく下火となり、ほとんどすがたを消した。本場の中国でも、胡弓《こきゅう》などにくらべると、そんなにポピュラーでないらしい。

楊秀清《ようしゆうせい》は東王府の奥まった部屋で、月琴を手にとって、ボロンボロンと鳴らしてみた。むろんそれはただの音にすぎない。人足や炭焼稼業をしてきた彼には、楽器を習うようなゆとりはなかったのだ。彼が手にしていたのは、張圭《ちようけい》から没収した月琴であった。そこへ呉真中《ごしんちゆう》がはいってきた。

「殷敬風《いんけいふう》をつかまえてきました」

と、呉真中は報告した。

これ以上泳がせておいては、危険であると判断して、楊秀清が疑わしい放浪画家の逮捕を命じたのである。

「硬軟の方法を、うまく使い分けて、なんとか彼らの組織をつまみ出してくれ。くれぐれも頼むぞ」

と、楊秀清は言った。

月琴の名手張圭は、痩せて、いかにもひ弱そうだが、なかなか根性のある人物らしかった。どんな拷問を受けても、けっして口を割ろうとしない。

——知らないことを、どうして言えるのですか。……

と言い張る。

呉真中はそこで、娘の若蘭のことをからませたり、金銭の褒賞の話を持ち出したりして、からめ手から攻めたが、それでも張圭は陥《お》ちない。そのころには、若蘭がどうやら彼の実子でないことがわかっていた。呉真中はこの月琴の名手を攻めあぐんでいたのである。むろん、楊秀清も取調べの成果があがらないので、いら立っていた。

楊秀清は気持をしずめるために、弾けもしない月琴を、でたらめにかき鳴らしていたのだった。彼はふるさとの鵬隘《ほういつ》山を思い出していた。その山の麓《ふもと》の極貧の農家に彼は育ったのである。五歳のとき父をうしない、九歳で母をうしなった。人間の生活といえないような生活を送ってきた。そのころの日々が、月琴の音とともに、なまなましくよみがえってくる。

（あのころの生活に戻るくらいなら、死んだほうがましだ）

と、彼は思った。

生きるためには、太平天国を守らねばならない。彼は爪弾きをやめて、じっと月琴の面に目をそそいだ。

名手が用いたのだから、この月琴は名器にちがいない。だが、どこがどんなふうにすぐれているのか、炭焼風情《ふぜい》の彼にはわからなかった。正規の教育など受けたことがないのはいうまでもない。文字はしぜんにおぼえたが、それもけっして多くはない。だが、負けず嫌いの彼は、

（世の中は、学問や文字で成り立っているのじゃない）

と、反撥《はんぱつ》した。

たとえば、この月琴である。これがなぜ名器なのか、学問でわかるだろうか？　何千、何万の文字を知っていても、それがわかるだろうか？

（学問のないこのおれ、月琴なんかとこれまでまったく縁のなかったこのおれでも、じっとみつめているうちに、しぜんにそれがわかってくるかもしれないぞ。……）

楊秀清は月琴をみつめつづけた。よほど長いあいだ愛用したとみえて、だいぶ古びて、あちこちにしみがついている。

「どこが良いのかな。……」

と、彼はひとりごちた。

「この月琴でずいぶん稼がせてもらったので愛着があると言っていましたよ。あの張圭が。……自分が死ねば、娘にこの月琴を形見にやってほしいとも言っていました」

と、呉真中は言った。

「あ、そうか。……」

楊秀清はあまりにも熱心に月琴の面をみつめすぎていたので、そばにまだ呉真中がいるのを忘れていた。（おや、まだいたのか）といった表情をした。呉真中もその表情を読み取ったので、

「では、行って参ります」と、頭を下げて言った。――「殷敬風は張圭よりも陥落しやすい気がします。……ともあれ、殷敬風の家から没収したものは、隣室に置いてきました」

「頼んだぞ」

楊秀清は再び琴面に目をおとした。しばらくして一本の絃をつまみあげ、十秒ほどして指をはなした。ペーンと、すずしげな音がした。さきほどから、彼はなんどもでたらめに鳴らしていたが、ろくな音が出なかった。こんどのが一ばん良い音のようであった。

（おもしろいものだな。……どうして音がちがうのか。……）

楊秀清は興味をもった。

子供のころにこの月琴を手にしておれば、彼は音曲にとりつかれたかもしれない。彼はあること

に関心をもてば、ほかのこと一切を忘れて、それに夢中になる性格だったのである。張圭ていどの名手になったかもしれない。もしそうであれば、こんにちの太平天国の楊秀清はないわけだ。いや、太平天国そのものも存在しなかったであろう。

(どちらがよかったのかな?)

楊秀清はそんなことを考えた。

そのとき、つい先刻部屋から出て行ったばかりの呉真中が戻ってきた。その顔は蒼《あお》ざめている。

「張圭が死にました。……自殺です。舌をかんで。……申し訳ありません。注意はしていたのですが。……」

呉真中の声は顫《ふる》えていた。

「うろたえることはない」と、楊秀清はしずかに言った。――「張圭が死んだのは、自分が妖魔《ようま》(清朝)の間諜であることを告白したことにほかならない。それがわかっただけでも収穫ではないか」

言い終えて、楊秀清は手にした月琴を、かたわらの卓上にそっとのせた。

「はい」

消え入るような風情で呉真中は答えた。

「元気を出すんだ。まだあの絵描きがいるではないか」

楊秀清は笑顔をつくった。

6

——落ちそうで落ちない。

これが逮捕された放浪画家殷敬風《いんけいふう》の状態であるという。呉真中《ごしんちゅう》は楊秀清《ようしゅうせい》に命令されたとおり、硬軟双方の手段をたくみに使って、殷敬風に自供を迫った。張圭《ちょうけい》の場合は、頭から頑としてはねのけたが、殷敬風は拷問にたえかねて、いまにも自供しそうになるのだが、いざとなると口を噤《つぐ》んでしまう。

「ひょっとすると、張圭よりは殷敬風のほうが曲者《くせもの》かもしれません」

と、呉真中は首を振りながら言った。

——どんな証拠があるのですか？

しまいにはそう開き直るという。

「そうか。……うまく行かぬのか。……」

楊秀清は腕組みをした。

「あんなに証拠、証拠と言っているのですから、証拠さえつきつければ、あんがい脆《もろ》く落ちるような気がしますが」

「証拠か。……」

現代語でいえば『状況証拠』ばかりで、物的証拠はなかったのである。

「話は変わりますが」と、呉真中は楊秀清の顔色をうかがいながら言った。——「張圭の遺品をいかがいたしましょうか？」

「担当官の意見は？」

「このような時期ですから、人心を得るために、死者の遺志を尊重すべきであると考えています。一人の例外もなく」

「全員一致の意見なのか？」

「はい、そうです。張圭という月琴弾きは、なかなか評判のよかった男でした。彼の死のあと始末は、かなり注目されています。太平天国は法規峻厳《しゅんげん》ではあるが、人情も厚いことを、事実をもって示すべきという意見に、反対する者はおりません」

「ほう。……張圭は世間の評判もよかったが、つかまったあと、わが方の部内でも、かなりの人気があったようだな」

「人柄が良いのでございます」

呉真中は弁解するように言った。

「故人の遺志とは、若蘭に遺品を渡すことであったな？」

「はい。とくに長年愛用した月琴は、ぜひそうしてほしいと申しておりました」

「誰に申したのか？」

楊秀清は改まった表情で訊いた。

「私にも申しておりましたが、ほかの担当官にも口癖のように申しておりました」

「口癖か。……」楊秀清はすこし口を歪《ゆが》めるようにして言った。――「ところで、張圭は殷敬風がつかまったのを知っていたのだな？」

「はい、それは我々が申しましたので」

「わかった。それについての決定はあとで伝える」

　楊秀清はそう言うと、呉真中に背をむけて歩き出した。彼はその足で、接見室の隣室にはいった。そこは二人の容疑者から没収した物品が置かれている。例の月琴も、楊秀清は心ゆくまで眺めたあと、その部屋の棚にしまい込んだのだ。

　そこには殷敬風から没収した物品も置かれていた。彼の作品も数枚あった。

（絵はだめだろうな。……）

　楊秀清は殷敬風の作品を手にとって呟いた。

　幼少のころ、もし家に経済的な余裕があり、自分の好きな道をえらべたとすれば、どんな人間になっていたか？　楊秀清はときどきそんなことを考えた。音楽の才能はあるかもしれないので、張圭ぐらいの楽人になった可能性もある。だが、絵のほうはあまり興味がもてない。まかりまちがっても、殷敬風ていどのへっぽこ画家にさえならなかったであろう。殷敬風の絵を眺めながら、彼はそう思ったのである。

　墨による山水のスケッチが数枚あった。しろうとの楊秀清がみても、たいしたものではなさそうだ。「梅先生」といわれるほど梅を描くのが好きだというのに、没収した物品のなかに、梅花図は一枚しかない。

　それはすでに咲いた梅花もあれば、蕾《つぼみ》のままのものもあったし、半ば開きかけたのもあった。七分咲き、八分咲きのものもあった。

「おかしいな」

楊秀清はひとりごちた。別の木が蕾であったり八分咲きであったり、まちまちであることはありうる。彼は絵心こそないが、山深い田舎に生《お》い立ったので、自然観察には自信があった。家のなかで、四季を問わずに梅を描くのだから、殷敬風の作品は実物を写生したものではない。不自然なところがあるのはあやしむに足りないかもしれない。

いつも梅を描いているというのに、没収したとき一枚しかなかったというのもおかしい。おかしいことが重なり、楊秀清は首をかしげた。不審に思ったことは、納得できる説明がつくまで、そのままにしておけない性格の人であった。

楊秀清はその梅花図に目を近づけたり、また遠くにはなしたりした。しばらくそれをくり返しているうちに、彼はにっこりと笑った。

納得できたのである。

梅花図を、ためつすがめつしているうちに、彼はそれをどこかで見たような気がしてきた。ながいあいだ見ていると、それはなんとなく図案化された形で頭のなかに焼きつけられたのである。しかも、それは先に焼きつけられていたデザインと、ぴったりと重なるのだった。

「道理で、なじみのある図柄だと思った」

それまで首をかしげていた楊秀清は、こんどはしきりに自分の膝《ひざ》を叩いた。やがて、彼は立ちあがり、棚のほうに近づいた。そこに張圭愛用の月琴が置いてあるのだ。彼はその月琴を棚から取り出した。

どこかで見たような記憶があったのも道理で、大小さまざまの梅花の構図は張圭の月琴の面のしみのそれとまったく同じだったのである。しぜんについたようにみせかけたしみは、じつは張圭がつけたのにちがいないのだ。

二人の清朝側の間諜は、渡り歩くのが不自然でない職業をえらび、太平天国の配置や人員の多寡を、一人は梅の花で、一人は月琴の面のしみであらわしたのだろう。画面や琴面が見えざる地図になっていたと思われる。

楊秀清は従者に命じて、呉真中を呼び、

「証拠があらわれた」

と言った。卓上に張圭の月琴と、殷敬風の梅花図とがならべられていた。呉真中はそれに目をやって、

「これが証拠ですか?」

「そうだ。よく見るがよい」

呉真中でさえ、いくらみつめても、それがどうして証拠になるのかわからなかった。楊秀清がいちいち指でさし示して説明して、はじめて呉真中も理解できたのである。

呉真中が予想していたとおり、殷敬風は証拠を示されると、もはやこれまでとばかり、すべてを自供した。それによると、二人は曾国藩《そうこくはん》の門弟で、太平天国の軍事機密をさぐるために送りこまれた人員であるという。

二人は分担をきめて各地を巡歴し、そのあとで情報を交換し、梅花図と月琴面につけ加え、清朝軍の総帥である曾国藩のもとへ送り届けたという。万一、片方がなにかの事故で失われても、もう一方が届くのである。

本人が死んだので、これは推測するしかないが、張圭は殷敬風が逮捕されたと知り、梅花図が没

収されたからには、自分の月琴はぜひ曾国藩に届けねばならないと思ったのだろう。そのために、前もって、遺言を口にしてから、自分の命を断ったものと思われる。

「そうですか。……殷敬風は家で梅の花ばかり描き、張圭は月琴の面の張り替えばかりやっていたのですか」

呉真中はまぶしそうに楊秀清をみながら言った。彼はカンには自信があったが、それも無学の楊秀清に及ばなかったのである。

右の物語は、あるいは信憑性《しんぴょうせい》が薄いかもしれないが、江南地方に語り継がれたものだった。ともあれ、この一八五六年の春ごろから、戦局は太平天国軍に有利に展開した。江西省の吉安《きちあん》、撫州《ぶしゅう》を占領したのが三月で、清軍の江北大営のある揚州《ようしゅう》を陥したのが四月であった。江南大営を撃破したのは六月である。

敵の諜報陣を潰滅《かいめつ》させたからだとするのは、思いすごしであろうか。——

初出　「小説現代」一九七七年一〇月号　講談社
初刊　「五台山清涼寺」所収　一九九〇年八月　徳間書店

# 四十二年目のクルバーン

1

太鼓《タブル》と笛《スーナーイ》の音。

ファーティマは、自分の目が潤《うる》んでいるのをかんじた。涙をこらえていることで、嗚咽《おえつ》がせきとめられている。子供のように、声をあげて泣くことができれば、どんなにからくであろうとおもう。

エイティカール寺院の前は、人の波で車が通れないという。ファーティマは、人民劇場のそばに車をとめて、寺院のほうに歩いて行くことにした。彼女は茶色の面紗《バルダ》を、頭からすっぽりとかぶり、できるだけ目立たない身なりをしているつもりであった。それでも、すれちがう人が、手ごたえのある視線を、すばやく投げかける。

(靴だったわ。……)

踵《かかと》の低い、黒い靴をえらんだが、そのエナメル革が光りすぎているらしい。雑踏から出てくる人たちの靴は、みな砂埃《すなぼこり》にまみれて白っぽくなっていた。

この日はファーティマにとって、四十二年ぶりのカシュガルのクルバーンであった。

イスラム教徒の年中行事で、最も重要なのは、断食の月(回教暦《ヘジユラ》第九月のラマザーン)が明けたイフタールと、メッカへの巡礼が終わったあとの三日間のクルバーンである。クルバーンは回教暦第十二月のズール・ヒッジャーの十日から始まる。断食明けのイフタールを、中国語で開斎節といい、クルバーンを供犠節という。近ごろは、アラビア語の発音を、そのまま漢訳して、「庫尓班《クルバン》節」ということが多い。

クルバーンの日には、寺院のまえに集まった信者が、太鼓と笛の音にあわせて、手をふりあげ、からだをひねるという、単調な動作をくり返す。この旋舞によって、人びとは宗教的な陶酔の境地に達するといわれる。踊るのは男ばかりで、女性はこの旋舞に加わることが許されない。

エイティカール寺院前は、いつもはバザールで賑《にぎ》わうが、この日は人の波に埋めつくされる。何千人という人出だが、やはり踊る人よりも見物する人のほうが多い。

「おんなじだわ、四十二年まえと。……」

ファーティマは群衆のなかでひとりごちた。

踊る人たちは環《わ》になっている。その環がひろがり、ファーティマが立っている、東方紅百貨店の前までのびてきた。旋舞の環の先端は、二十《はたち》前後の若い人たちであった。環は渦のように巻きながらひろがるが、渦の中心あたりには年輩の人が多い。これもむかしとおなじであった。

（ただあのときはひどく寒かった。……）

彼女はやっと四十二年まえとのちがいに気づいた。

回教暦は純太陰暦で、二十九日と三十日の月が交互にあるだけだから、一年は三百五十四日しかない。三十年に十一度の閏年《うるう》は一日ふやすだけなので、太陽暦とは大きなひらきができる。なによりも、イフタールやクルバーンという年中行事は、季節がきまっていないのだ。

四十二年まえ、一九三九年のクルバーンは、太陽暦の一月三十一日からであった。ことし、一九八一年のクルバーンは、十月九日からはじまる。新聞では、寒波がきて、例年よりも寒いと報じていたが、それでも天山南路はまだ秋の色が濃い。外套《がいとう》をつけている人はほとんどいない。ファーティマがこのカシュガルで最後にみたクルバーンの旋舞は、黒い外套がぶつかり合うものであった。見物していた少女時代の彼女も、綿入れの上衣《うわぎ》を両腕で抱くようにしていたものだ。

――いいわね、踊ってる人は。踊っているうちに、あたたかくなるのね。

彼女は姉のアーイシャにそう声をかけた。

――あたしも、そのことを、あんたに言おうとおもっていたところよ。

アーイシャも背をまるめ、妹とおなじような恰好《かっこう》で旋舞を見物していたのである。

アーイシャとファーティマとはふたごの姉妹であった。

――タジクのふたごだよ。

ということばを、彼女たちはなんどきいたかわからない。ふたごそのものが珍しいのに、彼女たちはタジク族であった。タジク族であることは、かぶっている帽子によってもわかるが、容貌《ようぼう》でもおよそわかったのである。

中国領シルクロードは、清《しん》末から新疆《しんきょう》省と呼ばれていたが、その西南にあるカシュガル市は、漢《かん》代から疏勒《そろく》の国として知られている地方であった。ファーティマがここをはなれたころ、まちの人口は約五万であり、その大部分はウイグル族だったのである。ウイグル族はトルコ系で、アーリアン系のタジク族とは、言語もまったく異なる。カシュガルに住むタジク族は、数家族にすぎなかったので、珍しがられたのである。

中国領内のタジク族は二万もいなかったであろう。大部分がパミールの山中に住み、牧畜を営んでいた。そのなかのごく少数の人が、英領インドと中国新疆との交易に従事していたのである。

ファーティマの祖父は学者であった。パミール山中にかくれて、その生涯を終えた十一世紀のペルシャの文豪ナーシル・フスローに心酔し、その足跡を調査することに情熱を傾けた。商売はその片手間の仕事だったのである。なにしろ、中国と英領インドとを結ぶ、パミールの交易路は、一年のうち夏季の三、四カ月しか通れなかった。

文豪の足跡を追って、たまたま中国領パミールに来て、そこで商売をやることになり、商人の集まるカシュガルのほうが都合がよいので、そこに移り住んだのである。中国領の住人なので、中国籍という見方もあるが、本人も家族も、そのような国籍の意識はなかった。

イスラム教シーア派のイスマイリー派。この信仰上の帰属意識のほうが、はるかに強かった。タジク語はペルシャ語の方言といってよいほど似ているので、ファーティマの祖父あたりは、むしろ自分をイラン人だとおもっていたかもしれない。

国籍を意識しないでも、生活にはなんのさしさわりもなかった。ウルムチからカシュガルに商売にやって来る漢族は、たいてい天津人《テンシン》であった。

――これからも、この連中を相手にするだろうから、孫の代は中国語を習わせると役に立つとおもう。

ファーティマの祖父はそう言っていたそうだが、中国語学習はなりわいのためであって、けっして自分を中国人と意識してのことではなかった。

けれども、このような民族的牧歌時代は、一九三〇年代で終わってしまった。新しい時代の波がおどりかかって、ファーティマなどはそれに押し流されたのである。

ファーティマはその波のことを考えていた。いま目のまえのエイティカール寺院は、当時のままであるが、自分の運命を翻弄《ほんろう》した波は、いったいどこへ行ってしまったのか？

2

十二歳の少女には、その波がどんなものなのか、わかるはずはなかった。ファーティマがそれを知ったのは、成人して、教育を受けてからであった。

一九二九年、清末から新疆《しんきょう》をおだやかに治めていた、哲人政治家の楊増新《ようぞうしん》が暗殺された。ファーティマが生まれて二年目のことであった。そのあと、大きな反乱、小さな反乱があいついだが、これも彼女の記憶にない。最大の反乱は馬仲英《ばちゅうえい》という青年将軍によってひきおこされたが、彼の反乱もウルムチの実力者盛世才《せいせいさい》によって鎮圧された。盛世才はソ連から購入した飛行機と戦車の力によって、新疆を平定したのである。

盛世才は日本の早稲田《わせだ》に留学したが、帰国後、やはり軍事知識がなければならないと痛感し、再び東京へ行き、陸軍大学に学んだという人物だった。当時の新疆省は、中央政府（南京《ナンキン》の国民政府）からの援助が期待できなかったので、盛世才はソ連に支援をもとめた。もちろん無償ではない。さまざまな条件がついている。

中央アジアは、新疆も含めて、むかしからロシアとイギリスの角逐《かくちく》の場であった。帝政ロシアがソビエト連邦となっても、それに変わりはなかった。

盛世才を支援することで、新疆に発言権をもったソ連は、イギリス勢力の駆逐をもとめたのである。

——帝国主義的活動をした。

という理由で、「英領インド」商人の追放令が出たのは、一九三九年三月のことであった。

日中戦争はすでにはじまっていて、南京の国民政府は重慶《じゅうけい》に移っていた。汪兆銘《おうちょうめい》が重慶からハノイに脱出し、日本と協力することになったのはこの年である。ノモンハンで日本軍がソ連軍と衝突したのも、この年の五月のことであった。秋にはナチス・ドイツがポーランドに侵入し、ソ連軍もポーランド東部を占領した。世界が大きくうごいた年だったのである。

ファーティマの家も大きく揺れた。盛世才の指令によって、イギリス系外国人は追放されることになったが、財産はなにひとつ携えてはならないという、乱暴な措置であった。これはパミール越えの交易は禁止されるということにほかならない。

——この状態はそんなにつづかないだろうが、わしは一応、インドへ行くことにする。おまえはここに残るがよい。パミールの交易路が再開されたら、まっ先に荷物を送りあうことにしよう。商品の相場は、おたがいにタシュクルガンの仲間に、たえずしらせておいて、いざというときにまごつかないようにしなければならぬ。なぁに、一年か二年であろう。そのあいだ、ゆっくりとナーシル・フスローを読んで暮すよ。ところで、孫たちじゃが。……

ファーティマの祖父は、このさい、家族を新疆とインドに分けておこうと考えたのである。孫といっても、ファーティマの父には、ふたごの姉妹二人しかいなかった。

——来ては去る。そうじゃろ。五年まえ、ここに東トルキスタン共和国を建てたサビトは、三カ月でつぶれたではないか。やったことはといえば、結局、使われなかった紙幣をやたら印刷しただけじゃった。つぎのホジャー・ニヤスも馬仲英《ばちゅうえい》が近づくと、戦わずに去った。馬仲英もあらわれただけで、すぐにロシアへ行ってしまった。ロシアだってそんなに長くここに居坐《いすわ》ることはできんさ。

ナーシル・フスローの心酔者は、そう信じて疑わなかった。

パミールをへだてて、家族は別居するが、すぐに再会できると思っていた。そう信じたからこそ、別居を考えたのである。

ファーティマがあとできいた話では、彼の祖父はなぜか、双生児はいっしょに暮さないほうが、神の意にかなうと、いつも言っていたそうだ。帝国主義的外国人追放は、彼にとっては、双生児の孫娘をひきはなす好機でもあったのだろう。

カシュガルには、ソ連とイギリスの総領事館があった。イギリス総領事ジョンソンは、陸軍少佐の肩書をもつ軍人で、ウルムチまで赴いて、この追放に抗議したが、追放は着々と実行されたのである。

翌年、イギリスはカシュガル総領事を更迭した。新任総領事のエリック・シプトンは、外交官の経験はなく、登山家として著名な人物であった。どうやらイギリス政府は、しばらくこの地での外交活動をあきらめたようである。一九四一年、ドイツがソ連を攻撃したため、英ソ関係は好転することになった。英ソ相互援助協定が調印され、そのせいか、エリック・シプトンは、中ソ国境の山登りをたのしむことができたのである。

別居家庭にとって、さらに情勢は好《よ》くなった。ドイツ軍の電撃的攻撃のまえに、ソ連が受け身に立たされ、モスクワも危うくなったのをみて、新疆に半独立の小王国をつくっていた盛世才は焦《しょう》燥《そう》をかんじた。彼の小王国はソ連の援助によって、中央政府からの干渉を免れていたのである。ソ連という後楯《うしろだて》がなくなれば、彼は反逆者として指弾され、それに抵抗する力もなくなってしまう。そこで盛世才はソ連離れを決意し、重慶の蔣介石《しょうかいせき》に帰参することにした。そのためには、詫《わ》びを入れなければならない。中国共産党の新疆駐在員を処刑したのも、帰参の手土産であった。こうして新疆からソ連色は一掃された。イギリスのほうが、より親しい関係となったのである。

日本の真珠湾攻撃によって、イギリスは中国と同盟関係となり、別居家族は帰ろうとおもえば、いつでも帰れるようになった。

皮肉なことに、そんな状態になったとき、ファーティマの祖父は、カシュガルへ帰れなくなったのである。それというのも、彼が敬慕してやまない、文豪ナーシル・フスローのためであった。

イスラム教は大別すると、スンニー派とシーア派に分れる。大多数は前者なので、スンニーを正統派とする見方もある。両派の教義はあまりちがわない。教主《カリフ》の系譜について意見を異にするていどであった。

スンニー派はマホメットの後継教主を、アブー・バクル、オマル、オスマン、アリー、モァウィーという順に認めている。これにたいしてシーア派はマホメット歿《ぼつ》後《ご》の三代の教主を認めず、アリーを直接後継者と仰いだ。アリーはマホメットの女婿《すいたい》であり、その子のハサン、フサインと教主の地位が継承されたと考える。スンニー派は信徒に推戴された者を教主とするが、シーア派はマホメットの血統を重んじた。

シーア派のなかでも、第七代の教主をムーサー・アル・カージムとするのが正統派で、その兄のイスマイルであるとするのが少数派であった。タジク族はみなこのシーア派のなかの少数派のイスマイリー派に属している。いわば少数派のなかの少数派なので、イスマイリー派はきわめて戦闘的であった。暗殺によって政敵をたおしたハサン・サバーフもこの派に属していた。弾圧されるので、この派の結束は秘密組織に頼ることになり、秘儀の伝授などがおこなわれ、イスラム教のいわば密教化したものといえるだろう。

ナーシル・フスローは、このイスマイリー派の詩人で、彼の詩文はこの派の人たちにとっては、経典に近いといってよかった。

イスマイリー派の信者は、農業や牧畜をしても商売をしても、教主に金品を献納することを生き甲斐《がい》とする者が多い。教主の家は代々、そのような献納が蓄積されて、想像を絶する大富豪となっている。

この派の教主はイマームと称されているが、アーガー・ハーンを名乗ることが多い。アーガー・ハーン一世は十九世紀半ば、イランで宮廷での権力闘争に敗れ、インドにのがれ、ボンベイを拠点にするようになった。

ファーティマの祖父が、インドに移ったころは、アーガー・ハーン三世の時代であった。この人物ははなばなしい活動をしたことで知られている。イスラム大学を設立したり、ジュネーヴ軍縮会議のインド代表となったり、一九三七年には国際連盟の議長にまでなった。ボンベイのウォードハウス街にある「イスマイリー協会」も、アーガー・ハーン三世によって設立されたものだった。そこでイスマイリー派に関連のある諸文献の校訂や、研究論文の刊行がおこなわれていた。ナーシル・フスローなどは、この協会にとっては、最も重要なテーマである。ファーティマの祖父はそこに招かれることになった。

ペルシャ語の文献は、写本によって伝わってきた。ペルシャ文字の活字ができて、印刷されるようになったのは、ごく最近のことなのだ。写本には誤記や脱落がすくなくない。できるだけ多くのテキストを集めて、定本をつくらねばならない。ファーティマの祖父はそんな仕事に熱中して、カシュガルへ帰ることを忘れた。

——いつでも帰れる。それに、いまは戦争中で、おち着かないからな。

彼は孫娘にそう言いきかせたのである。

## 3

ファーティマは、パミール越えのことをよくおぼえている。父や姉と別れて辛《つら》かったはずなのに、ムズタグ・アタの雪嶺《せつれい》や、紺碧《こんぺき》の湖を背景にしたパミールの思い出は、ふしぎにたのしいことばかりであった。もっともそのころは、祖父のことばを信じて、長い別れになるなど夢にもおもっていなかったのである。遠足気分の少女であったのだ。

ムズタグ・アタを左に見て、四千米《メートル》をこえるスバシ峠をすぎると、もうタシュクルガンであった。そこはタジク族の土地である。同族の家に泊り、同じ年ごろの娘たちと、たがいの生活を語り合い、たがいに驚き合ったものだった。

――そりゃ、一日か二日ならいいが、ずっとこの高原に住むとなると、おまえのような町育ちにはたまらんぞ。二週間もここにいたら、退屈で死にそうになるじゃろう。

ファーティマがよほどたのしそうにしていたのか、祖父は苦笑しながらそう言った。

(そうね、長くは住めないわ)

彼女もそれはわかった。カシュガルのまちなら、家の外へとび出せば、バザールがあって、いろんなものがならんでいて、好きなものがすぐに買えた。買い物をしなくても、彼女はバザールを見るだけでたのしかった。パミールの高原では、バザールなどはない。隣りの家とは、ずいぶんはなれていて、驢馬《ろば》にのって行かねばならないほどだった。人間の数よりも羊や馬や牛のほうが多い。

タシュクルガンからミンタカ峠を越え、フンザからギルギットを経て、まずスリナガルにおち着いた。ナーシル・フスロー研究の権威者として、ファーティマの祖父の名はすこしは知られていたようだ。すぐにボンベイのイスマイリー協会から招きがあった。

ファーティマは、それまで姉といっしょに祖父からペルシャ語を習い、隣りの天津の商人の番頭で、ウイグル語を巧みに話す漢人から、中国語をすこし勉強していた。ボンベイでは英語の学校に通った。

ボンベイは大都市である。ボンベイからみれば、カシュガルなどは土臭い田舎町にすぎない。巨《おお》きな商船そして海は、ファーティマが生まれてはじめて見るものだった。船や海ばかりではない。大きなビルや電車など、生まれてはじめて見るものはすくなくなかった。学校の友人にそのことを言うと、

——イギリス人たちが泳ぐあのプールも、はじめて見たの？

と、訊《き》かれた。

——はじめてじゃない。カシュガルのロシアの領事館のなかにあったわ。

ファーティマはかなり得意になって答えた。

（カシュガルに帰ったら、退屈してしまうかもしれない。……）

彼女はふとそんな不安をかんじた。

二年たって、彼女はスイスへ行くことになった。祖父がスイスにいるアーガー・ハーンに呼ばれたからである。

すでに太平洋戦争ははじまっていた。そして、アーガー・ハーンは政治的に失意の時期にあった。第一次世界大戦のときから、彼は熱心な親英派であった。インドの独立を唱えるガンジーたち国民会議派の連中とは、考え方がちがっていたのである。アーガー・ハーンは国民会議派に対抗する、宗教的政治組織のムスリム連盟を作ってその総裁となった。これは対英協力を主張する政党で、イギリスの御用政党とみられて、あまり人気はなかったのである。またヒンズー教徒とイスラム教徒との和解を説いたが、現実には成功したといえない。

前途を悲観したアーガー・ハーンは、スイスにひきこもってしまった。世界最大の富豪といわれた彼は、どこへ行っても、おおぜいの秘書団と召使いを伴っていたのである。ジュネーヴの大別荘

で、彼はナーシル・フスローの紀行文サアル・ナーマを読んでいたとき、ファーティマの祖父のことを思い出した。

——ナーシル・フスローの朗読の上手な者が、イスマイリー協会にいたね。その男を呼ぶことにするか。……

教主の気まぐれといってよいだろう。それがファーティマを、ボンベイからジュネーヴに連れて行くことになった。

戦争がすんだとき、彼女は十八歳になっていたが、こんどはアメリカへ行くことになったのである。

アーガー・ハーンの一族は、これまでたいていイギリスに留学したが、第二次世界大戦のあと、ようやくアメリカへも留学するようになった。一族のなかのかなり直系に近い一人の少女が、アメリカへ留学することになり、ファーティマはその「ご学友」として、おなじ大学へ行くことになったのである。

ファーティマの祖父は、彼女がアメリカへ渡った翌年、ボンベイに戻って死んだ。

アメリカでのカレッジ生活、そして、アーガー・ハーン一族の青年との恋愛、結婚。……ファーティマは、それ以来、ずっとアメリカにいたのである。中国は内戦の結果、共産党が政権を取り、朝鮮でアメリカと戦い、国交のない状態が長いあいだつづいた。アメリカにいるファーティマは、カシュガルにいる両親や姉と音信不通になってしまったのである。ボンベイのイスマイリー協会に依頼して調査してもらったが、パミールで中国と国境を接しているのは、もはやインドではなく、パキスタンであった。調査の結果については、ただ「不明」とあっただけである。

ファーティマは、ずいぶんはでな世界を見た。彼女の夫は弁護士であり、夫婦ともアメリカの市民権を取っていた。アーガー・ハーンの息子はたいへんなプレイボーイで、ハリウッドの大女優と結婚したり、離婚したりで、その方面で有名であった。彼が問題をおこすたびに、ファーティマの夫は、一族の誼《よしみ》で、法律的なあと始末をしたのである。そんなことで、彼女はアメリカの芸能人たちの社交界に、よく顔を出すようになった。著名な俳優や歌手が、彼女の夫を法律顧問にしていたのである。

ニューヨークとロサンゼルスを往復する忙しい生活がつづいた。ことに一人息子が大学にはいってからは、彼女は進んで夫の仕事を手伝った。

(こんな忙しい生活をしていると、カシュガルへ帰れば、退屈のあまり死んでしまうのではあるまいか。……)

深夜、目がさめたとき、彼女はふと自分がそんなことを考えているのに気づいた。まだカシュガルへ帰る気持がのこっているのだろうか? それにしては、この深夜の心の呟《つぶや》きは、タジク語でもペルシャ語でもなく、英語だったのである。

## 4

やがて中国とアメリカの国交が回復して、ファーティマは故郷のようすを知ることができた。両親はすでに死に、姉はおなじタジク族の幹部と結婚して、三人の子を生み、以前とおなじ家に住んでいるということだった。

姉のアーイシャからの返事は、その書き癖に見おぼえのあるペルシャ語であった。ファーティマの字と酷似していることで、むかしはよく話の種になったものである。姉の字はまったくといってよいほど変わっていないが、ファーティマの字はむかしとちがっていた。彼女は納得できないので、なんども自分でペルシャ文字を書いて、姉の手紙の字とくらべてみた。

「あたしのほうが、ちがってしまったのだわ」

ファーティマはため息をついて言った。ちがう人間になってしまったのではないかと、不安な気持になることもあった。

（あたしのせいではない！）

そのたびに、彼女は心のなかで、強く言い返した。たしかに彼女のせいではなかった。彼女がカシュガルをはなれたのは、強いていえば、盛世才《せいせいさい》とソ連のせいであり、そのあとのことも、アーガー・ハーンのせいであったり、国際情勢のせいであったりしたのだ。

ファーティマは裕福であった。結婚してから三十年のあいだ、金銭に不自由したことはなかった。なにかの事業に投資し、その事業のために奔走するのが彼女の生活だったのである。

――いい加減にゆっくりしたらどうだ。

と、夫はよく言った。

――性分だから仕方がないわ。

彼女はそう答えた。

だが、この一年のあいだは、彼女は性分ではなしに、ほんとうに、「事業」に心から没入できた。その事業とは、パミールのある未踏の山に登山隊を派遣することであった。資金の援助ということだけではなく、中国側との交渉にも、彼女自身があたった。そしていま、やっとその下見というところまで漕《こ》ぎつけた。ファーティマは、三人の隊員といっしょに現地に来て、準備作業を進めることになったのである。カシュガルに着いたのが、クルバーンの日にあたっていた。

――ウルムチの空港まで迎えに行く。

姉のペルシャ語の手紙にそうあった。けれども、北京《ペキン》に着くと、民族学院にいる、彼女の見知らぬ親戚《しんせき》の女性が、姉からのメモを届けにきた。

――ウルムチまで行けそうもない。カシュガルの空港で待っているわ。……

ところが、ウルムチで姉の夫の弟が、ホテルにメモを持ってきた。なにが書いてあるか、ひらいて読まないでも想像できた。

――とても空港まで行けない。家で待っている。……

ファーティマの予想どおりであった。彼女もおおぜいの人のいる空港で、姉と抱き合いたくなかった。二人きりになりたいとおもっている。やはり姉もおなじ気持でいるにちがいない。

一刻も早く会いたいのに、ファーティマの心にはためらいがあった。心にゆとりをもたせようと、エイティカール寺院前の旋舞を見物などしていたのである。

いつまでもこうしてはおれない。彼女は車のところに戻ることにした。こんどは裏路地を通り、狭い職人街を歩いた。土煉瓦《れんが》の壁に、古いにおいがあった。開けたままの戸口から、生活がこぼれてくるようであった。クルバーンの日の晴着をつけた少女が走ってきて、危うくつきあたりそうになる。

どの家にも電線がひきこまれているのが、四十二年まえとのちがいであろうか。この地方では大きな変化かもしれないが、ファーティマの経験のほうが、それをおどりこえているようだった。

車のところに戻って、いよいよ昔の我が家へ行くのである。

(できるだけ無感動に。……そう、ほかのことを考えていることにしよう)

彼女は自分にそう言いきかせた。周囲は、もう彼女が戻ることのできない、別の世界であった。我が家のまえで、彼女は目を細めた。あまりはっきり見たくなかった。彼女はこみあげてくるものをおそれたのである。アーイシャは、門にさえ出て来ていない。ファーティマはそれをありがたいとおもった。

「母は奥にいます。奥の部屋に。……一人で」

若い男が言った。

ファーティマはうなずいて、一人で奥にはいった。目をとじても、この家のなかは歩くことができる。記憶は一時によみがえった。だが、そのサイズはちがっていた。もうすこし長いとおもっていたのに、廊下はすぐに行きどまりになった。そこのドアには、真新しい、真鍮《しんちゆう》の把手《とつて》がついていた。彼女はそれが自分のために、新しくとりつけたものであろうとおもった。そんなことでも考えなければ、たまらない気持だったのである。故郷の生活にくらべると、ニューヨークでの彼女のそれはぜいたくすぎた。その落差に、彼女はめまいをかんじ、大声で詫びたい衝動にかられた。

——それをおさえて、彼女はその把手にふれた。

ドアをあけるまえに、彼女はふり返った。そばには誰もいない。みんなが彼女たちを二人きりにするように、気を配っていたのである。

「アーイシャ！」

ドアをあけると、しぜんに声が、彼女の喉《のど》をつき破るようにとび出した。

「ファーティマ！」

二人は抱き合った。けれども、二人とも涙を流さなかった。

「会いたかったわ」

「あたしも。……四十二年のあいだ、あたし、一日も忘れなかったわ。……ファーティマ、一日も……あんたに謝《あや》まろうおもってね……お詫びしなければと……それで……心が安らかだった日なんて……一日もなかった。ごめんね、ごめんね。……」

アーイシャの声は涙声なのに、涙は彼女の目にうかんでいない。

「どうして、なぜなの？　あたしだって、ニューヨークにいて、みんなのことを考えると、そう……すまなくて……」

ファーティマのことばは、アーイシャの耳には、すこしもはいっていないようだった。アーイシャは自分のことばをつづけた。――

「あたし、あんたにすまないことをしたのよ。……ほんとはね、お祖父《じい》さんは、あたしをインドへ連れて行くつもりだったの。それを……あんたのいないとき、あたしがお祖父さんに頼みこんで、そう、ひと晩、おねだりしたのよ、ここに置いてってくれと。……それであんたが連れて行かれたのよ。……ああ、可哀《かわい》そうに、あんたがどんなに苦労したことか。あたし、なんて卑怯《ひきょう》だったんでしょう。……自分をね、責めて責めて、この四十二年を暮したのよ。ほんとに、心の芯《しん》まで責めたんだから、ゆるしてね。ねえ、ファーティマ、ゆるしてね！」

抱き合った二人の目から、ほとんど同時に、涙がうかび、ゆっくりと頰《ほお》をつたって、顎《あご》のところでとまった。おなじところで、涙はおなじ色で光っていた。

初出　「文藝春秋」一九八二年一月号　文藝春秋
初刊　「杭州菊花園」所収　一九九〇年十一月　徳間書店

# 弓月城記

## 1

柳訓《りゅうくん》という老人の家を訪ねたとき、近くの回教寺院《モスク》からコーランを誦《よ》む声がきこえていた。声は大きかったが、こころよいリズムがあって、老人の話をきいているあいだも、それはすこしも耳ざわりではなかった。

一九二〇年代から三〇年代にかけての、中国の西北地方、ことに現在の新疆《しんきょう》ウイグル自治区の状況に、長いあいだ私は関心をもっていた。新疆を旅行するときも、当時のことを知っている人から、できるだけ話をきくことにしている。半世紀も前のことなので、相手はたいてい老人である。

ウルムチ市内に住む柳訓さんは、西北科学考査団に雇われたこともあり、そのまえにはアンダーソン博士の甘粛《かんしゆく》地方の考古学調査の案内役をつとめたこともあるという。

――古いものの好きな人。

紹介してくれた人は、柳訓さんのことをそう形容した。

はじめ私は、柳訓さんが外国の研究家に雇われて、調査の手伝いをしているうちに、「好古」癖がうまれたのかとおもっていた。だが、きいてみると、そうではないのである。はじめから好古癖があったので、そんな機会を進んでもとめたということだった。

柳訓さんは五十年あまり新疆に住んでいるが、生まれは北京《ペキン》である。北京市内の古本屋や書画骨董《こつとう》の店のならぶ琉璃廠《リユウリーチヤン》というところに生まれた。かといって、柳訓さんの家がそんな商売をしていたのではない。父親は大工であった。本来なら大工の見習いに出されるところだったが、少年時代の柳訓さんは体が弱く、父親が、

――大工は無理だから、ほかになにか生活の道を考えにゃいかん。おまえ、やりたいことがあるか？

と訊《き》いたとき、即座に、

――骨董屋に奉公したい。

と答えたそうだ。そのころから好古癖があったのだが、琉璃廠という環境が柳訓少年に影響を与えたとも考えられる。

近所の骨董屋の店頭にならべられた品物に、子供のころ、深い感動を受けたのかもしれない。魅せられたというほかないだろう。柳訓さん自身、自分の好古癖の来源を説明できないのである。辛

うじて、

――生まれつきのようで。

と、自信なげに言っただけだった。

柳訓さんからきいた話は、ほとんど私がすでに知っていることだったけれども、やはり現場で経験した人のことばには迫力があった。なぜ私が半世紀前のこの地方の「歴史」に興味をもつかといえば、そこに「近代」の出現の興味あるパターンがあるようにおもえるからである。

自分の作品に言及するのは恐縮だが、『天山に消える』『ウルムチに消えた火』『笑天の昇天』など、この時代のこの地方を舞台にした小説を、私はなんども書いている。

一九八一年は、辛亥《しんがい》革命七十周年にあたる。清《しん》朝がほろびて七十年たったということである。清朝時代の最後の新疆省長官は楊増新《ようぞうしん》という人物であった。清朝がほろびても、楊増新はそのまま中華民国の新疆省督弁《とくべん》として、おなじポストに坐《すわ》りつづけたのである。

楊増新は老荘思想の信奉者であった。『老子《ろうし》』や『荘子《そうし》』を愛読し、

――無為にして化す。

を信条としていた。よけいなことをせず、自然にまかせるのが最上であるという考え方なのだ。人民のしあわせとは、「太古の民」になることで、進歩、改革は不幸を招くというのである。結果として、一種の愚民政治にほかならない。

帝政を打倒して、共和政体に変えた、中国の進歩的な人たちが、楊増新のやり方に不満であったのはとうぜんであろう。楊増新は中央政府に、

――共和万歳！

と電報を打って、共和国成立に祝意をあらわしたが、彼は共和政治など信じていなかった。人民が政治に参加するなど、もってのほかと考えている。

中央政府の意向など、ほとんど気にせずに、楊増新は自己流の政治をおこなった。彼の自信は実績によって裏づけられていたのである。

中国の本土が動乱に揺れうごいていたのに、楊増新執政の新疆では、十七年ものあいだ、戦争らしい戦争はなかった。かといって、強力な軍隊でおさえつけているのでもない。新疆の兵隊はきわめて少数だったのである。

――老荘思想による哲人政治の勝利。

彼はそう信じていた。

彼の支配が長く続いたのは、おそらくその無私の姿勢が大きな力となっていたからであろう。一族の者を要職につけないばかりか、同郷の人たち（楊は雲南省出身）を政治の場から遠ざけていたのである。

中央政府から役人が派遣されても、楊増新は彼らに委員とか参政員とか名前だけ与えて、実際の政治にタッチさせないようにした。中央が送ってくる人員は、新教育を受けた連中で、楊増新は彼らを信じていなかったのだ。彼らはたいてい国民党員で、なかには過激思想のもち主もいた。

――楊増新がいるかぎり、新疆の近代化はできない。

そう考えた樊耀南《はんようなん》たちが、クーデターをおこし、楊増新を暗殺してしまった。クーデター派は督弁を殺したけれども、たちまち逮捕され処刑されてしまった。そして、新疆省民政庁長の金樹仁《きんじゆじん》が昇格して省の主席となったのである。これが一九二八年（昭和三年）のことであった。

金樹仁はまったく無能な人間であり、楊増新が殺されたのは、自分を防衛する親戚《しんせき》や郷党を登用しなかったからだと考え、省政府は金樹仁一族とその出身地の甘粛省《かんしゅく》人のものとなってしまった。これはもちろん内外に大きな不満を招くことになった。反乱が各地に相いついでおこった。

五年後、第二次クーデターがおこり、盛世才《せいせいさい》が政権を握り、金樹仁を追放したのである。盛世才は日本の士官学校と早稲田《わせだ》大学に留学したことがあり、新教育を受けた国民党員だった。盛世才はともかく、反乱を鎮圧して、その政権をかためたのである。最大の反乱は馬仲英《ばちゆうえい》の指揮したもので、彼は敗れてソ連領に逃亡してしまった。

黄文弼《こうぶんひつ》博士やスウェン・ヘディンたちによる西北科学考査団は、一九二七年から一九三三年にかけて調査活動をおこなった。それは右に略述した、楊増新政権の末期から盛世才政権樹立までの、激動の時代を背景にしたものであった。

「金樹仁は科学考査団にまったく関心をもちませんでした。いや、敵意をもっていたようです。南《ナン》京《キン》の蔣介石《しようかいせき》が、科学考査団に協力するように電報を打っても、それを握りつぶして、新疆での調査を妨害しました」

柳訓さんはそう語ったが、これはスウェン・ヘディンの著作のなかにも述べられていることだった。

雑談になってから、私が天山北路へ行くつもりだと告げると、柳老人は、

「伊犂《いり》へ行けば、きっと弓月城跡を訪ねてください。ま、なにもないところですがね」

と言った。

「もちろん行くつもりです」

「いまだから言いますが……」柳訓さんはあたりを見まわして、私のほかに人がいないのをたしかめてから、ことばをつづけた。――「そして、あんたのように外国へ帰られる人相手だから言いますが。……」

このようないささかものものしい前置のあと、柳訓さんは私につぎのような話をしたのである。

＊

柳訓さんの話は、筋としてはごく単純である。彼の口をかりる形で、一人称で述べたほうがよいだろう。以下に「わたし」とあるのが、柳訓さんのことであるのはいうまでもない。――

……わたしには夢がありました。子供のころからの夢です。大きくなるにしたがって、そのぼんやりした夢が、しだいに形をもってきました。

古代の一つの世界。……地下からそれを掘りおこして、陽《ひ》に当ててみようという、一般の人からみれば、たわいもない夢です。

あんた、ドイツのシュリーマンのことをご存知《ぞんじ》でしょう。わたしはけっしてシュリーマンの真似《まね》をしたのではありません。なぜなら、わたしは二十《はたち》をすぎて、アンダーソン博士から話をきくまで、シュリーマンの名前さえ知らなかったのですから。

シュリーマンは子供のころ、ホメロスを読んで、古代の世界――トロヤやミュケナイを発掘したいと望み、その望みをとげました。ほんとうに羨《うらやま》しい生涯です。

琉璃廠にはたくさん骨董屋があって、地下から掘り出したというさまざまな品物が、そこにならべられていました。シュリーマンはホメロスを読んで夢をもったのですが、わたしは出土した骨董を見て、夢をもったのだとおもいます。ことに唐三彩の美しさに惹《ひ》かれました。

ぼんやりした夢が形をもってきた、と言いましたが、それは古代というのが唐《とう》の時代、そして場所は西域《さいいき》といったふうに、限定されてきたことです。西域をめざしたのは、甘粛《かんしゅく》で仕事をしたこともありますが、乾燥した土地のほうが、地下で眠っている世界が、より良好な状態で保存されているだろうと考えたからでした。

新疆《しんきょう》に来てから、狙《ねら》いがもっとしぼられました。唐代の弓月城を掘ってみようと。……

弓月城。ご存知でしょうか？

西突厥《にしとっけつ》族に十姓があり、その一つが弓月です。弓月と呼ばれる遊牧騎馬部族が、山を背景に拠点をつくり、それが弓月城と呼ばれたのでした。史書にも出てきますし、詩にもうたわれています。チンギス汗の宰相をしていた耶律楚材《やりつそざい》の息子の耶律鋳《ちゅう》の詩に、

——弓月山風長く箭《や》に似たり

という句があります。わたしは子供のころ、あまり勉強しませんでしたが、夢を意識するようになってから、けんめいに本を読むようになりました。『唐書』その他の文献、地理志に挙げられた里数など、さまざまな手がかりから、わたしはどうやら弓月城の位置を推定できたようにおもいました。いまの伊寧《いねい》市からそんな遠くありません。発掘作業をするには、ちょうど手ごろだったので

す。

ひとつのまちを発掘するのですから、かんたんなことではありません。おおぜいの人を雇わねばなりませんが、その費用はわたしには負担が重すぎます。

わたしは、ひまさえあれば、夢を実現する方法を考えていたものです。

誰《だれ》かに頼むことも考えました。地下の遺跡などに興味をもつのは、考古学者かそのたぐいの人たちだけでしょう。西北科学考査団はいけません。わたしはその団の臨時雇いにすぎないので、第一、発言権がないのです。かりに彼らが掘るとしても、わたしはほんの脇役《わきやく》にすぎないのです。相手がみな専門のお偉い人なので、それではわたしの夢があまりにもみじめでしょう。主役とまでは言いませんが、その発掘には、わたしもちょっとした役がほしかったのです。

まるでほんとうの夢じゃないかと、わたしの夢を嗤《わら》う人がいるかもしれません。けれども、わたしは自分の夢をただの夢に終わらせない、根拠らしいものをもっていたのです。三十代の半ばをすぎたころ、じつは私はかなりの財宝をかくし持っていました。西北科学考査団やそのまえのアンダーソン博士、そのほかさまざまな研究者の発掘を手伝っているうちに、わたしは小規模な自前の発掘がやれるようになっていたのです。

外国人がつぎつぎとやってきて、中国の文化財を持ち出すものですから、政府は神経質になっていました。スタイン、ル・コック、ウォーナー、ペリオたちは、千仏洞の壁画を剥《は》がしたり、敦煌《とんこう》の文物をロンドンやパリへ運び出しています。

スウェン・ヘディンが、最後の探検を、中国の学者と共同の西北科学考査団という形でなければできなかったのは、そんないきさつがあったのです。しかも、その団は遺跡の発掘をしてはならないと、一本、釘《くぎ》を打たれていました。

個人の遺跡発掘も、中国人であっても許されません。けれど、楊増新が死んだあとの動乱の時代には、役人の監視の目も行き届きません。わたしはこそこそと、めぼしをつけた小さい古墓を掘ったりして、出土品を自分のものにしてかくしていたのです。

西北科学考査団の仕事のあいまに、わたしは南路のある場所で、小さいながらも充実した古墓を掘りあてました。

紀元前の月氏の貴族の墓だろうとおもいます。西洋の学者がスキタイ族と呼んでいる民族だろうといわれていますが、彼らはキラキラと光る黄金が大好きでした。また彼らの縄張りには、金鉱が多かったようです。小さな墓ながらも、黄金の冠やら首飾り、そのほかみごとな工芸品が、大小あわせて五十点ほど出土しました。

当時、文化財の盗掘だけではなく、売買にも罰則がありました。そのままでは売れません。これがふつうの盗掘者なら、黄金の冠などを鋳《い》つぶして金塊にして売りとばすでしょう。古い文化財を愛するわたしには、そんなことはできません。といって、お金に換えることもできないので、宝の持ち腐れといってよいでしょう。

わたしは持ち腐れの宝を、なんとか活用しようとおもったのです。そして、妙案が頭にひらめきました。

西突厥の弓月族は、しまいに唐に降《くだ》るのですが、彼らはそのとき、莫大《ばくだい》な財宝をかくしたという伝説があります。降伏受理のため、唐の使節が来たとき、接収した財宝が思ったよりすくなかったため、隠匿《いんとく》したという疑いをもたれたのでしょう。

わたしはこの隠し金伝説を逆用しようとおもいついたのです。

あんた、明日、伊寧へ行くそうですね。小さい飛行機で二時間ほどで行けます。便利になりましたよ。あのころは、飛行機なんて使えません。トラックに便乗して、十日ほどかかったものです。わたしはぼろ麻袋に、わたしの大切な財宝をかくして、伊寧へ行きました。

弓月城の隠し金伝説は有名ですが、では、弓月城はどこにあったか、あのころはまだそんな研究をする人さえいませんでした。なにも自分のことを誇ろうとするのではありません。よほどの変わり者でなければ、唐の歴史に二度か三度しか出ない弓月のことに、関心をもつことはないでしょう。……ま、わたしが変わり者だったということですよ。文献を調べさえすれば、ほかの人にだって弓月城の所在地の見当はついたはずです。そんなわけで、弓月城跡はわたししか知りません。わたしはそこに出かけ、例の財宝を埋めました。腐りかけた木箱を都合して、それに詰めて、約二メートルほど掘って埋めたのです。一切、わたし一人でやりました。近所には民家ひとつありません。ハザック族の包《パオ》も、季節はずれなので見あたりませんでした。わたしがそこに、物を埋めたことは、誰一人知らないはずだったのです。

そのあと、わたしはウルムチに戻り、省政府に弓月城を発掘してほしい、あそこには財宝が隠されているはずだから、と申請したのです。ま、歎願《たんがん》といったほうがあたっているでしょう。

もちろん、あっさりとききいれられるなど、そんな甘い考えはもっていません。狂人扱いにされることは覚悟していました。

わたしの作戦は二段構えだったのです。

政府が本格的な発掘をしないのであれば、せめてわたしに試掘させてま

わたしはこの隠し金伝説を逆用しようとおもいついたのです。

あんた、明日、伊寧へ行くそうですね。小さい飛行機で二時間ほどで行けます。便利になりましたよ。あのころは、飛行機なんて使えません。トラックに便乗して、十日ほどかかったものです。わたしはぼろ麻袋に、わたしの大切な財宝をかくして、伊寧へ行きました。

弓月城の隠し金伝説は有名ですが、では、弓月城はどこにあったか、あのころはまだそんな研究をする人さえいませんでした。なにも自分のことを誇ろうとするのではありません。よほどの変わり者でなければ、唐の歴史に二度か三度しか出ない弓月のことに、関心をもつことはないでしょう。……ま、わたしが変わり者だったということですよ。文献を調べさえすれば、ほかの人にだって弓月城の所在地の見当はついたはずです。そんなわけで、弓月城跡はわたししか知りません。わたしはそこに出かけ、例の財宝を埋めました。腐りかけた木箱を都合して、それに詰めて、約二メートルほど掘って埋めたのです。一切、わたし一人でやりました。近所には民家ひとつありません。ハザック族の包《パオ》も、季節はずれなので見あたりませんでした。わたしがそこに、物を埋めたことは、誰一人知らないはずだったのです。

そのあと、わたしはウルムチに戻り、省政府に弓月城を発掘してほしい、あそこには財宝が隠されているはずだから、と申請したのです。ま、歎願《たんがん》といったほうがあたっているでしょう。

もちろん、あっさりときいれられるなど、そんな甘い考えはもっていません。狂人扱いにされることは覚悟していました。

わたしの作戦は二段構えだったのです。

政府が本格的な発掘をしないのであれば、せめてわたしに試掘させてほしいと、申請書に付記しました。

試掘の段階で、あのわたしの黄金の財宝を掘り出せば、まちがいなく政府をうごかすだろうと、ま、そんな考えでした。いや、政府がうごかなくても、黄金が出たという噂《うわさ》が流れると、欲張り人間があちこちから集まってくるでしょう。そうなれば、わたしが彼らを指導して、あそこを掘れ、ここを掘れと、宝さがしにかこつけて、念願の古代遺跡の発掘が自分の力でできるかもしれません。むしろそうなったほうがよい、という気持のほうが強くなったのです。

ところが、申請したわたしにも意外なことだったのですが、省政府から掘ってみよう、ついては案内せよ、という返事がありました。省政府というよりは、省主席盛世才個人というべきでしょう。

*

西北科学考査団の仕事が完了し、スウェン・ヘディンが自動車道路建設調査の名目で、ロプ・ノールなどを探検し、「さまよえる湖」で話題を呼んだ旅も終わったあとです。そして、日本との全面戦争がはじまる直前のことでした。そう、忘れもしない一九三六年のことだったのです。

あとでわかったことですが、盛世才も弓月城には関心をもって、いろいろ調べていたということでした。もっとも、わたしのように、古代に陽《ひ》を当てようなどという、たわいのない夢からではありません。あの伝説に刺戟《しげき》され、黄金を手に入れたいというのが関心の核でした。三流の学者が彼のところに出入りして、弓月城の位置や伝説の信憑度《しんぴょうど》などについて研究していたそうです。

位置についての調査は、わたしのほうが進んでいました。なにしろ探検家といっしょに、新疆各

ょう。地をくまなく歩いています。文献と足とカンです。机のうえの調査より一枚上なのはとうぜんでし

信憑度の調査は、盛世才の側近グループのほうが、わたしよりも上だったのは認めなければなりません。財宝の有無といったことは、わたしの関心の外にあったのです。が、彼らにとっては、それこそ大切な、かんじんの問題でした。どんな調査の仕方をしたのかわかりませんが、信憑度はかなり高いという結論が出たのでしょう。

そんなところへ、わたしの申請書が届けられたのです。「じゃ、やってみるか」と、盛世才は決裁したのでしょう。わたしにとっては、まるで瓢簞《ひょうたん》から駒《こま》が出たようなかんじでした。

あんたは、そのころの新疆の状況をご存知でしょう。さきほども、すこし話に出ましたが、この新疆は、もう中央政府から完全にはなれたといってよいほど、ま、半独立の土地となっていたのです。

中央からなんの援助も得られないのですから、中央の言うことをきく必要はありません。金樹仁政権時代以来の新疆の動乱を、盛世才は中央からの援助なしに切り抜けました。馬仲英の反乱を鎮圧したときも、兵器、弾薬、そして戦車までソ連から援助を受けたのです。ソ連のことですから、援助といっても無償ではありません。返済しなければなりませんし、言うこともきかねばならないのです。盛世才はお金が欲しくてたまらないのでした。

第二次国共合作の前でしたのに、新疆だけは、おおっぴらに中国共産党が事務所をもち、共産党員が省政府の役職についていたのです。共産党事務所の初代の代表は、いま副首相になっている陳《ちん》雲《うん》さんにほかなりません。

その後の行動でもわかりますが、盛世才はべつに共産党が好きなわけじゃないのです。ソ連に新疆の鉱山採掘権を与えたのとおなじで、援助を受けるための姿勢でした。ちゃんと借りたものを返せば、自由な行動がとれるのです。

盛世才が弓月城の財宝に目をつけた心理は、わたしにもわかるような気がしますね。すこしでもお金のはいる可能性があれば、とびつきたい気持になっていたのでしょう。

さあ、たいへんな作業がはじまりました。あそこへ行ってごらんになればわかりますが、弓月城の遺跡といっても、トルファン盆地の高昌や交河の遺跡とちがって、城壁らしいものはまったく残っていません。城壁に見紛《みまが》う場所はありますが、なんのただの崖《がけ》にすぎないのです。どこからどこまでが遺跡であるか、はじめは見当もつきませんが、山を背にしてじっとみつめると、敵を防ぎやすい地形がわかってきます。そうです、台地ふうになったところ……さあ、五百アールあまりでしょうかね。広いことは広いのですが、どこから手をつけてよいかわからないほど、そんな途方もない広さではありません。

盛世才側近の御用学者の袁弘平《えんこうへい》という人物が、この作業の総指揮をとり、わたしが嘱託という形で立会人になりました。ほかの連中は宝探しですが、わたしだけは遺跡発掘のつもりです。

この地にはなんどか来ていますので、地表に住居跡らしいものが、まったく残っていないことはわかっています。一メートルから二メートルほど掘りさげたなら、なにか出てくるだろうという期待がありました。

新疆の独裁者といわれた盛世才の力で動員されたのですから、作業の人数に不足はありません。袁弘平はまるで霊感でも得たように、とつぜん、「この地形では、支配者はここに住んでいたにちがいない」と言い出したのです。

　驚いたことに、袁弘平が指さしたところから、五十メートルほど北寄りのところから、大きな箱にはいった財宝が、ほんとうに掘り出されたのです。袁弘平が神がかり的に指さしたところから掘りはじめて、わずか四日目のことでした。

　いやはや驚きました。もちろんそれはわたしがかくした財宝ではありません。弓月城伝説は、まさに事実であったことが、それで証明されたのです。

　顔じゅう汗だらけになった袁弘平が、とびあがってよろこんだ情景が、いまだに忘れることができません。「老柳《ラオリユウ》、やったぞー」と、彼はわたしの手をとって、しばらくのあいだ、狂ったように踊りつづけたものです。

　作業はその後、ひと月ほどつづけられましたが、もう財宝は出てきません。弓月城伝説の隠し金は、その一箱だったようです。一箱でじゅうぶんでしょう。大きな箱でした。わたしのかくした箱の十倍はありましたね。しかも、金銀がぎっしり詰まっていたのです。「成果はあった」と、袁弘平はなんどもそう自分に言いきかせていました。けれども、私にとっては、成果はなかったのです。財宝の箱以外に、古代の片鱗《へんりん》をうかがわせるものは、掘り出されません。ただおびただしい陶片が出て、わたしはそれで満足するしかなかったのです。

　えっ、わたしのかくした分ですって？　そのあとひと月にわたる作業でも、そこまで届きませんでした。そう、ですから、いまでもそこに埋まっているはずです。なんでしたら、ひとつ掘りに行かれたらどうですか？　略図をかいてあげてもいいですよ。

　なぜそのままにしたか、それをおたずねですか？

わたしは夢の方向を変えたのです。いえ、別の言い方もできますよ。夢をもっとひろげた、と。そのためにも、むかしの夢のかけらは、そっとしておいたほうがいいでしょう。勿体《もったい》ないですって？　そうです、国家のためにも、僅《わず》かですが役に立つこともあるでしょう。けれども、急ぐことはありません。略図はもうかいてあります。そして、遺書のなかに封じこめて、わたしが死ねばわかるようにしているのです。すくなくとも生きているあいだ、わたしは自分の夢のかけらが、どうこうされるのを見たくも聞きたくもありません。……さあ、こんな気持、わかってもらえないでしょうがね。……

*

私――これからの一人称は、作者に戻る――は、翌日、ソ連製アントノフ機に乗って伊寧《いねい》へ行った。

伊犂《イリ》地方には名所旧蹟《きゅうせき》はそんなに多くない。なにもないただの台地であるが、客が来ればこの弓月城跡に案内することになっているようだ。ＮＨＫのシルクロード取材班も、ここに来て撮影している。

「司馬遼太郎《しばりようたろう》氏があそこに立って、そちらの山を見て……いえ、弓月山のほうではなく、むかいの烏孫《うそん》山のほうを見ているところを、テレビの人がカメラにおさめましたよ」

哈薩克《ハザク》自治州の外弁の加依爾《チャイア》・伯克《ベク》氏が指さしてそう説明してくれた。

台地といっても、でこぼこであり、農作物を植えたらしい形跡もあった。

「盛世才がここから、弓月城に埋められた金を掘り出したあと、近辺の連中が金鉱があるとかんちがいして、このあたりをやたらに掘ったのですよ。そこで、でこぼこになったり、穴があいたりしましてね」

これは加依爾・伯克氏の同僚の任運昌《にんうんしょう》氏の説明であった。

金鉱でないとわかってから、もう掘る人もいなくなったそうだ。

どうやら柳訓さんの財宝は、まだ地下に睡《ねむ》っているらしい。八十に近い柳訓さんは、古稀《こき》の年に、いちど弓月城に来たと語っておられた。

弓月城は伊寧市から二十キロほどしかはなれていないが、山地にはいってからは道が悪く——というよりは道がないので、普通の乗用車では無理がある。ジープに乗らねば、うまく行けないところなのだ。

ウルムチに帰ってから、私は柳訓さんを紹介してくれた人に、もういちど会った。柳訓さんが、弓月城発掘のあと、どうなったか知りたかったのだ。柳訓さん自身の口からは、それはきけないだろうという気がしたのである。

「そのころ、私はまだ子供でよく知りませんが。……柳訓さんはそれ以後、八路軍事務所に出入りするようになり、盛世才がそこをつぶしたあと、長いあいだすがたをかくしていたそうです。叔父からそんな話をききましたよ。うって変わって、積極的な人間になったので、みな驚いたというのですがね」

八路軍事務所とは、前記の共産党の代表が駐在していたところである。

第二次世界大戦で、ドイツ軍がソ連領内に進撃したころ、新疆はもはやソ連から援助が得られなくなった。盛世才はどうやらソ連が敗れて消滅すると考えたようだ。中央政府と縁を切って、半ば独立政権となっているが、新疆はやはり援助なしにはやって行けない。盛世才は中央政府（そのころは重慶《じゅうけい》にあった）に詫《わ》びをいれて、アメリカの援助を受ける資格を得ようとしたのである。蔣介石に詫びをいれ、赦《ゆる》される条件として盛世才は八路軍事務所をつぶし、そこにいた三代目の代表の陳潭秋や毛沢東《もうたくとう》の弟の毛沢民、日本留学帰りの林其珞の三人を逮捕、処刑した。一九四三年（昭和十八年）のことである。

このとき、巷間《こうかん》では、盛世才が莫大な金塊を蔣介石に献納した、という噂《うわさ》がしきりに流れていた。あるいは弓月城の財宝が、贖罪《しょくざい》用に使われたかもしれない。

柳訓さんは、事務所（正式には八路軍駐新疆弁事処）に出入りしていたので、盛世才ににらまれ、どこかに身をひそめたのである。

古代に陽を当てるという夢は、どんなふうに方向を変えたのだろうか？　柳訓さんの表現では、夢はひろがったというが、どんなふうにひろがったのだろうか？

訊いてみたいことは多かったが、そんな時間はなかった。おそらく柳訓さんは、そのことを語らないにちがいない。

半世紀という歳月もまた夢の一部である。戦後、盛世才は国民党政府とともに台湾に移り、そこで死んだといわれている。

旅行から帰ったあと、私は弓月城でうつした写真をとり出しては、しみじみと見入ることが多い。その地でながめたよりは、写真でみるほうが山のすがたは美しい。いつかここで活躍した、西突厥弓月部族の歴史を、掘りおこして書いてみたいなどと、ぼんやりと考えたりすることがある。

ついでながら、楊増新が殺された昭和四年、日本で松田寿男氏が、『弓月についての考』と題する詳細な論文を発表されている。

初出　「野性時代」一九八二年一月号　角川書店
初刊　「三本松伝説」所収　一九九一年七月　徳間書店

# 四人目の香妃

## 1

香妃について、私はなんども書いたことがある。

中国新疆《しんきょう》ウイグル自治体のカシュガルには、これまで三たび訪れ、そのたびに香妃の墓所を訪ねた。

土地に住む漢族は香娘々廟《シャンニャンニャンミャオ》と呼んでいるが、イスラム教徒はホージャ家の家廟《かびょう》と称している。ホージャは漢字で「和卓」と書き、この地方のイスラム教徒の首長のことで、一族のなかで最も有名だったのはホージャ・アパクという人物であった。ホージャ・アパクをはじめ、一族の七十二人がそこに葬《ほうむ》られている。

香妃はホージャ・アパクの外孫女にあたり、被葬者の一人にすぎない。それなのに、一族の家廟が、彼女の墓と呼ばれるのは、その知名度が高いからである。


――香妃は回部《カシユガリア》の王妃なり。姿色美《ししよく》し。生まれて体に異香有り。熏沐《くんもく》を仮《か》らず。国人、之《これ》を号して香妃と曰《い》う。……


伝説によれば、彼女は清《しん》朝にたいして反乱をおこしたホージャ・ジハーンの妻であったが、乾《けん》隆帝《りゆうてい》の遠征軍に敗れ、絶世の美女の誉《ほまれ》の高い彼女は生け捕りにされて北京《ペキン》に連行されたという。彼女の夫のホージャ・ジハーンはパミール山中に逃れたが敗死している。

乾隆帝の後宮《こうきゆう》にいれられたが、彼女は夫を殺した乾隆帝の意に従おうとしない。彼女は衣裳《いしよう》のなかに白刃をかくし、夫の仇《かたき》を討とうとしたといわれている。乾隆帝はそれでも、彼女の美貌《びぼう》を愛して、後宮にとどめたが、皇太后《こうたいごう》はそんな物騒な女は生かしておけぬと考え、縊《くび》り殺したという物語がある。

だが、カシュガル郊外の墓に眠る香妃は、言い伝えによれば、けっして王妃ではなく、ホージャ家の娘であり、実兄も清の宮廷に仕えて要職についたという。彼女は殺されたのではなく、一七六三年に病死し、その遺体は三年がかりで、北京《ペキン》からカシュガルまで、丁重に送り返されたのである。いまもホージャ家廟のなかに、そのときに用いた柩轜《きゆうきよう》が置かれている。

彼女は北京にまる七年滞在したというから、その北京入りは一七五六年であった。ホージャ・ジハーンの反乱は一七五九年に平定されているので、反乱以前のことだったのである。

なお『清史稿』后妃伝によれば、高宗（乾隆帝）の何人かの后妃のなかに、容妃《ようひ》という名の女性のことがしるされている。


——又、容妃有り、和卓《ホージヤ》氏回部台吉の和札麦《ホージヤマイ》の女《むすめ》なり。初めて入宮して貴人と号し、累進《るいしん》して妃《ひ》と為《な》りて薨《こう》ず。……


宮廷の記録によれば、この容妃が「貴人」から「嬪《ひん》」に昇格したのが乾隆二十七年（一七六二）のことで、さらに妃に昇格したのが同三十三年（一七六八）であり、同五十三年（一七八八）に死んでいる。皇太后はその十一年前に死んでいるので、彼女に殺されたはずはない。だが、正式記録にはっきり残っているのは容妃だけであり、彼女の別名が香妃であったと推測する史家もいる。

こうなれば、「香妃」とみられる女性は、すくなくとも三人いたことになる。皇太后から死を賜わった女性、乾隆帝の貴人から嬪、妃と累進し、すくなくとも三十年は紫禁城の後宮にいた容妃、そして、二十九歳で北京で客死し、故郷のカシュガルの家廟に葬られた女性。——

彼女たちはトルコ系のウイグル族である。彫りの深い、顔立ちの整った民族なので、美人が多いことで知られていた。三人ともホージャ家すなわちカシュガルの首長の家系と関係がある。この地方の上層階級は、チャガタイ汗国《かんこく》時代から、ウイグル族でも文書にはペルシャ語を用いていた。帝政ロシアのロマノフ朝の宮廷では、フランス語が常用語であったといわれている。ウイグル族のホージャ家でも、程度の差はあれ、ペルシャ語がおなじような役をはたしていたであろう。げんに私が見たホージャ家廟のタイル壁にしるされた文章は、すべてペルシャ語であった。ホージャ家、ことにその女性たちは、文化的にペルシャ化されていたといえるだろう。

ペルシャの名産に「ローズ・ウォーター」がある。文字どおり、ばらから採取した香水なのだ。私もイランに旅行したとき、プレゼントされた。ペルシャの女性は香水を愛好する。ペルシャの詩に香水に言及した句はいたって多い。

——からだに異香あり。……

これはカシュガルの上層階級の女性の特長といえるのではなかっただろうか。彼女たちに異名がつけられるとすれば、においにかんする「香妃」が多いはずである。

香妃と呼ばれた女性は一人ではない。私はかつてある紀行文のなかで、香妃複数説を述べたことがある。

カシュガル地方に、異香につつまれた美女が多いことは、よく知られていた。それが欲しいと望んだのは、皇帝だけではないであろう。

色好みの皇帝の下に、それに劣らず色好みの皇族もいたし、有力者もいたはずである。カシュガル遠征軍の総司令官は兆恵《ちょうけい》という人物であった。

——絶世の美女を連れて参れ。

皇帝は兆恵にそう命じた。

皇族クラスは副司令官に依頼したかもしれない。有力者たちも、それぞれ親しい軍幹部にひそかに頼んだであろう。

この遠征以前に、紫禁城の後宮には、何人かの西域美女がいた形跡があり、彼女たちの美貌が、早くから北京の要人の垂涎《すいぜん》の的《まと》になっていたのである。

――頼むよ、ほんとに。……

頼むからには、前もって、相当の謝礼をしなければならない。遠征軍の幹部たちの懐《ふところ》は、その種の金品で、ふくらんでいたことであろう。

## 2

顧侶松《こりょしょう》は呉《ご》県すなわち蘇州《そしゅう》の出身で、たまたま遠征軍が編制されたとき、陝西《せんせい》省米脂《べいし》県の県令をしていて動員されたのである。

従軍したといっても、職業軍人ではない。彼の任務は遠征軍の法務官であった。軍律違反やさまざまな犯罪を裁くのである。

とくに兆恵の前任者であった都統雅爾哈善《ヤルハシャン》の下では、遠征軍の規律がいちじるしく弛緩《しかん》していた。ホージャ軍万余をクチャ（庫車）城に包囲しながら、みすみす全軍の脱出を許してしまったのである。総司令官の雅爾哈善は、毎日、酒宴をひらき、碁が好きで、碁盤を囲んでいるときは、誰《だれ》がなにを報告しても耳にいれなかった。

「おかしいですよ、城内のラクダの鳴き声が。……ふつうの鳴き声じゃありません」

お茶をはこんで来た老卒がそう言ったとき、雅爾哈善はどなりつけた。

「ばかもの！　おまえに命じたのは茶をはこぶことだ。ラクダの鳴き声など、よけいなことを申すな！　ラクダはいつでも、城内で鳴いておるわい」

「でも、あれは重い荷を背負ったときの鳴き声です。……一頭や二頭ではありません。脱け出そうとしているのかもしれません」

「なに！」雅爾哈善は手にもった碁石を、絨毯《じゅうたん》のうえにたたきつけた。――「おまえの階級はなんだ？　一介の兵卒じゃないか。敵情については、もっと高位の軍人を配して調べておる。それからなんの連絡もないのに、おまえごときになにがわかるか！　めざわりじゃ。茶をその卓にのせて、早々に立ち去れ！」

「へえ……」

老兵卒は背をまるめて出て行った。

クチャ城の敵軍が一兵あまさず脱出したのは、じつはその夜のことである。

乾隆帝は激怒して、雅爾哈善をはじめ、遠征軍の首脳数人を誅殺《ちゆうさつ》してしまった。

かわって総司令官に任命されたのが、伊犂《イリ》地方（ウイグル自治区の北西地域）の乱を平定して、北京に凱旋《がいせん》したばかりの都統、兆恵だったのである。前任者が軍規弛緩で殺されたのだから、兆恵がその引きしめに全力をそそいだのはいうまでもない。征西の途中、厳格な裁判で名を知られた地方官がいると、彼はそれを軍中に加えた。

米脂県の県令であった顧佀松が、遠征軍に引き抜かれたのはこのときであった。県令は裁判官をも兼ねていた時代である。顧佀松の裁判官としての名声が、兆恵の耳にはいったにちがいない。

――安撫使《あんぶし》に命ず。

顧佀松は抜擢《ばつてき》された。米脂県令は正七品《しようほん》官だが、安撫使は従《じゆ》五品官だから、抜擢にはちがいない。だが、彼はあまりうれしくなかった。陝西の県令づとめのあと、故郷の江南《こうなん》に帰るのをたのしみにしていたからである。

「凱旋の暁は、江南に帰還できるようにお願いします」

という希望を申し添えた。

「安心せい。そのほうの希望は、はっきりと記録しておく」

副都統の富徳《フトウ》はそれを、彼の目のまえで書類にして示した。

江南人にとって、江南以上の天地はない。地方官づとめで北方へ行く者も、たいてい家族を江南に残した。顧侶松も家族を蘇州に残している。

「ほかに、なにか望みはないか？　留守家族にたいする優遇などについて……」

と、富徳は訊《き》いた。

「ございません。幸いに、なんとかやって行けますので」

と、顧侶松は答えた。

「家産があるのじゃな。それは心強い」

富徳はうなずいた。

ここで清朝の官僚の収入の仕組みを説明しなければならない。

官僚の給料はきわめて安い。

七品官の県令は歳俸銀四十五両と薪銀《しんぎん》（燃料光熱費）三十三両なにがしにすぎない。年俸が八十両に満たない。『紅楼夢《こうろうむ》』という小説のなかで、お邸《やしき》の一回の食費が十両かかったとある。裕福な貴族のぜいたくな食費だから、標準にできないだろうが、それにしてもすくない。

それにもかかわらず、

――三年の清県官（清廉《せいれん》な県令）は三代食べるほど金をためる。

という諺《ことわざ》がある。『礼記《らいき》』という本に、

――三年耕せば必ず一年の食有り（三年間まじめに耕作すれば、すくなくとも一年分の備蓄ができる）。

とあることばをもじった諺である。

一世代は平均三十年であるから、三年も県令をつとめたなら百年も子孫を養えるほど金がたまった。それも清廉な官吏である。賄賂《わいろ》や汚職をこととすれば、もっとためこむことができる。

県令個人への献金が、しきたりとなって、誰もそれを賄賂とおもわなかったのである。ごくふつうに仕事をしていてもそうだから、たまにとくべつ口添え、または力添えすると、大金が懐にはいる。

これは地方官だけの話である。中央の官庁につとめる京官（北京勤務官）にはそれがない。だが、京官を経験しなければ、エリートではないとされていた。その京官もいつかはある期間、地方づとめをする。北京の金融業者は、京官には無条件で大金を貸したものである。地方に出れば、かならず返還されるからなのだ。

県令を従軍法務官に引き抜くのは、形のうえでは二階級特進かもしれないが、実収入は激減するのである。

副都統の富徳が、留守家族優遇について、なにか条件はないかときいたのは、右のような背景があったのだ。

顧侶松がないと答えたので、富徳は彼にすでに莫大《ばくだい》な家産があると解したのである。だが、顧侶松がなんとかやって行ける、と言ったのは家産だけに頼ることではなかった。

蘇州の留守宅にいる彼の妻の呉飛卿《ごひけい》は、女流画人として、その地方では第一級の存在となっていたのである。

各地の富豪が、争って彼女の絵をもとめた。すべてのもとめに応じることはできない。彼女の作品を入手できるのは、幸運児といわれたほどである。

金のために描《か》くのが画工であり、いやしくも画人であるかぎり、作品を売ったりしない。呉飛卿も画人であり、もとめに応じて、作品を贈るのだ。贈られた人はもちろんそのままではすまない。代金ではなく謝礼である。

謝礼にも、画人の格によって、おのずから相場があった。入手困難な呉飛卿の作品はとびきり高かったのである。

顧佀松は富徳に条件をもち出さなかったのは、いくら条件を出しても、それは妻の作品の二枚か三枚分にしか相当しないとわかっていたからであった。

人物もさっぱりしていたが、妻の才能のおかげで、賄賂まがいのものを必要としなかったことが顧佀松を名県令にした。そして、その名声が、遠征軍首脳の耳に届くことになったのである。

## 3

ホージャ・ジハーンをパミール山中で討ちとって、清の遠征軍は大勝利をおさめた。苦戦したのは、黒水営（カラウス）の戦いだけで、圧勝ということができる。

「戦いよりも気疲れすることがあるよ」

カシュガルから、意気揚々とウルムチ（ウイグル自治区の区都）にひきあげた兆恵《ちようけい》は、親しい人たちにそう言った。絶世の美女といわれるホージャ・ジハーンの妻を、生きたままとらえて、北京まで連れて行かねばならない。

護送の途中で、もし彼女が舌を噛《か》んで死んでしまえば、せっかくの大勝が、すくなくとも乾隆帝の心のなかでは帳消しにされるおそれがある。

いまの新疆の北部にあたる「準部」（ジュンガリア）も「回部」（カシュガリア）と、けっきょく、おなじ人物――兆恵が平定した。だが、兆恵は準部の反乱には容赦のない弾圧を加え、反乱の中心となったオイラート・モンゴル人は、ほとんど殺し尽されたほどだった。

それにくらべて、回部では反乱一派の粛清だけにとどまり、おなじホージャ家でも反乱に積極的に参加しなかった者は赦《ゆる》された。

北には威を、南には恩を加えた、と史家は評している。

だが、南の懐柔策には、香妃という異名をとる美女を、無事に乾隆帝のところまで届ける目的もあったのだ。彼女の心を、できるだけやわらげるように、兆恵はいうなればご機嫌《きげん》をとりつづけたのである。

（ご機嫌をとったおかげで、どうやら自殺する気配もなさそうだ。……）

兆恵はほっとした。

だが、ホージャ・ジハーンの妻は、夫の復讐《ふくしゆう》を誓い、清の皇帝にせめて一太刀《ひとたち》浴びせようと、北京行きを承諾したのである。

「都統閣下もそうだが、このわしもずいぶん気をつかうよ」

と、副都統の富徳は顧侶松に言い、

「色好みのあるじには苦労するよ、まったく。は、は、は……」

と、つけ加えた。

兆恵が乾隆帝から命じられたように、富徳も彼のあるじにひとしい人物——和親王弘晝《こうちゅう》から、おなじことを頼まれていた。

和親王弘晝は乾隆帝弘暦のすぐ下の弟である。異母兄弟だが、父の雍正《ようせい》帝は早くから弘暦を後継者にきめ、弁理苗《べんりびょう》疆事務処《きょうじむしょ》というミャオ族（中国南西部に住む少数民族）対策の役所をつくり、そこで統治学を予習させていた。このとき、おなじ役所で、帝王になるウォーミングアップの相手をつとめたのが、和親王弘晝であった。ただの皇弟ではなく、乾隆帝とはとくべつ親しい仲にある。ときどき乾隆帝にさからったという記録があるが、べつに処罰されたことはない。

和親王は変わった人物で、葬式のたぐいが大好きで、自分の葬式の予行練習をやらせ、それを見物しながら、酒を飲んだという奇行が伝えられている。

——お上《かみ》は兆恵に、ホージャ・ジハーンの妃を生け捕りにして帰ることを命じられた。絶世の美人というが、王妃であるということがお上の頭のなかにある。称号。肩書。……むかしからお上は、実体よりもそれを重んじておられた。なあに、ホージャの妃よりも美しい女は、回部にかならずいるはずだ。肩書なんかどうでもよい。大工の娘でも、鍛冶《かじ》屋の妻でもよい。きっと王妃より美しい女を連れて参れ。……おまえは見る目があるはずだ。それから、その女を兆恵に横取りされて、お上に王妃の添えものとして献上されないように、じゅうぶん気をつけてくれ。兆恵にも鑑識眼があるからな。……

北京を出るとき、富徳は和親王からそう言われたのである。

富徳はカシュガルのバザールで楽器づくりの娘をみつけた。まさに絶世の美女であった。彼は和親王の好みをよく知っていた。知っていたからこそ、和親王が彼に依頼したのである。乾隆帝はどちらかといえば、熟したかんじの豊満な女性を好んだが、弟の和親王はまだ成熟していない、やせ気味の少女を好んだ。

楽器づくりの娘ハビーブは、和親王の好みぴったりである。年はまだ十五歳であった。

兆恵はホージャの王妃を、富徳はハビーブを、無事に北京まで連れて行かねばならない。王妃は戒厳下に護送される。だが、富徳のほうはそうはいかない。都統の兆恵の目からもかくさねばならない。

乾隆帝好みでないかもしれないが、ハビーブの美貌は誰の目をもひく。乾隆帝といえども、豊満な女性に飽いて、たまには少女のような女を抱きたくなることもあろう。――そんなふうに考えて、兆恵がハビーブの存在を知れば召しあげる可能性があった。

（いや、兆恵が王妃の添えものではなく、自分のものにしてしまうおそれもある）

富徳はそれをおそれた。

ハビーブ連行は極秘にしなければならないが、彼女にも衛兵をつけ、目立たぬように警備する必要があった。富徳の幕僚として、法務を担当していた顧侶松は、ハビーブのことを打ち明けられた少数の人の一人であった。だが、直接に警備を担当したのは彼ではない。法務官の立場から協力する仕事があったのである。

カシュガルから北京へのあいだ、ハビーブの宿泊する場所に衛兵を配置すれば、

——なぜあの宿舎は警備されているのか？

と、疑われるおそれがあった。

富徳が考え出したのは、

——軍律違反者を収監している。脱走しないためである。

という口実であった。

軍律違反者の管理は顧侶松の担当である。

(収監者の数はすくなくない。罪にも軽重さまざまな差がある。重罪のものと軽罪のものとを分けて、彼らの宿所として、二ケ所を提供していただきたい)

富徳に依頼されて、顧侶松は兆恵にそんな要求を出して認められた。

こうして、遠征軍はカシュガルからウルムチまでひきあげてきた。

この時代、ウルムチはようやく町づくりがはじまったばかりであった。河にそって、古い集落のある土地だが、トゥルファンよりもずっと小規模なものにすぎなかった。

新疆の北と南に反乱がおこったとき、その後方基地として、ウルムチがようやく脚光を浴びたのである。清朝政府はここに屯田《とんでん》を設けることにした。

建物は散在しているが、まだ城壁はない。ウルムチに城壁がつくられ、一人前のまちとなったのは遠征軍凱旋の三年後にあたる一七六三年になってからだった。安西《あんせい》都督はその後、ウルムチに駐在するようになった。

定辺《ていへん》将軍兆恵たちが北京に凱旋したのは、乾隆二十五年（一七六〇）正月のことである。遠征軍

がウルムチにはいったのは、晩秋のころであった。基地であったので、どの隊もウルムチにはかなり長く滞在した。

副都統の部隊はウルムチに約半月ほど滞在した。北京の政府から屯田の準備を命じられていたので、その仕事もあったのだ。

4

富徳の部隊がウルムチ滞在中に、奇妙な事件がおこった。

せっかく連れてきたハビーブが、ウルムチで脱走したのである。極秘裡《り》に連行したので、その脱走もとうぜん表沙汰《おもてざた》にならず、記録されることもなかった。

別の事件がその奇妙さの故《ゆえ》に記録されている。奇妙というよりは猟奇といったほうがよいかもしれない。

『断袖篇《だんしゆうへん》』というあやしげな書物がある。編者の名は、

――呉下阿蒙《ごかあもう》
となっている。偽名であるのはいうまでもない。

『三国志』に孫権（呉の初代皇帝）の部将として呂蒙《りよもう》という人物が登場する。赤壁《せきへき》の戦いにも出るし、なによりも蜀漢《しよくかん》の関羽《かんう》を攻めて殺した人物としてよく知られている。彼はもと武略だけで学問はなかった。だが、孫権に学問が大切だといわれて、猛勉強をしたという。のちに同僚の魯粛《ろしゆく》が彼に会い、その学問のあるのに感心し、

——また呉下の阿蒙に非《あら》ず。
と言った。むかし呉下（蘇州）にいたあの武骨一辺の阿蒙（阿は愛称）とは別人のようだという意味である。この『三国志』の故事から、呉下の阿蒙といえば、旧態依然として学問のない者、の意になる。

偽名の著述である。偽名を用いたのもとうぜんで、この本は同性愛のことばかり書いたものなのだ。

書名の「断袖」というのが、そもそも中国ではホモを意味することばである。漢の哀帝《あいてい》は西暦前七年に即位し、同一年に死んだ人物だが、董賢《とうけん》という美少年を愛した。ある日、二人ならんでひる寝をしていて、哀帝がさきにめざめた。起きあがろうとしたが、董賢が哀帝の袖《そで》のうえに頭をのせて眠っている。哀帝が立ちあがれば、董賢のひる寝を妨げることになる。そこで、哀帝はそばにあった刀で、自分の袖を断ち切って、起きあがったという。この故事から、「断袖」は同性愛の雅称となったのだ。

呉下阿蒙の編した『断袖篇』のなかに、ウルムチで張鳴鳳《ちょうめいほう》という二十歳の若い兵卒が、営舎の近くの菜園で働いている六十の老人から訴えられたことがしるされている。被害者のほうは「叟《そう》」（老人）とあるだけで姓名はしるしていない。

——むりやり淫《いん》されて裂傷を受けた。
と訴えたのである。念のため、叟は男性であって、けっして老婦人ではない。法務官の顧侶松はこれを裁かねばならない。検証もした。

「ほれ、このとおりでごぜえます」

と、老人は尻《しり》をまくってみせた。

たしかに裂傷が認められた。

「なぜやられてしまったのだ、むざむざと」

と、顧侶松は訊《き》いた。

六十とはいえ、がっちりした体格で、菜園の仕事をらくらくこなしている人物なのだ。屯田のために菜園をつくるよう、当局は奨励していた。希望者を募って、そのなかから選んで、土地を与えたのである。

——身体強健
という条件があった。老人はそれに合格している。年齢が六十であるために、強健であるかどうかは、とくべつ問題になったにちがいない。

面接の選考はつい三カ月前におこなわれたので、当時の関係者はみなおぼえていた。ある役人が、年をとりすぎているという意見を述べたところ、その老人は、

——なあに、年と力とは関係ありゃせん。これごらんなせえ。

と、廃物となって庭にころがっていた百斤（六十キロ）砲を、無造作にかつぎあげ、庭を一周したそうだ。最後まで脚はふらつかなかった。役人たちは舌をまき、もちろん年齢などには関係なく、土地の無償貸与をきめたのである。

——いまごろのだらしない若者以上じゃ。

面接にあたった役人たちは、たがいにそんなことを言い合ったという。

顧侶松の問いにたいして、老人は、

「なんしろ相手は若いじゃで。やっぱり若い力には負けますわい。ひと晩、争いましたがな」

と答えた。

張鳴鳳はまだ童顔の残っている若者で、体格は平均よりはすぐれているようだが、とくに強健とはみえない。兵卒にしては顔は白いほうで、眉《まゆ》が濃く、目鼻立ちも整っている。美少年といってよかった。

「菜園の老人の申すことにまちがいないな?」

顧侶松の訊問《じんもん》に、張鳴鳳はうなだれた。そして、かすかにうなずいた。

罪を認めたのである。

「なぜそのようなみだらなことをしたのか?」

「申し訳ありません。ひとり暮しがつづきましたので、ついむらむらと……」

「ひとり暮しがつづいているのは、遠征軍の将兵みなおなじだ」

「へい……その……酒もはいっておりましたので、大胆になりまして……」

「老人とはいえ、あの者は屈強の男。ただではすまなかったであろう」

「はい……ひと晩かかって……やっと……」

加害者と被害者とは、別々に訊問したのである。両名の供述はほぼ一致していた。

事実関係については問題はない。

重大犯ではなく、遠征軍法務官はこれまで、おなじような男色問題を数件扱っている。

——ウルムチ滞留中、兵卒張鳴鳳の糧を除く。

という決定がくだされた。将兵の食事はいうまでもなく官給である。それを張鳴鳳については供給を停止する。彼は自分の財布で食料を購《あがな》わねばならなくなる。

一件落着した。

だが、顧侶松もその下の法務助手も、この事件に腑《ふ》におちないものをかんじていた。

――反対ならわかるが。……

これが一致した感想だった。

菜園の脂《あぶら》ぎった六十男が、美少年張鳴鳳を襲い、男色関係を結んだというのであれば話はわかる。その逆であるところが、奇妙、猟奇的なかんじを免《まぬが》れない。

――老人が先にしかけて、若者がその仕返しにやったのではないか。年寄りのあつかましさで、老人が訴え出た。老人には裂傷という証拠があるが、若者にはない。はじめから分《ぶ》が悪いので、おとなしく認めた。……そんな推測もできるのではないか。

法務助手の一人がそう言うと、

――ありうることだ。ひと晩争っていたというが、一回戦でひと晩は長すぎる。二回ぐらいあったとみるほうが自然な気もするね。

と、その説に共鳴する者もいた。

一応、裁決をくだしたので、あとは雑談になった。

老人の同性愛が意外に多いということも話題になった。貧乏な老人は、女性に相手にしてもらえない。それも彼らを同性愛に走らせる一因であろうという。

――だが、たいてい老人同士ですがね。

法務助手の一人が、いま裁いたばかりの事件との相違点を述べた。

当時の中国では、山岳で修行する道士がすくなくなかった。彼らのあいだにも、同性愛はすくなくない。道士は僧侶《そうりよ》とちがって、妻帯してもよいのだが、きびしい山岳修行では女性を同伴するのは無理である。

「この南山の奥に、二人の老人が同棲《どうせい》して、彼らの狂態をげんに目撃した者もいますよ」

記録をとっていた書記がそう言った。

ウルムチの近辺に南山と呼ばれる山があり、カザフ族の遊牧場である。清冽《せいれつ》な河があり、現在では、ウルムチ市民の行楽地になっている。そんな山のなかでも、当時は道士が修行していたのである。

「二人とも道士かね？」

「そうらしい」

「気味の悪い話だな。……」

そんな話をしていたとき、副都統から急使が来た。助手や書記たちは、部屋から退出した。使者が、

——極秘のこと。

と言ったからである。

# 5

副都統の急使は、ハビーブの脱走を告げに来たのである。

「副都統が、至急、お会いしたいと申しております」

そう言われて、顧侶松は馬を用意させ、あまりはなれていない副都統の宿舎へむかった。

「報告が来ているが、くわしいことはわからない。わし自身が行くのもなんだから、ひとつ現場を見てきてくれ」

と、富徳は言った。

「すぐに行って参ります」

「ハビーブが惜しいのではない。代わりを、このあたりでみつけることもできよう。だが、あれほどの戒厳をどうして脱出されたのか、それが無念じゃな」

富徳は和親王から一任されていたのである。兆恵が乾隆帝から「ホージャ・ジハーン王妃」と名指しされたのとはちがう。その点、気らくであろう。

だが、せっかく頭をしぼって口実を考え、警備を厳重にしたのに、その裏をかかれたのが口惜《くや》しかったのだ。

顧侶松は現場へ行って検証した。

脱出の方法は、はっきりしていた。地下に坑道が掘られていたのである。

屯田準備のため、ウルムチには建物が新たにつくられつつあった。ハビーブが監禁されていたのは、そんな新建《しんだち》の家屋の一つであった。やがて城壁で囲まれることになるウルムチでは、そのあたりが中心になる予定らしく、付近でも磚《せん》（煉瓦《れんが》の一種）を積んだり、基礎をかためたりする工事がおこなわれていた。すでに完成直前の家屋もあった。

寒暑の差のはげしい地方で、ウルムチでは冬期の暖房用に炕《カン》（オンドル）の設備をする。完成直前というのは、家屋はほとんど出来ているが、まだ、オンドルをとりつけていないという意味である。

ハビーブがとじこめられた建物は、すでにオンドルがつくられていた。オンドルは地面に煉瓦の仕切壁をつくり、壁間を煙道にして床《ゆか》を暖める仕掛けである。いわばパネルヒーティングなのだ。かまどで火をたくが、炊事なども熱源になる。

深くはないけれども、地面の下にかんたんな工事が施されている。床は石で薄く舗装したうえに、熱を伝えやすい牛糞《ぎゅうふん》や土を塗り、それに油紙をひろげ、アンペラをかけ、蒲団《ふとん》を敷いて寝る。薄い石畳の下には煙道があり、家によって規模は異なるが、一メートルほどの空間になっている。十数メートルはなれたところに、建造中の建物があり、その屋内の床から坑道が掘られ、ハビーブの寝室の下、すなわち煙道に達し、石畳をはずし、牛糞土の層に人間一人がはいる穴があけられていた。

ハビーブが監禁されていた建物は、衛兵が交替で、つねに五人が囲んでいたのである。顧侶松は彼らにたずねた。

「なぜ隣家を警戒しなかったのか？」

この質問にたいして、昨日の夕方に引きつぎをして帰った張という兵卒が、

「帰りぎわにのぞいてみました。五人の男が火坑（オンドル）をつくっていましたが、日が暮れたので、彼らも仕事をやめて帰るところでした。……ええ、いっしょに帰ったのですよ。おなじ排《パイ》（小隊）のやつでしたから。連中、地面の下を三尺ほどしか掘っていません。そのあと、営舎で、おなじ部屋で寝ていたんですが。……こちらが寝ているあいだに、起き出して、穴掘りをつづけたんじゃないかと冗談半分にきいたら、ひどくおこられました。……なんの得があって、そんなことをしなけりゃならんのかと、ね」

と、答えた。

隣家は、はじめから一メートルほど掘りさげてあった。オンドル施設のためだから、かなり広くそうしてあったはずである。工事の兵卒が帰ったあと、そっとそのなかにはいりこめば、外からは見えない。どうせあかりなどもすくなかったであろうし、一メートルの深さなら、身をかがめたなら、人影はないはずである。広さもあるので、坑道を掘る作業も、それほど困難ではないはずだった。

顧侶松は工匠を呼んだ。これは兵隊ではなく、この地方のオンドルづくりの専門家である。

「この坑道を掘るには、どれほどの時間がかかるか？」

ハビーブは、夕食を持って行ったときは、ちゃんと部屋のなかにいた。そして、朝食のときにはすがたが見えなかった。

副都統への報告が遅れたのは、警備担当者が叱《しか》られることをおそれて、自分たちでしばらく空《むな》しい探索をしたからだった。

坑道は一夜のうちに掘られたのである。

「まる一昼夜かかりますな」

と、工匠は答えた。

「まる一昼夜？　ひと晩では？」

「ひと晩で一人では無理ですね。二人がかりならひと晩でやれないことはないでしょうが。休みなしに掘りつづけたなら。……一人が掘り、一人がその土をはこび出す……そうですね、二人ならやれます」

坑道を掘った土は、隣家の土間に盛りあげてあった。

ハビーブ捜索は厳重におこなわれたが、彼女のすがたは杳《よう》としてわからない。かなりの人員を動員したが、そもそもハビーブの顔を知っている者はきわめて少数であった。極秘裡の連行だから、それもとうぜんのことで、捜索が難航したのはあやしむに足りない。

「あきらめよう」

と、富徳は言った。

「新しいのをさがしましょうや。そのほうが捜索よりもかんたんです」

幕僚にそう言われて、富徳はうなずいた。

ハビーブさがしをあきらめた富徳は、部下をトルファンに派遣して、新しい美少女さがしをはじめた。

「だが、犯人はみつけだしたいものじゃ」

富徳はずいぶん口惜しかったにちがいない。

「こんなにひろいところでは、無理でしょう。もうどこまで逃げたかわかりませんよ」

顧侶松は犯人捜査もうちきることを助言したのである。

「そうじゃな。やむをえない。……」

6

副都統麾下《きか》の部隊の第一陣が、ウルムチをはなれたのは、この事件の四日後のことであった。

凱旋《がいせん》軍は景気のよいものだが、とくにこの部隊はパミールに進撃して、ホージャ・ジハーンを仕とめた殊勲にかがやいている。ウルムチから東へむかう行軍も活気を帯びていた。

——兄貴の首を失ったのだけが残念であったな。

——しかし、敵ながらあっぱれな忠臣もいたものだ。わしは感動した。

——敵味方の関係をはなれて、われらには怨恨《えんこん》はなかったのだ。

——王妃もそう説得されて、北京へ行く気になったのだろう。

将校たちは、馬上でそのようなやりとりをしていた。

カシュガルとヤルカンドで清軍にやぶれた反乱軍は、ホージャ家の兄弟に指導されていた。兄がブルハンウッディーンで弟がジハーンであったのだ。彼らはパミール山中のイスラム小国のバダクシャンに逃げこんだのである。

「ホージャ」は予言者マホメットの後裔《こうえい》の称号であり、聖族とされていた。バダクシャンの首長スルタン・シャーは、一応、礼を尽そうとして、ホージャ兄弟のもとに使者を送った。

——なぜスルタン・シャーじきじき迎えに来なかったのか！

ホージャ兄弟はその使者を斬《き》った。

彼らはおなじイスラム教徒のバダクシャンの首長に、かくまってもらうつもりではなかった。バダクシャンを乗っ取って、清軍に最後の抵抗をするつもりだった。

——敗残兵の分際で、なにをするのか！

バダクシャンのスルタン・シャーが激怒して、兄弟をつかまえたのはとうぜんであろう。

——我が国に逃げこんだのだが、聖族だから命だけは助けてやってほしい。

バダクシャンのスルタン・シャーは、それでも彼らのために命乞《いのちご》いをしたのである。だが、富徳は承知しなかった。じつは王妃のこともあって、清軍も説得の使者を出したが、やはり斬られてしまった。

——ホージャ兄弟の首をさし出せ。もしそうしなければ、バダクシャンに大軍をさしむけるぞ。

と、富徳は恫喝《どうかつ》した。

スルタン・シャーは仕方なしにホージャ兄弟の首を切った。だが、兄のほうの首級は、その家臣に盗まれ、弟の首しか献上できなかったのである。

兄のホージャも殺されたのはまちがいないことをたしかめ、清軍は弟の首だけで容赦したといういきさつがあった。

凱旋軍が甘粛《かんしゅく》にはいったころ、北京の朝廷の意向が伝えられた。

兆恵は公爵を授けられた。

富徳は一等侯に封《ほう》ぜられる。

富徳はわざと鹿爪《しかつめ》らしい顔をしていたが、彼の取巻きは、喜びをかくそうとしない。甘粛にはいってからは、連日、宴会がひらかれた。

遠征軍は西北で徴用された者が多い。故郷に近づくと、彼らは司令部に預けていた給料をもらって、我が家へ帰って行く。

北京に凱旋するのは、富徳の親兵だけである。

ウルムチで老人にたいする醜行のため、軍糧供給停止処分を受けた張鳴鳳《ちょうめいほう》は、蘭州《らんしゅう》で除隊になることになっていた。

顧侶松は彼を呼びつけた。

「給料はいくらたまっていた？」

「八両でございます」

戦時手当がついてそんなものである。だが、彼らにすれば大金なのだ。

「銀は重いであろう？」

「いえ、たった八両ですから、たいしたことはありません」

「八両のうえに百両だから、ずっしりと重いはずだ」

「え……」

張鳴鳳の喉《のど》がうごいた。顔色が変わっている。

「銭舗《せんぽ》（両替店）で受取ったであろう、百両を……」

「は……いえ、それは行くまえに預けておいたものでして……」

若者は狼狽《ろうばい》した。

「なにもそれを取り上げようというのではない。安心するがよい。……あの老人に頼まれたこともわかっておる」

「では……」

「場所はあの菜園の一人住いのじいさんの小さな家……ひと晩かかってのもつれ合い。……そんなに寒くもなかったのに、じいさん、なぜ外へ逃げなかったのか？　おまえたちは、うまく仕組んだつもりだろうが、おかしなことだらけだよ。二人の言い分も、ぴったり合っていてね。……合いすぎるというのもおかしなものだよ。……一つだけ口裏を合わさなかった点があった」

「一つとは？」

「おまえは羞《は》ずかしいものだから、酒に酔っ払ったといったが……あのじいさん、相手は酔っていなかった、正気だった、だから力が強かったと言っておったよ。おまえは羞ずかしさから、相手はおまえが強かったことを強調するため、酒の点で食いちがった。……傷はわざとつけたのであろうが、あの夜、二人は仲好《なかよ》く地面を掘っていたのだな。……いや、処分はすんだし、おまえも除隊した。これ以上、追及はしない。ただ、どんなふうに頼まれたのか、それが知りたかったのだ」

「ハビーブには好きな若者がいました。もちろんウイグル人で、私はその男とカシュガルで仲好くなりました。……ハビーブが無理矢理連れて行かれたので、その男は軍隊のあとをつけてきたのです。……」

「若者にじかに頼まれたのだね？」

「はい。……カシュガルでは、ハビーブはふつうの楽器づくりの娘でしたが、恋人のほうは裕福でした。どうしても礼をしたいというので……蘭州の銭舗あてに百両送ると言ってききません。……私は……私は欲得ずくで、手伝ったのじゃないのです」

「わかった。……」顧侶松はじっと若者の澄んだ目をみつめた。――「それは信じてもよい。……だが、よくも男色のことを思いついたものだな」

「羞ずかしいことでした。けれども、憎み合っている同士が、相手が一晩そこにいたことを証明し合うのは、これに限るとおもったのです。……それに罰も軽いはずです。カシュガルでもヤルカンドでも、男色関係の処罰がありましたが、たいした罰は受けませんでしたから」

「あの老人は？」

「土掘りの専門です。さがし出したのです」

「菜園のおやじが、むかし井戸掘りの名人だったことまではわかっている。そこまで調べると、もうおまえたちの芝居はわかってしまったよ」

「では、ウルムチで、もうわかっていたのですか？」

「さらってきた女が逃げる。……わるいことではないよ。……女に恋人がいたこともきいていた。それなら、めでたいことよ。……私も人を愛したことのある人間だ」

「そうですか。……私も、明日、二年ぶりで会います」

「私はもっと長く別れている。早く帰るつもりだ。鳴鳳、おまえも、早く帰るがよい」

「ありがとうございます」

戸口を出るとき、張鳴鳳はふり返って、はにかんだ顔をみせた。

美少年がむくつけき老人を犯した。――

この意外性が、ハビーブ脱走事件と、まったく無関係とおもわせることになった。誰《だれ》もこの二つの事件を結びつけて考える者はいないだろう。――

（頭のいい男だ。……）

男色がからんでいるのに、さわやかな事件であったという気がする。

顧侶松は開封城で本隊と別れて、運河を南下し、妻子の待つ蘇州にむかった。

浙江銭塘《せっこうせんとう》の才媛《さいえん》で湯漱玉《とうそうぎょく》という人が、『玉台画史』をあらわした。女流画家伝である。じつはそのまえに、厲太鴻《れいたいこう》という人が、女流書家伝を『玉台書史』という題であらわしている。それに倣《なら》ったのである。

顧侶松の妻のこともそのなかにある。

　呉規臣、字《あざな》は飛卿、一《べつ》の字《あざな》は香輪《こうりん》。金壇《きんだん》の人なり。呉県顧侶松大令の室《つま》なり。孝行を以《もっ》て称せらる。画は南田（惲南田《うんなんでん》のこと）を師とし、風枝露葉、雅秀天然。兼ねて岐黄の術（岐伯と黄帝の術、すなわち医術）に精《くわ》し。侶松、米脂に令たり。喀什噶爾《カシユガル》の征に従う。飛卿、呉門に留居し、夫家、母家（実家のこと）皆な丹青（絵画のこと）に恃《たの》みて以て給す。……

後世に伝わった伝記の字数からいえば、カシュガルまで遠征した顧侶松よりも、妻の飛卿のほうがくわしく記録されている。

富徳がトルファンで急遽《きゅうきょ》みつけた女性は、はたして和親王に気に入られたかどうか不明である。それほど寵愛《ちょうあい》されなかったかのようだ。

――もしあのハビーブであれば、香妃と肩をならべたであろうに。

富徳はときどき残念そうに言った。
和親王は遠征軍凱旋の五年後――乾隆三十年（一七六五年）に死んだ。

初出　「小説新潮」一九八三年一〇月号　新潮社
初刊　「クリコフの思い出」所収　一九八六年二月　新潮社

新篇 西域シルクロード物語〈小説集〉
パミールを越えて

二〇〇四年 八月九日 初版第一刷

著者 陳《ちん》舜《しゅん》臣《しん》

発行者 杉田早帆

発行所 株式会社 たちばな出版
〒一六七-〇〇五三
東京都杉並区西荻南二-二-七-八2F
TEL 〇三-五九四一-二三四一(代)
FAX 〇三-五九四一-二三四八

印刷所 凸版印刷株式会社

定価はカバーに記載してあります。
落丁本・乱丁本はお取り替えいたします。

ISBN4-8133-1806-1 
㈱たちばな出版ホームページ http://www.tachibana-inc.co.jp/